RL rütten & loening

STUART NEVILLE
BLUTIGE FEHDE

Thriller

Aus dem Englischen
von Armin Gontermann

rütten & loening

Die Originalausgabe unter dem Titel
»Collusion«
erschien 2010 bei Harvill Secker, London

MIX
Papier aus ver-
antwortungsvollen
Quellen
FSC® C083411

ISBN 978-3-352-00839-9

Rütten & Loening ist eine Marke der Aufbau Verlag GmbH & Co. KG

1. Auflage 2012

© Aufbau Verlag GmbH & Co. KG, Berlin 2012
Copyright © 2010 by Stuart Neville
Einbandgestaltung Büro Süd, München
Satz psb, Berlin
Druck und Binden Clausen & Bosse, Leck
Printed in Germany

www.aufbau-verlag.de

Für Nat Sobel, der mein Leben verändert hat

1

»Wir werden verfolgt«, sagte Eugene McSorley. Der Ford Focus hob auf der Kuppe einen kurzen Moment ab und schlug dann unsanft wieder auf dem Asphalt auf. Seine acht Jahre alte Aufhängung federte den Aufprall nur unwesentlich ab. McSorley sah weiter in den Rückspiegel. Der silberne Skoda Octavia befand sich noch hinter dem Hügel, über den sie gerade gerast waren. Seit sie die Grenze in den Norden überquert hatten, verfolgte er sie über die schmale Landstraße.

Auf dem Beifahrersitz drehte sich Comiskey um. »Ich sehe keinen«, sagte er. »Nein, warte mal. Scheiße. Sind das die Cops?«

»Ja«, sagte McSorley. Der Skoda tauchte wieder im Rückspiegel auf, seine Scheiben waren dunkelgrün getönt. McSorley konnte die Insassen nicht erkennen, aber unter Garantie waren das Cops. Unter dem stärker werdenden Nieselregen färbte sich der Asphalt langsam dunkel. Über den grünen Feldern hing eine schwere graue Decke.

»Himmel noch mal«, stöhnte Hughes von der Rückbank aus. »Wollen die uns etwa anhalten?«

»Sieht ganz so aus«, antwortete Comiskey. »Scheiße.«

Heckenreihen schossen an dem Focus vorbei. McSorley kontrollierte den Tacho und blieb knapp unter hundert. »Egal«, sagte er. »Sie haben nichts gegen uns in der Hand. Es sei denn, ihr Jungs habt Haschisch in den Taschen.«

»Mist«, knurrte Hughes.

»Was?«

»Ich habe ein paar Gramm dabei.«

McSorley warf einen raschen Blick über die Schulter. »Du Arschloch! Schmeiß es raus!«

McSorley drückte auf den Fensterheber und fuhr dicht an der Hecke entlang, damit die Cops nichts mitbekamen. Durch den Seitenspiegel beobachtete er, wie Hughes einen kleinen braunen Würfel ins Gebüsch warf.

»Du Arschloch«, wiederholte er.

Comiskey spähte zwischen den Sitzen hindurch nach hinten. »Sie kommen überhaupt nicht näher«, sagte er. »Vielleicht halten sie uns ja doch nicht an.«

McSorley antwortete nicht. Er ließ das hintere Fenster wieder hochfahren. Der Wagen kam durch eine Kurve und dann auf eine lange Gerade. Die Straße fiel sanft ab, stieg dann wieder an und verschwand einen knappen Kilometer vor ihnen am Horizont. McSorley schaltete den Scheibenwischer ein. Die Blätter hinterließen nasse Schlieren auf der Windschutzscheibe, schoben das Wasser aber kaum weg. Schon vor einem Jahr hatte er sie auswechseln wollen. Er fluchte und spähte angestrengt durch die Regentropfen.

Ein weißer Lieferwagen stand mit laufendem Motor am Straßenrand. Er hätte alle Zeit der Welt gehabt, abzubiegen und weiterzufahren, aber das tat er nicht. Stattdessen zuckelte er auf die Kreuzung hinaus, der Fahrer spielte mit der Kupplung. McSorley leckte sich über die Lippen. Er spürte das Gaspedal unter seinen Schuhsohlen. Sobald die Straße wieder kurviger wurde, hatte er keine Chance mehr zu überholen. Er nahm etwas Gas weg. Der Lieferwagen kam näher. Im Führerhaus saßen zwei Männer, sie schauten herüber.

McSorley wurde flau im Magen, das Adrenalin rieselte bis in seine Finger und Zehen. Er kämpfte gegen akute Atemnot an.

»Meine Güte«, entfuhr es ihm unwillkürlich. »Kein Grund zur Panik. Das sind doch nur Cops. Die halten uns an und fertig.«

Der Focus kam dem weißen Lieferwagen immer näher, jetzt konnte McSorley die Gesichter der Männer erkennen. Als er vorbeifuhr, starrten sie ihn an. Er warf einen erneuten Blick in den Spiegel. Der Skoda war darin größer geworden. Hinter dem Kühlergrill blitzte Blaulicht, und die Sirene heulte auf. Der Lieferwagen fuhr noch einen halben Meter auf die Kreuzung hinaus.

Der Skoda beschleunigte, verschwand aus dem Spiegel und tauchte neben dem Focus wieder auf. McSorley erkannte weiße Hemden und dunkle Schulterklappen. Die Polizistin auf dem Beifahrersitz bedeutete ihm, am Straßenrand anzuhalten.

»Scheiße«, knurrte McSorley. Vorsichtig trat er auf das Bremspedal und schaltete herunter. Er fuhr auf das bewachsene Bankett, der Wagen kam auf dem nassen, matschigen Gras ins Schlittern. Der Skoda passierte sie und kam ein paar Meter weiter vorne zum Stehen. Das Rückwärtsgang-Licht schien auf, der Wagen rollte zurück und hielt nur etwa einen Meter vor der Kühlerhaube des Focus.

»Ihr haltet die Klappe, Jungs«, befahl McSorley. »Sagt nur was, wenn ihr was gefragt werdet, aber ihr werdet nicht pampig. Wir wollen denen keinen Vorwand liefern. Klar?«

»Klar«, gab Hughes von hinten zurück.

»Klar?«, fragte McSorley

Comiskey bedachte ihn mit einem zittrigen Lächeln. »Ja, keine Sorge.«

Zwei Polizisten stiegen aus dem Wagen, zogen ihre Mützen auf und grelle Sicherheitswesten an. Die Frau sah gar nicht mal übel aus, unter ihrer Mütze quoll hellbraunes Haar hervor. Der Mann war großgewachsen und durchtrainiert. Seine tiefe Bräune wirkte befremdlich vor dem grauen Himmel. Die beiden näherten sich dem Focus, der Mann ging voraus.

Abwechselnd mit McSorleys Herzschlag quietschte das Gummi der Wischblätter über die Scheibe. Er legte einen Finger auf den Schalter, um sofort das Fenster herunterlassen zu können, wenn der Cop ihn dazu aufforderte. Doch stattdessen zog der den Türgriff hoch und öffnete sie. Regen tropfte herein. Seit Monaten hatte es fast ununterbrochen geregnet. Den ganzen Tag ohne Unterlass, und das jeden Tag. McSorley blinzelte, als ein dicker Tropfen auf seine Wange platschte.

»Guten Tag«, sagte der Polizist. Er sprach mit dem kehligen, abgehackten Akzent eines Engländers. »Bitte stellen Sie den Motor ab, Sir.«

McSorley drehte den Zündschlüssel. Der Motor erstarb, und die Wischblätter verharrten mitten auf der Scheibe.

»Seien Sie so nett und lassen Sie die Hände dort, wo ich sie sehen kann«, wies ihn der Polizist an.

Dieser Akzent, dachte McSorley. Offiziersrang. Der Mann hörte sich eher nach Appellhof und steifem Gruß an als nach Verkehrskontrollen und Polizeisperren.

Der Cop zog ein wenig den Kopf ein. »Sie ebenfalls, Gentlemen.«

Comiskey legte die Hände auf das Armaturenbrett, Hughes an die Rückenlehne des Beifahrersitzes. McSorley umklammerte das Lenkrad und musterte das Gesicht des Polizisten. Tiefbraune Haut. Das war keine oberflächliche Bräune wie von einer Woche Strandurlaub. Seine rissigen Lippen glänzten von dem Balsam, den er daraufgeschmiert hatte, als hätte er sie sich in irgendeiner ausgedörrten Gegend verbrannt. In McSorleys Kopf blitzte das Bild auf, wie der Cop da irgendwo durch eine Wüste robbte. Die Vorstellung machte ihm eine Heidenangst, ohne dass er sagen konnte, warum.

Die Hände des Cops blieben zunächst verborgen, doch dann griff er ins Wageninnere und zog den Schlüssel aus dem Zündschloss. Ein schwarzer Lederhandschuh, der teuer aussah.

»Was wollen Sie«, fragte McSorley mit belegter Stimme.

Der Cop richtete sich auf und blickte wieder die Straße hinab. »Sie haben Ihren Sicherheitsgurt nicht angelegt. Gibt es dafür einen Grund?«

»Hab ich vergessen«, sagte McSorley. Er blickte in den Rückspiegel, obwohl er schon wusste, was er dort sehen würde. Der Wagen fuhr über die Kreuzung und bog in ihre Richtung ab.

Die Polizistin trat zur Beifahrerseite. Sie beugte sich hinunter und blickte prüfend hinein, erst zu Comiskey und dann zu Hughes. Comiskey schenkte ihr ein mattes Lächeln. Sie lächelte nicht zurück.

»So geht das aber nicht. Sie wollen doch keine Punkte kassieren, oder?«

Der Lieferwagen füllte nun den gesamten Rückspiegel aus. Die Polizistin wies ihn ein, und er fuhr neben den Focus. Der sonnengebräunte Cop griff erneut ins Wageninnere und drückte auf die Entriegelung für den Kofferraum. Bei einem Neuwagen wäre die Klappe sicherlich zwanzig Zentimeter nach oben geschnellt, doch dieser hob sich kaum aus dem Schloss. Die Polizistin trat ans Heck des Focus und machte ihn ganz auf, die Klappe quietschte. Feuchtkalte Luft strich über McSorleys Nacken. Der Güllegestank von den Feldern vermischte sich mit dem stechenden Geruch seines eigenen Schweißes.

Die zwei Männer blieben im Führerhaus des Lieferwagens sitzen, aber aus dem Inneren hörte McSorley lautes Füßescharren, dann wurden hinter ihm die Türen geöffnet. Er wollte schon über die Schulter blicken, aber da ging der gebräunte Cop grinsend neben ihm in die Hocke.

McSorley musterte das Gesicht des Cops, und schlagartig wurde ihm klar, was die Falten und Risse zu bedeuten hatten. Der Mann war noch vor kurzem in irgendeiner trockenen, öden Gegend bei der Jagd auf einen Feind durch den Sand gerobbt. Im

Irak oder vielleicht auch in Afghanistan. An irgendeinem Ort jedenfalls, zu dem die Yankees und die Briten sich nie bekennen würden. Und jetzt war er hier, unweit der irischen Grenze, das sonnenverbrannte Gesicht ausdruckslos und unbarmherzig. Für ihn war das nur ein weiterer Einsatz.

»Sie sind gar kein Polizist«, sagte McSorley.

Das ungerührte Lächeln des Cops flackerte nicht einmal. »Wo wollten Sie gerade hin, Sir?«

»Ich sagte, Sie sind kein Polizist. Was wollen Sie?«

Hinter den beiden Fahrzeugen hörte man schlurfende Schritte. Irgendetwas schurgelte und ächzte, als es über die Ladefläche des Lieferwagens gezogen wurde. Irgendwelche Stimmen stießen nervös tuschelnd Befehle aus. Die Augen des Cops starrten McSorley unverwandt an.

Eine Stimme sagte: »Auf drei. Eins, zwei … und hoch!«

Der Focus schwankte und sank auf die Hinterachse, als etwas ungeheuer Schweres in den Kofferraum gehievt wurde.

»Was zum Teufel war das denn?«, fragte Comiskey.

Hughes wandte sich auf seinem Sitz um, aber das Paket im Kofferraum versperrte ihm die Sicht. Im Rückspiegel beobachtete McSorley, wie das Licht sich veränderte. Am liebsten hätte er laut losgeflennt, aber er riss sich zusammen. Wieder hörte er Füße schlurfen und etwas scheppern, als jemand wieder in den Lieferwagen stieg. Die Kofferraumklappe wurde heruntergeschlagen, und McSorley sah durch die Heckscheibe die Polizistin und neben ihr einen muskelbepackten Mann. Die Hutablage war nicht vollständig heruntergeklappt, etwas darunter drückte sie nach oben.

Die Polizistin trug eine längliche Sporttasche, der Hüne hob ein automatisches Gewehr. Es sah aus wie das Heckler & Koch G3, das McSorley vor Jahren einmal hinter einem Pub in Newry abgefeuert hatte. Der Mann tauchte an der Beifahrerseite auf und richtete das Gewehr auf McSorley.

McSorley spürte, wie Tränen in seinen Augen brannten. Auf keinen Fall würde er jetzt losheulen. Er unterdrückte die Tränen. Die hintere Beifahrertür ging auf. Er blickte sich über die Schulter um.

Die Polizistin streckte den Arm hinein und ließ etwas schweres Metallenes fallen. Dumpf schlug es zwischen Hughes' Füßen auf der Fußmatte auf.

»Ach du Scheiße«, stieß Hughes hervor. Er wandte sich von dem Ding, was immer es sein mochte, zur Seite ab, bis er sich hinter McSorley befand.

Die Polizistin warf noch etwas hinein. Es polterte gegen den ersten Gegenstand.

»O mein Gott«, jammerte Hughes leise.

Die Frau zog ein Paar länglicher Zylinder aus der Tasche. McSorley starrte sie einen Moment lang an und marterte sein Hirn, um zu begreifen, was sich hier abspielte. Dann erkannte er den Doppellauf einer Schrotflinte. Sie stellte die Waffe mit dem Kolben nach unten in den Fußraum und ließ die langen Läufe zwischen Hughes' Oberschenkel kippen.

»Scheiße, das ist ja eine Waffe«, rief Hughes, als die Tür zuschlug. »Was ist hier los, Eugene?«

McSorley starrte wieder den sonnenverbrannten Cop an. Der Cop zwinkerte ihm grinsend zu und schloss die Fahrertür. Er hielt die Wagenschlüssel hoch, zeigte sie McSorley und schnippte zweimal dagegen. Die Schlüssel klimperten. Dann legte der Cop den Schlüsselbund auf die Motorhaube, direkt vor die Scheibe.

»O Gott«, keuchte McSorley.

»Was machen die, Eugene?«, fragte Comiskey.

»Gütiger Gott im Himmel.« McSorley bekreuzigte sich. Seine Blase drohte zu platzen.

Die beiden Cops, die eigentlich gar keine Cops waren, wie McSorley wusste, stiegen wieder in den Skoda und fuhren los. Der

Lieferwagen setzte sich vor den Focus. Der Mann mit der Schrotflinte grinste McSorley an. Während er hinten einstieg, hielt er weiter die Waffe auf ihn gerichtet.

Comiskey zerrte am Türgriff. »Mach die Schlösser auf!«, verlangte er.

»Kann ich nicht«, jammerte McSorley. Heiße Tränen rannen ihm über die Wangen. »Der Mistkerl hat zweimal abgeschlossen. Zum Aufmachen braucht man einen Schlüssel.«

Der Lieferwagen fuhr los und beschleunigte rasch. Der Mann mit der Flinte winkte. McSorleys Blase versagte den Dienst.

»O Gott«, flennte McSorley. »Gütiger Himmel, Jungs.«

Comiskey schlug mit dem Ellbogen gegen das Fenster. Er versuchte es noch einmal. Hughes nahm die Schrotflinte hoch und rammte den Kolben gegen das Rückfenster.

McSorley wusste, dass es sinnlos war. »O mein Gott, Jungs.«

Hughes schlug noch einmal gegen das Fenster, und es zersplitterte. Er wand sich durch das Loch. Comiskey kroch nach hinten, um ihm zu folgen.

Regengüsse schlierten über die Windschutzscheibe, während der Lieferwagen in der Ferne schon immer kleiner wurde. Brüllend zwängte Hughes seine Schultern durch die Lücke.

»Mein Gott«, flüsterte McSorley. »Mein Gott, Jungs, die haben uns erledigt.«

Er registrierte kaum noch das Ploppen der Sprengkapsel. Dann bombte die Faust Gottes ihn ins Nichts.

2

Detective Inspector Jack Lennon wusste, dass es ein Scheißjob war, aber er war vor eine eindeutige Wahl gestellt worden. Entweder beobachtete er Dandy Andy Rankin und Rodney Crozier dabei, wie sie sich in einem schmuddeligen Café auf der Sandy Row trafen, oder er würde den Rest der Woche über Berichte für die Staatsanwaltschaft tippen. Ihm tat immer noch der Hintern weh von der ganzen Drecksarbeit für die Staatsanwälte, die man im letzten Jahr über ihm ausgekippt hatte. Auf eine weitere Kostprobe legte er keinen Wert.

Der Tipp war vom C3 gekommen, den meisten Leuten besser bekannt unter dem Namen Special Branch. Rankin und Crozier, zwei von Belfasts führenden Loyalisten, wollten sich angeblich in Sylvias Café treffen und versuchen, einen alten Streit beizulegen, der bislang fünf Leute ins Krankenhaus gebracht hatte. Einer hatte ein Auge verloren, ein zweiter atmete seitdem durch einen Schlauch. Aber gestorben war noch keiner. Der Plan war, dass es dabei blieb.

Streitereien unter den Loyalisten waren eine verbreitete Unsitte. Alle paar Wochen kam irgendein Strolch mit eingeschlagener Visage daher, die er sich bei irgendeiner Streiterei geholt hatte. Aber manchmal kochten solche Streitigkeiten derart über, dass Leute dabei umgebracht wurden. Bei der Polizei scherte es keinen besonders, wenn gelegentlich ein Drogenhändler ins Gras biss, aber dann regten sich jedes Mal die Politiker und die Presse auf, ganz zu schweigen von dem ganzen Papierkram, den so etwas nach sich zog. Deshalb war es am besten, die Angelegenheit im Auge zu behalten und jeden Ärger schon im Keim zu ersticken. Das jedenfalls hatte Chief Inspector Uprichard gesagt, als er Lennon mit der Sache beauftragt hatte. Seit er seinen Platz in der Mordkommission verloren hatte, wusste man nichts mehr so recht mit ihm anzufangen, und mehr als derlei sinnlose Beschäftigungstherapien waren für ihn nicht in Sicht. Beschatten und Bericht erstatten, herausfinden, wer mit wem sprach, einschätzen, ob das Zusammentreffen freundlich oder hitzig verlief, und dafür sorgen, dass nichts eskalieren konnte.

Lennon beobachtete das Café aus einem Lieferwagen mit dem Logo der Wasserwerke. Er hatte in einer Seitenstraße gegenüber geparkt, eine Frühstücksdose und eine Thermoskanne auf das Armaturenbrett gestellt und eine Ausgabe des *Belfast Telegraph* aufgeschlagen. Vor fünfzehn Minuten hatte er die Seiten über das Lenkrad gebreitet und es sich gemütlich gemacht.

Rankin und Crozier saßen am Fenster. Lennon konnte sie glasklar erkennen, über ihr Gespräch allerdings konnte er nur rätselraten. Dafür, den Laden zu verwanzen, war kein Geld da. Die beiden dort drüben waren für die Special Branch nur von mäßigem Interesse und lohnten solche Ausgaben nicht. Dies hier war bloß eine Observierung, weiter nichts. Ein Scheißjob eben, dachte Lennon. Insgeheim fragte er sich, ob sie ihn vielleicht nur aus dem Dezernat weghaben wollten. Seine Zielpersonen hockten dicht beieinander, ihre Nähe ließ auf eine leise Unterredung schließen, die Gesichtsausdrücke allerdings nicht. Crozier hatte ein Trikot der Glasgow Rangers an, auf seinen dicken Unterarmen prangten unscharfe Tätowierungen. Rankin trug einen grauen Anzug und ein pinkfarbenes Hemd, unter dem aufgeknöpften Kragen prangte eine schwere Goldkette. Vor dem Hintergrund seines orangefarbenen Teints wirkten seine Zähne unnatürlich weiß. Sylvia Burrows, die schon seit der Eröffnung in den frühen Siebzigern die Besitzerin des Cafés war, stellte zwei dampfende Becher zwischen die Männer hin. Sie blieb nicht noch auf einen Plausch stehen. Die beiden nahmen sie kaum zur Kenntnis.

Lennon kritzelte auf den Schreibblock in seinem Schoß und sah auf die Uhr. Zwanzig Minuten waren vergangen, seit er den Wagen geparkt hatte, vor zehn Minuten war Crozier angekommen, erst vor fünf war Rankin zu ihm gestoßen. Lennon gähnte und streckte sich. Vielleicht wäre der Papierkram für die Staatsanwaltschaft doch nicht so übel gewesen.

Noch vor zwei Monaten hatte er einer Einheit der Mordkommission angehört, als zweiter Mann hinter Detective Chief Inspector Jim Thompson. Gute Arbeit und ein ordentliches Beamtengehalt, wie es seinem Rang entsprach. Und das alles hatte er zum Fenster hinausgeworfen, nur weil er versucht hatte, für dieses Arschloch Roscoe Patterson einen Strafzettel wegen zu schnellen Fahrens aus dem Verkehr zu ziehen. Als Lennon deswegen Constable Joseph Moore angesprochen hatte, war der ihm auf die moralische Tour gekommen. Es seien nicht die sechzig Pfund, hatte Lennon ihm erklärt, um Geld gehe es nicht. Roscoe habe eine Menge Geld. Vielleicht hatte Lennon den letzten Satz auch noch einmal wiederholt, er wusste es nicht mehr genau. Es gehe um die drei Punkte in der Verkehrssünderkartei, die Roscoe sich nicht leisten könne. Die Sache lief aus dem Ruder, als Moore, einer von den jüngeren katholischen Rekruten, die sich seit der Patten-Reform zum Polizeidienst meldeten, fragte, warum Lennon eigentlich für einen Scheißhunnen wie Roland »Roscoe« Patterson seinen Hals riskierte. Lennon war klar, dass er Moore nicht würgen und an die Wand hätte drücken sollen, und am nächsten Tag entschuldigte er sich auch. Nicht klar war ihm allerdings, dass Moore zu Chief Inspector Uprichard laufen und behaupten würde,

Lennon hätte versucht, ihm den Bestechungsversuch eines bekannten loyalistischen Parlamentariers schmackhaft zu machen.

So fand Lennon sich vor Uprichards Schreibtisch wieder und durfte wählen zwischen unbezahltem Urlaub oder einem vollen Disziplinarverfahren. Ohne die Intervention seines alten Freundes, Detective Chief Inspector Dan Hewitt, wäre überhaupt nur die zweite Option in Frage gekommen. Uprichard erinnerte Lennon daran, dass er ohnehin nicht gerade ein unbeschriebenes Blatt sei und ein Disziplinarverfahren wohl kaum günstig für ihn ausgehen werde, selbst wenn die Anschuldigungen nicht bewiesen werden konnten.

Lennon entschied sich für den Urlaub. Drei Tage lang saß er zu Hause herum, dann hielt er die Langeweile nicht mehr aus. Am vierten Tag buchte er einen Flug nach Barcelona. Das Hotel war ein Loch. Angeblich hatte George Orwell während des Spanischen Bürgerkriegs dort gewohnt. Sah ganz so aus, als hätte er auch die Tapete abgerissen. Aber das Zimmer besaß einen Balkon mit Blick über Las Ramblas, und das Wetter erlaubte ihm, abends mit einer Dose San Miguel draußen zu sitzen und zuzusehen, wie unten auf der Straße die Touristen und die Einheimischen jeden Blickkontakt vermieden. Nach Mitternacht machte er seine Runde durch die Tapas-Bars, auf der Suche nach Amerikanerinnen oder Engländerinnen, die er mit seinem Akzent bezirzen konnte. Meistens mit Erfolg.

Nach seiner Rückkehr aus Barcelona kam er sich vor wie das fünfte Rad am Wagen. Eigentlich konnte ihn keiner brauchen, und so wurde jeder sinnlose Mistjob bei ihm abgeladen.

Rankins und Croziers Handbewegungen wurden lebhafter. Finger stachen zur Bekräftigung von Standpunkten auf die Tischplatte ein. Die Becher wackelten. Lennon blinzelte und sah genauer hin, er veränderte seine Sitzposition, und dann lehnte er sich vor.

Gerade versuchte Crozier, den anderen mit vorgestreckten flachen Händen zu beruhigen. Rankin sah nicht so aus, als wolle er davon etwas wissen. Sein Zeigefinger fuchtelte vor Croziers Gesicht herum. Crozier lehnte sich zurück und ließ resigniert die Schultern sacken.

Lennon blickte rasch auf seinen Notizblock und notierte diese Veränderung. Als er wieder aufsah, war Crozier auf den Beinen und wandte sich zum Gehen. Gut, dachte Lennon. Wenn die Sache vorbei war, konnte er sich endlich von hier verpissen und seine Notizen runtertippen. Und wenn er das erledigt hatte, konnte er wieder herumsitzen und auf irgendeine andere Scheißarbeit warten.

Rankin packte Crozier am Ärmel. Crozier schlug seine Hand weg. Rankin stand auf, sein Stuhl kippte um.

»Meine Güte«, sagte Lennon in den leeren Lieferwagen hinein. »Das gibt ja noch richtig Zoff.« Rankin zückte ein Messer aus der Tasche und vergrub die Klinge zwischen Croziers Rippen.

Lennon blinzelte verwirrt und versuchte zu begreifen, was er da gerade gesehen hatte. »Scheiße«, sagte er.

Rankin zog die Klinge wieder heraus. Crozier ging nicht zu Boden. Er starrte den anderen mit herunterhängendem Unterkiefer an. Rankin stach noch einmal zu.

»Du lieber Himmel!«, entfuhr es Lennon. Er griff nach dem Funkgerät und drückte auf die Notfalltaste. Damit wurde ein Signal mit präziser Positionsangabe an jeden Empfänger des Funknetzes gesendet, dass ein Beamter Hilfe brauchte.

Crozier schlug mit der Faust zu, und Rankin wurde zurückgeschleudert, umklammerte aber weiter das Messer. Rankin stolperte über seinen Stuhl und verschwand aus Lennons Blickfeld. Crozier presste seine Pranke an die Rippen und untersuchte das helle Rot auf seinen Fingern. Er taumelte an die Wand zurück.

Lennon öffnete das Handschuhfach, tastete nach seiner Glock 17 und der Brieftasche mit seinem Dienstausweis. Er stieß die Tür auf und stieg aus, steckte die Brieftasche ein und drückte die Glock eng an seine Hüfte. Dann schlängelte er sich, ohne das Fenster aus dem Auge zu lassen, geduckt durch den Verkehr.

Rankin tauchte wieder auf, er kroch über den Stuhl hinweg auf Crozier zu. Der Größere hob die Hände, war aber zu langsam. Die Klinge drang ihm in den Hals.

Eine wütende Hupe ertönte, und Reifen quietschten, als Lennon die Straße überquerte. Im Café schrie eine Frau auf. Lennon hob die Glock. Crozier rutschte an der Wand herunter, Rankin war über ihm, das Messer schon wieder stoßbereit erhoben.

Lennon stemmte sich mit der Schulter gegen die Tür, hob die Glock und zielte auf die Stelle, wo der blutende Crozier lag. Von Rankin keine Spur mehr. Die Frau schrie erneut auf. Lennon ließ die Waffe hin und her schweifen und sah, wie Rankin Sylvia bei den Haaren packte. Sylvia röchelte, die Augen hinter der Brille weit aufgerissen. Rankin hatte sie fest an sich gedrückt.

Lennon zog seine Brieftasche hervor und klappte sie auf. Er zeigte Rankin den Ausweis und steckte die Brieftasche wieder ein. Er hob die Pistole, legte die Linke zur Unterstützung unter die Rechte und straffte für den Rückstoß die Schultern.

»Lassen Sie Sylvia los, Andy«, sagte er.

Rankin machte ein paar Schritte zurück und zerrte Sylvia an den Haaren mit sich. Er warf einen raschen Blick über die Schulter und zog sie hinter der Theke in Richtung Hintertür.

»Machen Sie das nicht, Andy«, sagte Lennon und folgte. »Der Hinterhof ist zu. Rundherum Mauern. Sie können nirgendwohin.«

Rankin zog Sylvia, das Messer an die Kehle gesetzt, dicht zu sich heran. Lennon sah etwas Rotes auf ihrer Haut. Er konnte nicht erkennen, ob es Croziers Blut war oder ihres.

»O Gott, hilf mir doch einer«, jammerte Sylvia.

»Keine Angst, Sylvia«, sagte Lennon, als er an der Theke war. Er lächelte sie möglichst beruhigend an. »Andy tut Ihnen nichts. Dafür mögen alle hier Sie doch viel zu sehr. Wo sollten die denn Ihr *Fish and Chips* essen, wenn Ihnen etwas zustieße? Kein Kuchen mehr, keine Wurst zum Abendbrot. Jeder weiß schließlich, dass es bei Sylvia das beste Essen in der ganze Stadt gibt, stimmt's? Stimmt's?«

Sylvia antwortete nicht, und Rankin zog sich weiter zur Tür zurück.

»Wie sieht das denn dann aus, wenn Andy Ihnen was tut, hm? Der kann sich doch nirgendwo mehr blicken lassen. Nun kommen Sie schon, Andy, lassen Sie Sylvia los. Wir finden schon eine Lösung. Crozier atmet noch. Machen Sie es nicht noch schlimmer.«

Lennon suchte nach einem Anzeichen für Panik in Rankins sonnengebräuntem Gesicht, fand aber nur tote Augen.

»Ich schneide dem alten Miststück die Kehle durch«, knurrte Rankin in Sylvias Haar hinein. »Glaubt bloß nicht, dass ich das nicht mache.«

»Nein«, sagte Lennon und trat einen Schritt näher. »So dumm sind Sie nicht. Jeder weiß doch, wie schlau Sie sind. Sie können hier nicht weg. Und selbst wenn Sie könnten, wohin wollten Sie dann laufen? Das ist nicht der Dandy Andy, den wir alle kennen.«

»Nennen Sie mich nicht so.« Rankin richtete die Klinge auf Rankin. »Niemand nennt mich in meinem Beisein so.«

»Tut mir leid.« Lennon hob entschuldigend die Hände, die Glock an die Decke gerichtet. »Ich habe nicht richtig nachgedacht. Bin eben nicht so ein Denker wie Sie. Sie sind hier der Schlaue, deshalb sind Sie ja auch so weit gekommen.«

Rankin setzte die Klinge wieder an Sylvias Kehle. »Kommen Sie keinen Schritt näher.«

Lennon blieb stehen. »Sie wissen doch, dass Sie nirgendwo hinkönnen. Sie wissen, dass Sie Sylvia nichts antun können. Dafür sind Sie zu intelligent. Wird allmählich Zeit, dass Sie anfangen nachzudenken, Andy. Was macht man jetzt am besten? Was macht man jetzt am besten?«

»Zum Teufel noch mal«, stieß Rankin hervor. Der Tod verschwand aus seinen Augen und wurde ersetzt von Angst. Von kindischer Panik und Fluchtgedanken.

»Ganz ruhig, Andy«, sagte Lennon. Er breitete beide Arme aus, die Glock zielte jetzt auf die Herdplatten und Friteusen hinten in der offenen Küche. »Atmen Sie erst mal tief durch. Lassen Sie uns die Sache in aller Ruhe angehen. Intelligent.«

Rankin schnaufte heftig, und die Vernunft kehrte auf sein Gesicht zurück. »Na schön«, sagte er. »Wie lösen wir die Sache?«

»Zunächst einmal lassen Sie Sylvia los«, sagte Lennon. »Dann legen Sie das Messer hin.«

Ein paar Straßen weiter heulte eine Sirene auf.

»Sie sind gleich da«, sagte Lennon. »Wäre besser, wenn sich alle bis dahin beruhigt haben, oder? Wenn wir zwei einfach nur zusammen an einem Tisch sitzen und auf die warten. Wenn die nämlich reingestürmt kommen und Sie mir so wie jetzt gegenüberstehen, dann könnte es unangenehm werden. Stimmt's?«

Rankin sah hinüber zur Fensterfront des Cafés. Sein Mund zuckte, als ihn wieder die Panik zu übermannen drohte, doch die Totenstille im Raum erstickte sie.

»In Ordnung«, sagte er.

»Guter Mann«, sagte Lennon. »Und jetzt lassen Sie sie los.«

Rankin stieß Sylvia in Richtung Lennon. Ihr Schädel knallte auf sein Kinn. Beide taumelten zurück. Lennon hielt sich mit einer Hand an der Theke fest, um nicht vollends das Gleichgewicht zu verlieren, mit der anderen fing er Sylvia auf. Ein kühler Luftzug wehte durch die offene Tür, durch die Rankin gerade verschwand.

Lennon zog Sylvia an sich heran. »Geht es Ihnen gut?«

Sie stierte ihn durch ihre gekrümmten Brillengläser an, ihr Mund ging auf und wieder zu.

»Setzen Sie sich«, bat er und vergaß Rankin für den Augenblick. Selbst wenn der Scheißkerl es noch aus der Gasse hinter dem Haus schaffte, würde man ihn sehr bald erwischen. Im Moment war Sylvia wichtiger. Er ließ sie zu Boden gleiten und lehnte sie mit dem Rücken an die Theke. »Tief durchatmen. Sie haben es überstanden.«

Lennon wollte sich aufrichten, aber da packte sie ihn bei den Schultern und küsste ihn auf die Stirn.

»Ihnen kann jetzt nichts mehr passieren«, sagte er.

Er stand auf und schaute hinüber zu Croziers blutüberströmtem Körper, der an der Wand lehnte. Die Schultern des stöhnenden Loyalisten hoben und senkten sich. Er wird es überleben, dachte Lennon. Mit der Waffe im Anschlag lief er zur Tür und hinaus in die Gasse.

Rankin hing an der Mauer am Nordende der Gasse und versuchte sich ächzend hochzuziehen.

»Sie hätten die Mülltonne benutzen sollen«, rief Lennon.

Rankin ließ sich den knappen Meter zu Boden fallen und drehte sich um.

»Sie steht gleicht hier«, sagte Lennon und zeigte auf die Plastiktonne neben der Tür. »Die hätten sie an die Mauer stellen und draufklettern können, dann wären Sie jetzt weg.«

Rankin drückte sich mit dem Rücken an die Backsteine. Er atmete keuchend, seine Augen waren hervorgetreten. In der Rechten hielt er immer noch das Messer.

»Warum mussten Sie der armen Sylvia nur so eine Angst einjagen?«, fragte Lennon. Er blieb ein paar Schritte vor Rankin stehen. »Schweine wie Rodney Crozier können Sie von mir aus den lieben langen Tag aufschlitzen, aber einer netten alten Lady wie Sylvie eine solche Angst einzujagen? Das geht zu weit.«

Rankin hob das Messer. Schweiß glänzte auf seiner Stirn. »Bleiben Sie mir bloß vom Hals.«

»Und was passiert sonst?«

Die Sirene kam näher, nicht weit dahinter folgte eine zweite.

»Bleiben Sie zurück«, fauchte Rankin. Er verzog das Gesicht und atmete zischend durch die Zähne. Er bekam einen roten Kopf.

»Was sonst, Andy?«

»Sonst ...« Rankin ließ das Messer fallen und griff sich mit der rechten Hand an den linken Arm. Er ging auf die Knie. Seine Hand wanderte zum Brustbein, so als versuche er, sein Herz am angestammten Platz zu halten. Seine Kiefermuskeln mahlten, während sein Gesicht von Rot zu Purpurrot wechselte. »Leck mich doch«, presste er durch die zusammengebissenen Zähne hervor.

Mit dem Gesicht voraus schlug er auf der Erde auf.

»Du lieber Himmel«, sagte Lennon.

3

Der Nomade folgte Orla O'Kane durch den breiten Flur. Sie hatte dicke Knöchel. Ihre derben Fersen hämmerten dumpf auf den Teppich. Sie war von Beruf Immobilienhändlerin und steckte das Geld ihres Vaters in Häuser, Hotels und Bürogebäude. Höchstwahrscheinlich wanderte auch einiges davon in dieses Anwesen, ein Herrenhaus außerhalb von Drogheda, ehemals Heim eines britischen Landeigentümers, das nun zu einem privaten Sanatorium umgebaut wurde.

Gegen seinen Willen war der Nomade beeindruckt, als er die Kieseinfahrt hinauffuhr, die die Rasenflächen und gestalteten Gärten durchschnitt. Weiter vorne ragte drei Stockwerke hoch das Haus auf, dahinter floss der Boyne dahin. Einen knappen Kilometer entfernt war über den Baumwipfeln der hohe Stützpfeiler einer neuen Schrägseilbrücke zu sehen, die den Autobahnverkehr über das Wasser führte.

Der Rest des Gebäudes war geräumt, alle Zimmer standen leer. In der herrschaftlichen Eingangshalle hatte er eine Reinigungskraft und eine Krankenschwester gesehen. Ein paar Männer trieben sich auf dem Gelände und in den Fluren herum, aber nach ihren wachsamen Augen und ihren ausgebeulten Jacken zu urteilen, gehörten die ganz gewiss nicht zum medizinischen Personal.

»Ihr Vater gibt wohl eine hübsche Stange Geld für seine Krankenversicherung aus, was?«, fragte der Nomade.

Sie blieb stehen und klackte die Fersen zusammen. Lieber Himmel, was für ein Riesenarsch! Und auch noch breite Schultern. Ihre Business-Kombination bemühte sich nach Kräften, aber sie war nun mal ein dralles Mädchen, das ließ sich nicht verstecken. Allerdings gar kein übles Gesicht.

»Er legt großen Wert auf seine Privatsphäre«, erklärte sie über die Schulter hinweg. Sie sprach mit den harten Konsonanten einer Frau, die es gewohnt war, dass man ihr gehorchte und keine Fragen stellte.

Der Nomade lächelte sie an. Wäre sie die Tochter eines anderen gewesen, hätte er vielleicht einen Versuch gestartet. Sie war bestimmt eine heiße Stute, so wie alle Kratzbürsten. Aber die hier war zu gefährlich.

Er folgte ihr durch einen Flur im ersten Stock des Ostflügels. Sie ging weiter bis zur zweitletzten Tür links. Ihr Klopfen wurde aus dem Raum mit einem unwirschen Knurren erwidert. Sie öffnete die Tür und winkte den Nomaden an sich vorbei.

Bull O'Kane saß in einer Ecke, eingerahmt von hohen Schiebefenstern. Dahinter erstreckte sich bis zu einer hohen Mauer in etwa vierhundert Metern Entfernung ein gepflegter, von Büschen gesäumter Rasen. Auf der anderen Seite lag der Fluss.

Die Tochter räusperte sich. »Falls du mich brauchst, ich warte draußen.«

O'Kane lächelte. »In Ordnung, Liebes.«

Ein kühler Luftzug strich über den Rücken des Nomaden, als die Tür energisch geschlossen wurde.

»Sie ist ein braves Mädchen«, sagte O'Kane. »Schlau wie ein Fuchs. Bloß kein Glück mit den Männern. Immer wieder fällt sie auf irgendwelche Großmäuler rein.«

Der Nomade trat an eines der Fenster. »Ziemlich schöner Ausblick«, sagte er. Ein Reiher stakste im Uferbereich des vom Regen angeschwollenen Flusses. »Ich wette, hier kann man gut angeln. Lachse, Forellen. Ich hätte meine Angel mitbringen sollen.«

»Siehst gar nicht aus wie ein Zigeuner«, sagte O'Kane.

Der Nomade wandte sich um und sah ihn an. »Und Sie sehen nicht so aus, als könnten Sie sich hier ein Zimmer leisten, geschweige denn den ganzen Kasten.«

O'Kanes Beine ruhten auf einem Hocker, über den Schoß war eine Decke gebreitet, die bis zu den Fußgelenken reichte. Ein übler Geruch ging von ihm aus. Der Nomade hatte davon gehört, dass der Alte eine Kugel ins Knie und eine in den Bauch abgekriegt hatte, die seine Eingeweide in Mitleidenschaft gezogen hatte. O'Kane trug jetzt einen Beutel und würde ihn auch bis zum Rest seiner Tage behalten. Er war schmächtiger, als der Nomade erwartet hatte, hinfälliger als auf dem Foto, das er gesehen hatte. Beschleunigt durch seine Verletzungen, holte das Alter ihn ein, aber seine Augen funkelten immer noch unerbittlich.

»Jemand hat mir gesagt, dein richtiger Name ist Oliver Turley«, sagte O'Kane. »Stimmt das?«

Der Nomade setzte sich auf die Bettkante. »Vielleicht. Vielleicht auch nicht. Ich habe schon viele Namen gehabt. Smith, Murphy, Tomalty, Meehan, Gorman, Maher. Ich könnte noch weitermachen.« Er lehnte sich vor und flüsterte: »Es gibt sogar ein paar Leute, die behaupten, in Wahrheit sei ich ein Pavee.«

Eine Totenmaske legte sich auf O'Kanes Gesicht. »Komm mir bloß nicht zu schlau, Kleiner. Mit mir ist nicht zu spaßen. Vergiss das nicht! Das ist die letzte Warnung.«

Der Nomade lehnte sich wieder zurück und nickte. »In Ordnung. Aber mit mir ist auch nicht zu spaßen, und ich beantworte nicht gerne Fragen. Sie erfahren alles über mich, was Sie wissen müssen.«

O'Kane musterte ihn einen Moment lang. »Na schön. Ist mir egal, ob du ein Zigeuner bist, ein Landstreicher, ein Vagabund oder Streuner oder wie zum Henker ihr heutzutage sonst genannt werdet. Mir geht es einzig und allein um den Job, den ich erledigt haben will. Bist du dafür der richtige Bursche?«

»Ich hätte eigentlich gedacht, ein Mann wie Sie hat einen Haufen Burschen, die ihm die Drecksarbeit abnehmen.«

O'Kane schüttelte den Kopf. »Nicht für diesen Job. Dafür kann ich niemanden nehmen, der mit mir zu tun hat. Außerdem muss die Sache vernünftig erledigt werden. Sozusagen geräuschlos. Ohne Wirbel und Schererein.«

»Verstehe«, sagte der Nomade. »Also, worum geht es?«

O'Kanes Gesicht verdüsterte sich. »Das, was ich dir jetzt erzähle, wissen nur eine Handvoll Leute. Wenn du den Job ordentlich erledigst, dann werden nur du und ich die ganze Geschichte kennen. Wenn die Sache vorbei ist, wird man dich gut bezahlen, damit du den Mund hältst. Richtig viel Geld. Aber sollte ich mitkriegen, das auch nur das Geringste durchsickert ...« O'Kane lächelte. »Mein Geld will ich dann jedenfalls nicht zurück. Verstanden?«

»Verstanden«, sagte der Nomade.

O'Kane deutete auf einen Ordner auf dem Nachttisch. Der Nomade griff danach. Er entnahm ihm lose Blätter, Fotokopien, Computerausdrucke. Auf einigen Seiten waren Fotos, auf anderen nur Text.

»Ich lese nicht«, sagte der Nomade.

O'Kane musterte ihn. »Willst du nicht, oder kannst du nicht?«

Der Nomade breitete die Blätter neben sich auf dem Bett aus. »Ein paar Leute haben gedacht, deshalb wäre ich dumm«, sagte er. »Die denken inzwischen überhaupt nicht mehr viel.«

O'Kane wölbte dreimal mit der Zunge die Unterlippe. Dann fing er an zu reden. Er erzählte von diesem Verrückten, Gerry Fegan, den irgendwelche Hirngespinste in seiner vom Alkohol vernebelten Phantasie dazu getrieben hatten, Michael McKenna, Vincie Caffola, einen korrupten Cop und O'Kanes Vetter, Pater Eamon Coulter, umzubringen. Er erzählte, wie die stümperhaften Versuche des Politikers Paul McGinty, die Sache unter Kontrolle zu bringen, alles nur noch schlimmer gemacht und noch mehr Menschenleben gefordert hatten, darunter auch das von McGinty selbst. Geendet hatte das Ganze in einem Blutbad auf einer alten Farm in der Nähe von Middletown. Am Ende war O'Kanes Sohn tot, erschossen von einem verräterischen Ex-Soldaten namens Davy Campbell, der Alte war selbst verwundet.

Fegan war unversehrt aus der Sache herausgekommen und hatte Marie McKenna und ihr Kind mitgenommen. Die drei hatten sich, wie es schien, in Luft aufgelöst. Außer O'Kane hatte es am Tatort nur zwei weitere Überlebende gegeben: McGintys Fahrer und Kevin Mallory, einer von O'Kanes Leuten. Mallory wurde in Bauch und Brust getroffen. Der Fahrer Quigley hatte O'Kane und Mallory in ein Krankenhaus in Dundalk gebracht und so beiden das Leben gerettet.

»Die Sache muss aus der Welt geschafft werden«, sagte O'Kane. »Die Briten, Dublin, die Jungs in Belfast, sie alle wollen, dass die Angelegenheit bereinigt wird.«

»Es hat geheißen, das sei eine Fehde gewesen«, sagte der Nomade. »In den Nachrichten. Sie sagten, diese drei Dissidenten hätten McGinty auf der Farm aufgelauert.«

»Das haben die Briten so gedreht«, erklärte O'Kane. »Die haben McSorley und seine Jungs an der Grenze erwischt. Sie haben ihnen Waffen in den Wagen gelegt und es so aussehen lassen, als hätten sie sich mit ihrer eigenen Bombe in die Luft gejagt. Wirklich gut gemacht.«

Der Nomade nickte. Es ließ sich nicht leugnen, dass er beeindruckt war. »Aber das ist noch nicht alles, oder?«, fragte er. »Es gibt zu viele Leute, die Bescheid wissen.«

»Quigley und Malone«, sagte O'Kane. »Ich will, dass sie verschwinden, und die Briten wollen es auch. Und dann ist da noch ein Anwalt, Patsy Toner. Den beseitigst du auch. Die Briten werden wegschauen. Sie werden dafür sorgen, dass bei den Ermittlungen nichts herauskommt. Die haben genauso viel zu verlieren wie alle anderen.«

Der Nomade verschränkte die Arme vor der Brust. »Aber die drei könnte doch jeder kleine Scheißer erledigen. Dafür brauchen Sie mich nicht.«

»Ich will Fegan«, erklärte O'Kane. »Ich will, dass er mir lebend gebracht wird.« Er zeigte mit einem wulstigen Finger auf den Nomaden, um seinen Worten Nachdruck zu verleihen. »Lebend. Wenn er nicht mehr atmet, nutzt er mir nichts, hast du verstanden? Kein Mensch weiß, wo er ist. Du musst ihn ausfindig machen.«

»Wie?«

»Marie McKenna und ihr Kind. Die Cops haben sie zwar versteckt, aber wir hatten ein bisschen Glück.«

»Aha? Was heißt das?«

»Marie McKennas Vater hatte letzte Woche einen Schlaganfall. Er hat Glück, wenn er die Geschichte überlebt. Oder Pech, je nachdem, wie man es sieht. Er ist in sehr schlechter Verfassung. Wie ich höre, ist die Wahrscheinlichkeit hoch, dass er noch einen Schlag bekommt, und der bringt ihn dann vermutlich ins Grab.«

»Sie glauben also, dass Maria McKenna ihr Versteck verlassen und ihn besuchen wird«, sagte der Nomade. »Sie und ihr Kind werden aus der Deckung kommen.«

O'Kane legte den Kopf schief. »Mir wurde gesagt, Sie hätten keine Probleme damit, Frauen und Kinder umzulegen. Stimmt das?«

Der Nomade zuckte die Achseln. »Kommt auf das Geld an«, sagte er.

4

»Ich traue ihm nicht«, sagte Orla zu ihrem Vater, nachdem einer der Männer den Nomaden hinausbegleitet hatte. »Diese Zigeuner sind doch alle gleich. Die würden einem sogar die Luft zum Atmen stehlen, wenn man sie ließe.«

»Um Vertrauen geht es gar nicht«, erwiderte Bull.

Nachdem der Besucher gegangen war, sank er wieder in seinen Sessel zurück und schien irgendwie zu schrumpfen.

Es machte Orla immer noch zu schaffen. In ihrer Kindheit war ihr Vater ihr stets wie ein Riese vorgekommen, ganz gleich, ob er sie mit seinen Pranken umarmte oder ohrfeigte. Und je mehr sie heranwuchs, desto kleiner schienen die anderen Männer zu werden, er jedoch blieb gleich imposant. Es war nicht nur sein mächtiger Wuchs, obwohl der durchaus beeindruckend war. Seine wahre Größe kam von innen: Er war ein Seelenriese, der ultimative Boss. Jetzt aber wirkte er kleiner, so als hätte jemand den Riesen aus ihm herausgesogen und nur noch Haut und Knochen übrig gelassen.

Dieser Jemand war Gerry Fegan, und allein schon beim Gedanken an seinen Namen schwoll der Hass in ihrer Brust an. Aber Orla war eine praktisch veranlagte Frau, immer schon gewesen. Während ihre Brüder ihre ganze Jugend versoffen und vom Namen ihres Vaters lebten, hatte sie immer danach gestrebt, sich ihres Namens würdig zu erweisen.

»Willst du wieder ins Bett?«, fragte sie.

»Ja, Liebes«, sagte er. »Ich bin müde.«

Orla trat zu ihm und fasste ihn unter den Armen. Er verschränkte hinter ihrem Nacken die Hände, und beide ächzten, als sie ihn hochhievte.

»Schön vorsichtig«, sagte sie, als er sein verletztes Bein senkte und die Decke wegrutschte. Beim Auftreten sog er zischend die Luft ein.

Noch vor ein paar Monaten wäre allein schon der schiere Gedanke, ihn hochzuheben, absurd gewesen, ganz gleich, wie stark gebaut und kräftig sie selbst sein mochte. Aber nun, wo er nur noch ein ausgehöhlter Riese war, schaffte sie es mühsam.

Orla ging rückwärts und ließ ihn winzige Kinderschrittchen machen, während er sich von ihr mitziehen ließ. Sie spürte den Rand des Bettes an ihren Oberschenkeln und drehte ihren Vater um. Er sackte auf die Matratze, und das Bett ächzte. Sie hob seine Beine hoch und schwang sie über die Laken. Ihr Vater keuchte und fluchte.

»So«, sagte sie. »Leg dich hin.«

Er gehorchte und ließ sich in den Kissenstapel sinken. Seine fleckige Stirn glänzte vor Schweiß. Sie holte einen Becher mit Wasser und hielt ihn ihm an die Lippen, dann tupfte sie das, was heruntergekleckert war, mit einem Papiertuch ab. Sein Fleisch fühlte sich so weich an, dass ihr unwillkürlich die Tränen kamen. Orla unterdrückte sie.

»Ich mag den Kerl nicht«, sagte sie.

»Er ist der Beste«, erwiderte ihr Vater. »Ob du ihn magst oder nicht. Ich bezahle ihn dafür, dass er einen Job erledigt, nicht dafür, dass er dein Freund ist.«

»Für Toner und die anderen brauchst du ihn doch gar nicht.« Orla warf den Becher und das Papiertuch in den Abfalleimer. »Jeder Scheißer könnte die erledigen.«

»Nicht fluchen, Liebes«, sagte Bull. »Fluchen gehört sich nicht für ein Mädchen.«

Sie ergriff seine große Hand. »Ach, jetzt sei doch nicht so ein alter Nörgler. In Wahrheit könntest du doch jeden kriegen, um den Job zu übernehmen und diese Typen zu erledigen.«

Ihr Vater seufzte und atmete so lange aus, bis der mächtige Brustkorb einzufallen schien. »Für die brauche ich ihn tatsächlich nicht. Aber für Fegan.«

Orla musterte die aufgeplatzten Äderchen, die kreuz und quer über sein Gesicht liefen, seine buschigen Brauen und die dunklen Ringe unter den Augen. »Du könntest Fegan doch auch laufen lassen. Keiner hat seitdem noch etwas von ihm gehört. Er wird sich fernhalten. Er hat keinen Grund zurückzukommen.«

Seine Hand löste sich von ihr. »Ich kann das nicht mehr hören. Du wirst mich sowieso nicht umstimmen.«

»Die Träume werden nicht aufhören, auch wenn du ihn tötest«, beharrte sie und umklammerte erneut seine dicken Finger. »Du glaubst zwar, dir würde es wieder gutgehen, wenn er tot ist, aber so wird es nicht sein. Es gibt keine ...«

»Geh jetzt, Liebes.« Er entzog ihr seine Hand. »Ich bin müde.«

»In Ordnung.« Orla beugte sich vor und küsste ihn auf die feuchte Stirn. Sie ließ die Lippen dort ruhen, bis er den Kopf wegdrehte.

Die Tür schloss sich geräuschlos hinter Orla, und sie trat in den Flur. Sie setzte sich in den Sessel gegenüber dem Zimmer ihres Vaters. Tiefe, hässliche Schluchzer brodelten aus ihrem Brustkorb empor, und sie vergrub das Gesicht in den Händen. Wieder einmal stellte sie sich vor, wie sie dem alten Mann ein Kopfkissen aufs Gesicht drückte und vor dem bewahrte, was er auch immer in seinem Hirn ausbrüten mochte.

5

Sylvia Burrows tupfte sich mit einem zusammengeknüllten Papiertaschentuch die Nase ab. Ihre dicke Brille vergrößerte ihre tränenerfüllten Augen. Sie schniefte lange und laut, dann atmete sie aus und ließ resigniert die Schultern hängen. Lennon saß ihr am Tisch des Vernehmungszimmers gegenüber, zwischen ihnen lag ein Schreibblock mit seinen Notizen. Er würde die Aussage am Nachmittag abtippen und sie dann wieder anrufen, damit Sylvia sie am Morgen unterschreiben konnte.

»Im Lauf der Jahre habe ich es dreimal erlebt, dass Männer in meinem Café erschossen wurden«, sagte Sylvia. »Einer in den späten Siebzigern, der zweite 1981 während der Hungerstreiks und der dritte kurz vor dem Waffenstillstand. Jeden von ihnen habe ich gekannt und sie mit ihrem Namen angesprochen, als ich ihre Hand hielt. Das Gefühl werde ich nie mehr vergessen, das Zittern in ihren Fingern. Dann hört es plötzlich auf, und sie werden kalt.«

Sylvia legte ihre Hände flach auf den vollgekritzelten Tisch und spreizte die Finger. Alte Brandnarben übersäten die schlaffe Haut, um den linken Ringfinger klebte ein blaues Pflaster. Die Frau starrte auf sie hinab. »Mein Gott, ich werde alt«, sagte sie.

Lennon legte seine Hände auf ihre. Sie umklammerte seine Finger und drückte sie.

»Sie sind ein guter Junge«, sagte sie.

Er widerstand dem Verlangen, seine Hände wegzuziehen und ihr zu erklären, dass an ihm nicht besonders viel Gutes war.

»Attraktiv«, sagte Sylvia. Sie hob seine Hände hoch, drehte sie und musterte ihre Form. »Das war immer meine schwache Seite. Attraktive, gutaussehende Kerle.«

Lennon erwiderte ihr Lächeln. »Danke, dass Sie mit mir sprechen. Ich hoffe, Sie werden auch als Zeugin aussagen, wenn es vor Gericht geht.«

»Ich habe noch nie ausgesagt.« Sylvia legte ihre Hände wieder auf die Tischplatte. »Von zweien habe ich die Gesichter erkannt, als sie diese Männer in meinem Café erschossen. Hätte glatt Bilder von denen zeichnen können. Ich sehe sie immer noch vor mir. Aber dann kriegte ich plötzlich spätabends Anrufe und Kugeln mit der Post. Ich bin noch nie ins Gericht gegangen. Aber diesmal mache ich es.«

Sie drückte Lennons Handgelenke.

»Danke«, sagte er. »Ihnen passiert nichts, das verspreche ich. Sie brauchen keine Angst zu haben.«

»Um Angst geht es überhaupt nicht«, sagte Sylvia, und ihre Züge verhärteten sich. »Leute vom selben Schlag sollten zusammenhalten. Gütiger Himmel, man versucht doch nicht, jemanden umzubringen, der aus demselben Stall kommt wie man selbst. Wenn man den eigenen Leuten nicht mehr trauen kann, wem kann man dann denn überhaupt noch trauen?«

Lennon rang sich ein Lächeln ab und schob seine Hände unter ihre. »Ich bin froh, dass Sie das so sehen.«

Ein Klopfen an der Tür zerstörte den vertrauten Moment. Chief Inspector Uprichard lehnte sich hinein.

»Haben Sie mal eine Minute für mich?«, fragte er.

Detective Chief Inspector Dan Hewitt saß neben Uprichards Schreibtisch und musterte Lennon. Hewitt und Lennon hatten gemeinsam Garnerville durchlaufen. Hewitt war die Karriereleiter weiter emporgeklommen, obwohl er mit 36 sogar noch ein Jahr jünger war als Lennon. Er war intelligent, mit allen Wassern gewaschen und bestens für die verdeckten Ermittlungen des Geheimdienstes C3 geeignet. Während Lennon es mit Mühe in das für Kapitalverbrechen zuständige Dezernat C2 geschafft hatte, war Hewitt problemlos in das brandneue Dezernat übernommen worden, das inzwischen an die Stelle der Special Branch getreten war. Diese runderneuerte Einheit, für das Nordirland der Zeit nach dem Waffenstillstand vom alten Filz gesäubert und aufpoliert, war nicht mehr darauf angewiesen, dass die Cops ihre eigenen sehr geheimen Geheimnisse besaßen.

Trotzdem wusste jeder, was sich hinter dem C3 verbarg; viele nannten ihn auch weiterhin Special Branch, wenn sie nicht gerade ein Formular ausfüllten oder mit der Presse sprachen. Die Beamten des C3 arbeiteten nach wie vor in einem abgeriegelten Trakt weitab von ihren Kollegen, mit schalldichten Wänden und Türen mit Ziffern. Vor erst zehn Jahren hatte die Special Branch zahllose Leben gerettet, indem sie Informanten bezahlt, Überwachungsoperationen durchgeführt und den Paramilitärs das Leben schwergemacht hatte. Aber sie hatte auch ein schmutziges Geschäft betrieben, genau wie der MI5 und die Fourteen Intelligence Company der Army. Jeder dieser Dienste führte seine eigenen Operationen durch. Manchmal kooperierten sie, öfter aber nicht. Alle arbeiteten in der Grauzone zwischen dem Gesetz und dem, was getan werden musste, und allen klebte Blut an den Händen. Einige Leute vertraten die Meinung, der Friedensprozess habe Special Branch und Konsorten im besten Falle überflüssig gemacht, im schlimmsten aber zu einem gefährlichen Relikt der quasi-militärischen Rolle, die die Polizei in diesem Land annähernd dreißig Jahre lang gespielt hatte. Andere fanden, dass dieser Einheit innerhalb der Polizei immer noch eine wichtige Aufgabe zukam, solange die Paramilitärs noch auf der Straße waren. Lennon war sich nicht sicher, welcher Auffassung er eher zuneigte. Es hing immer davon an, auf wen er zum jeweiligen Zeitpunkt einen größeren Rochus hatte: auf den C3 oder dessen Feinde.

Uprichard schaukelte auf seinem Stuhl vor und zurück. Das Knarzen sägte an Lennons Nerven.

»Was ist?«, fragte er.

Uprichard hampelte weiter.

Hewitt kratzte sich am Kinn.

»Was ist?«, fragte Lennon noch einmal.

Uprichard sah Hewitt an. »Sie wollten ihn sehen, nicht ich.«

Hewitt seufzte. »Wie hieb- und stichfest sind sie?«

Lennon sah von einem zum anderen. »Wie hieb- und stichfest ist was?«

»Die Beweise gegen Rankin.«

Lennon lachte auf. Hewitts Blick verfinsterte sich noch mehr. Das Lachen blieb Lennon im Halse stecken. »Meinst du das etwa ernst?«

Hewitt hob die Augenbrauen und wartete.

»Ich habe eine Zeugin, die gesehen hat, wie er auf Crozier einstach, und bereit ist, das auch zu bezeugen. Ich habe ein Opfer, das ihn identifizieren kann, sobald es wieder auf den Beinen ist. Ich habe eine Waffe mit Croziers Blut und Rankins Fingerabdrücken drauf. Ich habe das Blut auf seinen Kleidern. Soll ich weitermachen?«

Hewitt bekam einen roten Kopf. »Verdammt«, fluchte er. »Und kann man das nicht noch irgendwie abbiegen?«

Lennon lehnte sich vor. »Abbiegen? Höchstens eine Zeitmaschine kann jetzt noch verhindern, dass Dandy Andy in Maghaberry einfährt. Außer, wir haben etwas übersehen. Eigentlich hatte ich gedacht, Rankin hinter Schloss und Riegel zu bringen, wäre eine ... na ja ... eine gute Sache.«

»Nicht für jeden«, antwortete Hewitt. »Hör mal, musst du denn versuchten Mord in den Polizeibericht schreiben? Wie wäre es mit schwerer Körperverletzung? Eine Rauferei, die aus dem Ruder gelaufen ist. Ohne Tötungsabsicht.«

Lennon schluckte seine Wut hinunter. »Dann fahr du doch mal ins City Hospital und schau dir das Loch ins Croziers Hals an. Und danach erklärst du mir noch mal, ob Rankin nicht versucht hat, ihn umzubringen. Er hatte Glück, dass er nicht die ...«

»Und es könnte keine Notwehr gewesen sein? Am Tatort herrschte ein ziemliches Durcheinander. Hast du das als Polizeibeamter persönlich überprüft?«

»Ich habe es persönlich überprüft. Herrgott, er hat der armen Sylvia Burrows ein Messer an die Kehle gehalten.«

»Scheiße«, sagte Hewitt.

Lennon lehnte sich wieder zurück. »Kann mir mal jemand irgendeinen Grund nennen, warum es falsch sein könnte, einen Scheißkerl wie Rankin einzubuchten?«

Uprichard hustete. »Na ja, Jack, wie Sie wissen, sind die Wege unserer Kollegen im C3 unerforschlich. Sie haben oft Informationen, die wir normalen Beamten eben nicht haben. Es könnte hier weiterreichende Implikationen geben, andere Operationen, die möglicherweise in Gefahr ...«

»Rankin übt eine immense Kontrolle über diesen Teil von Belfast aus«, unterbrach Hewitt, ohne sich um die Verärgerung auf Uprichards Gesicht zu scheren. »Er hält alle auf Spur, hält die Dealer von den Kindern fern, hält die Jungs aus der Gegend davon ab, dass sie einander die Gurgel durchschneiden. Mag sein, dass er ein Scheißkerl ist, da widerspreche ich dir gar nicht. Aber er ist ein nützlicher Scheißkerl.«

»Ist er ein Informant?«

Hewitt legte den Kopf schief. »Du weißt doch ganz genau, dass du mich so was nicht fragen kannst.«

»Ist er einer? Ein Spitzel?«

»Das geht dich nichts an. Rankin sorgt bei den Jungs für Disziplin. Etwas, was den Loyalisten immer gefehlt hat. Auf deiner Seite des Zauns ist es doch genau dasselbe. Als McKenna und McGinty getötet wurden, hätte das die gesamte republikanische Bewegung auseinanderreißen können, aber die Führung ist resolut dazwischengegangen und hat alle unter Kontrolle gehalten.«

»Was zum Teufel soll das heißen, auf meiner Seite des Zauns?«

»Also wirklich, Jack«, ging Uprichard genervt dazwischen.

»Ich meine damit nur, dass du Katholik bist, du stammst nun mal aus dieser Bevölkerungsgruppe«, sagte Hewitt und hob abwehrend die Hände.

Lennon wollte schon vom Stuhl springen, ohne zu wissen, was er als Nächstes tun würde, aber Uprichard sagte: »Bitte, Jack, lassen Sie den Mann ausreden.«

Hewitt lächelte. »Du weißt ja, wie fest die Republikaner ihren Laden im Griff haben. Die Loyalisten sind da anders. Die würden noch ihre eigenen Großmütter umbringen, wenn sie sich einen Vorteil davon versprächen. Wenn wir eine stabilisierende Kraft wie Rankin aus diesem Lager entfernen, dann weiß der Himmel, was uns blüht.«

Lennon starrte Hewitt zornig an. »Ist das deine Haltung oder die des Nordirlandbüros?«

»Schwere Körperverletzung, Jack. Er wird seine Zeit absitzen, selbst wenn er in Berufung geht, und ich garantiere dir, dass er das tut. Du bist derjenige, der Rankin hinter Gitter bringen wird. Es wird in deiner Akte als deine Verhaftung festgehalten, als dein Fall. Es wird sich gut für dich machen, wie du dich in einer brenzligen Situation bewährt hat, wie du Rankin und Crozier Erste Hilfe geleistet und verhindert hast, dass diese reizende alte Dame aufgeschlitzt wurde. Da könnte eine Belobigung für dich drin sein. Du kannst auch Rankin im Krankenhaus verhören, sobald die Ärzte es erlauben. Du kannst versuchen, ob du vielleicht irgendwelche Schweinereien aus ihm herausbekommst, denen du dann nachgehen kannst. Ich wäre überrascht, wenn dich das nicht wieder zurück in die Mordkommission brächte.«

Lennon starrte ihn weiter an. »Vorsätzliche Körperverletzung.«

»Nein«, wehrte Hewitt ab. »Dafür könnte er lebenslänglich kriegen, wenn er an den falschen Richter gerät.«

»Bei schwerer Körperverletzung kriegt er nur fünf Jahre, vielleicht noch weniger, wenn er sich kooperativ verhält. Das heißt, höchstens zweieinhalb, wenn er sich im Bau benimmt. Und die Untersuchungshaft wird ihm auch noch angerechnet.«

Hewitt starrte zurück. »Ich werde dafür sorgen, dass der Staatsanwalt die Maximalstrafe fordert.«

»Einen Scheiß wirst du tun«, sagte Lennon.

Uprichard mischte sich wieder ein. »Staatsanwalt Gordon hat in seinem Team demnächst eine Stelle frei. Charlie Stinson wird für ein Jahr nach Südafrika versetzt. Ich bin mir sicher, Gordon könnte Sie gebrauchen.«

Lennon dachte einen Moment über diese Perspektive nach. Staatsanwalt Gordon leitete das beste Morddezernat der ganzen Stadt.

»Damals in Garnerville warst du von uns allen der Intelligenteste«, sagte Hewitt. »Sogar intelligenter als ich. Du willst dir doch wegen so eines Dreckskerls wie Rankin keinen Ärger einhandeln. Und außerdem brauchst du dich nach den jüngsten Vorkommnissen gar nicht so aufs moralische Podest zu stellen. Bei der Sache mit Patterson bist du noch gut weggekommen. Dafür schuldest du mir einen Gefallen.«

Lennon legte den Kopf in die Hände.

»Scheiße«, sagte er.

6

Manchmal verfolgten die Träume Gerry Fegan bis zum Wachwerden. Er wusste, dass es eine feste Grenze zwischen seiner Phantasie und der eigentlichen Welt gab, aber die Träume überschritten sie trotzdem irgendwie. Noch vor wenigen Monaten hatte er seine Schreckensbilder jede Nacht im Whiskey ertränkt. Jetzt, wo er nüchtern war, blühten sie auf und wucherten bis in seine wachen Stunden hinein. Aber trotzdem war das alles noch besser als früher, als ihm noch die Schatten der Toten bis in die letzte Gasse von Belfast gefolgt waren.

Er warf die Decke zur Seite, und die feuchte Luft machte ihn schlagartig wach. Doch selbst als schon sein Bewusstsein flackernd zum Leben erwachte, krochen noch Traumgestalten über die Wände. Er blinzelte und rieb sie sich aus den Augen. Die Ballen seiner schwieligen Hände scheuerten auf seinen Lidern, und das beginnende Poltern und Gellen der Stadt schlich sich durch die schmalen Fenster. Fegan setzte sich auf und warf die Beine über den Rand des schmalen Bettes.

Die Narbe an seiner rechten Schulter juckte, eine rosa glänzende Sonne, umgeben von den schrägen Malen amateurhafter Nähstiche. Er rieb mit der Handfläche darüber, bis die rissigen Schwielen den Juckreiz verscheucht hatten. Als er sich streckte, glitt die Erschöpfung durch seine Schultern und Arme.

Gestern Abend hatte Tommy Sheehy ihm, kurz bevor er

Schluss gemacht hatte, eine Nachricht von den Doyles überbracht. Sie wollten heute Morgen auf der Baustelle mit Fegan sprechen. Seitdem verursachte diese Vorladung ihm Bauchschmerzen. Er kannte die Doyle-Zwillinge, beides pausbackige, kumpelhafte Typen. Ständig schlugen sie ihren Arbeitern auf den Rücken, machten Witze, manchmal drückten sie ihnen auch zwinkernd ein paar Scheine in die Hand mit den Worten: »Heb mal ein Glas, Junge, du bist ein guter Malocher.«

Dann nickten die Arbeiter lächelnd, sagten danke, sahen den Doyle-Brüdern jedoch keine Sekunde in die Augen. Die Jungs saßen auf der Baustelle mit ihren Sandwiches und Thermoskannen beisammen und palaverten. Fegan beteiligte sich an den Gesprächen nicht oft. Jeder wusste, dass er ein stilles Wasser war, aber er hörte zu. Sie erzählten, dass Packie Doyle die Leber eines Mannes an seinen Hund verfüttert hatte. Sie erzählten, dass Frankie Doyle einen anderen Mann gezwungen hatte, seiner Frau vor den Kindern den kleinen Finger abzuschneiden. Fegan kannte sich gut genug mit harten Jungs aus, um zu wissen, dass die meisten Geschichten nichts weiter waren als eben Geschichten. Die Wahrheit war vermutlich noch viel hässlicher.

Bei Killern kannte Fegan sich aus, und Packie Doyle stank drei Meilen gegen den Wind danach, von Frankie ganz zu schweigen. Sie wollten Fegan um neun sehen. Der Wecker klingelte. Fegan brachte ihn mit der flachen Hand zum Schweigen. Hupen und Schreie drangen von der Straße herauf und hallten zwischen den hohen Gebäuden wider.

Fegan stand auf, durchquerte das Zimmer und zog die Jalousie auf. Ohne das unwillige Quietschen zu beachten, zog er das Fenster hoch. Die Septemberwärme wehte herein. In diesem alten Gemäuer war die Luft immer kälter als draußen.

Er war erst seit zwei Monaten hier und liebte New York, trotz seines erbärmlichen Zimmers, das er mit Mäusen und Kakerlaken teilte. Diese Stadt besaß kein Gedächtnis. Niemanden interessierte es, wer er war und was er getan hatte. Er konnte durch die Menge laufen und war genauso unbescholten wie alle anderen, seine Schuld war begraben. Bis gestern Abend jedenfalls. Bis die Doyles nach ihm geschickt hatten.

»Du bist Gerry Fegan aus Belfast«, begann Packie Doyle.
»*Der* Gerry Fegan«, ergänzte Frankie Doyle.
»Sie verwechseln mich«, sagte Fegan.

Die Doyles grinsten ihn beide auf dieselbe Weise an, Frankie von seinem Platz hinter dem Mahagoni-Schreibtisch aus, Packie von seinem Posten auf dem Fensterbrett, von dem aus er die Gasse hinter der Bar überblickte. Plastikplanen bedeckten jede Oberfläche, um sie vor Putz und Sägespänen zu schützen.

»Klar doch«, sagte Packie.
»Wir verwechseln dich«, sagte Frankie.
»Mein Name ist Paddy Feeney«, erklärte Fegan. »Ich stamme aus Donegal. Ich habe Ihrem Vorarbeiter meinen Ausweis gezeigt.«

Der Vorarbeiter hatte keine Probleme damit gehabt, für die Renovierungsarbeiten einen illegalen Einwanderer einzustellen. Die meisten Jungs hier waren Illegale, von woher auch immer. Er hatte Fegan einen Tag gegeben, um seine Fähigkeiten als Zimmermann unter Beweis zu stellen. Den Pass hatte er sich nicht allzu genau angesehen.

»Wenn du nicht Gerry Fegan aus Belfast bist«, sagte Frankie, »dann stört es dich ja sicher auch nicht, dass jemand nach einem Mann dieses Namens sucht.«

Packie fügte hinzu: »Jemand, der bereit ist, gutes Geld für Informationen über den Aufenthaltsort eines gewissen Gerry Fegan aus Belfast zu zahlen. Sie haben sogar ein Foto geschickt.«

Frankie legte einen Computerausdruck auf den Schreibtisch.

Er zeigte einen Mann Mitte bis Ende zwanzig mit spitzem, hohlwangigem Gesicht. Das Bild war mindestens zwei Jahrzehnte alt, ein altes Fahndungsfoto der Polizei.

»Das bin ich nicht«, sagte Fegan.

»Sieht dir aber ähnlich«, sagte Frankie.

»Sehr ähnlich«, sagte Packie.

Fegan musterte den jungen Mann auf dem Bild. Die Brust schnürte sich ihm zu.

»Wir haben ein bisschen herumgefragt«, sagte Frankie.

»Und ein paar Jungs in Belfast angerufen«, sagte Packie.

»Die erzählen, Gerry Fegan ist ein verrückter Scheißkerl.«

»Ein knallharter Bursche.«

»Gefährlich.«

»Ein Killer.«

Beide Männer besaßen Köpfe so rund wie Glühbirnen, ihre Körper waren fett. Wer dumm war, dachte vielleicht, sie seien fett und langsam. Fegan wusste es besser.

Packie rutschte vom Fensterbrett, kam um den Schreibtisch herum und setzte sich auf die Kante. Billiges Aftershave stach Fegan in die Nase.

»Ich habe gesehen, wie du dir diesen russischen Muskelprotz vorgenommen hast«, sagte Packie. »Der war zweimal so groß wie du, trotzdem hast du ihn plattgemacht.«

Fegan hatte schon geahnt, dass er diese Sache noch bereuen würde. Andrej war kein Russe, er war Ukrainer und hatte eine große Klappe. Den ganzen Tag lang hatte er an Fegan herumgestichelt. Dann hatte er etwas Hässliches über Fegans Mutter gesagt. Fegan war nicht aus der Haut gefahren, sein Pulsschlag hatte sich kaum erhöht. »Ich wollte nur, dass er mich in Ruhe lässt«, erklärte er.

»Mann, und wie er dich in Ruhe gelassen hat«, sagte Packie. »Der ist nicht mal gekommen, um seinen Lohn abzuholen.«

Frankie saß einstweilen schweigend da und ließ seinen Bruder reden. Er sah Fegan an und lächelte.

»Es kommt nicht wieder vor«, sagte Fegan. »Ich bin keine Kämpfernatur.«

»Paddy Feeney mag vielleicht keine Kämpfernatur sein«, erwiderte Packie, »aber Gerry Fegan ist ganz bestimmt eine.«

»Ich habe Ihnen doch schon gesagt, ich bin nicht dieser Fegan.« Er stand auf. »Ich bin Paddy Feeney, und damit hat es sich. Wenn Sie mir nicht glauben wollen, kann ich auch nichts machen. Auf mich wartet Arbeit.«

Er wandte sich zur Tür.

»Setz dich hin, zum Teufel!«, befahl Frankie.

Fegan wandte sich wieder zu den Brüdern um. Eigentlich hatte er gedacht, er habe es hinter sich, von dieser Sorte Männer herumkommandiert zu werden. Unbarmherzigen Männern mit einer inneren Leerstelle, die es ihnen ermögliche, vom Leid anderer Menschen zu profitieren. Fegan hatte viele solcher Männer kennengelernt. Einige hatte er getötet, aber das war in einer anderen Welt und in einem anderen Leben gewesen. Er setzte sich wieder hin.

Frankie lächelte. »Du bist also Paddy Feeney aus Donegal. Hast du hier ein anständiges Leben, Paddy?«

»Ich kann mich nicht beschweren«, sagte Fegan.

»Verdienst du ordentlich?«

»Es reicht«, sagte Fegan.

»Du bist handwerklich geschickt«, sagte Frankie.

Fegan gefiel die Art nicht, wie Frankie sich über die Lippen leckte. »Ich kann gerade sägen. Mehr braucht man für den Job hier nicht.«

»Aber du hast doch mehr drauf als nur das«, sagte Frankie.

Fegan sah auf seine Füße.

»Willst du ein bisschen mehr Geld verdienen?«

»Ich verdiene genug«, antwortete Fegan.

»Genug gibt es gar nicht«, sagte Frankie. »Nur hier und da ein kleiner Auftrag, nichts besonders Anstrengendes. Gutes Geld für einen Mann mit geschickten Händen.«

»Ich brauche nicht mehr Geld«, wehrte Fegan ab.

»Vielleicht nicht, aber darum geht es hier ja auch gar nicht«, gab Frankie zurück. »Sagen wir mal, wir nehmen dich beim Wort. Sagen wir mal, wir glauben dir, dass du Paddy Feeney aus Donegal bist und nicht Gerry Fegan aus Belfast. Wir kontaktieren den Mann nicht, der diesen Gerry Fegan sucht, und sagen ihm auch nicht, dass wir wissen, wo er steckt. Einen, der so heißt, kennen wir nicht. Wie viel wäre dir das wert?«

Fegan sah erst Frankie und dann Packie an. »Ich muss wieder an die Arbeit. Ich muss das Treppengeländer fertigmachen.«

»Klar, denk erst mal ein oder zwei Tage drüber nach«, sagte Packie.

»Sag uns in ein paar Tagen Bescheid«, sagte Frankie.

Fegan stand auf und ging zur Tür.

»Noch was, Gerry«, sagte Packie.

Fegan blieb stehen.

»Er meinte, Paddy«, sagte Frankie.

»Bleib schön hier«, sagte Packie. »Ein paar Freunde von uns werden dich im Auge behalten. Du wirst sie nicht sehen, jedenfalls nicht die ganze Zeit über. Aber sie werden dich sehen.«

Fegan blickte sich nicht um. »Das Geländer muss fertig werden«, sagte er und schloss die Tür hinter sich.

7

Der Türsteher des Vavery's nickte, als Lennon eintrat. Die Bar wirkte in letzter Zeit sauberer und heller. Den Umsatz mochte das Rauchverbot zwar vielleicht nicht gesteigert haben, aber auf jeden Fall hatte es die Luft verbessert. Belfasts traditionelle Studentenkneipe schien inzwischen eher ein älteres Publikum anzuziehen. Kein Haschischwölkchen kitzelte Lennon in der Nase, die Frisuren waren weniger exotisch, die vorherrschende Kleiderordnung war weniger schmuddelig. Während er sich auf einen Hocker an der Bar setzte, überließ sich Lennon einen Moment lang nostalgischen Erinnerungen an seine Studentenzeit, als er und seine Kumpel hier noch ihre Stipendien für Apfelwein verpulvert hatten.

Lennon hatte am Queen's Psychologie studiert und einen akzeptablen Abschluss hinbekommen. Wenn alles anders gekommen wäre, hätte er auch noch seinen Magister oder vielleicht sogar den Doktor gemacht. Doch letztlich hatte er dann nicht einmal an seiner eigenen Graduiertenfeier teilgenommen. Dabei hatte sich seine Mutter dafür extra noch ein neues Kleid gekauft und hatte sich dafür sogar von ihrem Heimatort nahe der Grenze bis zu Marks & Spencer's in Belfast aufgemacht. Um es bezahlen zu können, hatte sie sich bei der Genossenschaftsbank Geld geliehen.

Lennon erinnerte sich noch daran, wie sie im Wohnzimmer

ihres alten Hauses auf und ab stolziert war und immer wieder gefragt hatte, ob es gut saß, ob der Saum nicht heraushing und ob es sie schlanker machte. Lennon und sein älterer Bruder Liam hatten sich erschöpfte Blicke zugeworfen, während sie ihr immer wieder erklärten, wie wunderbar das Kleid ihr stand.

»Aber das ganze Geld«, jammerte sie und nagte besorgt an ihrer Lippe. »Ich würde das viele Geld nicht ausgeben, wenn irgendwas nicht stimmt.« Dann drohte sie ihnen nacheinander mit dem Finger. »Sagt mir bloß nicht, es sieht gut aus, wenn es nicht stimmt.«

»Du siehst bezaubernd darin aus, Ma«, sagte Liam und stand auf. Der Stoff seines Hemdes spannte über seinen breiten Schultern. Von einem Hurlingspiel, bei dem er aus Versehen den Schläger eines Mitspielers abbekommen hatte, trug er immer noch ein blaues Auge zur Schau. So jedenfalls hatte er es seiner Mutter weisgemacht. »Hör doch auf, dir deswegen Sorgen zu machen. Es ist doch nur Geld.«

»Nur Geld?«, rief sie und kniff die Augen zusammen. »Jetzt hör dir den mal an. Warte nur, bis du erst selbst Kinder hast, und sag mir dann noch mal, es ist doch nur Geld. Schließlich hat es mich jeden Penny gekostet, den ich hatte, einen von euch auf die Uni zu schicken, sogar mehr, als ich hatte. Und der hat dann alles nur für Bier, Apfelwein und Weiber verjubelt.«

Lennon tat beleidigt. »Das war nur die Miete. Dafür hat das Stipendium doch kaum ausgereicht.«

»Verarsch mich nicht«, schimpfte sie, einer der wenigen Flüche, die ihr über die Lippen kamen.

Eine gute Woche später, einen Tag, bevor sie es zu ihrer Abschlussfeier tragen sollte, brachte sie das Kleid zurück zu Marks & Spencer's. Sie tauschte es gegen ein schwarzes um und begrub dann, was von Liam übrig geblieben war.

Lennon erinnerte sich noch daran, wie er den Sarg getragen

hatte. Er hatte kaum etwas gewogen. Das war jetzt sechzehn Jahre her, und immer noch suchte ihn die Stille der Trauernden heim, wenn er am wenigsten damit rechnete.

Er schob die Erinnerung beiseite und blickte sich in der Bar um. Es war noch früh, da konnte sich noch viel ergeben. Er hatte eine Stunde in dem kleinen Sportstudio des Präsidiums zugebracht, war zum Duschen nach Hause gefahren, hatte sich in der Mikrowelle ein Fertiggericht heiß gemacht und war losgezogen. Er hatte allen Grund zum Feiern. Für den nächsten Morgen war ein Treffen mit Staatsanwalt Gordon verabredet, und er hatte gute Chancen, vor Ablauf der Woche wieder zur Mordkommission zu gehören. Er ignorierte das flaue Gefühl im Magen bei dem Gedanken, dass Rankin mit Körperverletzung davonkam. Aber damit konnte er leben, konnte sein Gewissen ersäufen, wenn er dadurch nur wieder in die Mordkommission kam.

Heute tauchten im Vavery's keine Touristen auf, sondern nur Leute, die versuchten, mit einem Glas Alkohol unter der Woche ihre Studentenzeit wiederaufleben zu lassen. Lennon machte das Barmädchen auf sich aufmerksam, ein dürres, verhuschtes Ding mit schwarz gefärbten Haaren.

»Ein Stella«, bestellte er und legte fünf Pfund auf die Bar.

In einer Ecke stimmte ein Duo seine Gitarren. Eine Frau sagte »Eins, zwei« ins Mikrofon. Sie war großgewachsen, fast so groß wie Lennon selbst, und hatte eine blonde Wuschelmähne. Draußen an der Tafel war sie als »Nina Armstrong« angekündigt. Er nahm sie und ihre um sie gescharten Anhänger in Augenschein. Zu viele Männer wetteiferten um ihre Gunst, das war die Mühe nicht wert. Schade. Auf ihre Hippie-Art sah die Blonde ziemlich gut aus.

Die beiden fingen an zu spielen. Die Frau konnte tatsächlich singen, mit klarer, weicher Stimme, und der Gitarrist war nicht schlecht. Weitere Gäste strömten herein, paarweise oder in größeren Grüppchen. Das Stella brannte auf seiner Zunge. Lennon beobachtete die Frauen, um ihre Schwächen zu ergründen.

Ein trockener Raucherhusten weckte Lennon. Unbarmherzige Sonnenstrahlen verstärkten seine Kopfschmerzen. Er zwang sich, die Augen aufzumachen, und blinzelte die Frau an, während in seinem Schädel ein heftiger Schmerz pochte. Sie stand in Strapsmieder und Tanga da, in einer Hand ein Feuerzeug, in der anderen eine Zigarette. Einen Moment lang fragte er sich, was sie wohl als Aschenbecher benutzen würde, dann bemerkte er auf dem Nachttisch ein halbvolles Weinglas, in dem schon drei ausgedrückte Stummel lagen.

»Meine Güte, du siehst ja beschissen aus«, sagte sie. Ihr kehliges Lachen verwandelte sich in einen bellenden Husten.

Der Name fiel ihm nicht mehr ein. Irgendwas Irisches. Protestantin war sie also nicht. Siobhan? Sinead? Seana? Er rieb sich die Augen und dachte fieberhaft nach. Das Einzige, woran er sich von der vergangenen Nacht noch erinnern konnte, war, wie sie ihm ins Ohr geschrien hatte, dass sie Krankenschwester im Royal sei, während er ihr in die Bluse gestiert hatte.

»Morgen«, krächzte er.

Mein Gott, was für eine Kratzbürste! Offenbar verliere ich langsam mein Gespür, dachte er. Der Gedanke jagte ihm einen Schreck ein. Er streckte die Hand aus. »Lass mich mal ziehen.«

»Ich dachte, du rauchst nicht.«

»Tue ich auch nicht.« Er schnippte mit den Fingern.

»Nur einmal, klar. Ich hab nur noch ein paar Kippen übrig.«

Sie kam ans Bett und steckte ihm den Filter zwischen die Lippen. Er machte einen Zug, inhalierte, hustete, ihm wurde schwindelig. »Scheiße«, krächzte er.

Sie lachte, die Brüste in ihrem Mieder wackelten. Auf die rechte hatte sie einen keltischen Knoten eintätowiert. Lennon stierte ihn durch feuchte Augen an, er roch den Tabak und den Sex. Er überlegte, ob er wohl noch eine Runde schaffte, entschied sich aber dagegen. Er reckte den Kopf, bis er hinter ihrer Hüfte die Uhr sehen konnte. Schon acht vorbei. Um neun sollte er im Büro von Detective Chief Inspector Gordon sein.

»Scheiße«, sagte er und warf die Bettdecke zurück. »Ich muss los.«

»Du kannst mich doch noch nach Hause bringen, oder?«

»Wo ist das?« Die Holzdielen unter seinen Fußsohlen waren eiskalt, was immerhin den Nebel hinter seinen Augen ein wenig lichtete.

»Hast du mir gestern Nacht etwa kein bisschen zugehört?« Sie zeigte auf ihre Brust. »Oder warst du nur an denen hier interessiert?«

Er seufzte. »Wo also?«

»Beechmount Parade. Die geht von den Falls ab.«

»Nein. Ich muss um neun auf der Arbeit sein, sonst bin ich erledigt. Den ganzen Weg da raus und wieder zurück schaffe ich nicht.«

»Auf der Arbeit?« Sie stand da und hatte eine Hand auf den Bauch gelegt, die andere mit der Zigarette zeigte auf ihn. »Du hast mir doch erzählt, du wärst Pilot bei einer Fluglinie.«

»Wirklich?«

»Ja, wirklich, verdammt.«

»Mein Gott«, stöhnte er.

»Und was bist du wirklich? Du wirst ja wohl kaum in einem Callcenter am Telefon sitzen, wenn du dir die Bude hier leisten kannst.« Sie ging zum Fenster und zog den Vorhang zurück. »Mit Blick auf den Fluss und so weiter. Ganz schön schick. Was machst du eigentlich?«

»Hör mal, nimm doch einfach ein Taxi.« Er zeigte auf seine

Jeans, die zusammengeknüllt auf dem Fußboden lag. »Nimm dir das Geld aus meiner Brieftasche.«

»Das ist ja wieder mal typisch.« Sie schnappte sich die Jeans und suchte nach der Brieftasche. »Nichts als Angeberei. Hauptsache vögeln, und alles ist in Butter. Wie es mir geht, spielt ja keine Rolle. Du Arschloch.«

Sie fand die Brieftasche, klappte sie auf und grinste. Das Grinsen verwandelte sich in ein Stirnrunzeln. Dann hielt sie ihm die offene Brieftasche hin und zeigte auf das Foto. »Wer ist das?«

»Meine Tochter«, sagte er.

Das Lächeln kehrte flackernd zurück. Er merkte, dass sie ihn beneidete.

»Wie alt?«, fragte sie. »Ein Jahr?«

»Fünf«, sagte er. »Bald schon sechs.«

»Mein Gott, konntest du dir da nicht ein neueres Bild einstecken?«

Er überlegte, ob er die Frage beantworten sollte. Dass er nur zu gern ein neueres Foto gemacht hätte, wenn Ellens Mutter ihm nur erlauben würde, seine Tochter kennenzulernen. Dass sie das aber niemals tun würde, weil sie ihn so für das bestrafte, was er getan hatte. Dass sie vor sechs Monaten weggezogen waren und er seitdem versuchte, herauszubekommen, wo sie steckten.

Doch stattdessen sagte er: »Mit zehn Pfund müsstest du hinkommen.«

»Wie großzügig«, sagte sie und suchte die Scheine heraus. »Na schön, hab schon verstanden. Ich bin sofort aus deinem ...«

Sie sprach nicht weiter.

»Da müsste doch noch ein Zehner drin sein«, sagte er.

Sie starrte ihn an, und da begriff er.

Er hob die Hände. »Hör mal, ich ...«

»Ein verdammter Cop?«

»Ich ...«

»Du bist ein Scheißcop?«

Sie warf die Brieftasche nach ihm. Sie klatschte auf seine Brust und fiel zu Boden. Die Frau sah auf sie herab. Sie bückte sich, hob sie auf, nahm zwei Zehn-Pfund-Scheine heraus und warf noch einmal. Diesmal fing er sie auf. Er warf sie neben sich aufs Bett.

»Gütiger Himmel, wenn jemand wüsste, dass ich mich von einem Cop habe abschleppen lassen«, sagte sie. »Da wäre ich im Arsch, die würden mich glatt ausräuchern.«

Lennon grinste. »Dann erzähl denen doch einfach, ich bin Pilot.«

»Arschloch«, sagte sie und sammelte ein paar Kleidungsstücke zusammen. »Mann, ich wusste ja, dass die Cops ziemlich gut verdienen, aber so eine Bude?« Sie nahm ihre Jeans vom Stuhl in der Ecke. »Oder wohnst du zur Miete? Muss ja ein Vermögen ...«

Etwas Schweres fiel zu Boden. Sie starrte auf das lederne Halfter hinab.

»Ist das da tatsächlich das, was ich glaube?«

Lennon zuckte die Achseln und nickte.

Sie musterte das Halfter weiter, während sie ihre Jeans anzog und sich das Geld in die Tasche stopfte. Dann hob sie es auf, drehte es in den Händen und zog die Pistole aus der Hülle. »Was für eine Marke ist das?«, fragte sie.

»Eine Glock«, antwortete er. Er sah zu, wie sie das Halfter auf den Boden warf. Ihr Nagellack war abgeplatzt.

»Hast du schon mal einen erschossen?«, fragte sie.

»Nein«, gab er zurück. Eine wohleinstudierte Lüge.

»Die Narbe da auf deiner Schulter. Du hast erzählt, die hättest du von einem Autounfall.«

»Das stimmt.«

»Glaube ich dir nicht.«

Er gab keine Antwort.

Sie fuhr über die Kanten der Glock, hob sie an ihre Nase und roch daran. Ihre Zunge glitt über die Oberlippe. »Ganz schön schwer«, sagte sie. »Ist sie geladen?«

»Natürlich«, sagte er.

»Solltest du nicht ein bisschen vorsichtiger sein? Solltest du sie mir nicht wegnehmen?«

»Vielleicht«, sagte er.

»Es gibt aber einen Sicherungshebel oder so was, stimmt's?«

»Nein«, sagte er. Er formte seine Finger zu einer Pistole und zielte auf sie. »Man zielt bloß und drückt ab. Ganz einfach.«

Sie sah von der Glock hoch, konnte aber seinem Blick nicht standhalten. Langsam ging sie hinüber zur Kommode und trug dabei die Pistole so behutsam, als sei sie aus hauchdünnem Stoff. Dann legte sie sie ab, die Waffe machte auf dem Holz kaum ein Geräusch.

»Ich sollte los«, sagte sie.

8

Der Nomade kroch wieder ins Bett und zog das Laken über sich. »Ich bin eine Weile weg«, sagte er.

Sofia wandte ihm weiter den nackten Rücken zu, das Licht des späten Nachmittags sammelte sich in den Tälern ihres Fleisches. Zwischen den Schultern hatte sie auf ihrer dunklen Haut eine helle Narbe. Er hatte sie nie gefragt, woher die stammte, konnte es sich aber vorstellen. »Weshalb?«, fragte sie.

»Geschäftlich«, sagte der Nomade.

Sie reckte sich und rollte sich auf den Rücken, ihre Haut strich über seine, die Härchen an ihrem Unterarm kitzelten seine Schulter. »Wann bist du wieder da?«, fragte sie.

»Kommt drauf an«, sagte er. »Vielleicht dauert es gar nicht lange.«

»Vielleicht«, wiederholte sie. »Das hast du beim letzten Mal auch gesagt.«

»Dann such dir doch einen anderen zum Spielen. Macht mir nichts aus. Sieh nur zu, dass er ein Gummi überzieht. Ich will mir nichts von irgendeinem dreckigen Mistkerl einfangen.«

»Du Schwein«, sagte sie und rollte sich weg.

Er griff unter das Laken und kniff in die fleischigen Pobacken. Sie schlug seine Hand weg, das Klatschen hallte in dem hohen Zimmer wider. Mit seinen Gesimsen und der Stuckrose um die Lampe hatte man es ausstaffiert, als gehöre es in ein altes Herrschaftshaus, dabei stand dieses Gebäude hier bestimmt noch nicht länger als fünf oder sechs Jahre. Neues Geld, das wie altes aussehen will, dachte der Nomade. Sofia hatte das Anwesen von ihrem toten Ehemann geerbt und mit ihm noch ein halbes Dutzend anderer Immobilien, ein fettes Investment-Portfolio und eine Verkaufsvertretung für Luxusschlitten. Ob sie wohl wusste, dass er derjenige war, der ihren Mann ins Jenseits befördert hatte? Er nahm es an, aber sie ließ es nie durchblicken. Die Narbe auf ihrem Rücken war nicht die einzige. Beim ersten Mal, als er mit ihr ins Bett gegangen war, war in ihren Augen fast so etwas wie Dankbarkeit gewesen.

Doch es war nicht sie gewesen, die für den Mord bezahlt hatte, sondern ein Konkurrent, den der Ehemann bei einem Deal über den Tisch gezogen hatte. Als dann der Nomade das Kommen und Gehen des Todgeweihten ausgespäht und den Auftrag konkret geplant hatte, hatte er Sofia gesehen, die in dem großen Range Rover von dem riesigen Haus wegfuhr. Er war ihr zur Wohnung irgendeines Typen gefolgt, wo sie die Vorhänge zuzog und zwei Stunden später mit zerknittertem Rock und zerzausten Haaren wieder auftauchte. Damals hatte er sich vorgenommen, sie zu besuchen, sobald der Job erledigt war.

Das war jetzt zwei Jahre her, und seitdem kam er mindestens einmal alle paar Wochen bei ihr vorbei. Einmal hatte er sie sogar nach Benndorf mitgenommen. Sie betrank sich an billigem Sangria und verriet ihm unter Tränen, das Einzige, was sie bedauere, sei, dass ihr Mann ihr kein Kind gemacht habe. Manchmal habe sie sich gefragt, warum sie nicht einfach die Pille absetzte, schwanger wurde und sich dann verdünnisierte. Vielleicht, weil sie so eine ehrliche Haut sei. Bei der Erinnerung lachte er laut auf.

»Was ist so scheißkomisch?«, fragte sie.

»Nichts.« Er rollte sich auf die Seite, legte ihr den Arm um die Hüfte und zog sie zu sich heran. Sie nahm seine Hand und legte sie auf ihre füllige Brust.

»Willst du noch mal?«, fragte er.

»Schon wieder?«

Er drückte ihre Brust. »Ja klar, ich bin immer scharf.«

»Mistkerl«, sagte sie.

Die Fahrt nach Norden, durch Ardee, Carrickmacross und Castleblaney dauerte anderthalb Stunden, dann erreichte der Nomade den Stadtrand von Monaghan ein paar Meilen südlich der Grenze. Von einem Autohändler in der Nähe von Drogheda, den er kannte, hatte er einen zehn Jahre alten Mercedes gekauft, einen großen Kombi mit Automatik und 200.000 Meilen auf dem Tacho. Viel Platz im Kofferraum, für den Fall, dass er etwas oder jemanden darin verstauen musste.

Bull hatte ihm den Ort exakt beschrieben und sogar eine Karte gezeichnet. An den Kreuzungen blieb der Nomade stehen, fuhr mit dem Finger über die Wörter auf der Karte und verglich sie mit denen auf den Straßenschildern.

Schemenhaft konnte er sich noch an das Wort »Alexie« erinnern, das ihm ein Arzt vor fünfzehn Jahren in gebrochenem Englisch erklärt hatte. Ein anderes Wort dafür war »erworbene Dyslexie«. Es hatte irgendwas mit dem Kevlarsplitter zu tun, den sie ihm aus dem Kopf operiert hatten. Der hatte irgendwie sein Gehirn verkorkst und dafür gesorgt, dass er seitdem geschriebene Wörter nur als ein konfuses Wirrwarr aus lauter Linien wahrnahm.

Der Arzt hatte erklärt, dass er nie mehr würde lesen können. Anfangs hatte das den Nomaden nicht gestört, ein Büchernarr war er noch nie gewesen. Aber als er dann wieder die Welt der Lebenden betreten hatte, war das Fehlen von Wörtern zu einem Hindernis geworden. Deshalb hatte er gelernt, sich die Buchstaben als Bilder einzuprägen, alle sechsundzwanzig. Wenn er sich viel Mühe gab, konnte er ein Wort studieren, jeden Buchstaben nacheinander identifizieren und seine Bedeutung entziffern. Aber bei mehr als einem oder zwei Wörtern hätte es ebenso gut Chinesisch sein können. Es kam ihm zupass, dass Leute wie Bull O'Kane ihn für einen Analphabeten hielten. Unterschätzt zu werden hatte noch nie jemandem geschadet.

Nach weiteren dreißig Minuten, als die Dämmerung anbrach, hatte er Mallorys Haus gefunden. Das alte Cottage stand etwa dreißig Meter von der Straße zurückgesetzt, eine schmale Zufahrt führte hinauf in den kleinen Garten.

Der Nomade hielt auf der halben Einfahrt an, weit genug weg von der Straße, so dass der Mercedes nicht gesehen werden konnte, und nicht zu nahe am Cottage. Unter dem Sitz zog er die IMI Desert Eagle hervor. Allgemein hieß es, eine Glock oder eine SIG seien die besseren Pistolen, und vielleicht stimmte das auch, aber die Desert Eagle war ein Riesenteil, das jedem eine Heidenangst einflößte, den man damit bedrohte. Und außerdem war die Waffe ziemlich laut. Wenn man also jemandem in einem belebten Pub den Kopf wegpusten musste und sich keine Gedanken über irgendwelche Helden machen wollte, lag man damit genau richtig. Sie hörte sich an wie das Weltende und konnte mit ihrem Kaliber .44 alles und jeden aufhalten.

Weiter oben brannte hinter den zugezogenen Vorhängen Licht. Der Nomade stieg aus dem Mercedes und ging darauf zu. Wenn ich in einem solchen Haus leben würde, hätte ich einen Hund, dachte er. Ein großen und gefährlichen. Um seine Schritte zu dämpfen, bewegte er sich auf dem angrenzenden Rasen und lauschte beim Näherkommen auf ein mögliches Knurren.

Von Bull hatte er erfahren, dass Kevin Mallory eine Frau hatte. Möglicherweise würde die sich auch in dem Cottage aufhalten. Mallory war wegen seiner Verletzungen immer noch ans Bett gefesselt. Der Job war tatsächlich einfach zu erledigen. Rein, alle kaltmachen, die drin waren, alles Geld mitnehmen, alles verwüsten und wieder raus. Das Cottage hob sich von den dahinterliegenden Bergen als schwarze Silhouette ab. Jetzt waren es keine zehn Meter mehr. Der Wind änderte die Richtung.

Da. Das Grollen eines Hundes, der Witterung bekommen hatte. Der Nomade erstarrte, lauschte, wartete. Das Gewicht der Eagle fühlte sich gut an. Massiv, die Macht Gottes in seiner Hand. Er näherte sich weiter dem Haus.

Aus dem Grollen wurde ein Knurren und Winseln. Der Nomade konnte die Erregung und Angst des Tieres hören. Noch war es in der Dunkelheit nirgendwo auszumachen. Er lauschte auf ein anderes Geräusch; das helle Rasseln einer Kette. Niemand würde hier draußen einen großen Hund frei herumlaufen lassen, aber er wollte sichergehen.

Inzwischen bellte der Hund stürmisch, der tiefe Bass eines Tieres mit mächtigem Brustkorb. Bull hatte gesagt, Mallory sei ein Arschloch. Wenn er ein Arschloch war, dann hatte er sich vermutlich einen Hund angeschafft, der ihn knallhart aussehen ließ. Eher ein stupides, brutales Tier – vielleicht einen Rottweiler oder Mastiff – als einen intelligenten Wachhund wie einen Schäferhund oder Dobermann.

Das Gekläff wurde lauter, und er hörte, wie schwere Pfoten über den Kies kratzten. Dann ein Trappeln, das Rasseln einer Kette und ein Winseln, als sie sich straffte. Mehr musste er nicht wissen.

Er griff in seine Tasche und holte die *Vater*-Ohrstöpsel heraus. Drummer benutzten sie, um ihr Gehör zu schützen. Die Gummiteile, die aussahen wie kleine Bienenkörbe, wehrten zwar alle gefährlichen Frequenzen ab, ließen aber die Umgebungsgeräusche durch. Sie blendeten den schlimmsten Schusslärm aus, doch gleichzeitig konnte man noch eine Maus furzen hören. Er drückte sich die zwei mit einer zwanzig Zentimeter langen Plastikschnur verbundenen Stöpsel ins Ohr. Dann riss er einmal weit seinen Mund auf, schloss ihn wieder und ging los.

Da war er. Irgendeine Art von Mastiff. Das Cottage war von einem Mäuerchen umgeben. Direkt hinter dem Tor stand der Hund. Er hörte auf zu bellen und beobachtete den Nomaden beim Näherkommen. Es war noch hell genug, um das Funkeln in seinen Augen zu erkennen. Der Nomade zog den Schlitten der Eagle zurück, lud eine Patrone in die Kammer und entsicherte die Waffe. Die Läufe des Tieres zitterten, aus seinem Brustkorb kam ein Grollen.

Der Nomade hob die Eagle beidhändig und versteifte die Handgelenke, damit die Schultern den Rückstoß abfedern konnten. Dann spannte er den Abzug, bis er Widerstand spürte. Manchmal vergaß er, welche die rechte und welche die linke Hand war. Noch etwas, was sein Hirn zusammen mit dem Kevlarsplitter verloren hatte. Nicht, dass es eine große Rolle spielte, er hatte sich antrainiert, dass beide Hände in etwa gleich stark waren.

Er zielte über Kimme und Korn zwischen die Augen des Hundes. Das Tier sprang. Er zerschoss ihm den Schädel.

Der Knall hallte von den Bergen wider. Der Nomade kontrollierte, ob sich im Haus etwas rührte. Jetzt nur keine Überraschungen, einfach rein und die Sache erledigen. Er marschierte auf die alte Holztür zu und trat unterhalb des Griffes mit dem Stiefel dagegen. Er trat noch einmal zu, und sie schwang auf. Mit vorgehaltener Waffe drang er ein, bereit, auf alles zu schießen, was sich rührte.

Die kleine offene Küche und das angrenzende Wohnzimmer waren leer. Zahlreiche leere Flaschen und Bierdosen standen um das Spülbecken herum. Die Überreste eines chinesischen Essens übersäten den Küchentisch. Der Raum stank nach abgestandenem Zigarettenqualm und Alkohol, Feuchtigkeit und verdorbenem Essen. Nur zwei Türen gingen von diesem Raum ab. Eine davon stand offen, eine dreckige Badewanne und eine Toilette waren zu sehen. Der Nomade bewegte sich, die Eagle in Schulterhöhe, auf die andere zu.

Kaum hatte er die Tür aufgestoßen, explodierte um ihn herum der Türrahmen. Er feuerte dreimal blindlings in den Raum, der Rückstoß schleuderte ihn gegen den Tisch zurück. Ein greller Schmerz durchzuckte sein Handgelenk, Holzsplitter und Putz brannten auf seinem Gesicht.

»Mistkerl«, fluchte er und wischte sich mit dem Ärmel über die Augen. Im rechten brannte ein sengender Schmerz. Er schüttelte heftig den Kopf und versuchte loszuwerden, was immer dort brannte.

»Herrgott«, fauchte er. Mit dem rechten Handballen rieb er sich das Auge. Als er die Hand wegnahm, war sie nass und rot. »Verdammtes Arschloch.«

Er zwang sich, ruhig zu atmen, und lauschte. Aus dem Zimmer drang Stöhnen und Schluchzen. Die Eagle mit beiden Händen im Anschlag, näherte er sich.

Kevin Mallory lag zwischen dem Bett und dem offenen Wandschrank auf dem Boden, seine Beine in den Laken verheddert, neben sich eine Schrotflinte. In seiner Schulter klaffte ein hässliches Loch.

Der Nomade nahm die Schrotflinte an sich und bewunderte das polierte Holz des Schafts und den stählernen Lauf. »Mann, ist die schön«, sagte er und legte sie aufs Bett. Er erkannte die Marke mit dem Hirschgeweih. »Eine Browning. Prachtvoll. Ich glaube, die nehme ich mit. Hast du noch mehr Patronen?«

Mallory lag zitternd da. Sein Blut durchnässte den Teppich, unter den Füßen des Nomaden patschte es. Er trat Mallory gegen die Schulter. Mallory schrie auf.

»Ich hab dich was gefragt. Hast du noch mehr Patronen für die hier?«

Mallory wandte den Kopf. »Da ... da drin.«

Der Nomade stieg über ihn hinweg und fand auf dem Boden des Schranks drei Schachteln mit Patronen Kaliber .20. Er warf sie neben die Browning aufs Bett.

»Ist sonst noch jemand hier?«, fragte er.

Mallory schüttelte den Kopf.

»Wo ist deine Frau?«

Mallory flennte.

Der Nomade trat ihn noch einmal. Als Mallorys Schreie abebbten, fragte er: »Wo ist sie?«

»In der Stadt«, antwortete Mallory. »Bitte töten Sie mich nicht.«

»Wann kommt sie zurück?«

»Weiß ich nicht. Bitte töten Sie mich nicht. Ich habe Geld. Sie können meine Scheckkarte und die PIN haben. Da drüben, in meinem Portemonnaie.«

Der Nomade ging zur Kommode und steckte das Portemonnaie ein. Dadurch sah die Sache noch mehr nach Einbruch aus, aber er würde sie irgendwo unterwegs wegwerfen. Auf keinen Fall würde er die Karte benutzen.

Er rieb sich mit dem Ärmel das rechte Auge und biss vor Schmerz die Zähne zusammen. »Kann sein, dass ich wegen dir jetzt blind bin, zum Teufel. Ist dir das eigentlich klar?«

»Es tut mir leid«, jammerte Mallory. »Bitte töten Sie mich nicht.«

Der Nomade sicherte die Eagle und steckte sie in seinen Hosenbund. Er trat ans Bett und nahm die Browning hoch. Dann drehte und wendete er sie in den Händen und testete ihr Gewicht. Sie war kompakt und leicht. »Wirklich prachtvoll«, sagte er. Er zog den Schlitten zurück, um die verschossene Patrone auszuwerfen, und schob ihn wieder vor, um die nächste zu laden. Eine flüssige, elegante Bewegung. »So ein schönes Ding«, sagte er und fuhr mit den Fingern über das glatte Walnussholz des Schafts. Er legte sich den Kolben in die Armbeuge und zielte auf Mallorys Kopf.

»Mein Gott«, keuchte Mallory.

Der Nomade machte drei Schritte zurück. Er wollte nicht mit Blut bespritzt werden.

Mallory flennte und betete.

Der Nomade zwinkerte das Blut aus seinem rechten Auge weg. Dann verlagerte er das Gewicht auf das vordere Bein, suchte festen Stand für den Rückstoß und drückte ab.

Alles in allem hielt sich die Sauerei bei Mallory noch in Grenzen. Der Rückstoß versetzte dem Nomaden einen heftigen Stoß an die Schulter, aber die Browning war eine kontrollierbare Waffe. Er hielt sie vor sich und bewunderte sie erneut. »Wunderschön«, sagte er.

An der Plastikschnur zog er sich die Ohrstöpsel heraus und verstaute sie in seiner Tasche. Dann riss er den Mund weit auf und schloss ihn wieder, um den Druck auf den Ohren loszuwerden. Sein Auge brannte inzwischen heftig. Er ging in die Küche und drehte den Hahn auf. Eine Handvoll Wasser linderte den Schmerz ein wenig.

Er überlegte, ob es wohl unter dem Spülbecken ein paar alte Plastiktüten gab, in denen er die Patronenschachteln zurück zum Auto transportieren konnte. Er machte die Schranktüren auf.

Im Schrank lag, eingezwängt zwischen den Rohrleitungen und zitternd, eine Frau auf der Seite. Sie verbarg den Kopf in ihren Händen und hatte die Knie bis zum Kinn hochgezogen. Sie roch nach Gin.

»Ach du Scheiße«, sagte der Nomade.

Er kramte nach den Ohrstöpseln.

9

Fegan wusste, dass er verfolgt wurde. Der große, breitschultrige Mann war zehn Schritte hinter ihm gewesen, als er die Grand Central Station betreten hatte. Es war kurz vor sechs und draußen immer noch dunkel, als Fegan den D-Train bestieg. Er beobachtete, wie der andere an seinem Waggon vorbeikam. Vermutlich würde sich sein Beschatter für den nächsten Wagen entscheiden und bei jedem Halt über die Schulter spähen, ob seine Zielperson die Bahn verließ.

Da verschwendete der Mann seine Zeit. Fegan würde den Zug die ganze Strecke bis hinauf zum Columbus Circle fahren und bei Sonnenaufgang im Park spazieren gehen. Letzte Nacht hatte er kaum Schlaf gefunden. Das Gerede der Doyle-Brüder und ihr wissendes Grinsen hatten ihn wach gehalten, also war er früh aufgestanden und aus dem Haus gegangen.

Fegan setzte sich hin und klappte sein Buch auf. Es war dünn, nur wenig mehr als hundert Seiten stark, er hatte es kurz nach seiner Ankunft in New York entdeckt. Mund und Augen aufgesperrt, war er die Bleeker Street hinabgelaufen, während die ganze Stadt durch ihn hindurchzurasen schien. Dann kam er an einem kleinen Laden vorbei und blieb stehen. Eine Erinnerung lockte ihn zur Tür. Auf dem Schild über dem Eingang stand: Greenwich Judaica. Er ging hinein.

Er konnte sich nicht mehr an den Titel des Buches erinnern,

von dem ihm Marie McKenna vor ein paar Monaten erzählt hatte, während er starr vor Angst neben ihr gesessen hatte. Aber er konnte immer noch die Traurigkeit in ihrer Stimme hören bei den Worten, dass ihr toter Onkel, der Mann, den er getötet hatte, sie einst gezwungen hatte, es zu zerreißen. Nach einigen Erklärungen fand der junge Mann in dem Geschäft in einer Kiste mit gebrauchten Büchern ein Exemplar von *Jossl Rakovers Wendung zu Gott*. Fegan hatte es bislang zweimal gelesen und dabei die Wörter genauso langsam und bedächtig entziffert wie seinerzeit in der Schule der Christlichen Brüder in Belfast. Schon damals hatte er nicht besonders gut lesen können und konnte es immer noch nicht. Während er mit dem Text kämpfte, ertappte er sich dabei, dass er die Lippen bewegte, und hielt sich eine Hand vor den Mund.

Fegan las gerne in der U-Bahn. In seinem feuchtkalten Zimmer war es zu still. Draußen war es zu laut. Das monotone Rattern der U-Bahn dagegen war genau richtig. Außerdem brauchte man dort etwas, worauf man die Augen richten konnte. In den ersten Tagen hier war es ihm seltsam vorgekommen, dass die Leute, kaum dass sie saßen oder sich sogar nur an den Haltestangen festhielten, einschliefen. Aber danach war es ihm selbst so ergangen.

Victor Gonzalves, ein Elektriker aus Brasilien mit breiten, behaarten Schultern, hatte es die New Yorker Narkolepsie genannt. Anstatt ständig den Blickkontakt zu anderen Passagieren zu vermeiden, war es einfacher, die Augen zuzumachen und zu dösen. Fegan allerdings krochen dann immer die Träume hinter die Augenlider, Wiedergänger seiner nächtlichen Visionen. Deshalb las er lieber.

Die Bahn wurde langsamer, die Bremsen kreischten, und Fegan wurde auf seiner Bank nach vorn gezogen. Eine blecherne Stimme kündigte die Haltestelle 59th Street/Columbus Circle an. Fegan steckte sein Buch ein, stieg aus und machte sich auf den

Weg nach oben. Immer noch erfüllte ihn eine geradezu kindliche Erregung, wenn ein Lüftchen die Geräusche und Gerüche der Stadt die Treppe hinuntertrug und ihn umfing.

Fegan ließ sich von den Schritten hinter sich nicht stören. Die Doyles dachten, er würde aus der Stadt fliehen, und das würde er auch, aber noch nicht sofort. Er brauchte Zeit, um nachzudenken und einen Plan zu schmieden. Von diesen Leuten würde er sich nicht dazu verleiten lassen, in Panik davonzulaufen, bevor er wusste, wohin er gehen konnte. Wenn er so weit war, würde er aus der Stadt verschwinden, ganz egal, wer ihm folgte. Vielleicht zurück nach Boston – dort hatte er einen Monat verbracht, bevor er nach New York gekommen war – oder nach Philadelphia.

Es war jetzt schon nach halb sieben, und im Osten glomm hinter den Türmen eine erste Ahnung von Licht auf. Der Glaspalast des Time Warner Center spiegelte schwach den beginnenden Sonnenaufgang wider. Fegan hatte das Gebäude nur einmal betreten und sich arm gefühlt, als er an den Boutiquen voller Frauen mit harten Gesichtszügen und steif dastehenden Verkäufern vorbeigeschlendert war. Er verspürte keinerlei Neigung, dorthin zurückzukehren. Zahllose gelbe Taxis röhrten um den Kreisverkehr, besetzt mit irgendwelchen Angestellten, die früh ihren Arbeitstag begannen. Fegan wartete auf eine Lücke im Verkehr, dann überquerte er die Fahrbahn in Richtung des riesigen Maine Monument und des dahinterliegenden Eingangs zum Park. Er unterdrückte den Impuls, sich umzublicken.

Er wählte den Pfad, der im Schatten der westlichen Mauer verlief, und zögerte, als Bäume seinen Weg verdunkelten. Die Blätter waren gelbrot gesprenkelt, aber noch hatte der Herbst die Bäume nicht kahl werden lassen. Sein Verfolger war immer noch irgendwo hinter ihm. Fegan spürte ihn, aber seine Schritte verloren sich inzwischen im morgendlichen Getriebe. Fegan schalt sich selbst und marschierte weiter. Wenn er sich beeilte, konnte er noch rechtzeitig am Umpire Rock sein, um über den grandiosen Gebäuden der Park Avenue die Sonne aufgehen zu sehen. Er würde sich an die breiteren Wege halten.

Von hinten kamen rasche Schritte. Fegan versteifte sich. Als sie sich näherten, hörte er sie nach rechts ausscheren. Er wandte den Kopf und sah einen frühmorgendlichen Jogger, der in einem weiten Bogen um ihn herumlief. Fegan gestattete sich einen verstohlenen Blick über die Schulter. Die Dämmerung gab lediglich die vage Silhouette eines großen Mannes preis. Er ging weiter, die Hand in seinen Taschen zu Fäusten geballt. Er konnte nicht hier ...

O Gott, sie verbrennt das Kind verbrennt das Kind verbrennt das Kind o nein bitte es soll aufhören sie verbrennt ...

Fegan torkelte, konnte sich kaum auf den Beinen halten, sein Magen schleuderte Galle nach oben. Er hustete, verschluckte sich und schlang beide Arme um sich, während der Schock der Vision in seiner Brust und seinen Eingeweiden hämmerte. Ein anderer Jogger, der ihm entgegenkam, wurde langsamer, überlegte, ob er ...

O lieber Gott lass nicht zu dass er sie verbrennt bitte mach dass es aufhört der Rauch erstickt sie sie brennt ...

Fegans Beine versagten den Dienst, er kippte nach vorn. Mit der linken Schulter voraus schlug er auf, das Pflaster zerschrammte seine Wange. Er übergab sich, beißender Gestank brannte in seiner Kehle und den Nasenlöchern. Der Jogger hielt einen Moment an und trabte von einem Fuß auf den anderen, dann sprintete er auf ihn zu.

»Sir?«, fragte er und hockte sich neben ihn. »Sir, brauchen Sie Hilfe?«

»Sie verbrennt«, keuchte Fegan.

Der Jogger rief jemandem außerhalb von Fegans Blickfeld etwas zu. »Entschuldigen Sie! Sir! Der Mann hier braucht Hilfe. Haben Sie ein Mobiltelefon?«

Sein Verfolger tauchte auf, die breiten Schultern zuckten, während er sich verwirrt umblickte.

»Haben Sie ein Mobiltelefon?«, fragte der Jogger. »Ich kann meins beim Laufen nicht mitnehmen.«

»Ähm«, sagte der Verfolger. Er schaute zurück zum Eingang des Parks.

»Sir«, wiederholte der Jogger. »Dieser Mann braucht Hilfe. Haben Sie ein Telefon, mit dem wir einen Krankenwagen rufen können?«

Der Verfolger klopfte seine Taschen ab und sah in alle möglichen Richtungen, nur nicht nach unten. »Ich, ähm, ich weiß nicht, ob ich, ähm ...«

»Haben Sie nun ein Telefon oder nicht?«

»Ich glaube, nein«, sagte der Verfolger.

»Können Sie dann einen Moment bei ihm bleiben, während ich Hilfe hole?«

Der Verfolger nickte seufzend.

»Wir müssen ihn in stabile Seitenlage bringen«, sagte der Jogger. »Helfen Sie mal.«

Der Verfolger bückte sich und packte Fegans Beine, während der Jogger ihm eine Hand in den Nacken legte. Fegan spürte, wie sein Körper zur Seite gerollt wurde, der Kopf gehalten von ...

Sie brennt das Feuer frisst sie auf das Kind o nein nicht sie ...

Fegans rechter Fuß trat zu und traf das Knie seines Verfolgers. Der Mann schrie auf, und Fegan spürte, wie etwas nachgab. Im nächsten Moment war er auf den Beinen und rammte dem Jogger eine Schulter gegen die Brust. Während der Jogger noch stürzte, rannte Fegan schon los, jeder Atemzug brannte in seiner Kehle, seine Augen schrien. Er rannte weiter, bis seine Beine und Lungen ihn nicht mehr tragen konnten.

10

Die Türen glitten auf, und Lennon betrat den Aufzug. Im Innern stand Susan, die Geschiedene von oben, ihre Tochter Lucy dicht an sie gedrängt.

Susans Gesicht erstrahlte. »Ja, hallo, wie geht es dir?«, fragte sie, streckte die Hand aus und strich ihm über den Oberarm.

»Nicht übel«, erwiderte Lennon ebenfalls lächelnd.

Vom ersten Moment an, seit sie vor einem Jahr eingezogen war, hatte Susan mit ihm geflirtet. Sie war attraktiv, das musste man zugeben, trotzdem war er nie darauf eingegangen. Er brauchte ein halbes Jahr, um dahinterzukommen, warum. Sie war eine gute Frau, die alleine ein Kind großzog. Ein Kind, das etwa im selben Alter war wie die Tochter, die er verlassen hatte. Sie brauchte keinen Scheißkerl wie ihn, der nur mit ihr herumtändelte. Susan verdiente einen anständigen Mann, der sie gut behandelte, der sich um sie und Lucy kümmerte. Lennon wusste, dass er so einer nicht war. Er würde sie nur enttäuschen.

Manchmal, wenn sie im Lift seine Schulter mit ihrer berührte oder mit ihrer Hand über seine strich, während er ihr eine Tür aufhielt, dachte er daran, es ihr zu erklären. Er hielt es zwar selbst für keine gute Idee, es ihr zu sagen, aber immerhin würde dann das Geflirte aufhören.

Aber was sollte das schon bezwecken?

»Du siehst so nachdenklich aus«, sagte sie. »Heute viel zu tun?«

»So ungefähr. Ein wichtiges Bewerbungsgespräch.«

Sie nickte lächelnd. Er hatte ihr nie verraten, dass er ein Cop war. Die Aufzugtür glitt auf. Er trat zurück, um sie durchzulassen. Ihre Hand glitt über seinen Ärmel und huschte über seine Finger.

»Bis dann«, sagte sie.

Lennon lächelte sie an. Vor dem Lift bückte er sich und fummelte an seinem Schnürsenkel herum, damit zwischen ihr und ihm ein Abstand entstand. Abstand war für alle Beteiligten das Beste.

»Sie haben Freunde in hohen Positionen, Dandy«, sagte Lennon.

Rankin überkreuzte seine in Pantoffeln steckenden Füße und starrte Lennon vom Krankenhausbett aus an. »Sie sollen mich nicht so nennen«, sagte er. »Jeder, der mich so anredet, und jeder, der mich hinter meinem Rücken so nennt, bekommt eine Abreibung. Verstanden?«

»Abreibung«, wiederholte Lennon. Das Wort löste sich in einem Kichern auf. Er nahm von dem Stapel auf dem Nachtschränkchen einen Plastikbecher und öffnete eine daneben stehende Flasche Lucozade. »Sie haben doch nichts dagegen, oder?«

Ohne die Antwort abzuwarten, goss er sich ein. Mit drei Schlucken hatte er die sprudelnde Flüssigkeit runtergekippt und goss sich nach. Gestern Abend war er schon wieder auf Tour gewesen, und allmählich forderten die langen Nächte ihren Tribut. Eine Auffrischung seines Blutzuckerspiegels war da genau das Richtige.

Dandy Andy Rankin glänzte geradezu in seinem seidenen Pyjama und Morgenmantel. Krankenhausklamotten kamen für ihn nicht in Frage. Hätten sich nicht unter seinem Oberteil die Drähte hervorgeschlängelt, die ihn mit dem piepsenden Monitor neben dem Bett verbanden, dann hätte er ausgesehen wie ein aristokratischer Gentleman, der den späten Vormittag genoss.

Selbst mit der auf die Brust tätowierten Roten Hand von Ulster, die zwischen den Knöpfen hervorlugte. Die Schürfwunde, die er sich bei seinem Sturz hinter Sylvias Café zugezogen hatte, heilte langsam ab. Die aufgesprungene Lippe ließ vermuten, dass Crozier ihm wenigstens noch einen ordentlichen Schlag verpasst hatte, bevor Rankin auf ihn einstach.

Lennon nahm noch einen Schluck Lucozade und trat ans Fenster. Sie hatten Rankin ein schönes, ruhiges Privatzimmer gegeben, die Sorte Zimmer, die sich nur Leute mit der besten privaten Krankenversicherung leisten konnten, während die übrigen Kranken und Verletzten von Belfast sich mit dem staatlichen Gesundheitsdienst zufriedengeben mussten. Es hatte eben auch seine Vorteile, ein Schweinehund zu sein. Die einzige Schattenseite war der Polizist, der einem vor die Tür postiert wurde.

»Wie gesagt«, fuhr Lennon fort, »Freunde in hohen Positionen. Mir wurde mitgeteilt, Sie wollen kooperieren, was außerordentlich freundlich von Ihnen ist. Wenn es nach mir ginge, wären Sie wegen zweifachen versuchten Mordes dran. Ich hätte jede Menge Beweise, um die Anklage zu untermauern. Aber Ihre Kumpel haben mich überredet, in meinem Bericht von Körperverletzung zu schreiben. Wenn das mal kein Glück ist.«

»Mit Glück hat das gar nichts zu tun, mein Junge«, sagte Rankin mit einem Lispeln, das seiner Sprache etwas Weiches, Schmieriges verlieh. »Es zahlt sich eben aus, wenn man die richtigen Freunde hat.«

»Sie sind nicht deren Freund«, widersprach Lennon und wandte sich vom Fenster ab. »Sie sind ein Informant. Sie sind eine Ware. In der Sekunde, wo Sie denen nicht mehr nützlich sind, werden die auf Sie scheißen.«

»Noch so eine Bezeichnung, die mir nicht gefällt.«

»Es ist mir vollkommen egal, was Ihnen gefällt«, sagte Lennon. Er stellte den Becher auf das Fensterbrett und zog sich den vinylbezogenen Sessel aus der Ecke vor Rankins Bett. Als er sich daraufsetzte, drang die im Polster eingeschlossene Luft heraus und brachte einen schalen Uringeruch mit. »Sie spitzeln für die Special Branch. Deshalb haben die sich für Sie verwendet und mich gebeten, weniger hart mit Ihnen umzuspringen. Deshalb sind Sie aus dem Schneider.«

»Ich bin überhaupt nicht aus dem Schneider«, widersprach Rankin. »Ich muss immer noch eine Zeit absitzen, oder etwa nicht?«

»Aber nicht so lange, wie Sie sollten«, sagte Lennon. »Sie kommen gut weg, und das wissen Sie auch. Gegen besseres Wissen habe ich mich auf schwere Körperverletzung eingelassen. Also, was tun Sie als Gegenleistung für mich?«

»Einen Scheiß tue ich«, sagte Rankin lächelnd und zog eine Augenbraue hoch. »Wenn die Special Branch einem wie Ihnen sagt, Sie sollen springen, dann springen Sie. Tun Sie bloß nicht so, als würden Sie mir einen Gefallen tun, mein Junge. Sie machen doch nur, was man Ihnen befiehlt.«

»Vielleicht, vielleicht auch nicht. Noch habe ich meinen Bericht nicht an die Staatsanwaltschaft geschickt. Bis dahin kann sich noch eine Menge ändern.«

Rankin wandte den Kopf zum Fenster. »Sie können mich mal.«

Lennon lehnte sich vor. »Natürlich habe ich bei Ihren Jungs so meine eigenen Kontakte. Und bei denen von Crozier auch. Vielleicht erzähle ich ja einem von denen mal etwas Falsches. Irgendwas rutscht mir raus. Ich weiß ja, wie Ihr Burschen untereinander redet. Gerüchte verbreiten sich wie Läuse in einem Puff. Und ehe Sie sich versehen, haben Sie eine Waffe im ...«

»Drohen Sie mir nicht«, sagte Rankin. Er sah wieder Lennon an, die Augen tot wie die eines Kadavers. »Lassen Sie es einfach bleiben. Mir machen Sie keine Angst. Sie sind nicht der Einzige, der Kontakte hat. Ich kenne alle möglichen Leute, überall, auch welche von der anderen Seite. Ein paar von denen juckt der Waffenstillstand gar nicht. Ein paar von denen würden sich liebend gern mal einen Cop vorknöpfen und für ihre verlorene Sache einen Punkt machen. Verstanden, mein Junge?«

Lennon antwortete nicht.

In Rankins Augen kam wieder Leben. »Fein, jetzt haben wir einander also unsere großen Schwänze gezeigt. Sollen wir dann mal versuchen, ein bisschen zivilisiert an die Sache ranzugehen? Sie wollten mir doch ein paar Fragen stellen. Also, schießen Sie los. Vielleicht beantworte ich sie, vielleicht auch nicht. In Ordnung?«

Lennon hielt den starren Blick des anderen noch ein paar Sekunden stand. »In Ordnung«, sagte er. »Worum ging es bei dem Ärger zwischen Ihnen und Crozier? Ganz inoffiziell. Sie sind nicht unter Eid.«

»Dieser Drecksack hat Geschäfte mit den Litauern gemacht.«

»Das wissen wir schon«, sagte Lennon. »Jeder weiß das. Sie haben auch mit denen Geschäfte gemacht.«

»Aber nicht so.« Rankin schüttelte den Kopf. »Ich kaufe und verkaufe bei denen, die üblichen Geschäfte. Mädchen rüberschaffen, manchmal ein bisschen Koks. Manchmal sind sie ganz nützlich, mehr nicht. Aber wir halten sie aus unseren Revieren fern, genau wie alle anderen Ausländer. Sollen die *Taigs* die doch als Nachbarn haben, wenn sie wollen, aber auf *meinen* Straßen haben die nichts zu suchen.«

Zu spät versuchte Lennon, seine Wut über dieses Wort zu verbergen. Es war schon eine ganze Weile her, seit jemand ihm *Taig* ins Gesicht geschleudert hatte, das Schimpfwort für die Katholiken.

Rankin hielt kurz inne, als er die Beleidigung registrierte. »Ach, Sie sind wohl auch von der anderen Seite, was?«

»Das spielt keinerlei Rolle.«

»Der beste Cop, den ich je gekannt habe, war ein Taig«, sagte Rankin. »Hat einen Haufen Jungs eingebuchtet, der Junge, mich inklusive. Gleich zweimal.«

Lennon ignorierte Rankins unbeholfenen Versuch, seinen Fanatismus zu beschönigen. »Sie wollten mir etwas über Crozier und die Litauer erzählen.«

»Stimmt. Rodney Crozier hat nicht nur ein bisschen Handel mit den Litauern getrieben, er hat sich so richtig mit denen verbrüdert. Als die vor ein paar Monaten Michael McKenna das Hirn weggepustet haben, hat das eine große Lücke hinterlassen.« Rankin unterbrach sich und legte den Kopf schief. »Was ist?«

Lennon hatte bei McKennas Erwähnung die Zähne zusammengebissen. »Nichts«, sagte er.

Rankin musterte ihn einen Moment lang, dann fuhr er fort. »Jedenfalls fingen die Litauer an, seine früheren Häuser in den Lower Falls zu übernehmen, die Wohnungen, von wo aus er seine Mädchen laufen hatte. Aber sie brauchten Unterstützung auf der Straße.«

»Keine Unterstützung von den Republikanern?«

»Nein. Verstehen Sie, McKennas Vorgesetzte duldeten es nicht, dass ihre Jungs nachlässig wurden. Die sind neuerdings zu beschäftigt damit, sich als Politiker auszugeben, als dass sie sich noch die Hände schmutzig machen. Sie wollen nicht, dass bei den Wahlen noch etwas von McKennas alten Sauereien an ihnen kleben bleibt, verstehen Sie?«

Lennon nickte. »Verstehe.«

»Die Litauer können sich also in diesem Teil von Belfast nicht richtig einnisten, aber die Gegend rund um den Broadway steht ihnen weit offen. Deshalb haben sie Croziers Jungs für sich die Drecksarbeit machen lassen, und der kriegt für seine Mühe ein fettes Stück ab. Der schaufelt die Kohle, und ich kann sehen, wo ich bleibe.«

»Es gibt doch noch genügend andere Einnahmequellen«, wandte Lennon ein.

»Aber er kriegt die ganze Kundschaft von der Autobahn. Die ganzen Freier aus Lisburn, Craigvavon, Lurgen, Dungannon, die fahren einfach am Kreisverkehr ab und kriegen jede Action, die sie wollen.«

»Und worum ging es dann bei dem Treffen mit Crozier?«

»Ich wollte sehen, ob mit ihm vernünftig zu reden war«, sagte Rankin. »Weiß der Himmel, warum ich geglaubt habe, er würde auf mich hören. Der war immer schon ein blödes Arschloch. Nichts als eine Riesenklappe, immer der große Macker, solange einer von seinen Jungs ihm den Rücken freihielt. Ich dachte, wenn ich ihn mal allein erwische, nur wir zwei, dann würde er vielleicht vernünftig werden.«

»Hat aber nicht geklappt«, sagte Lennon.

Rankin kicherte und hob grinsend die Hände. »Kann man nicht behaupten, oder? Aber ich musste es wenigstens versuchen. Vor einiger Zeit bin ich sogar zu meinem Kontaktmann bei den Cops gelaufen, um zu sehen, ob ihr Jungs vielleicht etwas unternehmt. Der sagte nein, ihr hättet weder genug Leute noch Geld, um ihn deswegen zu beschatten. Wenn ich es nicht besser wüsste, würde ich beinahe sagen, dass Rodney Crozier auch ein Informant ist.« Rankin starrte Lennon lange und durchdringend an. »Ist er etwa einer?«

»Sie wissen genauso gut wie ich, dass der C3 uns sowieso alle verscheißert.«

»C3? Was für ein bescheuerter Name. Hört sich an wie eine Automarke. Das ist doch nach wie vor die Special Branch. Wenn Sie mir also nichts über Rodney Crozier verraten können, dann verraten Sie mir mal was anderes.«

»Was?«

»Warum sind Sie zusammengezuckt, als ich Michael McKennas Namen erwähnt habe?«

»Bin ich gar nicht.«

Auf Rankins Lippen kroch ein Lächeln. »Doch, sind Sie. Verarschen Sie keinen, der es sowieso besser kann, mein Junge.«

Lennon stand auf. »Ich glaube, das wäre fürs Erste alles.«

»Moment mal«, sagte Rankin und zeigte mit dem Finger auf Lennon. Seine Augen wurden zu Schlitzen. »Sie sind doch der Cop, der was mit Michael McKennas Nichte angefangen hat. Sie hat von Ihnen ein Kind bekommen, stimmt's? Das hat bei den Jungs die Kacke zum Dampfen gebracht. Wie ich höre, waren die sogar bereit, sie umzulegen, nur hat McKenna es nicht zugelassen.«

Lennon beugte sich so dicht über Rankin, bis er die schalen Überreste seines Aftershaves riechen konnte. »Halten Sie den Mund!«, herrschte er ihn an.

»Ich war nicht überrascht, als ich hörte, dass sie sich verpisst hat«, fuhr Rankin fort. »Und das Kind hat sie auch mitgenommen.«

Lennon richtete sich wieder auf. »Was wissen Sie darüber?«

»Nur das, was ich gehört habe. Wie gesagt, ich kenne ein paar Jungs auf der anderen Seite. Die plaudern.«

»Was sagen diese Jungs?«

Rankin grinste. »Ich habe ohnehin schon zu viel gequatscht. Besser, ich halte jetzt die Klappe.«

Lennon beugte sich über das Bett, sein Gesicht war nur Zentimeter von dem Rankins entfernt. »Was haben sie gesagt?«

Rankin tat so, als würde er seinen Mund mit einem Reißverschluss zuziehen. Seine Augen blitzten schelmisch.

Lennon packte den Aufschlag seines Morgenmantels und zog ihn so nah heran, dass sich beinahe ihre Nasen berührten. »Was haben sie gesagt?«

»Sachte, mein Bester«, sagte Rankin und lächelte. Er legte Lennon eine Hand auf die Schulter. »Ich mache nur ein wenig Spaß. Viel haben die Jungs nicht gesagt, und das klang alles eher ein bisschen verwirrt.«

Lennon ließ das Revers los, und Rankin lehnte sich wieder zurück. »Reden Sie weiter.«

»Alle haben gedacht, dass McKennas Nichte es nur mit der Angst zu tun bekommen hat, als ihr Onkel erschossen wurde und diese ganze Fehde losging. Aber dann habe ich andere Sachen gehört. Nur Gerüchte, Sie verstehen schon.«

»Was für Gerüchte?«

»Dass es gar keine Fehde gegeben hat.« Rankin glättete den Morgenmantel über der Brust. »Niemand konnte mir sagen, was genau es war, aber eine Fehde war es jedenfalls nicht. Die drei Dissidenten zum Beispiel, die sich selbst in die Luft gesprengt haben, hatten mit der Sache gar nichts zu tun. Soweit ich gehört habe, aber das haben Sie nicht von mir, war es nur ein einzelner Mann. Irgendein Typ, der vollkommen übergeschnappt ist und McKenna, McGinty und die ganze Bande fertiggemacht hat.«

»Blödsinn«, sagte Lennon. »Es hat schließlich eine Ermittlung gegeben.«

Rankin lachte. »Seit wann beweist denn eine Ermittlung irgendetwas? Nun, vielleicht stimmt es, vielleicht auch nicht. Aber das ist noch nicht alles.«

Lennon seufzte. »Herrgott, jetzt reden Sie schon.«

»Ich habe gehört, dass die Frau auch in die Sache verwickelt war, zusammen mit der kleinen Tochter. *Ihrer* kleinen Tochter. Liebe Güte, jetzt erzählen Sie mir bloß nicht, dass Sie das nicht schon alles gewusst haben. Die Jungs von der Special Branch scheinen euch ja wirklich nichts zu erzählen.«

Lennons Herz raste wie wild. »Ist das alles?«

»Mehr habe ich nicht gehört«, antwortete Rankin.

Lennon ging rückwärts zur Tür und stolperte beinahe über einen Stuhl.

»Sie könnten ruhig mal danke sagen«, rief Rankin ihm hinterher, als er aus dem Zimmer floh.

11

»Thomas McDonnell«, rief der Arzt. Mit trübsinnigem Gesicht stand er in der Tür des Wartezimmers.

»Das bin ich«, sagte der Nomade.

Der Arzt nickte und ging. Der Nomade folgte ihm. Er hatte sich früher schon einmal an das städtische Krankenhaus von Armagh gewandt und damals den Namen Thomas McDonnell benutzt. Irgendwo in deren System existierte einer mit diesem falschen Namen, und hier oben war die medizinische Versorgung kostenlos, deshalb machte sich der Nomade keine großen Gedanken.

Höchstens darüber, dass die Ärzte in der Notfallambulanz so unglaublich beschissen waren. Einmal hatte er sich die Hand gebrochen und war hier in der Ambulanz behandelt worden. Boxerfraktur hatten sie es genannt. Er hatte Stein und Bein geschworen, dass er sich den Bruch nicht geholt hatte, weil er irgendeinem armen Würstchen die Fresse poliert hatte, aber sie hatten ihm nicht geglaubt. Allen, die ihn an jenem Abend behandelt hatten, war die Verachtung ins Gesicht geschrieben. Außer einer Hilfsschwester. Und so war der Abend letzten Endes dann doch kein Totalausfall gewesen.

Dieser Arzt war auch nicht freundlicher als die anderen, als er das Auge des Nomaden untersuchte. Es hatte die ganze Nacht über geträntt und ihm, als er sich auf die Rückbank des Mercedes gelegt hatte, den Schlaf geraubt. Und als er am Morgen nach Norden gefahren war, hatte er unentwegt blinzeln müssen.

»Was ist denn da passiert?«, fragte der Arzt.

»Ich habe was ins Auge gekriegt«, sagte der Nomade. »Tut höllisch weh.«

Der Arzt war gereizt. Der Nomade bemerkte an seinem Revers eine Anstecknadel in Form eines Fisches. Meine Güte, der war auch noch so ein Frömmler.

»Wie ist es da reingekommen?«, fragte der Arzt.

»Weiß ich nicht«, sagte der Nomade.

Der Arzt seufzte. »Kopf zurück.«

Bevor der Nomade wusste, wie ihm geschah, hatte ihm der Arzt aus einer kleinen Tube irgendetwas Orangefarbenes ins Auge gespritzt.

»Teufel noch mal«, fluchte der Nomade und zwinkerte.

Der Arzt seufzte erneut. »Das dient nur dazu, damit ich mehr erkenne. Lassen Sie mich mal sehen.«

Er schob das Augenlid des Nomaden hoch und leuchtete mit einer Lampe hinein. »Hmm«, machte er. Sein Pfefferminzatem übertünchte etwas Saures.

»Was ist?«, fragte der Nomade.

»Unter dem Augenlid befindet sich ein Fremdkörper. Sieht aus wie ein Stückchen Holz, und außerdem haben Sie eine geringfügige Hornhautabschürfung. Die Schwester wird das Auge zum Tränen bringen, um den Gegenstand zu entfernen, und anschließend eine antibakterielle Salbe aufbringen.«

»Die Schwester?«, fragte der Nomade.

»Mm-hmm«, bestätigte der Arzt.

»Nein, Sie machen das!«

Der Arzt ließ das Lid des Nomaden los. »Nicht nötig«, sagte er. »Es ist ganz einfach. Sie gießt Ihnen nur ein wenig Salzlösung ins Auge, um den Fremdkörper herauszuspülen, und bringt eine antibakterielle Salbe auf, damit die Entzündung zurückgeht. Die Abschürfung wird in einigen Tagen abheilen.«

»Sie machen das!«, wiederholte der Nomade. Er verzog das Gesicht, als das, was der Arzt ihm ins Auge gespritzt hatte, irgendwie den Weg in seine Kehle fand.

»Wirklich, das ist nicht nötig. Ich sehe es mir nur ...«

»Sie sind der Arzt, also machen Sie es auch, verdammt!«, verlangte der Nomade. »Es geht hier schließlich um mein Auge. Das muss ein Arzt machen. Da lasse ich doch nicht irgendeine Göre ran, die gerade erst ihre Ausbildung fertig hat.«

Der Arzt gab sein Bestes, um respekteinflößend zu wirken. »Bitte mäßigen Sie Ihren Ton, Mr. McDonnel. Schwester Barnes ist eine fachkundige und erfahrene Notfallschwester. Sie hat solche Sachen schon tausendmal gemacht. Und ich bin mir nicht sicher, ob es ihr gefallen würde, als ›Göre‹ bezeichnet zu werden.«

Der Nomade setzte die Füße auf den Boden. »Sie machen das«, sagte er.

»Also wirklich, es ...«

Der Nomade trat so nah an den Arzt heran, dass er ihm ins Ohr hätte beißen können, und flüsterte. »Sie – machen – das – verdammt – noch – mal.«

Die Stimme des Arztes zitterte. »Mr. McDonnel, wir dulden in dieser Einrichtung kein beleidigendes ...«

Der Nomade packte mit der linken Hand den dürren Hals des Arztes und quetschte ihm mit Daumen und Fingern der Rechten die Luftröhre ab.

»Machen Sie es?«

Der Arzt taumelte zurück und riss den Nomaden mit. Ein Drehstuhl kippte um und fiel zu Boden. Der Arzt wischte einen Stifthalter weg, dessen Inhalt sich über den Schreibtisch verstreute. Er ließ ein abgewürgtes »Ack« hören, sein Gesicht errötete.

»Machen Sie es?«

Hinter ihm ertönte ein Schrei. Ohne den Hals des Arztes loszulassen, drehte sich der Nomade zu der Stimme um. Die Schwester in der Tür schrie erneut auf.

»Scheiße«, sagte der Nomade.

Er trat dem Arzt die Beine weg und rannte los.

12

»Du musst mir einen Gefallen tun«, sagte Lennon ins Telefon, während er an der Kreuzung von Lisburn Road und Sandy Row darauf wartete, dass die Ampel umsprang.

»Was für einen Gefallen?«, fragte Dan Hewitt.

»Ich möchte ein paar Akten einsehen«, sagte Lennon. Als die Ampel grün wurde, klemmte er sich das Telefon zwischen Ohr und Schulter und löste die Handbremse. »Alles, was ihr über die McKenna-Fehde habt.«

»Keine Chance«, sagte Hewitt. »Du hast keinerlei Veranlassung, diese Akten einzusehen. Es sei denn, du würdest aktuelle Ermittlungen anstellen, aber die Ermittlungen über diese Sauerei sind schon vor Monaten abgeschlossen worden. Weshalb willst du die haben?«

»Wegen einer Sache, die Rankin erwähnt hat.«

»Was hat der denn mit dieser Fehde zu tun?«

»Nichts. Er hat nur etwas erwähnt. Ein Gerücht, das er gehört hatte. Ich will es überprüfen. Nun komm schon. Ich tue dir schließlich einen großen Gefallen damit, dass ich mich mit schwerer Körperverletzung zufriedengebe.«

»Und als Gegenleistung kommst du wieder zur Mordkommission«, erwiderte Hewitt. »Ich glaube, damit sind wir quitt.«

Lennon gab sich alle Mühe, sich auf den Verkehr zu konzentrieren, während er sich auf Nebenstraßen zurück zum Donegal Pass schlängelte. »Ich muss die Akten sehen, Dan.«

»Nein, müssen tust du nicht«, widersprach Hewitt. »Du *willst* sie sehen. Das ist etwas ganz anderes. Aber selbst, wenn ich wollte, könnte ich sie dir nicht geben. Ich muss eine aktuelle Ermittlung vorweisen, bevor ich die Akten beantragen kann.«

»Mist«, sagte Lennon. »Es muss doch irgendeine Möglichkeit geben.«

»Wenn du Rankins Akte haben willst, könnte ich vielleicht etwas für dich tun, im Rahmen des Möglichen.«

»Und wie wäre es, wenn man eine Verbindung zwischen Rankin und McKenna entdeckt? Wenn es da irgendeine Gemeinsamkeit gibt, kannst du mir die Akten dann besorgen? Und auch die von Crozier. Rankin hat mir erzählt, dass Crozier sich nach McKennas Tod darangemacht hat, dessen Gebiet zu übernehmen. Dann ist da doch eine Verbindung zu meinem Fall.«

Einige endlos erscheinende Sekunden lang hörte Lennon nichts als Schweigen, bis Hewitt schließlich seufzte und sagte: »Na schön, ich werde sehen, was ich tun kann. Eine Menge davon wird allerdings zensiert sein. Du wirst mehr geschwärzte Zeilen zu sehen bekommen als sonst was.«

»In Ordnung«, sagte Lennon. »Alles, was du mir besorgen kannst.«

»Gib mir eine Stunde«, sagte Hewitt.

Die dünne Akte landete neunzig Minuten später auf Lennons Schreibtisch. Er blätterte die fotokopierten Seiten durch, es waren weniger als zwanzig. Genau wie Hewitt angekündigt hatte, war das meiste mit einem Filzstift mit fetten Strichen geschwärzt worden. Aber nicht alle waren auch im Original zensiert worden. Ein paar der Seiten rochen nach Lösungsmittel, und die schwarzen

Linien fühlten sich frisch und noch etwas feucht an, wenn man sie berührte.

Im inneren Aktendeckel klebte ein Post-it. Darauf stand in Dan Hewitts Handschrift:

Jack,
viel ist es nicht, aber mehr kann ich nicht für Dich tun.
Vergiss nicht, wir haben Dandy Andy eine Menge zu verdanken. Wie ich schon sagte, er ist zwar ein Scheißkerl, aber ein nützlicher Scheißkerl. Wirf das hier in den Reißwolf, wenn Du damit durch bist.
Dan

Dandy Andy Rankin war in der Tat ein Scheißkerl. Nicht nur saugte er seit Jahren seine eigene Bevölkerungsgruppe aus, er hatte auch der Special Branch immer wieder Informationen gegeben und neuerdings deren Nachfolgerin im neuen Gewand, der Aufklärungsabteilung C3. Die ersten drei Seiten umfassten ein Täterprofil, mit Fahndungsfotos und einer Zusammenfassung seiner kriminellen Laufbahn, sozusagen Dandy Andy's Greatest Hits. Als er die Seiten überflog, entdeckte Lennon mindestens ein halbes Dutzend vereitelte Mordanschläge, fünf aufgedeckte Waffenlager sowie Ecstasy, Kokain und Cannabis im Wert von mehreren hunderttausend Pfund, die auf dem Weg nach Belfast abgefangen worden waren.

Das alles hatte natürlich seinen Preis. Man hatte Rankin bei seinen Operationen relativ in Frieden gelassen. Nur ein einziger Absatz unter den Fotos fasste seine diversen Unternehmungen kurz zusammen. Dabei waren seine Anzüge nicht billig.

Die folgenden Seiten waren die interessantesten. Rankin hatte häppchenweise Informationen über Rodney Croziers beginnende Geschäftsverbindung mit den Banden der Litauer in Belfast geliefert. Die Konsolidierung der Europäischen Union sowie die Stabilisierung Nordirlands hatte diesem Teil der Welt zwar Wohlstand beschert, aber sehr bald waren auch die Kriminellen zur Stelle gewesen.

Der Süden hatte es zuerst erlebt. Dublins Unterwelt war von Tag zu Tag heimtückischer geworden. Bandenmorde waren inzwischen in der Republik fast genauso häufig wie seinerzeit in den schlimmen Jahren des Nordens die Morde durch die paramilitärischen Gruppen. Hier oben wurden die Gangster immer noch von den Paramilitärs unter Kontrolle gehalten. Der normale Verbrecher von nebenan hatte da keine Chance, trotzdem wurde die Konkurrenz aus Osteuropa allmählich unangenehm.

Die Loyalisten kooperierten nun schon seit geraumer Zeit mit den Litauern. Sie taten zwar so, als würden sie sich in den protestantischen Wohnvierteln gegen Ausländer wehren, und schüchterten hart arbeitende Immigranten ein, die Arbeiten verrichteten, die sonst keiner machen wollte. Aber hinter verschlossenen Türen scharwenzelten sie um die Gauner aus Litauen und anderen Ländern herum. Prostitution war eine ihrer wichtigsten Einnahmequellen, und die Litauer hatten eine Menge Frauen aus Russland, Rumänien, Weißrussland und der Ukraine im Angebot. Nichts davon war Lennon neu, sosehr er sich auch dafür schämte. Er blätterte eine Reihe Aktennotizen und Gesprächsprotokolle durch und las alles, was nicht geschwärzt worden war. In jeder der Notizen wurde McKennas Name mindestens einmal erwähnt, aber nichts davon war brauchbar. Nichts war dabei, das er mit dem in Verbindung bringen konnte, was Rankin ihm im Krankenhaus erzählt hatte.

Der letzte Teil war das Gesprächsprotokoll eines Treffens zwischen Rankin und einem seiner Kontaktleute. Lennon überflog die wenigen Passagen, die noch lesbar waren.

Datum: 09.05.2007
Ort: Parkplatz, Makro-Lagerhalle, Dunmurry, Belfast
Befragender Beamter: DI James Maxwell, C3
Vernommener: Andrew Rankin alias Dandy Andy Rankin

Der befragende Beamte registriert, dass Rankin während des gesamten Gesprächs deutlich erregt war, ersichtlich an seinem Gezappel und Kettenrauchen.

J.M. Was haben Sie für mich?
AR: Den verdammten Rodney Crozier. Ich will, dass er aus dem Verkehr gezogen wird.
JM: Mein Gott, Andy, jetzt kommen Sie nicht schon wieder damit.
AR: Es geht um seine Geschäfte mit den Litauern. Der wird langsam größenwahnsinnig. Wenn das noch länger so weitergeht, dann scheißt er irgendwann auf mich.
JM: Darüber haben wir schon geredet.
AR: Und ich rede so lange weiter darüber, bis ihr Scheißkerle endlich aus dem Arsch kommt und etwas dagegen unternehmt. Seitdem Michael McKenna sich sein dämliches Hirn hat wegpusten lassen, macht der verdammte Rodney Crozier sich an die heran und …

McKennas Name irritierte Lennon. Jeder bei der Polizei wusste von seiner Verbindung zu McKenna, auch wenn die längst Geschichte war. Ein Drittel der Seite war geschwärzt. Lennon las unten weiter.

… die Leute reden eben. Crozier hätte sich in diesem Stadtteil niemals breitmachen können, wenn McKenna noch da wäre.
JM: Und?
AR: Und wenn ihr Jungs nichts dagegen unternehmt, dann mache

ich es. Hätte nie gedacht, dass ich so was mal erlebe, zum Teufel. Dass einer von unseren eigenen Leuten gemeinsame Sache mit den Litauern macht und der anderen Seite Geld in die Tasche stopft. Ich habe noch Rodney Croziers Vater gekannt. Der würde sich im Grabe rumdrehen, wenn er sähe, mit wem sein Sohn Geschäfte macht.

JM: Uns sind die Hände gebunden, verstehen Sie? Wir können nicht nur auf Ihr Wort hin eine Operation dieses Ausmaßes in Gang setzen.

AR: Herrgott, wer hat eigentlich bei den Cops neuerdings das Sagen? Wer verlangt von euch, dass ihr bei diesen ganzen Vorgängen einfach wegschaut? Erst die Geschichte, dass McKenna abgeknallt wird, und dann der ganze Scheiß, der …

Wieder waren Zeilen mit Filzstift geschwärzt. Die Fehde. Die Morde in Belfast. Das Blutbad auf der alten Farm an der Grenze. Zeugenbefragungen hatten ergeben, dass Dissidenten dem Politiker Paul McGinty dort aufgelauert hatten, und die Ermittlungen wurden eingestellt, als drei von ihnen sich ein paar Monate später mit ihrer eigenen Bombe in die Luft sprengten. Ein Spezialistenteam von Forensikern hatte die Überreste der Waffen in ihrem Wagen als die identifiziert, die bei der Schießerei benutzt worden waren.

Als Lennon damals die Nachricht von McKennas Tod hörte, hatte sein erster Gedanke Marie und Ellen gegolten. Er hatte daran gedacht, sie anzurufen, hatte sogar schon ihre Nummer in sein Mobiltelefon eingetippt, aber dann wurde ihm klar, dass er nicht die geringste Ahnung hatte, was er sagen sollte. Er könnte darum bitten, mit seiner Tochter sprechen zu dürfen, aber er wusste, Marie würde nein sagen. Und was sollte man überhaupt mit einem Kind reden, das einen gar nicht kannte.

Und nicht etwa, weil er sich nicht bemüht hätte. Nach Ellens

Geburt hatte er über zwei Jahre lang versucht, irgendeine Art von Kontakt herzustellen. Ihre Mutter hatte er verlassen, als sie mit dem Kind schwanger gewesen war. Da er sich diese Sünde selbst nicht vergeben konnte, erwartete er auch nicht, dass sonst irgendjemand ihm Absolution erteilen würde. Trotzdem war Ellen immer noch sein Kind. Marie verweigerte jeden Versuch, jede Annäherung. Das war nicht mehr als die Strafe für sein Vergehen, und er wusste, dass er sie auch verdiente. Ellen aber nicht. Er überlegte, ob er durch die gerichtlichen Instanzen gehen und Marie zwingen sollte, ihm einen Kontakt zu ermöglichen, aber er hatte ja selbst gesehen, dass die Justiz mehr Familien auseinanderriss als zusammenbrachte. Eltern benutzten ihre Kinder als Waffe gegeneinander. Damit wollte er nichts zu tun haben. Letztlich kam er zu dem Schluss, dass es besser war, wenn das Kind aufwuchs, ohne ihn zu kennen, als wenn er es zum Mittelpunkt eines Krieges machte, für den es gar nichts konnte.

Lennons eigener Vater hatte die Familie ebenfalls verlassen, und geblieben waren nur vage Erinnerungen an einen Mann, der in einem Moment schallend lachen und im nächsten wutentbrannt zuschlagen konnte. Er sei nach Amerika gegangen, hatte Lennons Mutter ihm erzählt, und wenn er genug Geld beisammen habe, werde er Frau und Kinder nachholen. Noch Jahre später hatte sie jedes Mal, wenn der Postbote die Zeitung durch den Türschlitz schob, diesen Funken Hoffnung in den Augen gehabt. Der Brief war nie gekommen.

Für Lennon war Familie nicht gleichbedeutend mit Wärme und Geborgenheit. Sie war gleichbedeutend mit Schmerz und Kummer. Seine Familie hatte sich von ihm losgesagt, als er bei der Polizei angefangen hatte. Maries Familie hatte dasselbe mit ihr gemacht, weil sie etwas mit ihm angefangen hatte. Blutsbande wurden so mühelos durchtrennt, dass sein Kind bestimmt glücklicher sein würde, wenn es erst gar kein Band zu ihm knüpfte.

Aber vergessen hatte er seine Tochter nie.

Bis sie weggezogen war, hatte er ein- oder zweimal pro Woche in der Eglantine Avenue geparkt und das Kommen und Gehen von Marie und Ellen beobachtet. Ellen sah ihrer Mutter ähnlich, zumindest aus einiger Entfernung. Er stellte sich vor, wie er ausstieg, zu ihnen ging und sich hinhockte, um Ellen ins Gesicht zu sehen und dabei ihre kleine Hand zu halten.

Aber was hätte dabei schon herauskommen sollen? Es hätte das Kind nur verwirrt, und Marie hätte sie von ihm weggezerrt. Marie konnte ihre innere Härte gut verbergen. Er jedoch hatte sie mehr als einmal zu spüren bekommen, als sie beide noch ein Paar gewesen waren. Sie fühlte sich an wie die Knochen unter ihrer Haut, nur kälter und spitzer. Sie wusste genau, dass ihre einzige Möglichkeit, ihn für seine Tat zu bestrafen, die war, dass sie ihm seine Tochter vorenthielt. Und selbst wenn er wegen eines Besuchsrechts vor Gericht gezogen und Ellen diesem ganzen Zirkus ausgesetzt hätte, was für einen Vater gab er denn schon ab? Sicher keinen besseren, als sein eigener es gewesen war.

Lennon schüttelte den Gedanken ab und begann wieder zu lesen.

… ganze Bude war voll davon. Jeder weiß, dass da mehr hintersteckte. Aber es geriet verdammt schnell in Vergessenheit.
JM: Lieber Himmel, ihr Jungs tratscht ja schlimmer als ein Haufen alter Weiber beim Bingo. Nichts davon hat irgendwas mit Ihnen zu tun.
AR: Wie bitte? Nichts mit mir zu tun? Ich verliere ein ganzes Vermögen, weil Michael McKenna sich dämlicherweise …

Diesmal fehlte eine halbe Seite. Lennon las unten weiter.

…ädchen. Und seitdem ist sie nicht mehr gesehen worden.

Lennon hörte auf zu lesen. Sein Mund war wie ausgetrocknet. Er fuhr mit dem Finger über die geschwärzten Zeilen und suchte nach irgendeinem Anzeichen der Buchstaben, die sich darunter verbargen. Dieses letzte Wort – war es »Mädchen« gewesen? Er versuchte, einen Rest von Flüssigkeit in seinem Mund zu finden, um sich die Lippen zu befeuchten, aber seine Zunge rieb nur über den trockenen Gaumen.

Lennon schob die Papiere beiseite und sah auf die Uhr. Fast Mittag. Er nahm den Telefonhörer und wählte die Zentrale des C3. Er verlangte Hewitt.

»Lust auf Mittagessen?«, fragte er, als Hewitt abnahm.

»Mit dir?«

»Ja«, sagte Lennon. »Mit mir.«

»Jack, ich habe dir doch die Akten beschafft. Das war schon mehr, als ich hätte tun dürfen.«

»Jetzt komm schon. Um der alten Zeiten willen.«

»Herrgott«, fluchte Hewitt. »Was willst du?«

»Nur ein paar Fragen stellen. Und ein Sandwich mit Speck.«

Hewitt seufzte. »Na gut, in zehn Minuten in der Kantine.«

Hewitt stocherte in einem Salat herum, während Lennon auf kaltem Speck kaute. Der Aktenordner lag zwischen ihnen auf dem Tisch. Auf der anderen Seite der Kantine saß ein ganzer Trupp von Jungs der Polizeitaktik grölend und wiehernd vor Pommes und Bohnen. Die hatten wahrscheinlich für den Nachmittag eine Razzia geplant, in einem Haus mit Panzertüren und beheizten Räumen für die Cannabispflanzen oder in einem Eckladen, in dessen Hinterzimmer stapelweise geschmuggelte Zigaretten gehortet wurden.

»Das mit der Zensur war jedenfalls kein Witz«, sagte Lennon. »Das meiste war geschwärzt.

Hewitt nippte an seinem Mineralwasser. »Was hast du denn

erwartet? Du kannst von Glück sagen, dass du überhaupt was zu Gesicht bekommen hast.«

Lennon gab einen Löffel Zucker in seinen Tee. »Ich weiß. Und da ist auch nur noch eine Sache, die mich neugierig macht.«

»Frag erst gar nicht«, wehrte Hewitt ab.

»Nur eine Sache.« Lennon nahm einen Schluck seines lauwarmen Tees. »Es geht um die Geschichte mit Michael McKenna, diese Fehde. Dass McGinty in der Nähe von Middletown in einen Hinterhalt gelockt wurde.«

»Was soll damit sein? Nach Abschluss der Ermittlungen wurde doch alles publik gemacht. Die McGinty-Fraktion hat sich untereinander bekämpft, und dann haben sich noch die Dissidenten eingemischt. Ein Riesenschlamassel, aber jetzt ist die Sache vorbei.«

Lennon kämpfte mit seinem Speck. Hewitt wartete geduldig. Endlich schluckte Lennon und fragte: »Warum ist dann alles geschwärzt? Warum diese Heimlichtuerei, wenn doch sowieso alles öffentlich bekannt ist?«

Hewitt legte seine Gabel hin und tupfte sich mit einer Serviette die Lippen ab, obwohl sein Mund sauber war. »Hör mal, Jack, ich habe dich aus Gefälligkeit in diese Unterlagen reinsehen lassen. Wenn jemand wüsste, dass ich sie dir zugänglich gemacht habe, wäre ich in Schwierigkeiten. Übertreib es also nicht.«

»Hast du das von Kevin Mallory gehört? Was mit dem vorgestern Abend passiert ist?«, fragte Lennon. »Der gehörte zu Bull O'Kanes Bande. Bull O'Kane gehört die Farm, in der McGinty umgebracht wurde.«

»Diese Mallory-Sache war ein schiefgelaufener Raubüberfall«, erklärte Hewitt. »Außerdem geht uns das nichts an. Das war auf der anderen Seite der Grenze. Darum sollen sich die Guards kümmern. Du stocherst die ganze Zeit herum. Worauf bist du aus?«

Lennon riskierte es. »Was steht in den Akten über Marie McKenna?«

Hewitt wurde blass.

»In der Befragung von Rankin«, fuhr Lennon fort, ohne Hewitt die Gelegenheit zu geben, ausweichend zu antworten, »da erwähnt er sie ganz am Ende.«

»Nein, tut er nicht«, sagte Hewitt mit einem matten Lachen. Er nahm seine Gabel wieder auf und stach auf die matschigen Salatblätter ein.

»Tut er doch«, widersprach Lennon. »Ganz am Ende.«

Hewitt ließ die Gabel fallen und griff nach dem Ordner. Er zog die losen Seiten hervor und blätterte sie durch. Er fand die Befragung Rankins und fuhr mit den Fingern über die Zeilen. Nachdem er ein paar Sekunden lang das Blatt hin und her gewendet hatte, sagte er: »Eine Marie McKenna wird hier an keiner Stelle erwähnt.«

»Nein«, antwortete Lennon. »Aber nachsehen musstest du trotzdem erst mal, stimmt's?«

Wütend und mit geröteten Wangen starrte Hewitt ihn über den Tisch hinweg an, dann stopfte er die Akten zurück in den Ordner. »Die behalte ich«, sage er. »Nur um sicherzugehen, dass sie auch ordnungsgemäß vernichtet werden.«

»War Marie irgendwie in diese Sache verwickelt?«, fragte Lennon.

Hewitt stand auf. »Darüber werde ich mit dir nicht sprechen, Jack.«

»Manchmal fahre ich in ihrer Straße vorbei«, fuhr Lennon fort. »Nicht aus irgendwelchen zwielichtigen Gründen, du verstehst schon. Nur, wenn ich zufällig dort vorbeikomme. Ihre Fenster sind jetzt schon eine ganze Weile vernagelt. Ich habe mich ein bisschen umgehört, auf ihrer Arbeit und so weiter. Da hieß es, sie sei umgezogen, und keiner wusste, wohin. Von heute auf morgen.«

Hewitt kam um den Tisch herum zu Lennon. »Jack, wenn du noch weitere Informationen aus diesen Akten haben willst, kannst du offiziell Einsicht beantragen.«

»Sie ist mit meiner Tochter weggezogen«, sprach Lennon weiter. »Du weißt ja, dass meine Familie sich von mir losgesagt hat, als ich zur Polizei gegangen bin. Lieber Himmel, in meiner Personalakte ist als nächster Verwandter mein Cousin eingetragen, und mit dem rede ich nur einmal im Jahr. Ellen ist die einzige Spur, die ich in dieser Welt hinterlassen habe. Meine einzige Verwandte. Und sie weiß nicht einmal, wer ich bin. Ich will einfach nur wissen, wo sie ist.«

»Na gut.« Hewitt legte Lennon eine Hand auf die Schulter. »Ich sage dir das als alter Freund. Ich sollte überhaupt nicht darüber reden, aber für dich mache ich eine Ausnahme.« Er lehnte sich dicht an Lennons Ohr. »In diesen Akten steht absolut nichts über Marie McKenna oder ihr Kind. In Ordnung?«

Lennon wandte den Kopf, seine und Hewitts Augen waren nur noch Zentimeter voneinander entfernt. »In Ordnung«, sagte er.

Hewitt klopfte ihm auf die Schulter und ging davon, die Akte unter den Arm geklemmt.

»Eins noch, Dan«, rief Lennon ihm nach.

Hewitt blieb stehen, seufzte und drehte sich um.

»Wenn du mich anlügst?«

»Was dann?«

Lennon dachte ein paar Sekunden darüber nach, dann sagte er die Wahrheit. »Weiß ich nicht.«

13

Gerry Fegan blieb stehen und schloss die Augen, als der lange Cadillac neben ihm langsamer wurde. Er hatte größte Vorsicht walten lassen, den F-Train extra an der Delaney Street anstatt am East Broadway verlassen und die denkbar umständlichste Route zu seiner Wohnung an der Ecke von Hester Street und Ludlow Street genommen. Hätte er die Gelegenheit gehabt, wäre er geflohen, doch er brauchte Geld und seinen falschen Pass. So blieb ihm nichts anderes übrig, als in sein schäbiges kleines Zimmer auf der Lower East Side zurückzukehren.

Die Bremsen quietschten. »Doyles wollen dich sehen, Gerry Fegan«, rief eine Stimme mit starkem Akzent. Fegan machte die Augen auf und wandte sich zu Pyè Préval um. Er war der einzige Schwarze, den die Doyles in ihre Nähe ließen. Der kleine, drahtige Haitianer lehnte sich aus dem hinteren Fenster der Beifahrerseite. Fegan war ihm ein paarmal auf den Baustellen begegnet, auf denen er gearbeitet hatte. In seiner seltsamen Mischung aus haitianischem Kreolisch und Englisch hatte Pyè ihm oft erzählt, er würde gern einmal nach Irland fahren. Er fragte Fegan nach dem Wetter und der Landschaft, den Getränken und den Fo... den Mädchen. Fegan mochte ihn irgendwie, aber mit üblen Burschen kannte er sich aus. Pyè konnte bestimmt gut mit dem Messer umgehen, da war Fegan sich sicher.

Pyè stieg aus dem Wagen und hielt die Tür auf. Er grinste über beide Ohren. Er deutete ins Innere der Limousine. »Mein Freund, steig in Auto ein.«

»Jimmy Stones Knie muss operiert werden«, sagte Frankie Doyle. Er spießte mit seiner Gabel einen Fleischklops auf und matschte mit dem Messer verkochte Nudeln hinein.

Die Touristen in der Mulberry Street achteten weder auf Fegan noch auf die Doyles, als sie an einem Tisch draußen vor dem Restaurant miteinander sprachen. Fegan hatten die Brüder nichts zu essen angeboten.

»Richten Sie ihm aus, dass es mir leidtut«, sagte er.

Packie Doyle schnaubte verächtlich und tupfte sich mit einer Papierserviette den Mund ab. »Also wirklich, Gerry, ich glaube nicht, dass leidtun hier reicht.«

Fegan wehrte sich nicht gegen den Namen. »Wird er wieder gesund?«, fragte er.

»Irgendwann schon«, sagte Frankie. »Aber er muss einen oder zwei Monate an Krücken gehen und wird noch ganz schön lange humpeln. Ein paar von den Jungs fanden, wir sollten dir das doppelt heimzahlen, Gerry. Dir beide Kniescheiben brechen und mal sehen, wie dir das gefällt.«

Fegan schwieg. Kurz tauchte vor seinem geistigen Auge ein Bild auf: wie er einem jungen Mann hinter McKennas Bar in der Springfield Road die Kniescheibe zertrümmert hatte. Über zwei Jahrzehnte war das jetzt her.

Packie wischte mit einer Handvoll Brot Sauce auf. »Wir wollen keinen Streit mit dir, Gerry.«

»Keinen Streit«, bestätigte Frankie. »Wenn wir den wollten, dann säßen wir jetzt ja wohl nicht hier. Wir könnten dich genauso gut den Cops ausliefern oder sogar der Einwanderungsbehörde oder dich an diesen Typen verraten, der nach dir sucht.«

»Hätten wir machen können«, sagte Packie durch einen Riesenbrocken Brot hindurch, »haben wir aber nicht.«

»Versetz dich doch mal einen Augenblick in unsere Lage«, sagte Frankie. »Es ist schwer, gute Leute zu kriegen.«

»Man findet heutzutage einfach keinen mehr«, sagte Packie.

»Und dann kommt da ein guter Mann daher, dem wollen wir ein bisschen Arbeit verschaffen.«

»Aber er spuckt uns ins Gesicht«, sagte Packie.

»Dabei wollten wir ihm doch nur einen Gefallen tun«, sagte Packie. »Verstehst du jetzt, was wir meinen?«

Fegan ballte die Hände zusammen. »Ich will nur in Ruhe gelassen werden.«

»Jeder möchte gern ein ruhiges Leben führen«, sagte Packie.

Frankie nickte. »Was man will und was man kriegt, sind zwei Paar Schuhe.«

»Du schuldest uns was, Gerry«, sagte Packie. »Und nicht nur dafür, dass wir den Mund darüber halten, wer und wo du bist.«

»Jimmys Behandlung wird nicht billig werden«, sagte Frankie.

»Die kostet Tausende«, sagte Packie.

»Da kommst du nicht drum herum, Gerry«, sagte Frankie.

»Jeder muss bezahlen«, sagte Packie.

»Früher oder später«, sagte Frankie.

Fegan schielte auf die Flasche Rotwein, die die Brüder sich teilten. Er schluckte, um den trockenen Mund loszuwerden. »Was soll ich für Sie machen?«, fragte er.

14

Lennon beobachtete Marie McKennas Wohnung eine Stunde lang und ging dabei in Gedanken noch einmal die Akten durch, die Hewitt ihn hatte lesen lassen. Die Fenster waren immer noch vernagelt, es gab kein äußeres Anzeichen, dass sich seit Mai etwas verändert hätte. Oft schalt er sich, wenn er hier so saß, den Wagen am günstigsten Beobachtungspunkt abgestellt. So benahmen sich schlicht und einfach nur Spanner, und er verabscheute sich dafür.

Am schlimmsten jedoch war, dass er an dem einzigen Abend, wo er sich tatsächlich hätte nützlich machen können, nicht da gewesen war. Nur einen Tag vor Maries Verschwinden hatte Lennon genau in dieser Parklücke gestanden und beobachtet, wie ein großer, schlanker Mann an ihrer Tür klingelte. Als sie den Fremden hereingebeten hatte, war Lennon davongefahren und hatte beinahe noch einen anderen Wagen gestreift. Am nächsten Tag hatte er herausgefunden, dass der Mann Gerry Fegan war, ein bekannter Killer. Fegan war verhaftet worden, weil er sich mit einem anderen Ganoven vor der Wohnung geprügelt hatte.

Lennon fragte Chief Inspector Uprichard, was da los gewesen sei. Uprichard rief in Lennons Beisein jemanden an, nickte und grummelte zustimmend. Als er aufgelegt hatte, hielt er kurz inne, dann lächelte er und sagte: »Am besten lassen Sie die Sache auf sich beruhen.«

Aber Lennon ließ die Sache nicht auf sich beruhen, jedenfalls eine Zeitlang nicht. Er fragte herum, bat um Gefälligkeiten und setzte Leute aus dem Milieu unter Druck. Aber das Einzige, was er herausfinden konnte, war, dass Marie in aller Eile weggezogen war und ihr kleines Mädchen mitgenommen hatte.

Sein kleines Mädchen.

Dann hatte er die Sache verdrängt und sich eingeredet, dass er seine kleine Tochter verloren hatte. Aber trotzdem machte er immer noch einmal in der Woche einen Abstecher in die Eglantine Avenue. So wie heute Abend.

Im Fenster über Maries Wohnung ging das Licht an. Für einen kurzen Moment tauchte ein junger Mann mit einer selbstgedrehten Zigarette auf, dann ließ er die schäbigen Rollläden herunter. Plötzlich hatte Lennon eine Idee. Er schob sie beiseite. Die Idee wehrte sich. Er gab auf, obwohl er wusste, dass es ein Fehler war.

Lennon stieg aus seinem Audi, schloss ab und marschierte auf die Wohnung zu. Es gab drei Klingelknöpfe. Der unterste für Maries Wohnung besaß kein Namensschild. Auf dem mittleren stand »Hutchence«. Lennon drückte fünf Sekunden lang den Finger darauf, dann trat er einen Schritt zurück.

Der mittlere Rollladen des Erkerfensters schoss hoch, danach das Schiebefenster. Der junge Mann lehnte sich heraus. »Ja?«

»Polizei«, sagte Lennon. »Ich muss mit Ihnen sprechen.«

Der junge Mann duckte sich sofort weg und schlug dabei mit dem Kopf an den Fensterrahmen. Von oben hörte Lennon das hektische Getuschel von mindestens drei Stimmen. Vermutlich wegen des Tabaks, den der Bursche rauchte.

Der Kopf des jungen Mannes tauchte wieder auf. »Kann ich bitte einen Ausweis sehen?«, fragte er und hörte sich an wie ein Zwölfjähriger im Stimmbruch.

»Wenn Sie möchten«, sagte Lennon. Er zog seine Brieftasche aus der Gesäßtasche, klappte sie auf und hielt sie hoch. »Allerdings bezweifle ich, dass Sie von da oben etwas lesen können.«

»Ich bin in einer Minute unten«, sagte der junge Mann, das letzte Wort mindestens eine Oktave höher als der Rest.

Während er wartete, musterte Lennon den winzigen Garten. Marie hatte ihn immer gut in Schuss gehalten. Jetzt hatten sich in den Ecken Müll und verdorrte Blätter angesammelt, und durch den rissigen Beton war das Unkraut eines ganzen Sommers gekrochen.

Das Oberlicht über der Eingangstür leuchtete auf. Lennon setzte sein überzeugendstes Böser-Cop-Gesicht auf, gleich würde er den Kleinen ein bisschen hochnehmen. Die Tür ging auf. Er hielt dem Jugendlichen seinen Ausweis in Augenhöhe hin. Von drinnen war nichts zu hören außer einer Toilettenspülung irgendwo oben.

Nach einigen Sekunden grinste der Jugendliche und sagte: »John Lennon? Hatte Ringo keine Zeit?«

Lennon starrte den Jungen möglichst furchteinflößend an. »Detective Inspector John Lennon. Meine Freunde nennen mich Jack. Sie können mich Inspector Lennon nennen. Verstanden?«

Das Grinsen auf dem Gesicht des Jungen verschwand. »Verstanden.«

»Ist Ihr Name Hutchence?«

»Ja.«

»Vorname?«

»David.«

»Was sind Sie, Student?«

»Ja.«

»Am Queen's?«

»Ja.«

»Feiern Sie gerade eine Party, David?«

»Nein!« Der junge Mann hob abwehrend die Hände. »Nur ich und meine Mitbewohner sind da. Wir haben überhaupt keinen Krach gemacht. Wir haben nicht mal Musik laufen oder so.«

Lennon lehnte sich vor und schnupperte die Luft zwischen sich und dem Jungen. »Haben Sie was geraucht?«

»Nur Zigaretten.« Der junge Mann faltete seine zitternden Hände. Oben rauschte wieder die Toilette.

Lennon betrat den Flur. »Wie lange wohnen Sie schon hier?«

»Erst seit ein paar Wochen«, sagte der Junge und machte einen tapsigen Schritt zurück. »Das Semester fängt erst am Montag an.«

Lennon schob sich an dem jungen Mann vorbei und spähte das Treppenhaus hinauf. Auf dem nächsten Treppenabsatz duckte sich ein anderer Jugendlicher weg. Vermutlich ein Mitbewohner. »Wer wohnt im obersten Stockwerk?«, fragte Lennon.

»Noch niemand. Der Vermieter sagt, nächste Woche sollen noch mehr Studenten einziehen.«

Lennon zeigte auf die Tür weiter hinten im Flur. Sechs Jahre war es jetzt her, dass er die Wohnung im Erdgeschoss verlassen und diesen Teil seines Lebens hinter sich gelassen hatte. »Und da drin?«

»Die ist auch leer«, sagte der Junge. »Der Vermieter sagt, jemand hat sie gemietet, aber die Leute sind im Moment auf Reisen.«

Lennon versuchte den Türgriff herunterzudrücken. Natürlich war abgeschlossen. »Da ist nie einer drin?«

»Nein, da ... oh, Moment mal.« Das Gesicht des Jungen strahlte auf, als hätte er einen Preis gewonnen. »Letzte Woche hat jemand die Post abgeholt. Hier vorne lag ein ganzer Stapel.« Er wies auf ein Regal über dem Heizkörper. »Eines Abends sind wir mal ausgegangen, und als wir wiederkamen, war sie weg. Wollen Sie die Nummer des Vermieters haben?«

»Nein«, sagte Lennon. Nicht lange, nachdem die Wohnung vernagelt worden war, hatte er den Vermieter ausgequetscht, ohne etwas herauszufinden. Er gab dem Jungen eine Visitenkarte.

»Wenn jemand vorbeikommt, dort reingeht, irgendetwas mitnimmt, egal was, dann rufen Sie mich an, in Ordnung? Dafür tue ich so, als hätte ich nichts Komisches gerochen, als Sie von oben heruntergekommen sind.«

Der junge Mann lächelte ihn unsicher an und nickte.

»Ich finde selbst hinaus«, sagte Lennon.

15

Die Sache gefiel dem Nomaden nicht. Der Breitschultrige mit dem schmutzigblonden Haar da war eindeutig ein Cop. Der Nomade hatte nicht bemerkt, dass er den Wagen abgestellt hatte, deshalb musste er annehmen, dass der Cop ebenfalls die Wohnung beobachtete. Natürlich war es denkbar, dass der Cop etwas von dem Jungen wollte, der die Tür aufmachte, aber der Nomade wusste, dass es nicht so war. Bauchgefühl.

Mann, das war ein langer Tag gewesen. Nachdem er aus dem Krankenhaus abgehauen war, war er sofort nach Portadown gefahren und hatte dabei mit seinem gesunden Auge immer wieder in den Rückspiegel geschaut. Er überlegte, ob er den Wagen loswerden sollte, aber das Risiko war noch höher als die Möglichkeit, dass sein Nummernschild von der Videoüberwachungsanlage auf dem Parkplatz des Krankenhauses erfasst worden war.

Als er Portadown erreichte, hielt er an der ersten Parklücke, die er finden konnte. Danach ging er zu Fuß weiter, bis er eine Apotheke fand, wo er eine kleine Tube mit einer antibakteriellen Salbe und eine Flasche Wasser kaufte. Das Mädchen hinter der Theke starrte die orangefarbenen Schlieren an, die das Zeug, das der Arzt ihm draufgeschmiert hatte, hinterlassen hatte. Er hielt seine Hand hin, um das Wechselgeld in Empfang zu nehmen. Sie legte es auf die Theke und machte einen Schritt zurück.

Als er wieder beim Wagen war, legte er den Kopf in den Nacken, zog sein Augenlid hoch und goss Wasser hinein. Mein Gott, das lief ja überallhin, aber zu helfen schien es. So gut es ging, trocknete er sein Auge mit dem Ärmel und spritzte einen kleinen Klecks Salbe hinein. Eine halbe Stunde saß er nur blind da, dann machte er sich auf den Weg zur Autobahn. In weniger als vierzig Minuten hatte er Belfast erreicht und sich durch den zähen Verkehr auf der Lisburn Road gekämpft, dann war er rechts in die Eglantine Avenue eingebogen. Er wusste, dass er nach einer Kirche an der Ecke Ausschau halten musste.

Sobald er geparkt hatte, hatte er einen weiteren Tropfen Salbe in sein verletztes Auge geschmiert und gehofft, dass sie dem Brennen und Jucken Abhilfe schaffen würde. Stattdessen hatte er nur geblinzelt und geflucht. Vielleicht war genau in dem Moment ja dieser Cop gekommen. Der Nomade verfluchte sich. Er und der Cop hatten mindestens eine Stunde lang nur ein paar Meter nebeneinander herumgehockt und dieselbe vernagelte Wohnung beobachtet. Der Nomade hatte immer schon auf seine Instinkte gehört, den reptilischen Teil seines Gehirns, und gerade jetzt sagte dieser Instinkt ihm, dass dieser Cop da Ärger bedeutete. Er nahm das Mobiltelefon aus der Tasche, gab das Passwort ein und wählte die einzige gespeicherte Nummer.

»Was ist?«, brüllte Orla O'Kane.

»Wer ist der Cop?«

»Was für ein Cop?«

»Der Cop, der gerade in Marie McKennas Haus gegangen ist. Derselbe Cop, der die letzte Stunde über hier herumgesessen und es beobachtet hat.«

»Meine Güte«, sagte Orla O'Kane.

»Meine Güte, was?«

»Ihr kleines Mädchen. Der Vater ist ein Cop. Ich kann mich nicht mehr an seinen Namen erinnern, aber den finde ich heraus. Wie sieht er aus?«

»Kräftig gebaut und gut in Form«, sagte der Nomade. »Dunkelblondes Haar. Sein Anzug sieht besser aus, als ihn sich ein Cop normalerweise leisten kann, selbst bei der Gefahrenzulage, die sie hier oben kriegen. Vielleicht ist er ja korrupt.«

»Ich schaue mal, was ich herausfinden kann. Übrigens habe ich die Sache mit Ihrem Freund in Monaghan in den Nachrichten gesehen. Schade, die Sache mit der Frau.«

»Ja, schade«, sagte der Nomade.

»Ich nehme mal an, es ging nicht anders.«

»Nein, ging es nicht«, sagte der Nomade.

»Da kann man nichts machen. Was ist mit Quigley?«, frage sie.

»Vielleicht fahre ich später noch bei ihm vorbei.«

»Machen Sie das. Ich brauche Fortschritte, damit ...«

»Psst«, zischte der Nomade und brachte Orla zum Schweigen. »Der Cop kommt raus. Vielleicht folge ich ihm und gucke mal, ob ich was rauskriege.«

»Gehen Sie kein Risiko ein«, sagte Orla mit leiser, dringlicher Stimme. »Der interessiert uns nicht. Wenn er ein Problem ist, kümmern Sie sich drum, aber sonst lassen Sie ihn in Ruhe. Verstanden?«

»Verstanden«, sagte der Nomade. »Keine Sorge, ich gucke mir die Sache nur mal an. War nett, mit Ihnen zu plaudern, großes Mädchen.«

»Passen Sie lieber auf, was Sie ...«

Der Nomade unterbrach die Verbindung und schob das Telefon wieder in seine Jackentasche. Drei Meter vor ihm überquerte der Cop gerade die Straße und verschwand aus seinem Blickfeld. Der Nomade ließ das Fenster einen Spalt herunter. Er hörte, wie eine Wagentür aufging und mit einem satten dumpfen Schlag wieder zuschlug. Musste was Luxuriöseres sein, vielleicht aus Deutschland oder Skandinavien oder ein neuerer Ford. Ein Motor wurde angelassen und kam mit einem hässlichen Dieselgeknatter auf Touren. Der Nomade ließ das Fenster noch etwas mehr herunter, damit er sich hinauslehnen konnte. Weiter vorn fuhr ein silberner Audi aus der Parklücke und beschleunigte in Richtung Malone Road.

»Klasse Motor«, flüsterte der Nomade zu sich selbst. Der Wagen sah ziemlich neu aus. 35.000 Euro, vielleicht auch 40.000, je nach Motorleistung und Ausstattung. Er wusste nicht, was so ein Ding in Pfund Sterling kosten mochte, aber für einen Cop war es immer noch ein Haufen Geld. Der Nomade drehte am Zündschlüssel des alten Mercedes, und der Anlasser heulte auf, dann erwachte der Motor blubbernd zum Leben. Er ließ noch einen Citroën vorbeifahren, damit er einen Puffer zwischen sich und dem Audi hatte, dann scherte er aus.

Auf der Malone Road bog der Cop rechts ab, ebenso wie der Citroen, doch dann überraschte der Cop den Nomaden und bog gleich wieder nach links in eine Straße mit mehreren Kirchen und alten Häusern ein, die zur Stranmillis führte. Der Citroen blieb auf der Malone Road, so dass jetzt kein Puffer mehr zwischen dem Audi und dem Mercedes war. Der Nomade musste vorsichtig sein. Die Namen dieser kleinen Straßen waren ihm fremd, die Stranmillis allerdings erkannte er wieder, als der Cop darauf einbog. Der Nomade ließ, um außer Sichtweite zu bleiben, zunächst zwei Autos an sich vorbeifahren, bevor er folgte.

Als sie sich dem Kreisverkehr am Ende der Stranmillis näherten, tauchte der Fluss auf. Hier unten wohnte doch nie und nimmer ein Cop. In dieser Gegend konnte gerade mal ein Arzt oder Anwalt mit Mühe die Hypotheken zahlen, aber ganz bestimmt kein Cop.

»Donnerwetter«, sagte der Nomade, als der Cop in einen schicken Apartmentblock direkt hinter dem Kreisel einbog. Er wagte es nicht, dem Cop bis auf den Parkplatz zu folgen, deshalb fuhr er weiter und fragte sich dabei, ob das wirklich die Wohnung von diesem Typen war oder die von einer Freundin. Vielleicht vögelte der Cop ja irgendeine Anwaltsgattin oder eine weibliche Führungskraft mit einer Vorliebe für harten Sex.

»Scheißkerl«, sagte der Nomade. Er fuhr zurück in Richtung Lisburn Road und hoffte, dass die schicken neuen Restaurants dort bebilderte Speisekarten hatten.

16

Lennon saß an seinem pseudo-mexikanischen Tisch und aß ein Lammcurry. Die Kante des pseudo-mexikanischen Stuhls drückte ihm in die Oberschenkel. Die Garnitur hatte ihn fast fünfhundert Pfund gekostet, aber er hatte sie auf Raten bekommen. Er war sich sicher, dass der Zinssatz skandalös gewesen wäre, wenn er ihn sich angeschaut hätte, aber das hatte er nicht, sondern einfach die Bestellung unterschrieben, die der Verkäufer ihm hingelegt hatte. Ein paar Tage später hatten sie ihm den Tisch und die sechs Stühle geliefert, und seitdem hatte er noch kein einziges Mal, wenn er dort saß, mit Genuss gegessen.

Er dachte zurück und überlegte, wann zum letzten Mal sonst noch jemand an diesem Tisch gesessen hatte. Das musste schon Monate her sein, und an ihren Namen konnte er sich nicht mehr erinnern. Sie hatte Kaffee getrunken und er Tee, und dabei hatten sie sich kaum angesehen. Er hatte sich ihre Nummer geben lassen, obwohl er wusste, dass er sie nie anrufen würde.

Das Lamm in Lennons Mund schmeckte plötzlich widerlich. Er schluckte es hinunter und schob den Teller weg, dann spülte er den Mund mit einem Schluck lauwarmem Leitungswasser aus. Die Stille bedrückte ihn mit ihrer kalten Beharrlichkeit. Er ertrug seine eigene Gesellschaft nur für gewisse Zeit, also räumte er ab, zog sich um und machte sich auf den Weg in die Stadt.

Er beschloss, sich in der Kellerbar des Empire umzusehen. Eine Blues-Band mühte sich für ein gleichgültiges Publikum ab, im Wesentlichen Studenten, die schon einmal das Wochenende vorverlegten. Lennon verschaffte sich einen Überblick über die Frauen und spürte jeden Tag seiner 37 Jahre. Er war zwar noch nicht ganz so alt, um von allen hier der Vater zu sein, aber vielleicht ja ein perverser Onkel. Er bestellte sich ein Glas Stella und überlegte dabei schon, wo er sonst hingehen konnte. Der kleine Anflug von Schuldbewusstsein, der ihn beschlichen hatte, als er mit einer seiner Kreditkarten vierzig Pfund abgehoben hatte, wurde größer, als er jetzt einen Zwanziger über die Theke schob. Gestern war sein Bankkonto blank gewesen. Jeder mit ein bisschen gesundem Menschenverstand hätte erst einmal auf das Gehalt gewartet, anstatt auf Pump Geld auszugeben, aber gesunder Menschenverstand und Geld bewohnten bei ihm schon von jeher verschiedene Gehirnhälften.

Zwei Mädchen lehnten neben Lennon an der Bar. Für Studentinnen waren sie nicht mehr jung genug und zu gut gekleidet. Sie trugen beide die Sorte Klamotten und Schmuck, die reiche Freunde oder Väter ihnen niemals gekauft hätten. Die zwei verdienten ihr eigenes Geld, vermutlich in einem der Callcenter, die in der ganzen Stadt aus dem Boden geschossen waren.

»Zwei Smirnoff mit Eis«, rief eines der Mädchen über die Theke.

Lennon hielt den Zehn-Pfundschein hin, den er gerade als Wechselgeld zurückbekommen hatte. Jeder Gedanke an Sparsamkeit, den er eben noch gehabt haben mochte, war verflogen. »Darf ich?«, fragte er.

Die Nächststehende der beiden musterte ihn von oben bis unten. »Wenn ich wollte, dass mein Dad mir was zu trinken kauft, hätte ich ihn gleich mitgebracht«, sagte sie. »Trotzdem danke.«

Lennon zwang sich, sein Glas auszutrinken, bevor er ging. Er rief Roscoe Patterson an, um zu hören, ob der heute Abend etwas anzubieten hatte.

Lennon brauchte weniger als eine halbe Stunde bis zu dem Apartmentgebäude mit Blick auf den Yachthafen von Carrickfergus. Ohne ein Wort öffnete Roscoe die Tür zu der Penthauswohnung, und Lennon folgte ihm durch die Diele ins Wohnzimmer. Der kahlgeschorene, ungeschlachte Mann setzte sich hin und konzentrierte sich wieder auf sein Computerspiel. Seine klobigen Finger fuhren mit seltsamer Anmut über die Konsole. Auf dem riesigen Plasmabildschirm starben in einem Kugelhagel uniformierte Soldaten, in dem Schränkchen darunter sirrte die Playstation 3.

»Setz dich«, sagte Roscoe. »Sie hat gerade einen Freier da, aber der braucht nicht lange.« Ein abwesendes Grinsen zerknitterte sein Gesicht. »Brauchen diese Typen nie.«

Lennon setzte sich Roscoe gegenüber auf die Ledercouch. Der Boden wummerte, weil die meisten Explosionen des Spiels aus dem Woofer der Surround-Sound-Anlage kamen.

»Beklagen sich die Nachbarn gar nicht über den Radau?«, fragte Lennon.

Roscoe zwinkerte ihm zu. »Bisher nur einmal«, sagte er. »Hier wohnt unter der Woche sowieso nur noch ein Ehepaar. Die anderen sind Feriendomizile oder Zweitwohnungen fürs Wochenende.«

Lennon rutschte hin und her und versuchte, während seine Jeans über das Leder glitt, eine bequeme Sitzposition zu finden.

»Hab gehört, du hast Dandy Andy hochgenommen«, sagte Roscoe und pustete dabei jemandem den Schädel weg.

»Stimmt«, gab Lennon zurück.

»Gut gemacht«, sagte Roscoe. »Der ist ein Schwein. Muss er in den Knast?«

»Ein Weilchen. Nicht lange.«

Roscoe zuckte die Achseln. »Immer noch besser als gar nicht«, sagte er.

Lennon sah zu, wie die verblichenen Tätowierungen auf Roscoes Unterarm sich beim Bedienen der Konsole dehnten und zusammenschoben. »Weißt du eigentlich, was für Zoff Rankin mit Crozier hatte?«

»Frag mich nicht so was«, antwortete Roscoe. »Ich mache nicht den Spitzel für dich.«

»Ich habe gehört, Crozier hat sich mit den Litauern zusammengetan«, fuhr Lennon fort. »Hat die Lücke geschlossen, die entstanden war, als Michael McKenna sich das Hirn hat wegballern lassen. Er hat für die Schläger gesorgt und die Litauer für die Mädchen. Er hat ihnen erlaubt, in McKennas früherem Gebiet ihre eigenen Läden aufzumachen.«

»Weiß ich nichts von«, sagte Roscoe. »Ach, Scheiße. Mensch, jetzt bin ich nur wegen dir erschossen worden.«

»Du und deine Jungs fanden es also in Ordnung, dass Crozier mit den Litauern Geschäfte machte?«, fragte Lennon. »Du weißt ja sicher, dass sie den Republikanern Schutzgeld zahlen. Crozier stopft denen die Taschen mit Geld voll.«

»Dreckige Geschäfte sind das«, sagte Patterson. »Die verdammten Litauer verhökern Mädchen von überall her, aus Russland, aus der Ukraine und jedem anderen Scheißloch. Halten sie die ganze Zeit auf Koks, damit sie mit den Freiern für Kohle alles machen. Wie Sklavinnen. Da bin ich kein Freund von. Ich mache in Qualität, nicht mit Quantität. Man bezahlt ein bisschen mehr, aber dafür weiß man auch, dass das Mädchen aus freien Stücken da ist und einen fairen Anteil von der Kohle bekommt. Und sie ist so sauber, dass es noch quietscht, wenn du ihn ihr reinsteckst.«

»Du bist der Prinz unter den Zuhältern«, bemerkte Lennon.

Roscoe grinste. »Das sollte ich vielleicht auf meine Visitenkarte drucken lassen. Jedenfalls, solange ich meine Kohle mache, kann Crozier den Litauern von mir aus sogar umsonst einen blasen. Und den *Taigs* auch. Nimm es nicht persönlich. So, und jetzt wechselst du entweder das Thema, oder du verpisst dich.«

»In Ordnung«, sagte Lennon. »Wen hast du heute Abend da?«

»Debbie«, sagte Roscoe.

»Debbie?«

»Studentin aus Edinburgh. Sie macht gerade ihren Magister in Wirtschaftsrecht, hat sie mir erzählt. Was zum Teufel das auch sein mag. Normalerweise lasse ich sie nur an den Wochenenden kommen, aber sie muss ein paar Rechnungen bezahlen. Echt eine süße Braut. Die wird dir gefallen.«

In der Diele ging eine Tür auf, und Lennon hörte das Rascheln von Kleidern. Der Schatten eines Mannes huschte gesenkten Hauptes an der Tür vorbei.

»War alles in Ordnung?«, rief Roscoe.

»Ja, danke«, antwortete ein schüchternes Stimmchen.

»Immer geradeaus. Sie finden ja selbst raus.«

Die Wohnungstür ging auf und wieder zu.

»Lass ihr eine Minute Zeit, damit sie sich saubermachen kann«, sagte Roscoe.

»Ihr Jungs redet doch immer untereinander«, sagte Lennon. »Was so gerade los ist. Wer wem was will, solche Sachen.«

»Ja«, bestätigte Roscoe. »Aber wie ich schon sagte, ich mache nicht den Spitzel für dich. Es ist gut, dich zum Freund zu haben, Jack, aber übertreib es nicht.«

»Michael McKenna«, fuhr Lennon fort. »Und dann auch noch Paul McGinty. Was hältst du von der ganzen Sache? Die Ermittlungen haben ergeben, dass es eine Fehde war, eine rein innere Angelegenheit. Hast du schon mal was anderes gehört?«

Roscoe grinste. »Das war eine gute Woche damals. Mein alter

Da hat immer gesagt, nur ein toter *Taig* ist ein guter *Taig*. Ist nicht persönlich gemeint.«

»Nehme ich auch nicht persönlich«, sagte Lennon.

Roscoes Mobiltelefon klingelte. Er nahm es und drückte eine Taste. »Sie ist so weit«, sagte er.

Lennon stand auf und ging zur Tür.

»Eine komische Sache war da allerdings«, sagte Roscoe.

Lennon blieb in der Tür stehen. »Was für eine?«

»Dieser Anwalt, Patsy Toner«, sagte Roscoe. »Es hieß, der hätte dem korrupten Cop damals sein Auto geliehen, und dem Cop haben sie schlussendlich den Kopf weggepustet. Sie sagen, dass es eine Verwechslung war und die Dissidenten eigentlich Toner erwischen wollten. Aber dann haben die Dissidenten sich selbst in die Luft gejagt, Problem gelöst, alles wieder im Ruder.«

Lennon ging zurück zu Roscoe. »Und?«

»Patsy Toner ist Stammkunde bei einem meiner Mädchen. Die erzählt, er ist vollkommen im Eimer. Er kommt sie immer noch besuchen, aber er kriegt keinen mehr hoch. Sie hat es schon mit Handjobs und Blowjobs versucht und ihm den Finger in den Arsch gesteckt, alles, was ihr nur einfiel. Absolut tote Hose.«

»Auf die Vorstellung kann ich gut verzichten«, sagte Lennon.

»Ich auch«, sagte Roscoe und verzog den Mund. »Aber in meinem Metier hört man noch üblere Sachen.«

Lennon beugte sich wieder über Roscoes Stuhl. »Das wette ich. Aber worauf willst du eigentlich hinaus?«

Roscoe zuckte die Achseln. »Vielleicht hat es ja nichts zu bedeuten, aber sie hat mir erzählt, dass er eines Abends stinkbesoffen bei ihr aufgetaucht ist. Er hat irgendwas gefaselt, dass die Sache noch nicht vorbei wäre, dass sie keine Ruhe geben würden, es wäre nur eine Frage der Zeit, dann würden sie ihn erledigen.«

Lennon richtete sich auf. »Tatsächlich?«

Roscoe grinste. »Wie, tatsächlich? Ich hab dir doch gar nichts erzählt.« Er wandte sich wieder seinem Spiel zu. »Ich bin nicht dein Informant. Und jetzt geh zu der Kleinen rein, bevor die noch einsam wird.«

Lennon tätschelte ihm auf die muskelbepackte Schulter. »Danke, Roscoe.«

Er ging zurück in den Flur. Von der Schlafzimmertür fiel ein dünner Lichtstrahl über den Teppich. Er klopfte mit den Fingerknöcheln gegen das Holz, und die Tür ging auf. Sie hatte schulterlanges braunes Haar und roch nach einer starken Seife.

»Leg erst mal einen Hunderter auf die Kommode, mein Guter«, sagte sie mit schottischem Akzent und lächelte dabei. »Dann reden wir darüber, was so alles drin ist. In Ordnung, Schätzchen?«

Lennon zwang sich dazu, ihr weiter in die Augen zu sehen. »Roscoe und ich haben so eine Abmachung.«

Sie stellte sich auf die Zehenspitzen und rief über seine Schulter hinweg: »Roscoe?«

Aus dem Wohnzimmer erscholl Roscoes Stimme. »Alles, was er will. Ich regle das dann mit dir, keine Sorge.«

Für einen Moment entglitten ihre Gesichtszüge, ob aus Wut oder Traurigkeit, konnte er nicht erkennen. Dann strahlte sie wieder, als wäre hinter ihren Augen ein Licht angezündet worden, und ihre Lippen teilten sich zu einem Lächeln, mit dem man Glas schneiden konnte. »Alles, was du willst, Darling«, sagte sie.

17

Declan Quigley hatte Bull O'Kane erst vor ein paar Monaten das Leben gerettet, indem er seinen mächtigen Leib in einen Wagen gehievt hatte und zu einem Krankenhaus in Dundalk gerast war. Trotzdem wollte O'Kane, dass Quigley beseitigt wurde. Es stand dem Nomaden nicht zu, Bull zu hinterfragen.

Quigley wohnte bei seiner Mutter in einem zweistöckigen roten Backsteinhäuschen in der Lower Ormeau. Der Nomade fuhr die Umgebung des Hauses ab. Er konnte hier nicht einfach den Wagen abstellen und darauf hoffen, dass niemand ihn bemerkte, wie er es vor Marie McKennas Wohnung gemacht hatte. Das hier war eine enge nachbarschaftliche Gemeinschaft. Jeder Fremde, der sich zu lange am selben Ort aufhielt, fiel unweigerlich auf.

Eine Bande von etwa fünfzehn Jugendlichen schlenderte von einer Straße zur nächsten und näherte sich langsam der Kreuzung mit dem von Loyalisten beherrschten Donegal Pass. Die suchen Krawall, dachte der Nomade. Er fuhr wieder zurück in Richtung von Quigleys Straße.

Bull hatte ihm gesagt, die Mutter sei altersschwach und wisse nicht mal mehr, ob Tag sei oder Nacht. Ihr etwas anzutun sei unnötig, selbst wenn sie alles mitbekam. Diesen Punkt hatte Bull unmissverständlich klargemacht, und der Nomade hatte auch vor, sich an sein Versprechen zu halten.

Er stellte den Mercedes in einer Parkbucht auf der Ormeau Road ab, gleich neben einer umzäunten Siedlungsbaustelle auf einem ehemaligen Sportplatz. Bis zu Quigleys Haus war es ein ganzes Stück, aber dies war der einzige abgelegene Stellplatz für den Wagen, den er hatte finden können. Während er die Hauptstraße entlanglief, hielt er den Kopf gesenkt und vermied jeden Augenkontakt mit den wenigen Menschen, denen er begegnete.

Der Nomade lief zunächst hoch bis zur Ormeau-Brücke und dann in einem weiten Bogen am Fluss entlang zurück. Auf seinem Weg nach Norden zählte er die Seitenstraßen ab. Bull hatte ihm gesagt, wie viele es waren. Irgendwo in Richtung Donegal Pass heulte eine Polizeisirene auf, gefolgt von Jubelgeschrei. Anscheinend hatten die Jugendlichen ihren Krawall bekommen.

Er duckte sich in die schmale Gasse hinein, die hinter Quigleys Hinterhof verlief. Vom Fluss aus das siebte Haus, hatte Bull gesagt. Der Nomade hielt sich dicht an der Mauer und zählte die Gartentore. Vorsichtig einen Fuß vor den anderen setzend, tastete er sich durch die dunkle Gasse vor. Seine Absätze verfingen sich in irgendwelchem Unrat, alten Plastiktüten und Zigarettenschachteln. Dann trat er gegen eine leere Dose und erstarrte. Auf das Scheppern hin bellte in einem der Häuser ein Hund los. Als das Gekläff wieder aufhörte, tastete er sich weiter.

Irgendwo auf der Ormeau Avenue heulte wieder eine Sirene auf. Am anderen Ende der Gasse sah der Nomade einen Streifenwagen vorbeischießen. Im nächsten Moment hörte er Reifen quietschen und das atemlose Keuchen und Lachen von irgendwelchen Jungen. Er tastete sich schneller voran, erreichte Quigleys hölzernes Gartentor, drückte dagegen und stellte fest, dass es offen war. Während er in den Hinterhof huschte, behielt er das andere Ende der Gasse im Auge. Dort tauchten gerade zwei Jugendliche auf, die im gleichen Tritt um die Ecke gerannt kamen.

Der Nomade zog das Tor hinter sich zu. Es war ebenso hoch

wie die Mauer und würde ihn verbergen, besaß aber keinen Riegel. Er hörte das Trappeln von Füßen, als die Jungen die Gasse entlangrannten.

»Schnell, sie kommen«, rief eine Stimme.

»Scheiße, versteck dich«, rief eine zweite.

Der Nomade hörte Hände auf Holz schlagen, die beiden versuchten die Tore zu öffnen. Bevor er sich daranmachen konnte, Quigleys Tor zu versperren, brachen die Jungen schon durch.

Den ersten streckte er mit einem Schlag auf die Schläfe nieder, der Schrei des Jungen wurde abrupt vom dumpfen Aufprall des Schädels auf der Backsteinmauer beendet. Der andere rutschte aus, als er seinen Schwung abzubremsen versuchte, und landete vor den Füßen des Nomaden.

Der Nomade packte ihn und rollte ihn blitzschnell auf den Bauch. Bevor der Junge noch schreien konnte, hatte ihn der Nomade in den Schwitzkasten genommen. Der Junge wehrte sich nicht lange.

Der Nomade stand auf und drückte sich mit dem Rücken ans Tor. Schwere Tritte hämmerten durch die Gasse, begleitet von tieferen Stimmen und dem Rauschen eines Funkgeräts.

»Nein, sie sind weg«, sagte eine der Stimmen.

Die Antwort war ein lautes Rauschen, während die Schritte sich weiter näherten.

»Weiß der Himmel«, sagte die Stimme. »Wahrscheinlich in die Balfour Avenue.«

Holzbretter klapperten, als die Polizisten die Tore überprüften. Der Nomade stemmte sich gegen die abblätternde Farbe und stützte sich ab.

»Jetzt ist Schluss«, sagte die Stimme. »Für heute Abend reicht's mir mit dem Rennen. Ich bin zu alt für diesen Mist.«

Das Tor drückte gegen den Rücken des Nomaden. Knisterndes Rauschen ertönte.

»Du kannst mich mal«, sagte die Stimme auf der anderen Seite der Mauer. »Ich komme zurück zum Wagen.«

Die Schritte entfernten sich in Richtung Ormeau Road. Der Nomade bückte sich und prüfte, ob die Jungen noch atmeten. Das taten beide, doch der erste, den er niedergeschlagen hatte, war voller Blut. Der andere würde in Kürze mit höllischen Kopfschmerzen aufwachen. Der Nomade musste die Sache rasch hinter sich bringen. Er trat zur Hintertür und spähte durchs Fenster in die Küche. Dort stand eine alte Frau im Morgenmantel und glotzte eine Keksdose an, dabei bewegten sich ihre Lippen, als würde sie versuchen, sich an einen Liedtext zu erinnern.

Er drückte auf die Klinke, aber die Tür war verschlossen. Das Geräusch ließ die Alte aufschauen. Sie kam zur Tür und drehte den Schlüssel um. Dann öffnete sie die Tür und starrte den Nomaden einen Moment lang an. »Bobby, mein Liebling, wo bist du denn gewesen?«, fragte sie.

»Weg«, sagte der Nomade.

»Und wo?«

»Einfach nur weg«, sagte der Nomade. »Kann ich reinkommen?«

Die Alte trat zurück und ließ ihn herein. Als er an ihr vorbeikam, streichelte sie seinen Arm. »Du hast deinen Tee verpasst, Schatz.«

»Ich habe unterwegs was gegessen«, sagte der Nomade.

»Was denn, Schatz?«

»*Fish and Chips*«, sagte der Nomade. Im Nebenzimmer hörte er einen Fernseher laufen.

Sie schlug ihm leicht auf den Arm. »Da hättest du ruhig was von mitbringen können.«

»Das wäre doch alles kalt geworden«, erwiderte der Nomade. »Wo ist Declan?«

»Der schaut fern«, erklärte die Alte.

»Ma?«, kam eine lallende Stimme. »Ma! Mit wem redest du?«

»Mit Bobby«, sagte die Alte. »Er ist wieder da. Er hat *Fish and Chips* gegessen, aber mitgebracht hat er uns nichts.«

Der Nomade ging zur Tür und trat hindurch. Declan, der schon halb aus dem Fernsehsessel war, erstarrte.

»Wie geht's, Declan?«, fragte der Nomade. »Setz dich brav wieder hin, sei so gut.«

Die Alte kam ihm nach. Er wandte sich zu ihr um und fragte: »Kriege ich vielleicht noch eine Tasse Tee?«

»Aber natürlich, Bobby, mein Schatz.«

»Danke schön«, sagte der Nomade. Er sah ihr nach, wie sie in die Küche schlurfte, dann wandte er sich wieder zu Quigley um. »Wer ist Bobby?«

Quigley sackte zurück in den Sessel. »Mein Bruder«, sagte er mit zitternder Stimme. Auf einem Beistelltisch neben ihm standen eine halbleere Flasche Wodka und ein Glas. »Die Briten haben ihn vor zwanzig Jahren erschossen. Bei jedem Mann, den sie sieht, glaubt sie, es ist Bobby. Außer bei mir. Wer sind Sie?«

»Spielt keine Rolle«, sagte der Nomade und machte einen Schritt auf ihn zu.

»Mein Gott, ich wusste ja, dass es noch nicht vorbei ist«, sagte Quigley. »Als diese drei da sich in die Luft gesprengt haben, und dann neulich die Sache mit Kevin Mallory. In den Nachrichten war von einem Raubüberfall die Rede, aber ich wusste, das war gelogen.«

Der Nomade griff in seine Tasche.

»Warten Sie.« Quigley hob die Hände. »Warten Sie einen Moment. Ich habe niemandem ein Sterbenswörtchen verraten. Ich weiß, was passiert ist, ich habe alles mit angesehen. Ich weiß, dass dieses ganze Gerede über eine Fehde Blödsinn ist. Ich hätte zur Zeitung gehen und die Wahrheit ausplaudern können. Ich hätte ein Vermögen machen können. Genug, um mich um meine Mutter zu kümmern. Habe ich aber nicht. Ich habe den Mund gehalten. Das hier ist gar nicht notwendig.«

Der Nomade überlegte, ob er etwas entgegnen und dem Mann die Sachlage erklären sollte, doch wozu? Er seufzte und zog das Messer aus seiner Tasche. Fast geräuschlos schnappte die Klinge auf. Besser, man erledigte die Sache leise.

Quigley nahm einen anständigen Schluck Wodka aus der Flasche und hustete. »Das ist nicht notwendig«, wiederholte er und stellte die Flasche wieder auf den Tisch. »Und es ist nicht fair.«

Aus der Küche schrillte die Stimme der Alten: »Willst du auch einen Keks, Bobby, mein Schatz?«

»Hast du *Jaffa*-Kekse da?«, fragte der Nomade zurück.

»Nein, Schatz. Aber ich habe *Penguins*.«

»Ach, die gehen auch.«

Quigley schien in seinem Sessel regelrecht zu schrumpfen. »Gott, ich bin es müde«, sagte er. »So müde. Vielleicht hätte ich weglaufen sollen, aber wer hätte sich dann um meine Mutter gekümmert? Deshalb habe ich einfach nur hier gesessen und gewartet. Seit Monaten schlafe ich nicht mehr. Ich kann nichts essen. Ich habe fünfzehn Pfund abgenommen. Wissen Sie, ich hätte Gerry Fegan töten sollen. Oder es wenigstens versuchen.«

Der Nomade hielt inne. »Warum hast du es nicht gemacht?«

»Ich konnte nicht«, sagte Quigley. Er fing an zu weinen. »Ich hatte zu viel Angst. Er war zu … übermächtig.«

»Übermächtig?«

Quigley sah auf seine zitternden Hände hinab. »Als wenn nichts ihm etwas anhaben könnte. Nichts konnte ihn aufhalten. Wenn er sich vorgenommen hatte, jemanden zu töten, dann war derjenige praktisch schon tot. So etwas hatte ich in meinem ganzen Leben noch nicht gesehen.« Quigley schaute hoch und blickte den Nomaden an. »Bis jetzt. Versprechen Sie mir, dass sie ihr nichts tun.«

»Mache ich nicht«, versprach der Nomade.

Quigley starrte ihn feindselig an. »Versprechen Sie es mir.«

»Ich werde sie nicht anrühren«, sagte der Nomade. »Ich schwöre bei Gott.«

Quigley knöpfte sich den Hemdkragen auf, zog den Stoff von seinem Hals weg und legte den Kopf zurück. »Machen Sie es schnell«, sagte er.

»Nein, nicht die Kehle«, sagte der Nomade. »Da spritzt du ja alles voller Blut. Über den ganzen Teppich von deiner Ma, die Wände hoch, überall. Schließ einfach die Augen. Ich mache es dir nicht schwer.«

Quigley ließ den Kopf sinken und weinte. Tränen befleckten sein Hemd. »So sinnlos«, sagte er.

»Still jetzt«, sagte der Nomade. »Ich mache es schnell, das verspreche ich. Schließ die Augen.«

Quigley umklammerte die Lehnen und schloss die Augen. Sein Atem ging schneller. Er jammerte leise. Der Nomade drehte das Messer in der Hand und beugte sich über den Sessel. Quigley holte einmal tief Luft und hielt den Atem an. Der Nomade stieß einmal, zweimal, dreimal zu, jedes Mal vergrub er die Klinge bis zum Schaft, bevor er sie wieder herauszog.

Quigley atmete noch einmal aus, zuletzt hörte man nur noch ein leises Röcheln. Er hustete. Ein kleiner roter Fleck, etwa so groß wie eine Rose, erblühte auf seiner Brust und breitete sich langsam aus.

»Bobby!« schrie die alte Frau und stach dem Nomaden eine Stricknadel in den Arm.

18

Lennon duschte sich und stellte dabei das Wasser so heiß, wie er es gerade noch aushalten konnte. Er schrubbte seine Haut, bis sie rosarot war. Es war immer dasselbe. Er tat es und wusste doch schon im selben Moment, dass er sich anschließend dafür verabscheuen und sich schwören würde, es nie wieder zu tun. Das brennende Schuldgefühl würde ihn etwa einen Tag begleiten, danach konnte er es abwaschen und sich selbst verzeihen.

Er schob den Gedanken an die schottische Jurastudentin beiseite, deren Seufzer und Gestöhne so durchsichtig gewesen waren wie ihre Unterwäsche. Stattdessen dachte er über die Worte von Roscoe Patterson nach. Lennon kannte Patsy Toner nur zu gut. Er hatte nicht wenige Gangster in Anwesenheit eben jenes Patsy Toner verhört. Dieser schleimige kleine Mistkerl bezeichnete sich allen Ernstes als Anwalt für Menschenrechte. Dabei war das einzige Recht, für das sich Patsy Toner interessierte, das Recht auf sein Honorar.

Allerdings hatte Lennon Toner schon seit geraumer Zeit nicht mehr in Verhörzimmern oder vor Gericht gesehen. Logischerweise hatte er als Grund dafür den Mord an Brian Anderson vermutet. Als man den korrupten Cop tot in Toners Leihwagen gefunden und sich kurz darauf in Middletown dieses Blutbad ereignet hatte, hatte sich die Partei flugs von dem Anwalt und McGintys übrigen Lakaien distanziert. Toners Arbeit im Dienste der Menschenrechte war also vermutlich zum Erliegen gekommen, aber es gab immer noch genügend Gangster und Ganoven, die anwaltliche Vertretung benötigten. Ob die Partei hinter ihm stand oder nicht, Patsy Toner war auf jeden Fall ein mit allen Wassern gewaschener Strafverteidiger mit viel Erfahrung darin, wie man mit der Staatsanwaltschaft und den Gerichten umsprang.

Dennoch, Lennon konnte sich nicht daran erinnern, wann er den kleingewachsenen Advokaten und seinen lächerlichen Schnurrbart zum letzten Mal gesehen hatte. Er nahm sich vor nachzuforschen.

Lennon stellte die Dusche ab und verließ das dampfende Bad. Er trocknete sich ab und schlang einen Bademantel um sich. Das Badezimmer war zwar klein, aber wunderbar ausgestattet. Es war einer der Hauptgründe gewesen, warum er sich für diese Wohnung entschieden hatte. Mit einem Handtuch um den Kopf betrat er das Schlafzimmer. Wie jedes Mal fiel ihm auch diesmal wieder ein, wie er als Kind immer geschrien hatte, wenn seine Mutter ihm nach der Badewanne zu fest die Haare gerubbelt hatte.

Seine Mutter.

Es war schon fast wieder einen Monat her, seit er sie das letzte Mal in ihrem Altenheim besucht hatte. Nicht, dass es für sie einen Unterschied gemacht hätte. Vielleicht würde er morgen Abend nach Newry hinunterfahren. Das war zwar ein ziemlich unangekündigter Besuch, aber die Routine würde trotzdem ablaufen wie üblich. Er würde seiner jüngeren Schwester Bronagh eine SMS schicken und die Zeit angeben, wann er bei seiner Mutter erscheinen wollte. Er würde keine Antwort erhalten. Wenn seine Wunschzeit mit der eines anderen Familienmitglieds kollidierte, würden die anderen diskret ihre Pläne ändern. Allen kam es zupass, die Sache auf diese Weise zu regeln.

Als Lennons Mutter die ersten Gerüchte gehört hatte, dass

sein Bruder Liam bei den Jungs im Ort eingestiegen und sich der Sache verschrieben hatte, hatte sie ihn angefleht, sich das noch einmal zu überlegen. Sie hatte ihm prophezeit, er werde im Gefängnis landen oder – schlimmer noch – von den Cops oder den Briten erschossen werden.

Liam hatte gegrinst, und sie hatte geschimpft, dann hatte er sie umarmt und ihr gesagt, sie solle doch nicht jeden Tratsch glauben. Er habe kein Interesse daran, gegen irgendjemanden zu kämpfen. Schließlich hatte er doch eine Arbeit beim örtlichen Automechaniker. Er hatte eine Zukunft. Warum sollte er sich die mit so einem Unsinn verbauen?

Lennon konnte sich noch gut daran erinnern, wie Liam ihn über die zitternde Schulter seiner Mutter hinweg angesehen hatte. Da wusste Lennon, dass er log.

Und auch, als Liam mit einem blauen Auge auftauchte, wusste Lennon, dass er log.

Seit einem Monat verbrachte er zu Hause die Semesterferien und verdiente sich in der örtlichen Tankstelle ein bisschen Kleingeld dazu. Der Diesel, der dort verkauft wurde, war illegale Ware, Kraftstoff für landwirtschaftliche Zwecke, der in einer der überall im Land versteckten Filteranlagen entfärbt worden war. Alle wussten, dass Bull O'Kane diese Anlagen betrieb, aber es wussten auch alle, dass sie besser den Mund hielten, selbst wenn irgendwann von dem gepanschten Diesel die Kraftstoffpumpen ihrer Autos im Eimer waren. Es mochte vielleicht einen Tausender oder gar mehr kosten, einen defekten Motor wieder zu reparieren, aber wenn man den Mund aufmachte und sich beschwerte, kostete es einen noch erheblich mehr. Wer das machte, galt als Spitzel, und Spitzel kamen nie gut weg, wenn überhaupt.

Als Lennon seinen Bruder nach dem Hurling-Spiel auf ein Glas getroffen hatte, war Liam zwar außer Atem und ganz aufgekratzt, aber unversehrt gewesen. Trotzdem stellte er Liam nicht zur Rede, als der in den Morgenstunden des nächsten Tages mit einem geschwollenen Bluterguss unter dem Auge nach Hause kam und seiner Mutter weismachte, er sei im Spiel von einem Hurling-Schläger getroffen worden.

Später, als schon Vogelgezwitscher in das Schlafzimmer drang, das die zwei Brüder sich teilten, lag Liam da und starrte, die muskulösen Arme hinter den Kopf gelegt, an die Decke. Seine mächtige Brust hob und senkte sich. Während Lennon ihn im Halbdunkel beobachtete, rangen in seinem Herzen Angst, Liebe und Zorn um die Oberherrschaft. Als Liam ihn ansprach, fuhr er erschrocken hoch.

»Ich bin kein Informant.«

»Was?« Lennon setzte sich im Bett auf.

Liams Stimme zitterte. »Was auch immer geschieht, was auch immer du hörst, ich bin kein Informant.«

»Wovon zum Teufel redest du überhaupt?«

Liam schwieg zunächst, dann sagte er: »Irgendein anderer spioniert ihnen nach und schiebt es auf mich. Sollte mir etwas passieren, darfst du das nicht vergessen. Sag es Ma und den Mädchen. Aber rede sonst mit niemandem darüber, sonst landest du auch noch in der Scheiße.«

»Versprochen«, sagte Lennon. »Aber was soll dir denn passieren?«

»Weiß ich nicht«, sagte Liam. »Vielleicht auch gar nichts. Vermutlich sogar gar nichts.« Er rollte sich auf die Seite, seine Augen glänzten im frühen Morgenlicht, als sie Lennons Blick trafen. »Hör mal, vergiss einfach, was ich gesagt habe. Ich spinne bloß ein bisschen. In Ordnung?«

»In Ordnung«, sagte Lennon.

»Weißt du, wir sind alle mächtig stolz, dass du einen Universitätsabschluss machst. Bleib bloß am Ball. Mach diesen Magister – oder wie das noch mal heißt – und dann den Doktor.

Dann kommst du aus diesem Scheißloch raus und wirst was Anständiges. Hörst du?«

»Ja«, sagte Lennon, doch das Wort kam nur als ein Krächzen heraus.

»Also dann«, sagte Liam und vergrub sich in den Bettlaken. »Jetzt schlaf mal.«

Lennon legte sich wieder hin, aber Schlaf fand er keinen. Wenn er im Nachhinein an diese Zeit vor sechzehn Jahren zurückblickte, kam es ihm manchmal so vor, als hätte er damals schon gewusst, dass dies das letzte wirkliche Gespräch mit seinem Bruder sein würde.

Sechzehn Jahre war es her, seit Liam gestorben war. Erst vor zwei Monaten war sein Todestag gewesen. Sechzehn Jahre, seit Lennon sich bei der damaligen Royal Ulster Constabulary beworben und sich damit beinahe jeden, den er je gekannt hatte, zum Feind gemacht hatte. Manchmal, wenn die Morgendämmerung über die Zimmerdecke kroch so wie damals in Middletown, dann verfluchte er sich für die Entscheidung, die er getroffen hatte.

Manche behaupteten zwar, dass man auf dem Totenbett die Dinge bedauerte, die man *nicht* getan hatte. Lennon wusste, dass das nicht stimmte.

Er rubbelte sich mit dem Handtuch über den Kopf und ging hinüber in den offenen Wohnbereich.

Auf dem Wohnzimmertisch lag ein Stapel geöffneter Briefe. Ganz oben war eine Mahnung über die Hypothekenzahlung. Die würde er morgen begleichen, dann anrufen und schwören, dass es ein Fehler der Bank gewesen sei, die Zahlung zu verweigern. Darunter lagen zwei oder drei Kreditkartenauszüge. Die konnten noch ein, zwei Wochen warten. Solange er irgendwie mit der Hypothek und den Raten für den Wagen im Soll blieb, konnte er damit leben. Erst recht, wenn er nicht allzu viel darüber nachdachte.

Lennon holte sich ein Bier aus dem Kühlschrank und ging zurück zur Couch. Das Leder kühlte die Stellen seiner Haut, die das Wasser verbrüht hatte. Er machte die Flasche auf und trank einen Schluck. Im Kopf stellte er Berechnungen an: wie viel er für die Rechnungen brauchte, wie viel für Lebensmittel, wie viel für Diesel für sein Auto. Als das Ergebnis nicht befriedigend ausfiel, hörte er mit der Rechnerei auf.

Das Telefon klingelte.

»Ihr erster Tag in der Mordkommission fängt früh an«, meldete sich Detective Chief Inspector Gordon. »Punkt zwei in der Lower Ormeau. Offenbar eine ziemliche Sauerei. Ich bin in zwanzig Minuten da. Besser, Sie warten auf mich.«

»Sie sind zu spät«, blaffte Gordon, als Lennon die Diele betrat. Der Detective Chief Inspector wartete in der Tür zum Wohnzimmer.

»Ich bin gekommen, so schnell ich konnte«, sagte Lennon und drückte sich an einem Fotografen vorbei.

»Aber nicht schnell genug. Sie wohnen doch nur ein Stückchen weiter den Fluss rauf. Haben Sie etwa getrunken?«

»Nur ein Bier«, sagte Lennon. Er spähte über Gordons Schulter.

»Er ist bereits für tot erklärt«, sagte Gordon. »Mindestens eine Stichwunde in der Brust, wahrscheinlich mehrere. Wir lassen erst noch den Fotografen ein paar Bilder machen, bevor wir reingehen.«

»Sie sprachen von zwei Leuten. Wo ist der andere?«

»Hinten im Hof«, antwortete Gordon. »Noch ein ganz junger Bursche. Sieht so aus, als wäre er mit dem Kopf gegen die Mauer geschlagen. Da draußen ist es stockfinster, außerdem kommt Regen auf. Wir werden eine Plane über den Hof spannen und uns die Sache morgen in Ruhe ansehen. In aller Frühe kommen die Forensiker aus Carrickfergus. Ich will, dass Sie dabei sind und alles überwachen.«

Lennon lehnte sich über die Schwelle und warf einen prüfenden Blick in den Raum. Das Opfer, ein Mann mit dunkel gewelltem Haar, saß mit dem Rücken zur Tür, seine Arme hingen schlaff zu beiden Seiten des Sessels herab. Ein Beistelltisch war umgekippt, auf dem Boden lagen eine Wodkaflasche und ein Glas. Die Wohnung sah allerdings nicht danach aus, als gehöre sie dem Opfer. Das waren die Möbel einer alten Frau, spießige Tapeten, Krimskrams mit Rüschen und kitschiger Nippes. »Ist sonst noch jemand hier?«, fragte Lennon.

»Die Mutter des Opfers ist gerade weggebracht worden.« Gordon trat einen Schritt zurück, um den Fotografen durchzulassen. »Sie ist auf dem Weg ins städtische Krankenhaus. Offenbar war sie mit einem Gürtel geknebelt. Sie mussten ihr ein Beruhigungsmittel geben, weil sie die ganze Zeit geschrien hat: ›Bobby war es.‹ Ein Nachbar hat erzählt, Bobby war ihr Sohn. Ein Soldat hat ihn vor zwanzig Jahren erschossen, als er eine Straßensperre durchbrochen hat.«

»Dann können wir den ja schon mal von der Liste streichen«, bemerkte Lennon. »Und wer ist unser Freund da?«

»Tja, das ist übrigens tatsächlich interessant. Der Tote ist kein Unbekannter. Er war sogar schon mehr als einmal unser Gast.« Gordon lächelte. »Das ist ... war ... Mr. Declan Quigley, der frühere Fahrer des dahingeschiedenen Paul McGinty.« Gordon schaute Lennon an. »Was ist?«

»Declan Quigley«, wiederholte Lennon.

»Ja.«

»Paul McGintys Fahrer.«

»So ist es.«

»Das kann unmöglich ein Zufall sein«, erklärte Lennon.

»Was?«

»Erst vor ein paar Tagen hat es Kevin Mallory erwischt. Der war auch in diese Fehde verwickelt.«

Gordon legte Lennon eine Hand auf die Schulter. »Hören Sie, die Geschichte mit dieser Fehde ist längst erledigt. Ziehen Sie keine voreiligen Schlüsse, sonst übersehen Sie noch was. Declan Quigley war ein Mistkerl. Mistkerle wie er kennen auch andere Mistkerle, und an denen herrscht in Belfast ja kein Mangel. Sie nützen mir nichts, wenn Sie nicht sämtliche Möglichkeiten in Betracht ziehen. Verstanden?«

»Verstanden«, sagte Lennon. »Es ist nur, dass ...« Er biss sich auf die Zähne.

»Dass was?«

»Nichts«, sagte Lennon. Er nahm sich fest vor, morgen Maries Vermieter anzurufen. Als Lennon ihn das letzte Mal befragt hatte, war nichts dabei herausgekommen, aber da hatte er sich auch nur vorsichtig herangetastet und die eigentlichen Fragen lediglich am Rande berührt. Diesmal würde er ein wenig entschiedener auftreten.

Der Fotograf drückte sich an ihnen vorbei.

»Morgen früh auf meinem Schreibtisch«, rief Gordon ihm nach. Er stupste Lennon an. »Dann mal los. Machen Sie sich Notizen. Und passen Sie auf, wo Sie hintreten.«

Lennon holte einen Notizblock und einen Stift aus der Tasche und folgte Gordon in das Zimmer. Beide stellten sich vor Quigleys Leiche.

»Hmm«, machte Gordon. »Kommt Ihnen irgendetwas an Mr. Quigleys Anblick seltsam vor, Detective Inspector Lennon?«

»Das tut es«, antwortete Lennon.

»Warum?«

Lennon hockte sich neben dem Sessel hin. Er deutete mit dem Stift auf die Leiche. »Keine Abwehrverletzungen auf Händen oder Unterarmen. Einer, der mit dem Messer angegriffen wird, versucht normalerweise, sich zu wehren, vielleicht sogar, nach der Klinge zu greifen.«

»Also?«

»Also war entweder der Angreifer so schnell, dass Quigley völlig ahnungslos war, oder er hat es einfach über sich ergehen lassen.«

»Und die Wunde – oder besser gesagt die Wunden?«

Lennon stand auf und beugte sich über die Leiche. Mitten auf Quigleys Brust war ein faustgroßer roter Fleck. »Sehr sauber. Die meisten tödlichen Messerstiche werden in besinnungsloser Wut beigebracht, mit vielen Stichwunden auf dem Körper, den Armen und Schultern, dem Hals und sogar dem Kopf.«

»So wie Ihr Freund Rankin es bei Crozier gemacht hat«, bemerkte Gordon.

»Genau. Aber hier gibt es nur zwei, drei Einstiche, alle ungefähr an der gleichen Stelle, direkt durch das Brustbein ins Herz. Vermutlich ist er an seinem eigenen Blut erstickt, das durch die Löcher in die Lunge drang. Kein großes Gesudel. Der Angreifer wusste, was er tat.«

Etwas neben dem umgestürzten Tischchen erregte Lennons Aufmerksamkeit. »Sehen Sie mal«, sagte er und deutete darauf.

Gordon hockte sich neben ihn hin. »Eine Stricknadel. Und ich glaube, das da an der Spitze ist Blut.«

»Die Waffe kann das nicht gewesen sein«, sagte Lennon. »Von Stricknadeln verursachte Wunden sind winzig. Unser Declan hier ist definitiv mit einer Klinge ins Jenseits befördert worden.«

»Ich bin geneigt, Ihnen zuzustimmen«, sagte Gordon. »Sorgen Sie dafür, dass die Forensiker zuerst davon eine Blutprobe nach Birmingham schicken. Wenn wir Glück haben, stammt es vom Mörder. Und wenn wir doppelt Glück haben, ist er schon aktenkundig.«

19

»Ganz einfach«, erklärte Pyè. »Du bloß ihn hältst fest für mir, ja?«

»Ich halte ihn für dich fest?«, fragte Fegan.

»Ja, sag ich doch.«

»In Ordnung«, sagte Fegan.

Pyè stieg aus dem Wagen. Fegan folgte ihm und machte hinter sich die Beifahrertür zu. Als Pyè auf den Transponder drückte, klickte und blinkte die Alarmanlage. Das Pfandleihhaus lag im Dunkeln. Die Doyles behaupteten, Murphy wohne darüber. Sie behaupteten, Murphy habe sie bei irgendeinem Schmuckhandel über den Tisch gezogen und Geld in die eigenen Taschen gesteckt, das eigentlich in ihre gehörte. Jetzt wollten sie ihr Geld zurück. Sie sagten, Pyè werde die ganze Arbeit erledigen. Fegan sei nur dazu da, um Eindruck zu machen.

Pyè hämmerte gegen den Rollladen. »He, Murphy. Du zu Hause?«

Fegan schaute hoch, ob oben ein Licht anging. Nichts rührte sich.

Pyè trat gegen den Rollladen. »Murphy, mir weiß, du da bist.« Er trat noch dreimal zu, und bei jedem Mal wogte der Rollladen hin und her.

Auf der anderen Straßenseite ging ein Fenster auf. Ein kahlköpfiger Mann lehnte sich aus einem Fenster im dritten Stock. »Haltet die Klappe. Wisst ihr, wie spät es ist?«

»Leck mich!«, schrie Pyè. »Mir mach dich fertig, du Scheißkerl.«

»Wie bitte?«, fragte der Kahlköpfige.

»Mir hab gesagt, leck mich«, wiederholte Pyè. »Mir zeig dir Messer.«

»Was redest du da für einen Scheiß?«, rief der Kahlköpfige. »Wenn du hier den starken Mann markieren willst, dann rede gefälligst Englisch, du französelnder Scheißkerl.«

»Französisch?« Pyè drehte sich zu Fegan um und zeigte auf den Mann auf der anderen Straßenseite. »Li gesagt französisch?«

»Was ist?«, fragte Fegan.

»Li gesagt französisch«, wiederholte Pyè. »Arschloch.« Er trat noch einmal gegen das Rollgitter und noch einmal.

Über dem Laden ging ein Licht an. Fegan trat bis auf die Straße zurück und spähte hinauf. Das Fenster wurde geöffnet, und ein rothaariger Mann tauchte auf. »Welcher Scheißkerl auch immer da unten gegen meinen Rollladen tritt, hat besser einen triftigen Grund dafür, zum Teufel.«

»He, Murphy«, rief der Glatzkopf von gegenüber. »Erklär deinen Freunden mal, sie sollen gefälligst nicht mitten in der Nacht vorbeikommen und die Leute aufwecken, hörst du?«

»Ach, leck mich doch, Cabel«, rief Murphy. »Kümmer dich um deinen eigenen Scheiß und geh wieder ins Bett.«

»Wenn Leute wie bekloppt gegen deinen Laden treten und mich aufwecken, dann *ist* das mein Scheiß, du irischer Bastard.«

»Leck mich, Cabel«, wiederholte Murphy. »Entweder gehst du wieder ins Bett, oder ich komme rüber und *bringe* dich ins Bett. Hast du mich verstanden?«

»Leck dich doch selbst, Murphy!« Der Glatzkopf schlug sein Fenster zu.

»Arschloch«, befand Murphy. Er sah nach unten. »Und wer zum Teufel tritt da gegen meinen Rollladen?«

»Aufmachen, Murphy«, befahl Pyè. »Mir will reden mit dir.«

»Wer ist da?«

»Pyè Préval. Komm runter.«

»Pyè?« Murphy lehnte sich weiter aus dem Fenster, um besser sehen zu können. »Warum zum Teufel hast du mich nicht angerufen? Verflucht, du hast mir eine Heidenangst eingejagt. Wer ist der andere?«

»Das Freund Gerry«, sagte Pyè. »Li sauber. Komm runter. Mach Scheißtür auf.«

»Sag ihm nicht meinen Namen«, erklärte Fegan.

»Was?«, fragte Pyè.

»Sag ihm nicht meinen Namen.«

Pyè zuckte die Achseln. »Klar, kein Name.«

Sie warteten, bis sie sahen, dass durch den Rollladen ein Licht drang. Das Gatter hob sich mit mechanischem Ächzen bis auf Augenhöhe. Dahinter öffnete sich die Tür, und Pyè duckte sich unter den eisernen Lamellen hindurch. Fegan folgte ihm.

»Mach wieder zu«, sagte Pyè.

Murphy gehorchte. Er hielt den Schalter gedrückt, bis der Rollladen sie eingesperrt hatte.

An den Wänden des Pfandleihhauses hingen Gitarren. Fegan machte eine langsame Runde und musste wieder an die Martin denken, die er in Belfast gehabt und die Ronnie Lennox ihm vermacht hatte. Er hatte spielen lernen wollen, aber daraus war dann nichts geworden.

»Was wollt ihr denn so spät in der Nacht?«, fragte Murphy. Er trug einen offenen Bademantel, unter dem ein fleckiges Unterhemd und eine Pyjamahose hervorlugten. Seine Pantoffeln passten nicht zusammen.

»Nach oben«, befahl Pyè.

»Weshalb?«, wollte Murphy wissen.

»Parle«, sagte Pyè. »Reden.«

»Wir können doch auch hier unten reden.«

»Non«, lehnte Pyè ab. »Oben.«

Drüben an der Wand entdeckte Fegan sie. Auf dem Wirbel stand C. F. Martin. Sie sah aus wie die Gitarre, die Ronnie ihm überlassen hatte, die gleiche Form und Größe. Der Lack hatte zwar noch nicht die goldfarbene Patina angenommen wie seine, trotzdem war sie schön. Fegan streckte die Hand aus und ließ seine Fingerkuppen über die Saiten gleiten. Den Klang von Ronnies Gitarre hatte er nie zu hören bekommen. Soweit er wusste, stand die immer noch angelehnt in einer Ecke seines alten Hauses in der Calcutta Street.

»He, nicht anfassen«, rief Murphy. »Die ist teuer.«

»Non, non, non«, ging Pyè dazwischen. »Red nicht so Scheiß zu Freund Gerry, verstanden?«

Murphy hob beide Hände. »Tut mir leid, Pyè. War nicht böse gemeint. Sie ist nur teuer, das ist alles.«

»Nicht meinen Namen«, sagte Fegan.

»Sorry«, sagte Pyè.

»Na schön«, sagte Murphy. »Kommt mit.«

Er führte sie durch ein Hinterzimmer bis zu einer schmalen Treppe. »Ich war nicht auf Besuch eingestellt«, erklärte er, als er vor ihnen hinaufstieg. »Sonst hätte ich vorher ein bisschen aufgeräumt.«

Die Tür am oberen Treppenabsatz führte in eine kleine Wohnung, in der es streng roch. Im ganzen Wohnzimmer lagen aufgestapelte Zeitungen herum. Murphy machte eine Runde und hob Pornohefte und leere Bierdosen auf. In der Kochnische bückte er sich und stopfte einen Arm voll Müll unter das Waschbecken.

Fegan und Pyè wechselten einen Blick und verzogen das Gesicht.

Murphy kam wieder hervor. »Also, worum geht es?«, fragte er.

»Setzen«, befahl Pyè.

»Mein Gott, Pyè, du machst mich wirklich langsam nervös. Jetzt komm schon, worum geht es?«

Pyè zeigte auf den einzigen Stuhl, auf dem kein Unrat lag. »Setzen.«

Murphy gehorchte.

Pyè sah Fegan an und wies mit dem Kopf auf einen Punkt hinter dem Stuhl. Fegan ging hin. Murphy verdrehte den Kopf, um Fegan im Blick zu behalten.

»Ihr macht mir Angst, Jungs«, sagte er. Er blickte weiter mit verdrehtem Kopf auf Fegan. »Bist wohl kein großer Redner, wie? Was will er? Kannst du auch sprechen, Mr. No-Name? Oder bist du nur da, um ein böses Gesicht zu machen?«

»Freund Gerry Fegan«, sagte Pyè. »Li schlimmster Scheißkerl, den kannst vorstellen. Li ist Lougawou. Li ist Bòkò, böse Hexe. Li dich macht fertig.«

»Nicht meinen Namen«, warnte Fegan.

»Klar«, sagte Pyè. »Kein Sorge, Gerry.«

»Pyè, ich weiß nicht, was das heißen soll.« Murphy wandte sich erst Fegan und dann dem Haitianer zu. »Und ich habe keine Ahnung, wer zum Teufel dieser Typ ist. Sagt mir, was ihr wollt, und wenn ich kann, kriegt ihr es von mir, in Ordnung? Aber auf Englisch, okay?«

Pyè achtete sorgfältig auf seine Wortwahl. »Du hast gekauft Schmuck von Doyles. Du hast gesagt, Schmuck ist wert *sa* viel.« Pyè hob die ausgestreckten Handflächen und trat näher an Murphy heran, dabei hob und senkte er die Hände wie eine Waage. »*Sa* viel, *sa* viel. Groß Unterschied Lajan. Hast gesteckt Lajan in deine Tasche, wie?«

»Ich habe keinen blassen Schimmer, wovon du überhaupt redest«, sagte Murphy. Er wandte sich auf seinem Stuhl um. »Gerry. Gerry, richtig?«

»Nein«, sagte Fegan. »So heiße ich nicht.«

»Gerry, wovon redet der?«

»Ich bin nicht Gerry«, sagte Fegan. »Ich bin Paddy – Paddy Feeney.«

»Ja, Paddy Feeney«, bestätigte Pyè. Er zeigte auf Fegan. »Paddy Feeney macht fertig.«

Murphy knetete seine Hände. »Gerry, Paddy, wie zum Teufel du auch heißen magst, ist mir auch scheißegal – kannst du mir nur bitte erklären, was zum Henker der mir zu sagen versucht? Was will er?«

»Ich weiß es nicht genau?«, gab Fegan zurück. »Pyè, was versuchst du ihm zu sagen?«

»Lajan!«, rief Pyè. »Doyles wollen Lajan.«

»Was ist ›Lajan‹?«, fragte Fegan.

»Lajan!« Pyè breitete die Arme aus. »Dollar, du Scheißkerl. Dime, Quarter, kaufen, kaufen, kapiert?«

»Geld?«, fragte Fegan.

»Ja, Geld!« Pyè raufte sich verzweifelt die Haare. »Lajan, Geld. Sage ich doch ganze Zeit.«

»Geld?«, fragte Murphy. »Was denn für Geld?«

»Keine Ahnung«, sagte Fegan. »Was für Geld, Pyè?«

»Geld von Doyles«, sagte Pyè. Er fing an, hin und her zu laufen. »Du sagen, Schmuck ist wert *sa* viel. Du kaufen Schmuck von Doyles, wie? Aber du wissen, Schmuck ist wert *sa* viel, und du ihn verkaufen und stecken Lajan in Tasche. Wie?«

»Was?«, fragte Murphy.

Fegan beugte sich zu Murphy hinunter. »Ich glaube, ich weiß, was er meint. Hast du den Doyles irgendwelchen Schmuck abgekauft?«

Ja«, sagte Murphy. »Die wollten was loswerden. Die haben immer was loszuwerden. Ich frage nicht, wo das Zeug herkommt, ich finde nur einen Käufer dafür. Na und?«

»Ich glaube, dass Pyè denkt, du hättest den Doyles erzählt, er sei weniger wert, als er tatsächlich war, und den Differenzbetrag eingesteckt. Klingt das plausibel?«

Zuerst nickte Murphy, dann schüttelte er den Kopf. »Ja, nein, so war das nicht. Überhaupt nicht. Wisst ihr, der Markt, wie sagt man gleich ... fluktuiert.« Er wandte sich wieder zu Pyè um. »Der Markt fluktuiert. Ich habe den Doyles den Marktpreis bezahlt, okay? Als ich das Zeug dann weiterverkauft habe, war der Markt eben günstig für mich, das ist alles.«

»Doyles wollen ihre Lajan, ihre Geld«, sagte Pyè. Er zog ein Messer aus der Tasche, eine große Jagdwaffe mit gezackter Klinge. »Das mein Messer. Geld. Sofort, Scheißkerl.«

Murphy drehte sich wieder zu Fegan um. »Gerry, sag ihm ...«

»Ich heiße nicht Gerry«, sagte Fegan.

»Wie zum Teufel du auch heißt, sag ihm, dass ich den Doyles einen fairen Preis gezahlt und dann einen fairen Gewinn gemacht habe.«

»Ich glaube nicht, dass er auf mich hört«, antwortete Fegan.

»Ich habe das Geld nicht«, sagte Murphy. Er senkte die Stimme und reckte sich zu Fegan hoch. »Weißt du, was die Miete für diese Bude hier kostet? Na schön, es ist nur Jersey, aber die verlangen trotzdem ein Schweinegeld, Gerry. Ich hab nur noch eine Woche, dann setzen die mich auf die Straße.«

»So heiße ich nicht«, sagte Fegan. Er sah zu Pyè hoch. »Er sagt, er hat es nicht.«

Pyè hob die Augenbrauen. »Non? Okay.«

»Okay?«, fragte Fegan.

»Okay«, wiederholte Pyè. Er machte zwei Schritte vor und stach Murphy die Klinge in den Oberarm.

Murphy schrie auf.

Fegan fuhr zurück.

»Lajan, Blut, egal«, sagte Pyè. Er zog das Messer aus Murphys Arm und stach ihn in den Oberschenkel.

»Himmel, Pyè«, sagte Fegan.

Pyè trat zurück und sagte: »Was? Li kein Geld, kriegen Messer. Kein Unterschied. Doyles zufrieden.«

Murphy flennte. »Hör mir doch zu, Pyè. Ich hab kein Geld. Scheiße, ich blute. Das tut so weh. Mein Gott, ich brauche einen Arzt.«

»Hol Geld, mir holen Arzt, wie?«

»Ich hab kein Geld«, wiederholte Murphy. Er drückte eine Hand auf seinen Oberschenkel und die andere gegen den Oberarm. »Mein Gott, sieh dir bloß das ganze Blut an.«

Pyè stach Murphy in den anderen Oberschenkel. »Kein Lajan, kein Arzt.«

Erneut schrie Murphy auf. »Pyè, du Bastard! Scheiße!«

Pyè beugte sich ganz dicht zu ihm hinab, die Hände auf die Knie gestemmt. »Mir sag letzte Mal. Kein Geld, kein Arzt. Konprann? Kapiert, Scheißkerl?«

»O Gott«, stöhnte Murphy. Auf seinen Wangen mischten sich Schweiß und Tränen. »Unten im Safe habe ich ein paar Hundert. Nehmt euch so viele Waren mit, wie ihr wollt. Was immer ihr tragen könnt, okay? Nehmt alles mit. Nur stech nicht noch mal zu. Bitte.«

»Das nicht genug, Murphy.«

»Bitte, Pyè. Ich hab's nicht. Bitte, nicht noch mal.«

»Scheiße«, sagte Pyè. Er packte Murphy bei den Haaren und riss ihm den Kopf zurück, um an seine Kehle zu kommen. Er holte mit dem Messer aus, um Murphy die Halsschlagader aufzuschlitzen.

»Bitte nicht«, wimmerte Murphy.

Pyè holte noch weiter aus.

Fegan beugte sich über den Stuhl und packte Pyè am Handgelenk. »Mach das nicht«, sagte er.

Pyè starrte Fegan an. »Was du machen, Gerry?«

»Mach das nicht«, wiederholte Fegan.

Pyè versuchte, seinen Arm loszureißen, aber Fegan hielt ihn fest. Murphy sackte auf seinem Stuhl in sich zusammen. Pyè versuchte, Fegans Finger einzeln von seinem Handgelenk zu lösen. »Lass los«, fauchte er.

»Nein«, sagte Fegan. Er stieß Pyè zur Seite und brachte ihn aus dem Gleichgewicht.

Murphy glitt zu Boden und kroch weg, er zog eine Blutspur hinter sich her. Über die Schulter verfolgte er die Rangelei zwischen Pyè und Fegan.

Pyè packte Fegan mit der freien Hand an der Kehle. Der Stuhl stand immer noch zwischen ihnen. Fegan trat mit dem Knie gegen die Lehne und holte Pyè von den Beinen. Der Haitianer kippte nach vorne und musste Fegans Hals loslassen. Fegan schlug Pyè mit dem Unterarm aufs Kinn. Dessen Kopf klappte zur Seite, er blinzelte. Fegan verlagerte sein Gewicht und zog Pyès Körper mit, der Haitianer krachte mit leeren Augen zu Boden. Fegan entwand ihm das Messer.

»Stech ihn ab, Gerry«, fauchte Murphy. »Stech ihn einfach ab.«

Fegan sah von der Klinge hoch.

Murphy lag in seinem eigenen Blut, sein Gesicht verzerrt von Wut und Angst. »Los, stech den Scheißkerl doch endlich ab.«

»Nein«, sagte Fegan.

Pyè stöhnte und blinzelte. Seine Augen erfassten Fegan und das Messer. Keuchend kroch er noch weiter zurück.

»Raus hier!«, befahl Fegan. »Sag den Doyles, ich mache ihre Drecksarbeit nicht.«

»Die dich töten, Gerry.« Pyè wischte sich Blut von der Lippe.

»Kann sein«, sagte Fegan. »Los, raus hier.«

Pyè stand auf. Er machte den Mund weit auf und wieder zu, dann schob er den Unterkiefer von einer Seite zur anderen. »Für den da?«, fragte er und sah Murphy an. Er schüttelte den Kopf. »Doyles haben recht. Du bist verrückter Scheißkerl.«

»Verschwinde«, sagte Fegan.

Pyè ging zur Tür. Neben Murphy blieb er stehen. »Bald«, sagte er.

Murphy kroch von ihm weg.

In der Tür drehte Pyè sich noch einmal um. »Bis dann, Gerry.«

Fegan erwiderte nichts und sah ihm nur nach. In der Stille registrierte er Murphys hechelnden Atem.

»Danke, Gerry«, keuchte Murphy und kroch mühsam zum Telefon.

»So heiße ich nicht«, sagte Fegan. Er ging hinüber zum Telefon, hob es hoch und stellte es neben Murphys blutbesudelter Hand auf den Boden.

»Ruf einen Krankenwagen«, sagte er.

Dann überließ er den blutenden Murphy sich selbst.

20

Lennon stand schon wartend im Flur des Reihenhauses, als die Forensiker im Morgengrauen aus Carrickfergus ankamen. Als Erstes machten sie sich über Quigleys Leiche her, während die Fotografen bei Tageslicht Fotos von dem Jungen im Hinterhof schossen. Lennon sah vom Küchenfenster aus zu, seine Augen fühlten sich trocken und heiß an. Für ein paar Stunden war er nach Hause gefahren, hatte aber keinen Schlaf gefunden.

Er musterte die Leiche des Jungen, das himmelwärts gewandte Gesicht, die Plane, die man über Nacht aufgespannt und jetzt wieder weggezogen hatte, um das Tageslicht einzulassen. Der im spitzen Winkel verdrehte Hals ließ vermuten, dass nicht der Schlag auf den Kopf den Jungen getötet hatte. Siebzehn oder achtzehn, höchstens neunzehn. Er trug einen Trainingsanzug und Nike-Sportschuhe, höchstwahrscheinlich gefälschte, die er irgendwo an einem Marktstand gekauft hatte. Vermutlich stammte er aus der Nachbarschaft. Vermutlich hatte er absichtlich keinen Ausweis dabei gehabt, trotzdem würden sie ziemlich bald wissen, wer er war. Seine Mutter würde feststellen, dass ihr Sohn nicht in seinem Bett geschlafen hatte, und wenn dann die Gerüchte zu ihr drangen, dass irgendwo in einem Hinterhof ein toter Jugendlicher lag, würde sie Bescheid wissen. Wenn sie dann zu Quigleys Tür gelaufen kam, würde Lennon sich um sie kümmern.

Der Fotograf kam zurück in die Küche. Er brachte Lennon die

Kamera und zeigte ihm den kleinen Bildschirm. »Sehen Sie mal!«, sagte er und scrollte die Bilder durch. »Hier.«

Das Bild zeigte, dass der Junge ein Messer in der Hand hatte. Sie lag halb unter seinem Körper verborgen, so dass man die Waffe selbst nicht sehen konnte.

»Der Mörder ist nicht weit gekommen«, sagte der Fotograf. »Sieht so aus, als wäre er ausgerutscht und übel gestürzt.«

»Vielleicht«, sagte Lennon. »Er liegt auf der linken Seite, aber sein Rücken und die rechte Seite sind auch ganz verschmutzt. Schauen Sie doch mal, wo der Kopf liegt. Der hat sich doch nicht das Genick gebrochen und danach noch auf die Seite gerollt.«

»Wer weiß schon, woher der Dreck stammt?«, sagte der Fotograf.

»Bevor wir irgendwelche voreiligen Schlüsse ziehen, sollen sich das erst mal die Forensiker ansehen. Sehen Sie zu, dass möglichst bald hiervon Ausdrucke auf dem Schreibtisch von Detective Chief Inspector Gordon landen.«

»Wird gemacht«, sagte der Fotograf und verschwand in Richtung Wohnzimmer.

Lennon ging zur Hintertür und suchte mit den Augen den Hof ab. Jeden Fetzen Unrat und jede Pfütze betrachtete er. Der Beton war mit einem schaumigen grünen Algenflor bedeckt, auf dessen Oberfläche man mit Mühe noch ein Wirrwarr von Fußabdrücken erkennen konnte. Die konnten von jedem stammen, von der alten Frau oder ihrem toten Sohn, von dem Jungen oder dem Arzt, der ihn für tot erklärt hatte. Der Regen, der schon gefallen war, bevor man die Plane hatte aufspannen können, hatte sie allesamt verwischt. Unbrauchbar.

»Das ist einfach zu perfekt«, sagte Lennon zu sich selbst.

Sein Mobiltelefon klingelte.

»Gerade haben wir etwas Interessantes gefunden«, sagte Detective Chief Inspector Gordon.

»Wir auch«, gab Lennon zurück.

»Sie zuerst«, sagte Gordon.

Lennon erzählte ihm von dem Messer, das der Fotograf entdeckt hatte.

»Das wäre es dann ja wohl«, sagte Gordon. »Jedenfalls fast.«

»Fast?«

»Der Diensthabende in der North Queen Street hat einen Bericht aufgenommen, dass zwei Beamte an der Kreuzung von Lower Ormeau und Donegal Pass eine Auseinandersetzung zwischen zwei rivalisierenden Banden unterbunden haben. Ein paar der Jugendlichen haben sie entlang der Lower Ormeau verfolgt. Die Burschen haben sich getrennt, und zweien sind die Beamten in die Gasse hinter Quigleys Haus gefolgt. Dort haben sie die beiden verloren.«

»Haben Sie Personenbeschreibungen durchgeben können?«, fragte Lennon und trat zur Seite, um einen der Forensiker vorbeizulassen.

»Nur vage, aber vielleicht reichen die ja. Beide männlich, zwischen fünfzehn und neunzehn, kurzes dunkles Haar, beide schlank, beide trugen Trainingsanzüge und Sportschuhe. Einer der beiden, der kleinere, trug einen Adidas-Trainingsanzug und Nike-Sportschuhe. Passt das?«

Lennon warf einen Blick auf die Leiche des Jungen. »Ja«, sagte er.

»Allerdings gibt es«, fuhr Gordon fort, »in diesem Teil der Welt ja jede Menge Fans von Adidas und Nike. Trotzdem wäre es ein ziemlicher Zufall.«

»Ein verflucht großer«, sagte Lennon.

»Achten Sie auf Ihre Ausdrucksweise«, mahnte Gordon. »Aber das bedeutet natürlich ...«

Lennon führte den Gedanken zu Ende. »Dass da noch ein zweiter Junge war.«

»Sobald die Leiche identifiziert ist, will ich, dass jeder Mensch, der diesen Jungen jemals gekannt hat, verhört wird. Klar?«

»Klar«, bestätigte Lennon.

»Gut«, sagte Gordon. Er hängte ein.

»Inspector?«, rief eine Stimme von hinten.

Lennon drehte sich um.

Aus dem Wohnzimmer lehnte sich ein Constable in die Tür. »Sie kommen besser mal nach vorne.«

Lennon folgte ihm durch das Wohnzimmer, wo die meisten der Forensiker immer noch Quigleys Leiche untersuchten, hinaus in den Flur. Es war noch früh und die Luft draußen herbstlich kühl. Eine kleine Menschentraube hatte sich auf der Straße versammelt, Kinder und Frauen, die hofften, einen Blick auf die Leiche erhaschen zu können.

Eine Frau stand etwas abseits, ein Polizist versperrte ihr den Weg. Sie war barfuß und hatte sich einen Morgenmantel übergeworfen. Mit zitternden Händen starrte sie Lennon an, ihr Mund stand offen, und die Augen waren erfüllt von Entsetzen und Hoffnung.

Lennon ging zu ihr.

»Es tut mir leid«, sagte er, dann brach sie auch schon in seinen Armen zusammen.

21

Der Nomade lag auf dem Bauch und hatte die Laken bis zu den Füßen heruntergestrampelt. Er fand einfach keine bequeme Position. Seine linke Hand kribbelte, die Finger fühlten sich an, als seien sie weit weg oder gehörten zur Hand eines anderen. Die alte Hexe hatte zwar alle Arterien verfehlt, doch der Nomade befürchtete, dass sie irgendwelche Nerven verletzt hatte. Er hatte schon von solchen Sachen gehört. Alle Nerven hingen irgendwie zusammen, und eine Verletzung an einem Körperteil konnte auch Auswirkungen auf einen anderen haben.

Genau wie bei dem Kevlarsplitter, den sie ihm aus dem Gehirn operiert hatten. Der Nomade erinnerte sich nur schemenhaft an die Augenblicke, die zur Explosion geführt hatten. Er hatte nur noch fragmentarische Bilder im Kopf, vom plötzlichen Anblick der Drähte, als er die verrosteten Bleche beiseitegeschoben hatte, und von dem Gedanken zu sterben. Danach war er irgendwann in einem verdreckten ausländischen Krankenhaus aufgewacht, ohne sich noch an seinen Namen erinnern oder sprechen zu können. Monate hatte er dort verbracht und war mit Elektroden behandelt worden. Sie hatten ihm das Stück seines Helms gezeigt, das sich in seinem Kopf wiedergefunden hatte. Wer hätte sich vorgestellt, dass so ein kleines Stück Plastik ihn so vieler Dinge würde berauben können? Alles hing irgendwie zusammen. Deshalb machte er sich jetzt Sorgen über das taube Gefühl in seinen Fingern.

Wenn er hätte lesen können, dann hätte er es über den Internetanschluss seines Hotelzimmers recherchiert. Als er gestern eingecheckt hatte, hatte die kleine Ausländerin an der Rezeption ihm erklärt, er könne über den Fernseher ins Internet. Das war gewesen, bevor er losgefahren war, um Quigley seinen Besuch abzustatten. Sie hatte ihn auch beobachtet, als er zurückgekehrt war und alles versucht hatte, um seinen steifen Arm zu verbergen. Beim Vorbeigehen hatte der Nomade sie angelächelt. Als er den Lift erreichte, drehte er sich noch einmal um und überprüfte, ob er etwa eine Blutspur hinterlassen hatte. Zum Glück nicht.

Er musterte den Lichtstrahl, der zwischen den zugezogenen Vorhängen hereindrang. Wie kam es eigentlich, dass Hotelvorhänge nie ordentlich schlossen? Das Licht verursachte ihm Kopfschmerzen, und er schloss die Augen. Er rollte sich auf die rechte Seite, und schon diese kleine Bewegung reichte, um den Schmerz in seinem linken Oberarm wieder auflodern zu lassen.

»Verdammtes altes Luder, Fotze, Miststück, beschissene Hexe«, fluchte der Nomade. Er hatte Mrs. Quigley für zu senil gehalten, als dass sie Probleme machen könnte. Und dann auch noch mit einer Scheiß-Stricknadel, zum Teufel.

Stark geblutet hatte die Wunde eigentlich nicht, aber sie tat höllisch weh. Einen kurzen, verrückten Moment lang überlegte er, ob er noch einmal in ein anderes Krankenhaus fahren und die Sache untersuchen lassen sollte, damit er wusste, ob es etwas Ernstes war. Er konnte ja einen anderen falschen Namen angeben, das hatte er schon öfter gemacht. Aber das war immer in Notfallsituationen gewesen, wo dieses Risiko von einem noch größeren übertroffen wurde. Diesmal tat es einfach nur weh.

Der Nomade warf die Beine über die Bettkante und stand auf. Sinnlos, nur so hier herumzuliegen und sich den Schmerzen, dem tauben Gefühl und der Wut zu überlassen. Er drehte den Arm und besah sich den Ballen Toilettenpapier, den er sich über das kleine Einstichloch geklebt hatte. Alles, was das Papier über den Schmerz verriet, war ein dunkelroter Fleck, aber inzwischen hatte sich darum herum ein riesiger Bluterguss ausgebreitet. Der Nomade hatte so etwas schon gesehen, allerdings nur einmal. Da war irgendein dämlicher Idiot namens Morgan ebenfalls von seiner Frau mit einer Stricknadel gestochen worden. Seltsame Sache. Die dünne Nadel hatte nämlich dafür gesorgt, dass die Wunde sich fast vollständig schloss und nur wenig Blut austrat. Aber die Verletzung war ja da, und unter der Haut blutete es im Verborgenen weiter. Dieser Morgan wäre fast daran abgekratzt. Der Nomade hatte die Sache dann eine Woche später mit einem Schraubenzieher zu Ende gebracht. Der Vater seiner Frau hatte ihm für den Job gutes Geld bezahlt.

Er drehte den Wecker auf dem Nachttisch, damit er ihn besser sehen konnte. Gleich viertel vor acht. Von der University Street drang schon Verkehrslärm herauf. Er hätte sich eigentlich ein besseres Hotel gewünscht, vielleicht etwas schickes Kleines oder drüben das neue Hilton neben dem Waterfront Theatre. Aber hier fiel er weniger auf. Es gehörte zu einer billigen Hotelkette und war die Sorte Unterkunft, wo Vertreter abstiegen oder Leute, die zu betrunken waren, um noch nach Hause zu fahren. Normalerweise hätte er tief und fest geschlafen, aber wegen des Lochs in seinem Arm war daraus nichts geworden. Einen Augenblick lang überlegte der Nomade, was er jetzt so früh am Morgen anstellen sollte. Er brauchte nicht lange für seine Entscheidung, auch wenn er damit einigen Ärger auslösen würde. Er griff nach dem Mobiltelefon, gab das Passwort ein und wählte.

»Was ist?«, meldete sich Orla O'Kane.

»Ich bin's«, sagte der Nomade.

»Was zum Henker wollen Sie so früh am Morgen?«, fragte sie. »Ich bin noch nicht mal aus dem Bett.«

»Haben Sie noch geschlafen?«

»Nein«, gab sie zurück. »Ich schlafe nicht besonders gut.«

Der Nomade verdrehte seinen Rücken und versuchte, eine andere Position für seinen linken Arm zu finden, der höllisch weh tat. »Das Gefühl kenne ich«, sagte er.

Nach einer kurzen Pause fragte Orla: »Also, was wollen Sie?«

»Erzählen Sie mir von Gerry Fegan«, verlangte der Nomade.

»Über den hat Ihnen mein Vater doch schon erzählt«, antwortete sie. »Und Sie würden noch mehr herausfinden, wenn Sie die blöden Akten lesen könnten, die er Ihnen gegeben hat.«

»Erzählen Sie mir von ihm«, beharrte der Nomade.

»Warum?«

»Quigley hat ihn gestern Abend erwähnt«, erklärte der Nomade. »Er hat über ihn gesprochen, als sei er etwas ...«

»Was?«

»Ich weiß nicht recht.« Der Nomade suchte angestrengt nach dem richtigen Wort. »Er hat über ihn so gesprochen wie meine Ma früher immer über Zauberei und Geister und den siebenten Sohn eines siebenten Sohns. Die alten Schauermärchen, Sie wissen schon. Quigley hatte so einen seltsamen Blick, als er über diesen Fegan sprach. Als wäre der irgendwie anders. Irgendwie besonders.«

Orla hörte sich sehr verschlafen an. »Hören Sie, wenn Sie glauben, dass der Job eine Nummer zu groß für Sie ist, dann sagen Sie es besser jetzt. Dann bezahlen wir Sie für das, was Sie bisher erledigt haben, und beenden die Sache. Wir brauchen hierfür einen richtigen Kerl, keinen, der es mit der Angst bekommt, weil er ein paar Geschichten gehört hat.«

»Nein«, sagte der Nomade. »Mir fehlt nichts. Ich will nur wissen, hinter wem ich eigentlich her bin. Wenn wir ihn gefunden haben, wenn ich ihn mir vornehme, dann will ich wissen, was er drauf hat.«

»In Ordnung«, sagte sie. »Gerry Fegan ist der einzige Mann,

der jemals meinen Vater geschlagen und es überlebt hat, und das ist passiert, als er noch ein Teenager war. Er ist ein Killer, genau wie Sie. Wenn Sie die Wahrheit vertragen können, sage ich sie Ihnen.«

Der Nomade hörte auf, an dem Toilettenpapier über der Wunde auf seinem Arm herumzunesteln. »Ja, die vertrage ich.«

»Wenn ich Ihnen das hier erzähle, dann gibt es kein Zurück mehr. Dann ist es beschlossene Sache. Entweder bringen Sie den Auftrag dann zu Ende, oder auf *Sie* wird ein Kopfgeld ausgesetzt. Haben Sie mich verstanden?«

»Habe ich«, sagte der Nomade.

Orla O'Kane seufzte. »Na schön«, sagte sie. »Ich weiß nicht, ob Sie Gerry Fegan töten können. Ich weiß nicht, ob überhaupt jemand das kann. Sie haben recht. Nach den Erzählungen meines Vaters zu urteilen, ist er wirklich *anders*. Er war selbst Zeuge, wie Fegan bei einer Schießerei davongekommen ist, bei der vier andere Leute getötet wurden und mein Vater einen Bauchschuss abbekam. Fegan hatte nicht einmal einen Kratzer. Er ist einfach gegangen. Ich erzähle Ihnen jetzt etwas, und wenn Sie es ausplaudern, werde ich es erfahren. Und dann werde ich Ihnen jeden Mann, den wir haben, auf den Hals hetzen. Soll ich es Ihnen erzählen?«

»Ja«, sagte der Nomade.

»Gerry Fegan ist der einzige Mensch auf Erden, vor dem mein Vater Angst hat.«

Im ersten Moment überlegte der Nomade, ob er darauf die schlagfertige Antwort geben sollte, *er* habe vor niemandem Angst, selbst wenn Bull welche hatte. Dann besann er sich eines Besseren. »Tatsächlich?«, fragte er.

»Ja, tatsächlich«, sagte Orla. »Mein Vater hat mit Fegan an diesem Tag eine Vereinbarung getroffen. Er sagte, er würde ihn und Marie McKenna in Ruhe lassen, wenn Fegan ihn am Leben ließ. Verstehen Sie, was ich Ihnen damit sagen will?«

»Was?«

»Himmel, mein Vater ist Bull O'Kane. Der *Bulle*. Egal, ob es die Cops waren, die britische Armee, der SAS, der MI5, die verdammte UVF, die UDA oder irgendwelche anderen Mistkerle, die gegen ihn Front gemacht haben – vor keinem von denen hat mein Vater je einen Kniefall gemacht. Aber Gerry Fegan hat er um sein Leben angefleht. Wie ein winselnder Hund hat er Fegan angebettelt, ihn nicht umzubringen.«

Der Nomade saß regungslos da und wusste nicht, wie er auf Orlas Geständnis reagieren sollte.

»Haben Sie gehört, was ich gesagt habe?«, fragte sie.

»Ja«, antwortete der Nomade.

»Verstehen Sie, was ich Ihnen damit sagen will?«

»Nein«, antwortete der Nomade ehrlich.

»Ich kann es nicht zulassen, dass ein Mann am Leben bleibt, vor dem mein Vater Angst hat. So einfach ist das. Und jetzt hören Sie mir gut zu. Ich habe Ihnen etwas gebeichtet, was ich noch nie einer Menschenseele erzählt habe. Ich habe es Ihnen gebeichtet, weil ich glaube, dass Sie der Einzige sind, der gegen Gerry Fegan eine Chance hat. Ihr Leben reduziert sich nun auf eine einzige Alternative. Entweder töten Sie Fegan, oder Fegan tötet Sie. Das ist die Wahl, die Sie jetzt noch haben. Weglaufen geht nicht. Jetzt nicht mehr.«

Der Nomade schluckte und sagte: »Keine Sorge, ich ...«

Er sprach nicht weiter, als er merkte, dass die Leitung tot war.

22

Fegan brauchte den Pass. Er würde zwar noch nicht sofort aus dem Land fliehen, aber er musste aus New York verschwinden. Zweifellos würde Pyè sofort zu den Doyles gelaufen sein, und die hatten ihre Jungs zu Fegans Wohnung geschickt. Aber waren sie auch schon eingetroffen? Fegan musste davon ausgehen.

Er klammerte sich an die Eisenstäbe, presste die Schultern gegen die vergitterte Ladenfront und spähte um die Ecke in die Ludlow Street, wo die gepanzerte Tür auf seinen Schlüssel wartete. Nichts rührte sich. Die chinesischen Imbissläden duckten sich still unter ihre Markisen, die mit Graffiti besprühten Rollgitter waren fest verschlossen. Angestrengt suchte er die Stoßstange an Stoßstange geparkten Autos ab, ob dort die Umrisse von Köpfen und Schultern zu sehen waren. Ein Aufblitzen in einem Rückspiegel, irgendeine Bewegung. Die dunklen Löcher der Hauseingänge gaben auch nichts preis. Aber irgendwo hier waren sie und warteten, ob er sie sah oder nicht.

Moment! Da war etwas. Es sah aus wie ein alter BMW, das Fenster auf der Beifahrerseite einen Spalt weit geöffnet. Zigarettenrauch kringelte heraus. Oder spielte ihm seine übermüdete Einbildung nur einen Streich?

Da, eine Bewegung und wieder Rauch.

Fegan fluchte. Das Gebäude hatte zwar eine Hintertür, aber das war eine Sicherheitstür, die sich nur von innen öffnen ließ.

Wenn die Jungs der Doyles schlau waren, bewachten sie diesen Zugang außerdem. Aber wenn sie nicht ganz besonders schlau waren, mit nicht mehr als einem oder zwei Männern. Wenn Fegan die ausschalten konnte, schaffte er es vielleicht über die Feuerleiter in seine Wohnung. Vorbei an einem Laden und einem Coffeeshop, lief er die Hester Street zurück, bis er eine Seitengasse gefunden hatte, die zum hinteren Teil seines Gebäudes führte. Verrostete Eisengitter versperrten sie. Dahinter hatte der Hausmeister Mr. Lo seinen klapprigen Ford Taunus stehen. Fegan hatte ihn noch nie damit fahren sehen.

Das Rollgitter war unbeholfen mit den *Stars and Stripes* gemalt und »PARKEN VERBOTEN« auf die weißen und roten Streifen gesprüht. Umgeben war es von einem stählernen Rahmen, an dessen oberem Ende eine Eisenstange verlief. Fegan sprang hoch, konnte die Stange jedoch nicht erreichen.

Draußen vor dem Coffeeshop stand ein Mülleimer, der Deckel war mit einer Kette am Rollgitter des Ladens gesichert. Fegan nahm ihn ab und legte ihn so behutsam und leise wie möglich auf den Bürgersteig. Er kippte den Eimer ganz vorsichtig um, damit beim Ausleeren kein Müll auf den Boden schepperte, dann trug er ihn zurück zum Gitter. Er kletterte darauf und ergriff die Eisenstange. Dann zog er sich hoch, wuchtete erst ein Bein über die Stange und zog dann den ganzen Körper nach. Als er auf der anderen Seite aufkam, roch er Motoröl.

In der Windschutzscheibe des Wagens spiegelte sich das orangefarbene Licht wider, das von der Straße hereinkroch. Fegan zwängte sich an dem Wagen vorbei und fragte sich dabei, wie Mr. Lo überhaupt die Autotüren aufbekommen und einsteigen konnte. Er tastete sich bis zur hinteren Ecke vor und darum herum. Die Dunkelheit verschluckte ihn. Jetzt kam er an den Müllcontainern vorbei, seine Schuhe stießen an irgendwelchen Abfall. Er tastete sich nur langsam vor und achtete auf eventuelle menschliche Umrisse in der Dunkelheit. Er atmete flach, damit auf keinen Fall ...

O Gott sie ist im Feuer sie verbrennt sie weint das Kind verbrennt ...

Keuchend fiel Fegan gegen die feuchte Mauer. Hinter seinen Augen explodierte der Schmerz, schoss bis in seinen Hinterkopf und dann die Wirbelsäule hinunter. Seine Beine zitterten von der schieren Anstrengung, aufrecht stehen zu bleiben. Er rang nach Luft, zwang sich zu atmen und wartete darauf, dass sein Herz wieder normal schlug,

Von weiter vorne in der Gasse hörte er Schritte, langsam, vorsichtig und ängstlich. Fegan drückte sich ganz flach an die Wand und starrte angestrengt in die Finsternis. Jemand wartete auf ihn. Hatten sie ihn schon gesehen? Gehört hatten sie ihn bestimmt, und jetzt kamen sie näher. Irgendwo jenseits seines Blickfelds bewegten sie sich auf ihn zu. Fegan blinzelte, versuchte zu ...

Nein o Gott lass sie nicht verbrennen es frisst sie auf das Feuer frisst sie auf lass nicht zu dass ...

Fegan schrie auf. Zwischen verwehten alten Zeitungen und Hamburger-Schachteln, die neben einem umgekippten Müllcontainer lagen, brach er zusammen. Ratten flohen vor ihm. Er presste die Hangflächen gegen die Stirn und versuchte zu verhindern, dass das Bild in seinem Kopf in die wirkliche Welt entkam. Das Feuer erlosch, zurück blieb nur das Hecheln seiner Lungen, die gierig die kühle Nachtluft einsogen. Noch ein letztes Mal pumpte er sie voll, dann hielt er die Luft an.

Flüstern. Zwei leise, hektische Stimmen, vielleicht drei Meter weit weg. Fegan machte sich zwischen den Müllcontainern ganz klein. Als ob die so blind wären, dachte er. Aber wenn er es schaffte ...

Das Feuer das Feuer o Gott das Feuer nein nein ...

»Nein!«, presste Fegan aus zusammengebissenen Zähnen

hervor. Er verscheuchte das Traumbild, schluckte Galle hinunter, atmete ganz tief und lauschte.

Die Gasse war jetzt totenstill, trotzdem spürte er sie, nur ein paar Meter entfernt. Fegan duckte sich ganz tief in die Lücke zwischen dem Container und der Mauer. Er spähte in die Dunkelheit vor sich und wartete darauf, dass sich in der Schwärze irgendetwas tat.

Eine Dose schepperte über den Beton und blieb vor ihm liegen. Eine gedämpfte Stimme fluchte, eine andere machte »Psst!«. Fegan hockte sich ganz dicht an dem Müllcontainer. Einen Fuß stützte er an der Mauer ab.

Vor seinen Augen nichts als Dunkelheit, egal, wie angestrengt er in die Schwärze hineinspähte. Er hörte, wie klickend eine Patrone geladen wurde. Alter Schweiß wehte über die verschiedenen anderen Gerüche der Gasse hinweg zu ihm herüber. Fegan hielt den Atem an, bis seine Lunge brannte.

Ein winziger grüner Punkt leuchtete vor ihm in der Düsternis auf.

Fegan brauchte weniger als eine Sekunde, bis er begriff, was es war: ein Mobiltelefon, das jemand am Gürtel trug. Eine weitere Sekunde später hatte Fegan seinen nächsten Schritt entschieden.

Er drückte sich mit dem Fuß an der Mauer ab und warf sich mit einer Schulter voran auf das grüne Licht. Er brüllte. Er krachte gegen eine Hüfte, hörte jemanden aufschreien und spürte, wie der andere zusammenbrach. Sein Schwung ließen ihn und sein Opfer auf einen dritten Körper prallen, und eine weitere Stimme hallte durch die Gasse, dann prallten alle drei gegen die gegenüberliegende Wand.

Ein Schuss knallte und betäubte für einen Augenblick Fegans Ohr, dann folgte ihm jemand aufjaulend zu Boden. Füße gerieten ihm zwischen die Arme, er stieß die Arme hoch und bekam Stoff und Haut zu packen. Ein Mann fiel mit seinem ganzen Gewicht auf ihn, und Fegans Finger tasteten blitzschnell über einen schwabbeligen Körper, bis sie den weichen Hals gefunden hatten. Er schlug mit der Handkante dagegen, und der Körper über seinem krümmte sich.

Ein Mündungsfeuer blitzte in der Gasse auf, und der laute Knall, der ihm folgte, übertönte das Gejammer in Fegans Ohren. Etwas klatschte neben seinem Kopf auf den Boden. Er wuchtete den anderen Körper über seinen. Die Mündung blitzte noch zweimal auf, und der andere Körper zuckte. Fegan ließ seine Hand über den Arm des Mannes gleiten, bis er die Waffe gefunden hatte, die der andere festzuhalten versuchte. Er zielte damit in Richtung des Mündungsfeuers und drückte dreimal ab. Wie in einem Blitzgewitter sah er einen Mann die Arme hochwerfen und nach hinten fallen.

Fegan kroch unter dem Körper hervor zur gegenüberliegenden Wand, drehte sich um und starrte zurück. Nichts rührte sich in der Düsternis, aber er hörte ein unregelmäßiges Röcheln. Er zielte mit der Pistole in Richtung des Geräuschs, bereit für den nächsten Schuss.

Hatten die Männer der Doyles auf der Hester Street die Schüsse gehört? Vielleicht hatte die abgeriegelte Gasse den Lärm ja abgedämpft und zwischen den sich auftürmenden Gebäuden hindurch himmelwärts geschickt. Aber das konnte er nicht riskieren. Im Moment war jeder Versuch sinnlos, über die Feuerleiter nach oben zu klettern. Jetzt war eher eine List gefragt. Fegan rappelte sich hoch und drückte sich in Richtung Hintertür an der Wand entlang.

In der Dunkelheit tastete er auf der Suche nach einer Metalltür über die Backsteine. Dann hatte seine Hand sie erreicht; sie fühlte sich kalt und feucht an. Darüber konnte er mit Mühe eine zerbrochene Glühbirne zu erkennen. Krach zu schlagen war inzwischen seine geringste Sorge, deshalb hämmerte er mit der

Faust gegen die Tür. Mr. Los erbärmliches kleines Zimmer lag direkt dahinter.

Fegan lauschte. Nichts. Er hämmerte weiter gegen die Tür.

»Hau ab«, kam eine gedämpfte Stimme von der anderen Seite. »Ich schon rufen Polizei.«

»Mr. Lo?«, rief Fegan.

Erst eine Pause und dann: »Wer da?«

»Ich bin's, Gerry ... Paddy. Paddy Feeney.«

»Wer?«

»Paddy Feeney aus dem achten Stock«, rief Fegan. »Lassen Sie mich rein.«

»Was Sie machen hinten? Wo Ihr Schlüssel?«

»Ich stecke in Schwierigkeiten«, sagte Fegan. »Lassen Sie mich rein und geben Sie mir fünf Minuten, um meine Sachen zu holen, dann bin ich verschwunden.«

»Schwierigkeit? Ich hören Schüsse. Nicht reinlassen, auf keine Fall. Ich rufe Polizei. Die dich einsperren.«

»Sie haben doch gesagt, Sie hätten sie schon gerufen.«

»Ich lügen«, sagte Mr. Lo. »Jetzt gehen weg.«

»Bitte.« Fegan legte sein Ohr an die Eisentür. »Ich bin in Schwierigkeiten. Ich brauche Ihre Hilfe. Schließlich habe ich Ihnen doch auch die Miete sechs Monate im Voraus bezahlt, oder?«

»Ja«, sagte Mr. Lo. »Und?«

»Ich ziehe noch heute Abend aus«, sagte Fegan. »Die Miete können Sie behalten.«

»Ja, ich behalten«, rief Mr. Lo. »Vertrag sagt, drei Monat vorher Bescheid.«

»Meine Güte«, flüsterte Fegan. Da kamen Männer, die ihn umbringen wollten, und er stand hier in einem Hinterhof und stritt sich über seinen Mietvertrag herum. »Scheiß auf den Vertrag«, sagte er. »Behalten Sie den Rest, und dazu gebe ich Ihnen noch mal zweihundert in bar.«

»Scheiß auf dich«, sagte Mr. Lo. »Ich nicht werden erschießt für zweihundert.«

»Wofür denn dann?«

»Fünfhundert«, sagte Mr. Lo mit der Stimme eines bockigen Kindes.

Fegan dachte an das Bündel Geldscheine, das er in einer Plastiktüte unter der Kommode seines Zimmers festgeklebt hatte. Mr. Lo erpresste ihn zwar, aber er hatte keine andere Wahl. »Na gut, fünfhundert«, sagte er. »Aber dafür machen Sie jetzt sofort diese gottverdammte Tür auf.«

Schlösser klickten, und Riegel wurden zurückgeschoben. Im Türspalt tauchte das Gesicht von Mr. Lo auf.

»Kommen rein«, sagte er.

23

Lennon hatte den Kopf in die Hände gelegt, aus Furcht, beim Sprechen Gordon oder Uprichard ansehen zu müssen. Die glaubten, sie hätten den Fall schon gelöst, und Lennon bezweifelte, dass sie begeistert sein würden, zu hören, dass er die Sache anders sah. Er sagte es ihnen trotzdem.

»Ich glaube nicht, dass es der Junge war.«

»Noch ist es zu früh, überhaupt irgendetwas zu glauben«, wehrte Gordon ab. Er hatte sich aus der Kantine ein typisches Ulster-Breakfast ins Büro kommen lassen. Gerade tunkte er zwei Würstchen in eine Eigelbpfütze.

Uprichard sah von seinem Posten am Heizkörper aus Gordon beim Essen zu. Er hatte im letzten Jahr einen leichten Herzinfarkt erlitten, und man erzählte sich, dass seine Frau ihm neuerdings Müsli zum Frühstück machte. »Warten wir erst noch die Leichenschau ab«, sagte er, »auch wenn Sie es kaum erwarten können, dass die Forensiker ihre Ergebnisse abliefern.«

»Wir wissen, dass er nicht allein da war«, sagte Lennon.

»Na schön, dann war da eben noch ein anderer Bursche«, nuschelte Gordon durch einen Mundvoll Würstchen mit Ei. »Das heißt noch nicht, dass der, den wir gefunden haben, es nicht getan hat. *Dass* er es getan hat, ebenso wenig. Sie ziehen viel zu oft voreilige Schlüsse, Detective Inspector Lennon. Sie sollten lernen, sich ein bisschen zurückzuhalten und erst einmal sämtliche Fakten zu bewerten. Ich mache diesen Job nun schon dreißig Jahre, und eines kann ich Ihnen jedenfalls versichern.« Gordon stach zur Bestätigung mit der Gabel in Lennons Richtung. »Wenn Sie bei einer Ermittlung schon eine vorgefasste Meinung haben, dann laufen Sie nur im Kreis herum.«

»Vorgefasste Meinung?«, fragte Lennon.

»Ganz recht«, sagte Gordon. »Das Erste, was Sie mir sagten, als sie hörten, dass es um Quigley ging, war: ›Das kann unmöglich ein Zufall sein.‹ Ihre Worte. Wenn Sie nicht aufpassen, wird so eine Einstellung alles, was Sie von da an unternehmen, unbrauchbar machen.«

In diesem Punkt musste Lennon Gordon recht geben. »In Ordnung«, sagte er. »Und was jetzt?«

»Ich schlage vor, Sie fahren erst mal nach Hause und ruhen sich aus«, sagte Chief Inspector Uprichard. »Sie sehen erschöpft aus. Bis die Ergebnisse der Leichenschau und der Forensik da sind, können wir sowieso nicht viel tun.«

Gordon kaute ein Stück Toast und spuckte beim Reden Krümel. »Unsere Leute gehen derzeit in drei Gruppen von Tür zu Tür und versuchen herauszufinden, mit wem der Junge alles befreundet war. Wenn sich etwas Neues ergibt, rufen wir Sie wieder rein.«

»In Ordnung«, sagte Lennon. Er stand auf und wandte sich zur Tür.

»Hören Sie auf, Dingen nachzujagen, die gar nicht da sind«, rief Gordon ihm nach. »Sonst geht Ihnen am Ende noch die Wahrheit durch die Lappen, nur weil Ihnen die passende Lüge fehlt, junger Freund.«

Schon seit einer Stunde lag Lennon auf dem Rücken und hoffte, einschlafen zu können. Hinter seinen Augäpfeln lauerte dumpf ein Vorbote von Kopfschmerzen. Die verlorenen Stunden der vergangenen Nacht wieder aufzuholen würde diesen Schmerz lindern. Aber Lennon wusste, dass diese warme Dunkelheit, je mehr er sie herbeisehnte, umso weniger kommen würde.

Wieder diese Stille. Zu viel Stille und zu viele Gedanken, die in sie eindrangen. Die meisten drehten sich um Marie und Ellen. Seit dem Moment, wo sie verschwunden waren, hatte er alles herauszufinden versucht, was er nur konnte, hatte um Gefälligkeiten gebeten und jedem, den er kannte, Informationen abgepresst. Aber wohin er sich auch wandte, überall hörte er dieselbe Geschichte: Marie hatte sich, nachdem man ihrem Onkel das Gehirn weggepustet hatte, nicht mehr sicher gefühlt und war deshalb verschwunden. Nach einiger Zeit hatte Lennon seine Bemühungen dann zurückgefahren. Er beschloss, die Sache aufzugeben. Er hatte seine Tochter nun einmal verloren. Da spielte es keine Rolle mehr, ob sie in Belfast wohnte oder irgendwo jenseits des Meeres. Er würde sie sowieso nie kennenlernen.

Aber dann hatte Dandy Andy Rankin geredet, und von neuem kreiste jeder von Lennons Gedanken um Marie und Ellen. Er schaffte es einfach nicht, die Sache auf sich beruhen zu lassen. Es gab nur eins, was er tun konnte. Der Vermieter wohnte in der Wellesley Avenue, zwei Straßen weiter nördlich von der Eglantine Avenue. In zehn Minuten konnte er dort sein.

Jonathan Nesbitt, ein 67-jähriger Rentner, studierte eingehend Lennons Dienstausweis. »Was kann ich für Sie tun?«, fragte er.

»Darf ich hereinkommen?«, fragte Lennon zurück und stellte einen Fuß in die Tür.

»Ich denke, wenn Sie ...«

Lennon trat an ihm vorbei und sagte: »Danke.«

Nesbitts Diele war ein bisschen schäbig, aber aufgeräumt. Er besaß zwei Mietobjekte, Häuser, die seine Frau von ihrem Vater geerbt hatte, bevor sie dann selbst vor einigen Jahren verstorben war. Durch die Diele kam man in ein Wohnzimmer mit hoher Decke. An den Wänden hingen billige Drucke von Engeln, Kindern, Hunden und sogar Spielkarten. In einer Ecke stand ein alter Fernseher, gerade tauschten die Moderatoren Philip Schofield und Fern Britton in übersättigten Farben irgendwelche Belanglosigkeiten aus.

»Worum geht es?«, fragte Nesbitt, als Lennon ihm hinein gefolgt war.

»Setzen Sie sich«, sagte Lennon.

»Oh, danke«, erwiderte Nesbitt ohne den geringsten Versuch, seinen Sarkasmus zu verbergen. Er ließ sich in einem Sessel vor dem Fernseher nieder.

Lennon setzte sich ihm gegenüber. »Es geht um das Haus, das Sie in der Eglantine Avenue besitzen. Konkret um das Parterre.«

Nesbitt verdrehte die Augen. »Miss McKenna«, seufzte er.

»Genau«, sagte Lennon.

»Zum letzten Mal: Miss McKenna ist in aller Eile ausgezogen, ich erhielt eine Jahresmiete im Voraus, mein Sohn hat für mich die Fenster vernagelt. Das ist alles.« Nesbitt legte den Kopf schief und kniff die Augen zusammen. »Moment mal, Sie waren doch schon mal hier und haben nach ihr gefragt. Vor zwei oder drei Monaten, stimmt's?«

Lennon nickte. »Ja«, sagte er.

»Und was, glauben Sie, erzähle ich Ihnen heute, was ich Ihnen nicht schon damals erzählt habe? Hören Sie, man hat mich gebeten, die Wohnung für Miss McKenna frei zu halten, Ich erhielt die Miete im Voraus, sie ist ausgezogen, und mehr gibt es dazu nicht zu sagen.«

»Wer hat Sie gebeten, die Wohnung frei zu halten?«

Nesbitt nahm eine andere Sitzposition ein. »Darüber darf ich nicht sprechen.«

»Ich bin Polizist«, sagte Lennon.

»Und ich bin pensionierter Staatsbeamter und Vermieter«, erwiderte Nesbitt.

»Sie verstehen mich nicht.«

»Oh, ich verstehe Sie sogar sehr gut. Aber ich muss Ihnen nichts erzählen, was ich nicht erzählen will.«

»Ich kann Sie zwingen, mit mir zu reden«, sagte Lennon. »Ich kann Sie offiziell auf einer Polizeiwache zu einer protokollierten Zeugenaussage vorladen. Und wenn Sie die Fragen dann immer noch nicht beantworten wollen, kann ich Sie vor Gericht bringen, dann werden Sie ...«

»Sie verschwenden Ihre Worte«, unterbrach ihn Nesbitt. »Die haben mir schon angekündigt, dass Sie das versuchen würden. Und sie haben versprochen, dass sie jedes gerichtliche Vorgehen unterbinden werden und ich nie vor einen Richter muss.«

»Wer hat das gesagt.«

Nesbitt hüstelte. Er wedelte mit der Hand, als suche er nach den richtigen Worten. »*Die* haben es gesagt«, erklärte er schließlich.

Lennon lehnte sich vor. »Wer sind *die*?«

»Das darf ich nicht sagen«, erklärte Nesbitt. Seine Augen funkelten, und er grinste. Offenkundig genoss er die Macht, die er über Lennon besaß.

»Jemand hat letzte Woche Maries Post abgeholt«, sagte Lennon. »Die müssen also einen Schlüssel haben.«

»Damit habe ich nichts zu tun«, sagte Nesbitt. »Ich habe keinen Fuß mehr in die Wohnung gesetzt, seit sie vernagelt worden ist.«

»Wer hat den Schlüssel?«

»*Die* haben ihn«, sagte Nesbitt. Er biss sich auf die Fingerknöchel, um ein Kichern zu unterdrücken.

»Und wer sind *die*?«

»Das darf ich nicht ...«

»Ja, ich weiß schon.« Lennon stand auf. Es hatte keinen Zweck, Druck auf den Vermieter auszuüben. Er zog eine Visitenkarte aus seiner Jackentasche. »Aber tun Sie mir bitte einen Gefallen. Wenn noch jemand vorbeikommt und Fragen stellt, jemand, der nicht zu ... Sie wissen schon ... *denen* gehört, dann rufen Sie mich an, okay?«

Nesbitt nahm die Karte mit einem verächtlichen Schnauben entgegen, hielt sie auf Armeslänge von sich weg und studierte sie. »Mal sehen«, sagte er.

»Bitte«, sagte Lennon. »Wenn jemand, dem Sie nicht recht trauen, vorbeikommt, lassen Sie es mich bitte wissen.«

»Egal, wer?« Nesbitt legte die Karte auf die Sessellehne und starrte Lennon an. »Auch Leute wie Sie?«

»Ich finde allein hinaus«, antwortete Lennon.

Als er gerade in den Wagen stieg, klingelte sein Telefon. »Ja?«, meldete er sich.

Es war Gordon. »Die Blutgruppe auf der Stricknadel stimmt mit der des Jungen überein, und er hat einen kleinen Einstich an der Hüfte. Natürlich sind seine Fingerabdrücke auf dem Messer. Bis wir eine eindeutige DNA-Analyse aus Birmingham bekommen, wird es zwar noch ein paar Tage dauern, aber das sieht doch alles schon ziemlich klar aus. Mrs. Quigley hat ihn mit der Nadel gestochen, er ist in den Hinterhof geflohen und auf der nassen Erde ausgerutscht, und das war es.«

»Was ist mit dem anderen Jungen?«, fragte Lennon.

»Den haben wir noch nicht ausfindig gemacht«, antwortete Gordon. »Die Anwohner kooperieren größtenteils ... weil die Paramilitärs es ihnen befohlen haben. Trotzdem keine Spur. Aber keine Sorge, früher oder später finden wir ihn.«

Lennon schwang sich auf den Fahrersitz. »Ich weiß nicht«, sagte er.

»Was wissen Sie nicht?«

»Sieht das nicht alles ein bisschen ... na ja ... zu einfach aus?«

»Sie sind doch eigentlich ein ganz erfahrener Ermittler, Detective Inspector Lennon«, sagte Gordon. »Das hier war ein plumper, dummer, hektischer Mord. Plumpe, dumme, hektische Mörder verwischen ihre Spuren nicht. Die werden fast immer innerhalb von 24 Stunden gefasst. Zugegeben, dass es der Mörder fertiggebracht hat, sich selbst das Genick zu brechen, war ein Glücksfall. Trotzdem, auch wenn wir noch die Berichte unserer naturwissenschaftlich beschlageneren Kollegen abwarten müssen, halte ich diesen Fall für abgeschlossen.«

»Sie haben mir doch gesagt, dafür sei es noch zu früh«, bemerkte Lennon.

»Das war heute Morgen«, sagte Gordon. »Jetzt ist jetzt. Wie ich Ihnen schon sagte, jagen Sie nicht irgendwelchen Hirngespinsten nach, die gar nicht da sind. Nehmen Sie sich den Rest des Tages frei. Sie haben am Tatort gute Arbeit geleistet. Das werde ich nicht vergessen.«

»Danke«, sagte Lennon.

Er beendete das Gespräch und schob das Telefon wieder in seine Jackentasche. Nesbitt beobachtete ihn vom Wohnzimmerfenster aus. Auch der Alte hatte ein Telefon am Ohr. Lennon fragte sich, mit wem er wohl sprach.

24

Orla O'Kane stand allein in ihrem Zimmer im Dienstbotentrakt des alten Hauses. Aus dem kleinen Fenster blickte man auf die lange, geschwungene Einfahrt hinab. Sie streifte die Spitze ihrer Zigarette im Aschenbecher ab. Mit der freien Hand wählte sie die Nummer des Mobiltelefons, das sie dem Nomaden gegeben hatte.

»Wie geht's, Schätzchen?«, meldete er sich.

Sie schloss die Augen und nahm einen tiefen Zug aus ihrer Zigarette.

»Fegan ist in New York«, sagte sie. »Wir haben einen Tipp von einem Freund im NYPD bekommen. Irgendein Blödmann namens Murphy ist in einem Krankenhaus aufgetaucht und hat erzählt, ein Ire und ein Farbiger hätten ihn fertiggemacht. Er hat auch erwähnt, dass der Ire den Farbigen davon abgehalten hat, ihn zu töten. Und der Name des irischen Typen sei Gerry Fegan.«

»Wollen Sie etwa, dass ich nach New York fliege?«, fragte der Nomade.

»Nein. Sie halten sich an den Plan. Setzen Sie die Frau und das Mädchen ein. Wir haben gehört, dass die zwei bald auftauchen. Sorgen Sie dafür, dass er zu Ihnen kommt.«

»In Ordnung«, sagte der Nomade.

Orla unterbrach die Verbindung und warf das Telefon auf ihr schmales Bett. Sie drückte die Zigarette aus und sah auf ihre Armbanduhr. Der Kolostomiebeutel ihres Vaters musste gewechselt werden, und sie wollte nicht, dass eine der beiden Krankenschwestern das machte. Stattdessen musste Orla selbst den Fäkalienbeutel vom Stoma lösen, der künstlichen Körperöffnung im Bauch ihres Vaters. Dann warf sie den Beutel weg und brachte einen frischen an. Bei den ersten Malen, wo sie es hatte erledigen müssen, hatte sie geweint. Inzwischen ignorierte sie den Gestank einfach und brachte die Sache hinter sich.

Über zwei schmale Treppen gelangte sie in den ersten Stock. Sie überquerte die Galerie mit Blick auf den Eingang und klopfte an die Tür ihres Vaters.

»Wer ist da?«

»Ich bin es«, antwortete sie.

»Komm rein.«

In seiner Stimme lag eine Ungeduld, die ihr nicht behagte. Sie öffnete die Tür und trat ein, dann blieb sie zwischen Tür und Bett stehen.

»Steh nicht so blöd da und glotz«, herrschte Bull O'Kane sie an. »Komm lieber her und hilf mir.«

Es saß auf der Bettkante, zu seinen Füßen ein Knäuel aus Laken und Decken mit orangefarbenen und roten Flecken. Eine Plastikschüssel lag umgestürzt auf dem Fußboden, daneben ein Trinkbecher. Das Tablett stand angelehnt am Nachtschränkchen.

Orla ging zu ihm hin. »Mein Gott, Da, warum hast du denn nicht eine von den Schwestern gerufen?«

»Weil ich nicht will, dass die ständig um mich herumschwirren. Hilf mir einfach, okay?«

Sie kniete sich hin, nahm das Tablett und stellte die Schüssel und den Becher darauf. Hier unten, so nahe bei ihm, war der Geruch besonders schlimm. Aus einer Schachtel auf dem Nachtschränkchen zupfte sie eine Handvoll Papiertaschentücher und betupfte damit die Pfützen von Suppe und Orangensaft.

»Manchmal musst du dir aber nun mal von den Schwestern

helfen lassen«, sagte sie. »Dafür werden sie schließlich bezahlt. Ich kann nicht ständig da sein und hinter dir herräumen.«

»Ich will sie nicht in meiner Nähe haben«, nörgelte Bull. »Wenn ich mich nicht mal mehr auf meine eigene Tochter verlassen kann, Himmel, auf wen soll ich mich denn dann noch verlassen?«

Ihr heißer, blanker Zorn machte sich Luft, noch bevor sie sich bezähmen konnte. »Dann sei eben gefälligst ein bisschen vorsichtiger, zum Teufel. Du ...«

Der Schlag ließ sie zur Seite kippen, sie landete auf der Schulter. Ihr Ohr brannte, irgendwo in seinem Inneren hörte sie einen hohen, sirrenden Ton. Sie blieb liegen, bis sie ihren Atem wieder unter Kontrolle hatte.

Der alte Mann starrte abwesend vor sich hin. »Herr im Himmel, meine eigene Tochter.«

Orla kniete sich hin, knüllte die Papiertaschentücher zusammen und legte sie aufs Tablett. Dann stand sie auf, trug das Tablett zur Tür und verließ das Zimmer. Ihr Ohr klingelte, Tränen waren ihr in die Augen geschossen. Sie warf das Tablett an die Wand und sah zu, wie die letzten Tropfen Suppe und Orangensaft die Tapete bespritzten und das Plastik auf den Boden schepperte.

25

Die Männer der Doyles liefen auseinander, sobald sie die Sirenen kommen hörten. Fegan hatte alles, was er brauchte, in einer Sporttasche und lief bereits auf der Hester Street nach Westen, als hinter ihm die blauen und roten Lichter an den Hauswänden flackerten. Auf der Forsyth Street wandte er sich nach Süden und marschierte so lange weiter, bis er die Anlegestelle der Fähre erreicht hatte. Er und die Pendler, die nach ihrer Nachtschicht auf dem Nachhauseweg waren, ignorierten einander, während das Boot über die Bucht nach Staten Island glitt. Er hastete von Bord und ging zu Fuß weiter. Einmal brach er unterwegs wegen seiner Visionen von kinderfressendem Feuer und Rauch zusammen. Er schrie in die Morgendämmerung hinein, bis er sich wieder unter Kontrolle hatte und schweißüberströmt seinen Weg fortsetzte.

Fegan war sich noch nicht sicher genug, um es sich selbst einzugestehen, aber tief in seinem Innern wusste er, dass er auf dem Weg nach Hause war. Auf dem Telefon in seiner Tasche klebte zwischen den Tasten getrocknetes Blut, und das Display war zersprungen, aber es funktionierte noch. Oft hatte er davon geträumt, dass es einmal klingeln würde. Er wusste selbst nicht, ob das Signal bei ihm eher Entsetzen oder Erleichterung auslösen würde, aber er hatte eine Vorahnung, dass die Antwort auf diese Frage nicht mehr in weiter Ferne lag.

26

Lennon stellte seinen Audi am Straßenrand vor McKennas Bar ab. Nur ein paar Meter weiter vorne rollte der Verkehr über die Springfield Road. Er fragte sich, ob er die Sache überhaupt wagen sollte. Eine lange halbe Minute blieb seine Hand auf dem Türgriff liegen, bevor er seinen Entschluss fasste. Als die Entscheidung gefallen war, stieg er aus, verschloss den Wagen und ging zum Eingang des Pubs. Bei seinem Eintreten verstummte die Handvoll Nachmittagsgäste. Dies hier war nicht die Sorte Lokal, in der Fremde willkommen waren. Auf dem Weg zur Bar hielt er jedem feindseligen Blick stand.

»Ein Glas Stella«, bestellte er.

Der Barmann nahm ein Glas und füllte es mit Schaum. Er stellte es vor Lennon hin.

»Mit einer hohen Krone«, sagte Lennon.

Der Barmann brachte das Glas zurück zum Zapfhahn und füllte es auf.

Lennon zog seine Brieftasche hervor und legte einen Fünf-Pfund-Schein auf die Theke. Das Bier war so kalt, dass es ihm den Hals zuschnürte. Der Barmann gab ihm sein Wechselgeld.

»Sie sind Tom Mooney«, sagte Lennon.

»Das ist richtig«, antwortete Mooney. »Und wer sind Sie?«

Lennon klappte unauffällig seine Brieftasche auf und schirmte sie mit den Händen ab.

Mooney ließ resigniert die Schultern sacken. »Was wollen Sie?«

Lennon steckte die Brieftasche wieder ein. »Kennen Sie Marie McKenna?«

»Natürlich«, sagte Mooney. »Ihrem Vater hat früher dieses Lokal gehört.«

»Nein, hat es nicht«, widersprach Lennon. »Es hat ihrem Onkel gehört. Der Name ihres Vaters stand zwar auf der Konzession, aber gehört hat der Pub Michael McKenna.«

»Jetzt aber nicht mehr«, bemerkte Mooney.

»Nein«, sagte Lennon. »Seltsame Sache, die Michael da zugestoßen ist. Und dann noch Paul McGinty und die Geschichte auf dieser Farm in Middleton.«

»Das war eine üble Sache«, sagte Mooney.

»Ja«, stimmte Lennon zu. »Haben Sie in letzter Zeit mal was von Marie gehört?«

»Die ist weggezogen«, sagte Mooney. »Mehr weiß ich nicht.«

»Irgendeine Ahnung, wo sie hin ist?«

»Nicht die geringste«, sagte Mooney.

»Nicht die geringste?«, fragte Lennon. »Keine Gerüchte? Kein Getuschel?«

Mooney lehnte sich dicht an ihn heran. »Ich hab's an den Ohren«, sagte er. »Getuschel kriege ich nicht mit.«

Lennon bedachte Mooney mit einem Lächeln. »Es ist was Persönliches«, sagte er. »Nichts Offizielles. Sie steckt nicht in irgendwelchen Schwierigkeiten. Ich muss nur mit ihr über etwas reden. Hat sie irgendwas erwähnt, wo sie hinwollte?«

»Keinen Pieps«, sagte Mooney, und sein Gesicht entspannte sich. »Nicht mal ihre Ma weiß, wo sie ist. Marie hat sie nur eines Morgens angerufen, ihr gesagt, dass sie weg ist, und damit hatte es sich. Wussten Sie, dass ihr Vater vor zwei Wochen einen Schlaganfall hatte?«

»Nein, das wusste ich nicht.«

»Doch. Er liegt jetzt im Royal. Ich bin ihn besuchen gegangen. Eine Seite gelähmt, der Mund hängt schief, sprechen kann er auch nicht. Der kann einem leidtun. Ein paar von Maries Verwandten haben sich die Mäuler zerrissen, weil sie nicht zurückgekommen ist und ihn besucht hat. Wenn Sie meine Meinung wissen wollen, die hat es einfach wegen dieser Fehde mit der Angst gekriegt, ihre Sachen gepackt und die Biege gemacht. Kann man ihr eigentlich auch nicht verdenken.«

»Nein«, sagte Lennon. »Kann man wirklich nicht.«

»Sonst noch was?«, fragte Mooney.

»Nur noch eine Sache. Sie waren doch einer der Letzten, die Michael McKenna lebend gesehen haben«, sagte Lennon. »Er ist mit irgendeinem Betrunkenen von hier los, hat ihn nach Hause verfrachtet und ist dann zu den Docks gefahren, wo man ihm das Hirn weggepustet hat. In den Akten steht, dass er Sie von dort noch einmal angerufen hat, kurz bevor es passiert ist.«

»Ich habe kooperiert«, sagte Mooney. »Ich habe meine Aussage gemacht. Das ist alles dokumentiert. Wenn Sie irgendwas wissen wollen, brauchen Sie es nur nachzuschlagen. Und jetzt trinken Sie aus und verschwinden Sie hier.«

Lennon nahm einen Schluck von dem schaumigen Bier. »Ich will noch ein Stella«, sagte er.

»Sie haben ja das da noch nicht mal ausgetrunken.«

»Ich plane eben im Voraus«, sagte Lennon. »In den Ermittlungsberichten steht, die Litauer hätten McKenna erwischt und das hätte die ganze Sache ausgelöst. Ist das auch Ihre Meinung?«

»Ich habe meine Aussage gemacht«, erwiderte Mooney.

»Das habe ich nicht gefragt.«

»Mehr sage ich nicht.«

»Sie haben doch sicher das mit Declan Quigley gehört«, fuhr Lennon fort.

»Ja«, sagte Money. »Noch so eine üble Sache. Hab gehört, es wäre irgendein junger Kerl gewesen. Stimmt das?«

Lennon ignorierte die Frage. »Hat Quigley schon mal hier was getrunken?«

»Manchmal.«

»Wie ging es ihm in letzter Zeit?«

»Was soll das heißen?«, fragte Mooney zurück.

»In welcher Verfassung war er? War er deprimiert? Nervös? Wütend?«

»Alles zusammen«, sagte Mooney. »Der hat ganz schön Schiss gekriegt, als McGinty umgebracht wurde.«

»Hat er je darüber gesprochen?«

»Kein Wort«, sagte Mooney. »Hätte der auch nie gemacht. Der war zwar ein Weichei, aber immerhin hat er im Maze und im Maghaberry eingesessen. Kleinkram, den er leicht losgeworden wäre, wenn er ein Informant gewesen wäre, aber er hat das Maul gehalten und die Strafe abgesessen. So ein Typ redet nicht. Und wo wir gerade beim Thema sind: Ich habe schon zu viel gesagt, damit lasse ich es jetzt mal bewenden.«

Mooney wandte sich zum Gehen, aber Lennon rief ihm nach: »Nur noch eine Sache.«

Mooney seufzte und wandte sich wieder um. »Was?«

»Patsy Toner.«

»Was soll mit dem sein?«

»Ich habe gehört, der ist neuerdings auch in keiner guten Verfassung. Hab gehört, er hängt an der Flasche.«

»Der trinkt eben gern mal einen«, wehrte Mooney ab.

»Mehr als früher?«

»Kann sein.«

»Ich habe gehört, er hat vor irgendwas Angst«, fuhr Lennon fort. »Und dass er quatscht, wenn er betrunken ist. Haben Sie schon mal was mitgekriegt?«

Mooney lehnte sich über die Bar. »Wie schon gesagt, ich hab's an den Ohren. Wollen Sie jetzt noch ein zweites Bier oder nicht?«

Lennon leerte sein Glas und unterdrückte ein Rülpsen. »Nein, ich habe genug. Trotzdem danke.«

Mooney nickte und ging weg.

Eine halbe Stunde später saß Lennon in seinem Wagen vor Maries vernagelten Fenstern. Gelegentlich kamen Kindergrüppchen in Schuluniformen vorbei, vermutlich auf dem Weg zu den Imbissläden in der Lisburn Road. Ellen musste jetzt auch schon im zweiten Grundschuljahr sein.

Marie hatte ihm nur dieses eine Foto zugestanden. Seitdem hatte er Ellen nicht mehr gesehen, und das war jetzt vier Jahre her. Er verdiente es auch nicht anders. Sie hatte so viel für ihn geopfert, und er hatte sie betrogen.

Dabei hatte er es gar nicht gewollt. Hätte jemand ihn, bevor es dann passierte, gefragt, ob er zu so etwas fähig sei, hätte er nein gesagt, auf keinen Fall. Seitdem hatte er gelernt, dass man die Schwachheit der Männer nie unterschätzen durfte.

Ein Jahr lang hatten sie in dieser Wohnung gelebt, bis dann alles auseinanderbrach. Mit Marie war der Nestbauinstinkt durchgegangen, jedes freie Wochenende hatten sie die Einkaufszentren durchgekämmt, auf der Suche nach dem perfekten Kissenüberzug oder dem idealen Spiegel über dem Kamin.

Eine Stunde lang hatten sie schon in einem Möbelgeschäft in der Boucher Road gestanden, und Marie verzweifelte im Beisein des Verkäufers schier über der Entscheidung für zwei Nachtschränkchen. Da sah Lennon plötzlich ihre Umrisse im Gegenlicht, und er erinnerte sich wieder an die Zeiten, als sie noch auf ihn geklettert war, an das sanfte »Oh« ihres Mundes, wenn sie kam, an das Gefühl ihres Gewichts auf ihm. Das war schon eine ganze Weile her. Sie sprach ihn an, und blitzartig war er wieder im Hier und Jetzt.

»Du hast kein Wort von dem gehört, was ich gerade gesagt habe.« Ihre Augen waren eiskalt.

»Tut mir leid, was ...?«

»Hör mal, wenn du mir sowieso nicht zuhören willst, warum bist du dann überhaupt mitgekommen?«

Der Verkäufer schaute auf seine Schuhe.

Lennon lächelte sie an. »Tut mir leid«, sagte er leise. »Ich war ein bisschen abwesend. Was hast du gerade gesagt?«

»Das hier ist mir wichtig.«

»Ich ...«

»Hier geht es schließlich um unser Zuhause. Um unsere gemeinsame Zukunft.«

Lennons Lächeln erstarb. »Ich weiß. Tut mir leid.«

Dem Verkäufer fiel etwas Dringendes ein, das er gerade woanders zu erledigen hatte.

»Es tut dir nicht leid«, sagte Marie. »Es ist dir einfach egal.«

»Stimmt gar nicht.«

»Doch, sonst würdest du ja verdammt noch mal zuhören. Warum zermartere ich mir überhaupt das Hirn, wenn es dir sowieso scheißegal ist?«

»Marie, bitte.«

»Arschloch.«

Den ganzen Weg bis zum Wagen war er zehn Schritte hinter ihr geblieben.

Verrückterweise war es ausgerechnet Wendy Carlisle gewesen, die ihm Marie achtzehn Monate zuvor vorgestellt hatte. Sie war in Lennons Büro die für die Medien zuständige Beamtin und der Inbegriff eines Pechvogels. Irgendwie waren sie Freunde geworden, obwohl er sich jetzt im Rückblick wirklich fragte, warum.

Wendy stolperte von einer Scheißbeziehung in die nächste,

allein fünf waren es gewesen, seit er sie kannte, und alle endeten unweigerlich mit Verletzung und Bitterkeit. Auch Lennon hatte es einmal bei ihr versucht, aber sie hatte ihm erklärt, seine Sorte kenne sie und von einem Egoisten wie ihm lasse sie sich nicht benutzen und dann ausspucken. Sie sagte solche Sachen stets mit einem Lächeln, aber hinter der Witzelei kochte bloßer Zorn.

Als Wendy Lennon die Anfrage für ein Interview weiterleitete, hatte er nicht die geringste Ahnung, dass dies sein ganzes Leben ändern würde. Er entdeckte etwas in Marie, erkannte ihre Entwurzelung, die ihn an seine eigene Situation erinnerte. Aber weder er noch Marie hatten vorgehabt, sich ineinander zu verlieben. In Anbetracht ihrer Familie – schließlich war sie eine McKenna und damit die Nichte von Michael McKenna – hätte er sich so weit wie möglich von ihr fernhalten sollen. Ihre Beziehung zerriss dann auch prompt noch Maries letztes Band zu ihrer Familie, und Lennons Kollegen ließen keine Gelegenheit aus, ihm die Sache immer wieder aufs Brot zu schmieren. Eigentlich war er kurz davor gewesen, zum Geheimdienst versetzt zu werden, aber im letzten Moment war er dann doch zur Kriminalpolizei beordert worden. Sie hatten ihm nie erklärt, warum, aber er wusste es auch so. Nicht nur war er ein katholischer Polizist zu einer Zeit, als so etwas immer noch eine Seltenheit war, außerdem hatte er auch noch etwas mit der Nichte von Michael McKenna. Er wusste nicht, was schlimmer war: die Drohungen der Republikaner, die ihm mit der Post Kugeln und Einladungen zum Jahresgedenken seines Todes schickten, oder die feindseligen Blicke und das Schweigen, mit dem er es auf der Arbeit zu tun bekam.

Kaum waren sie zusammengezogen, fing Marie an, von Kindern zu sprechen. Und immer abends, wenn sie in der Dunkelheit beisammen lagen. Sie denke nur laut, sagte sie. Nur Gerede, nicht ernst gemeint.

Aber ob ernst gemeint oder nicht, es flößte ihm eine Heidenangst ein. Nicht so sehr der Gedanke an schlaflose Nächte und das Korsett, in dem er sich dann befinden würde, machte ihn nervös, sondern die Gewissheit, dass er das Kind früher oder später im Stich lassen würde. Er versuchte es Marie zu sagen, ihr zu erklären, dass seine größte Befürchtung in seiner eigenen Schwäche lag, aber er fand nie die richtigen Worte. Jedes Gespräch endete damit, dass sie ihm die kalte Schulter zeigte, während er sich selbst für seine unbeholfene Wortwahl schalt.

Nach einer Weile sprachen sie nicht mehr darüber. Ihre steingrauen Augen wurden noch kälter, die Lippen noch dünner und ihr Lachen so trocken, dass es sich anhörte wie Schmirgelpapier auf Holz. Eigentlich hätten sie die Beziehung damals beenden sollen, aber keiner von beiden brachte den Mut auf.

Lennon riss so ruckartig den Kopf hoch, dass er an die Kopfstütze des Audis stieß. Hatte er etwa geschlafen? Sein Kopf fühlte sich schwer an. Er sah auf die Uhr. Gleich fünf. Wann hatte er zum letzten Mal nach der Zeit gesehen? Vielleicht vor einer Stunde.

»Mein Gott«, stöhnte er.

Er drehte den Zündschlüssel und hörte, wie der Dieselmotor ratternd ansprang. Er blinzelte sich den Schlaf aus den Augen.

Auf dem Bürgersteig näherte sich ein Mann. Mitte dreißig, schätzte Lennon. Harte Gesichtszüge, mehr vom Leben gezeichnet als vom Alter. Sein rechtes Augenlid war rot und geschwollen. Der linke Arm hing schlaff herunter. Im Vorbeigehen nickte er Lennon zu.

Durch den Spiegel beobachtete Lennon den Rücken des Mannes, bis der zwischen den geparkten Autos verschwand. Lennon machte die Tür des Audis auf und stieg aus. Es schaute die Eglantine Avenue auf und ab.

Keine Spur von dem Kerl.

Lennon setzte sich wieder in den Audi, sein Mund war wie ausgetrocknet. Er hätte jetzt gern noch ein Glas Stella gehabt und vielleicht ein bisschen Gesellschaft.

27

Mit gesenktem Kopf lief der Nomade durch die Seitenstraße. Er wagte einen flüchtigen Blick über die Schulter. Niemand folgte ihm. Sein Mercedes stand eine Straße weiter nördlich, in einer Parallelstraße der Eglantine Avenue. Den Namen wusste er nicht. Belfast fing an, ihm auf die Nerven zu gehen mit seinen ewigen roten Backsteinhäusern und den vollkommen zugeparkten Straßen. Und den Leuten, die neuerdings alle so selbstgefällig lächelten, seit sie endlich schlau genug waren, sich nicht mehr gegenseitig umzubringen, sondern stattdessen Geld zu scheffeln.

Er erreichte den Mercedes und stieg ein. Dann wählte er die Nummer.

»Herrgott, was ist denn jetzt schon wieder?«, fragte Orla.

»Meine Güte, Schätzchen, jetzt reißen Sie mir doch nicht gleich den Kopf ab.«

»Kommen Sie mir bloß nicht mit Schätzchen, Sie verdammter Zigeuner, sonst schneide ich Ihnen die Eier ab. Also, was wollen Sie?«

Der Nomade merkte, dass das keine leere Drohung war. Hatte sie etwa ihre Tage? »In Ordnung«, sagte er. »Dieser Cop da. Was haben Sie über den rausgefunden?«

»Warum?«

»Weil er schon wieder vor der Wohnung dieser McKenna-Tussi hockt. Warum treibt er sich da herum? Wer ist er?«

»Glauben Sie mir, dieser Cop ist unsere geringste Sorge«, antwortete sie. »Das ist Jack Lennon, ein Detective Inspector. Ziemlich guter Polizist. Eigentlich müsste er schon ein paar Dienstgrade höher sein, aber er hat einigen Ärger gehabt. Vor ein paar Jahren wurde ihm sexuelle Belästigung vorgeworfen, weil irgendeine Schlampe aus seinem Büro versucht hat, ihm was anzuhängen. Den Vorwurf konnte er loswerden, den Ruf aber nicht. Er steckt bis zum Hals in Schulden. Mit einigen Loyalisten steht er auf etwas zu gutem Fuß. Wir haben erfahren, dass er möglicherweise von den Bordellen gewisse kostenlose Dienstleistungen erhält, und außerdem hat ein anderer Cop ihm versuchte Bestechung vorgeworfen. Seine Vorgesetzten trauen ihm nicht und halten ihn für korrupt. Machen Sie sich wegen dem keine Sorgen.«

»Ich *mache* mir aber Sorgen wegen ihm«, erwiderte der Nomade. »Der wird mir bestimmt in die Quere kommen. Dagegen sollte ich etwas unternehmen.«

»Nein«, sagte Orla. »Sobald Sie sich an einem Cop vergreifen, selbst wenn er korrupt ist, haben Sie alles vermasselt.«

»Ich mache es schon richtig«, sagte der Nomade. »Es wird nichts geben, was ihn in Verbindung bringt mit …«

»Nein«, wiederholte sie. »Es gibt da ein paar Leute, die ein Auge zudrücken, damit Sie reinen Tisch machen können. Aber sobald Sie sich an einem Cop vergreifen, drücken die ganz bestimmt kein Auge mehr zu. Haben Sie das kapiert?«

»Wie Sie wollen, Schätzchen«, sagte der Nomade.

Einen Moment lang herrschte feindseliges Schweigen, dann sagte sie: »Was ist mit Patsy Toner?«

»Dem statte ich heute Abend einen Besuch ab.«

»Gut«, sagte Orla. »Sie strapazieren allmählich meine Geduld. Machen Sie einfach nur das, wofür Sie bezahlt werden.«

»In Ordnung«, sagte der Nomade.

Er trennte die Verbindung und steckte das Telefon ein. »Grantige alte Fotze«, knurrte er. Er ließ den Mercedes an und machte sich auf den Weg zu Patsy Toner.

28

Ausgerechnet in der Crown Bar entdeckte Lennon ihn. Trotz der Separées war die Crown Bar der letzte Ort in Belfast, wo man ein Glas trank, wenn man seine Ruhe haben wollte. Patsy Toner saß am hinteren Ende der Bar und starrte den roten Granit an. Lennon konnte ihn durch die Raumteiler aus Glas und Holz, die die Bar gliederten, gerade noch erkennen.

Das Stimmengewirr der Einheimischen und Touristen mischte sich zu einer ausgelassenen Geräuschkulisse aus Gelächter und Geschrei. Lennon begriff, dass dies für einen, der Angst hatte, der perfekte Ort zum Trinken war. Hier war Patsy Toner möglicherweise weniger in Gefahr als in jeder anderen Bar der Stadt.

Lennon schlängelte sich durch die Gäste des noch frühen Abends auf Toner zu. Urlauber und Büroangestellte standen in Grüppchen herum, die Touristen mit ihren Guinness-Gläsern, die Einheimischen mit ihrem *WKD*-Wodka und *Magnets*-Apfelwein.

Er zwängte sich neben Toner und winkte, um den Barmann auf sich aufmerksam zu machen. »Ein Stella«, rief er über die Schultern des Anwalts hinweg.

Toner wandte kurz den Kopf, um zu sehen, wer da so dicht neben ihm stand. Lennon fragte sich, ob er ihn erkennen würde. Er hatte viele von Toners Mandanten verhört. Ein guter Anwalt merkte sich die Namen und Gesichter der Polizisten, die ihm im

Laufe seiner Arbeit begegneten. Und tatsächlich versteiften sich Toners Schultern.

Der Barmann stellte das Bier auf die Abflussschale und ließ den Schaum über den Rand gleiten. Lennon beugte sich an Toner vorbei und gab dem Barmann das Geld in die Hand. Er nahm sein Glas, drückte sich aber weiter an Toners Rücken.

»Wie geht's denn so, Patsy?«, fragte er.

Toner starrte stur geradeaus. »Kenne ich Sie?«

»Wir hatten beruflich miteinander zu tun«, sagte Lennon.

Toner wandte den Kopf. »Ihr Name ist mir nicht mehr in Erinnerung.«

»Detective Inspector Jack Lennon.«

War Toner gerade zusammengezuckt? Der Anwalt stierte wieder in seinen Drink. »Was wollen Sie?«

»Nur kurz mit Ihnen reden.«

Toner spreizte beide Hände auf der Theke. Die Finger der Linken sahen wächsern aus. Er ließ resigniert die Schultern hängen.

Lennon schaute sich um. »Dort hinten ist ein Abteil frei«, sagte er. »Nehmen Sie Ihren Drink mit.«

Abgeschirmt von Bleiglas und kunstvoll verzierten Holzpanelen, setzten sie sich an einen Tisch, Lennon schloss die Tür.

Eine Kellnerin machte die Tür wieder auf und deutete auf ein Schild. »Sir, dieses Abteil ist reserviert.«

Lennon zeigte ihr seinen Dienstausweis. »Ich brauche nicht lange.«

»Die Gesellschaft müsste jeden Moment eintreffen.«

»Sobald die Leute kommen, gehe ich«, versprach er. Er lächelte. »Sie würden mir einen riesigen Gefallen tun. Bitte.«

Sie zögerte erst, dann lächelte sie. »Na gut, ich ...«

Lennon schloss die Tür und setzte sich hin. Über den Tisch hinweg fixierte er Toner. Als der Anwalt sein Glas hob, zitterten seine Hände.

»Wie geht's, Patsy?«, fragte Lennon.

Toner verzog beim Trinken das Gesicht und setzte sein Glas klirrend auf dem Tisch ab. »Was wollen Sie?«

»Nur mal sehen, wie es Ihnen dieser Tage so geht«, sagte Lennon. Er nahm einen Schluck Stella und lehnte sich vor. »Ich habe gehört, nicht so gut. Habe gehört, dass irgendwas Sie beschäftigt.«

Toner lachte gequält. »Wer hat Ihnen das denn erzählt?«

»Mehrere Leute«, sagte Lennon. »Freunde von Ihnen.«

Toner lachte wieder, diesmal schrill und abgehackt. »Freunde? Sie reden doch Blödsinn. Ich habe keine Freunde. Nicht mehr.«

»Nein?« Lennon tat überrascht. »Sie waren doch früher mal ein ziemlich beliebter Kerl. Alle möglichen Freunde in allen möglichen Positionen.«

»Früher mal«, wiederholte Toner. Er wischte sich Whiskey aus dem Schnurrbart. Auf seinen Wangen schimmerte ein Zweitagebart. »Freundschaft ist was Komisches. Man glaubt, die hält ewig, das ganze Leben, aber tatsächlich kann sie einfach so verwehen.«

Lennon nickte. »Ich weiß, was Sie meinen«, sagte er aus ehrlicher Überzeugung.

Toner starrte ihn seinerseits an, und für ein paar Sekunden veränderte sich etwas in seinem Blick, dann war es wieder weg. »Jetzt kommen Sie endlich auf den Punkt«, sagte er. »Sie sind doch nicht zum Zeitvertreib hier.«

Lennon verschränkte die Finger auf dem Tisch. »Ich habe gehört, Sie benehmen sich in letzter Zeit so seltsam. Als ob Sie vor etwas Angst hätten. Ich will wissen, wovor Sie sich fürchten.«

Toner lehnte sich zurück und verschränkte die Arme. »Wer hat Ihnen das gesagt?«

»Leute«, antwortete Lennon.

»Was haben sie gesagt?«

»Dass es mit Ihnen seit McGintys Tod bergab geht. Dass Sie saufen wie ein Loch. Dass Sie mehr über die Sache wissen, was passiert ist, als Sie zugeben, und dass es Sie in Stücke reißt.«

»Nein.« Toner schüttelte den Kopf, langsam und mit unstetem Blick. »Nein, das ist nicht … ist nicht … Wer hat das gesagt?«

»Sie haben gequatscht, als Sie betrunken waren«, sagte Lennon. »Sie haben gesagt, die Sache sei noch nicht vorbei, die würden Sie erledigen, es sei nur eine Frage der Zeit.«

Toner errötete. »Wer hat das behauptet?«

»Einer Ihrer Freunde«, sagte Lennon. Er überlegte, ob er Toner mit Roscoes Geschichte verhöhnen sollte, er habe solche Angst, dass er keinen mehr hochbrächte. Er entschloss sich dagegen.

»Blödsinn«, sagte Toner. Seine Augen funkelten.

»Vielleicht kann ich ja helfen«, sagte Lennon.

»Blödsinn.« Toner versuchte aufzustehen, aber seine Beine trugen ihn nicht.

»Bestimmt kann ich helfen«, wiederholte Lennon. »*Wir* können helfen. Ich habe Kontakte zur Special Branch. Die können Sie beschützen.«

Toner schnaubte. »Mich beschützen? Mein Gott, wenn es diese Arschlöcher nicht gäbe, bräuchte ich doch überhaupt keinen Schutz. Sie sind nicht in offizieller Mission hier, oder? Wenn Sie jemandem gesagt hätten, dass Sie mit mir reden wollten, dann hätte man Ihnen davon abgeraten.«

»Wer?«

»Was glauben Sie wohl?« Diesmal trugen Toners Beine ihn. Der Tisch wackelte, als seine Oberschenkel sich an ihm vorbeizwängten. »Ihre Scheißbosse. Die Special Branch und die Briten. Wenn Sie wissen wollen, was los ist, reden Sie mit denen, nicht mit mir.«

Lennon packte Toner am Handgelenk. »Patsy, warten Sie.«

Toner riss seinen Arm los und machte die Tür auf. »Reden Sie doch mit Ihren eigenen Leuten und hören Sie mal, was die Ihnen erzählen.«

»Es geht um Marie McKenna«, sagte Lennon. »Um ihre Tochter. *Meine* Tochter.«

Toner erstarrte. »Mein Gott, *der* sind Sie also. Sie sind der Cop, mit dem Marie sich eingelassen hat.«

»Genau«, sagte Lennon.

Über Toners Schulter tauchte die Kellnerin auf, im Schlepptau ein Grüppchen junger Bürotypen. »Ich brauche das Abteil«, sage sie.

Toner achtete nicht auf sie. »Sie wollen wissen, wo Marie ist?«

»Ja.«

»Ich weiß es nicht«, sagte Toner. »Keiner weiß es. Umso besser für sie, wenn sie aus der Sache raus ist. Und für Sie übrigens auch. Hören Sie auf, die Sache wieder aufzuwühlen. Mehr sage ich Ihnen nicht, und das war schon zu viel.«

»Entschuldigen Sie«, rief die Kellnerin.

»Nur noch eine Sekunde.« Lennon holte eine Visitenkarte aus der Tasche und drückte sie Toner in die Hand. »Falls Sie mal reden wollen.«

»Bestimmt nicht«, sagte Toner und gab die Karte zurück. »Lassen Sie die Finger davon. Das ist für alle das Beste.«

Lennon hob Toners Revers hoch und steckte ihm die Karte in die Brusttasche. »Nur für den Fall«, sagte er.

Toner sah plötzlich sehr alt aus. »Lassen Sie die Finger davon«, wiederholte er. Er drehte sich um und schwankte zum Ausgang.

Lennon drückte der Kellnerin eine Fünf-Pfund-Note in die Hand und dankte ihr. Auf dem Weg zur Tür nahm er sich Zeit, damit Toner vorher verschwinden konnte. Als er sich bis hinaus auf die Great Victoria Street drängte, war von dem Anwalt nichts mehr zu sehen. Taxis, Autos und Busse hupten einander an, während sie im Schatten des Europa-Hotels um jeden Zentimeter kämpften.

Er besann sich wieder auf das, was er sich letzte Nacht vorgenommen hatte, und sah auf die Uhr. Es war erst kurz nach halb sieben. Er hatte vergessen, seiner Schwester eine SMS zu schicken, aber das spielte eigentlich keine Rolle. Höchstwahrscheinlich hatte sowieso niemand vor, seine Mutter an einem Abend in der Woche zu besuchen. Wenn er sich beeilte, konnte er noch vor acht in Newry sein, sich eine Stunde zu ihr setzen und um zehn schon wieder in Belfast sein.

Lennon lief in Richtung des Parkplatzes auf der Dublin Street und dachte abwechselnd an eine gebrechliche Frau, einen verängstigten Anwalt und ein kleines Mädchen, das seinen Namen nicht kannte.

Zum dritten Mal in zwanzig Minuten erklärte Lennon seiner Mutter nun schon, wer er war. Zum dritten Mal nickte sie mit einem Anflug des Wiedererkennens im Gesicht. Einen Moment lang nestelte sie an ihrem Morgenmantel herum, dann starrte sie wieder die Wand vor ihrem Bett an.

Jeder Besuch verlief so wie dieser, eine Abfolge sinnloser Gespräche, unterbrochen von Phasen der Verwirrung. Er kam trotzdem, vielleicht nicht so oft, wie er gesollt hätte, aber oft genug, um bemerkt zu werden. Es war nicht so, dass seine Mutter ihm nicht die Zeit wert war. Vielmehr konnte er es nicht ertragen, sie in dieser Verfassung zu sehen, selbst wenn sie sich schon vor Jahren von ihm losgesagt hatte. Er hatte es gehasst, darauf warten zu müssen, bis ihr Verstand sie verließ, bevor er sie wieder besuchen konnte. Sie war inzwischen kaum mehr als ein Schatten der Frau, die wie ein junges Mädchen gekichert hatte, als er und sein Bruder mit ihr auf Hochzeiten und Firmungen getanzt hatten.

»Die Abende werden schon kürzer«, sagte sie und sah aus dem Fenster in die einsetzende Dunkelheit hinaus. »Ehe man sich versieht, ist Weihnachten. Bei wem wird dieses Jahr Weihnachten gefeiert?«

»Bei Bronagh«, sagte Lennon. »Es ist doch immer bei Bronagh.«

Bronagh war die älteste seiner drei Schwestern. Sie war es gewesen, die Lennon vor so vielen Jahren aufgefordert hatte, zu verschwinden und sich nie wieder blicken zu lassen.

Am Tag vor Liams Beerdigung war Phelim Quinn, der im Stadt- und Kreisrat von Armagh saß, im Haus von Lennons Mutter vorbeigekommen. Er nahm die Mutter beiseite, sprach sein Beileid aus und erinnerte sie noch einmal daran, dass es sinnlos war, mit der Polizei zu reden. Die würde ja sowieso nichts für einen tun. Liam habe für seine Fehler bezahlt und es sei für alle das Beste, ihn einfach zu vergessen und weiterzumachen. Lennons Mutter erklärte Quinn mit ganz ruhiger Stimme, er solle verschwinden. Als Quinn dann den Pfad zum Gartentor hinunterging, lief Lennon ihm nach.

»Liam war kein Spitzel«, rief er. »Er hat es mir selbst gesagt.«

Quinn blieb stehen und drehte sich um. »Mir auch«, sagte er. »Deshalb muss es noch lange nicht stimmen.«

Lennon schnürte es fast die Kehle zu, seine Augen brannten. »Er war aber keiner. Er hat mir erzählt, jemand hätte versucht, die Schuld von sich selbst abzulenken und ihm in die Schuhe zu schieben.«

Quinn trat ganz dicht an Lennon heran, eine Brise trug die saure Whiskeyfahne des Stadtrats herüber. »Pass auf, was du sagst, Kleiner. Deine Familie hat schon genug Kummer gehabt. Mach ihr nicht noch mehr.«

Lennon kämpfte gegen die Tränen an, die ihm in die Augen schossen. Auf keinen Fall würde er vor diesem Schwein auch noch anfangen zu heulen. Auf keinen Fall. »Ihr habt den Falschen erwischt«, sagte er. »Vergesst das bloß nicht.«

Er wandte sich um und lief wieder ins Haus, wo seine Mutter und seine drei Schwestern zusammenhockten. Immer noch kämpfte er mit den Tränen, die in seinen Augen brannten und sich hinauszustehlen versuchten. Er schluckte sie hinunter. Seitdem hatte er nie wieder eine Träne vergossen.

Am Tag nach Liams Beerdigung kamen zwei Streifenpolizisten vorbei. Bronagh ließ sie zehn Minuten vor der Tür stehen, erst dann schritt ihre Mutter ein und bat sie hinein. Lennon beobachtete die Cops von der Wohnzimmertür aus. Sie leierten ihre belanglosen Fragen herunter und gaben nur oberflächliche Antworten. Sie wussten, dass sie ihre Zeit vergeudeten, Lennon sah es ihnen am Gesicht und ihrer ganzen Körperhaltung an. Dieser Besuch war lediglich eine Formalität, ein Punkt, den man abhakte, damit man diesen Fall so wie Hunderte anderer, die wegen mangelnder Kooperation aus der Bevölkerung nie gelöst werden würden, zu den Akten legen konnte.

Lennon hielt die beiden auf.

»Phelim Quinn«, sagte er.

»Was ist mit dem?«, fragte der Sergeant.

»Der hat es getan. Oder zumindest weiß er, wer es getan hat.«

Der Sergeant lachte. »Ich weiß, wer es getan hat«, sagte er. »Constable McCoy hier weiß auch, wer es getan hat. Und jeder andere in dieser Straße weiß auch, wer es getan hat. In der Sekunde, wo einer von denen eine Aussage macht, haben wir einen Fall. Bis dahin könnten wir ebenso gut den Nikolaus verfolgen.«

Er legte Lennon die Hand auf die Schulter. »Hör mal zu, mein Junge, ich würde nichts lieber tun, als die Schweine, die deinen Bruder umgebracht haben, hinter Gitter zu bringen. Ganz ehrlich. Aber du weißt genauso gut wie wir, dass es nie dazu kommen wird. Du lieber Himmel, wenn es auch nur den Hauch einer Chance gäbe, sie festzunehmen, dann würde hier eine ganze Armee unserer Leute vorbeikommen, und zwar richtige Kriminalbeamte. Wir machen nur Notizen, füllen die Vordrucke aus, und das ist auch schon alles, was wir tun können. Und für dich ist es das Beste, wenn du dich von jedem Ärger fernhältst und dich um deine Ma kümmerst.«

Der Sergeant und der Constable ließen Lennon im Flur stehen und zogen die Haustür hinter sich zu.

In den Wochen danach war das ganze Haus wie eingefroren. Alle waren in ihrem Schmerz, ihrer Wut und ihrer Angst gefangen und fanden doch keine Möglichkeit, es herauszulassen. Eines Abends lag Lennon wach im Bett, jetzt allein in dem Zimmer, das er sich früher mit seinem Bruder geteilt hatte, und dachte über die Konsequenzen seiner Entscheidung nach. Er hatte den Antrag ausgefüllt und darin die Adresse seiner Studentenbude in Belfast angegeben. Als der Anruf wegen der ersten Eignungsprüfung kam, war er schon wieder an der Queen's und begann sein Magisterstudium in Psychologie. Die Erleichterung, aus seinem zerbrochenen Zuhause wegzukommen, wurde getrübt von der Angst vor dem, auf das er sich da eingelassen hatte. Es folgten sechs Monate an Vorstellungsgesprächen und Fitnesstests, derweil arbeitete er halbtags als Pförtner in der Psychiatrie des städtischen Krankenhauses. Die ganze Zeit über hielt er es geheim, selbst vor seinen Freunden an der Queen's.

Lennon verbrachte nun weniger Wochenenden zu Hause. Und wenn einmal, dann fuhr er in dem gebrauchten Seat Ibiza, den er von seinem toten Bruder geerbt hatte, aus der Stadt in sein Dorf. Das leere Bett in seinem Zimmer kam ihm vor wie ein Totenschrein für Liam, und dass es dort stand, raubte ihm den Schlaf. Einmal fragte er seine Mutter, ob er es herausschaffen könne.

Sie gab ihm eine schallende Ohrfeige, danach fragte er nicht mehr. Immer mehr begann nun Bronagh, den Haushalt zu übernehmen, für die Mahlzeiten zu sorgen und ihre jüngeren Schwestern einzuspannen, während die Mutter tagelang nur in die Luft starrte.

Ein quälendes Weihnachtsfest kam, bei dem sie die Mahlzeiten schweigend einnahmen. Im März stand Lennon schließlich die letzte Hürde bevor: die Sicherheitsüberprüfung. Er war sich sicher, dass sie ihn wegen seines Bruders nicht nehmen würden, und sehnte heimlich schon das Ablehnungsschreiben herbei. Hin und her gerissen zwischen Hoffnung und Angst, redete er sich manchmal ein, dass vielleicht, nur vielleicht sein Bruder ja gar nicht lange oder ernsthaft genug dabei gewesen war, als dass sein Name mit irgendwelchen Verbrechen in Verbindung gebracht werden konnte. Oder vielleicht würde Lennon ja, weil er in seiner Bewerbung seine Belfaster Adresse angegeben hatte, gar nicht mit seiner Familie in Verbindung gebracht werden. Als dann der Brief ankam, in dem man ihn anwies, sich zur Ausbildung in der Polizeischule von Garnerville zu melden, starrte er eine halbe Ewigkeit die Zeilen an und wusste, dass er tatsächlich den Dienst antreten wollte. Er wusste, dass sein altes Leben vorbei war.

Noch ein letztes Mal fuhr er für das Wochenende nach Hause, redete in der Stammkneipe bei einem Bier mit ein paar alten Freunden, überbrachte Nachrichten von seiner Mutter und lief kreuz und quer das ganze Dorf ab. Als sie dann nach der Sonntagsmesse bei dem Braten, den Bronagh zubereitet hatte, zusammensaßen, erzählte er es seinen Schwestern und seiner Mutter. Claire und Noreen sagten gar nichts, sondern räumten nur die Teller vom Tisch, stellten sie ins Waschbecken und verließen das Zimmer, während Bronagh wie versteinert dasaß.

Seine Mutter starrte auf die Tischdecke und zitterte am ganzen Leib. »Man wird dich umbringen«, sagte sie. »Genau wie Liam. Man wird dich umbringen. Ich kann doch nicht zwei

Söhne verlieren. Ich kann es einfach nicht. Geh da nicht hin! Du musst doch gar nicht. Du kannst es dir noch anders überlegen. Bleib an der Universität, mach deinen Magister fertig und such dir eine gute Stellung. Tu das nicht. Tu es nicht!«

»Es ist aber das, was ich machen möchte«, antwortete er. »Ich muss es tun. Für Liam.«

Bronagh schüttelte den Kopf und verzog angeekelt den Mund. »Wag es nicht, ihn dazu zu missbrauchen, um das hier zu rechtfertigen. Du weißt, was du unserer Familie damit antust. Ma kann sich nirgends mehr blicken lassen. Wir können von Glück sagen, wenn sie uns nicht das Haus abbrennen.«

»Aber so wird es sich nie ändern«, wehrte Lennon sich. »Wie können wir uns beklagen, dass die RCU eine rein protestantische Polizei ist, wenn wir uns weigern, ihr beizutreten? Wie können wir sie dafür verdammen, dass sie unsere Bevölkerungsgruppe nicht beschützt, wenn wir sie nicht lassen? Ich tue das für ...«

»Verschwinde einfach«, unterbrach Bronagh ihn. Sie legte der Mutter den Arm um die Schulter. »Sieh nur, was du ihr antust. Pack deine Sachen und verschwinde.«

An diesem Abend verließ Lennon das Haus, in dem er aufgewachsen war. Mit einem ramponierten Koffer und einer Sporttasche, in denen er seine wenigen Habseligkeiten verstaut hatte, fuhr er zurück nach Belfast. Von einem alten Freund hörte er dann, dass Phelim Quinn seine Mutter einige Wochen später noch einmal aufgesucht hatte. Diesmal ließ er sie wissen, dass man ihren Sohn, sollte er jemals nach Middletown zurückkehren, erschießen werde. Zum zweiten Mal in einem Jahr sagte sie dem Stadtrat daraufhin, er solle aus ihrem Haus verschwinden.

Lennon beugte sich hinab und küsste die Stirn seiner Mutter. Sie streckte die Hand aus und streichelte seinen Hals. Dann runzelte sie die Augenbrauen.

»Wo kommen denn die ganzen Falten her?«, fragte sie. »Jedes Mal, wenn ich dich sehe, siehst du deinem Vater ähnlicher.«

Lennon bezweifelte, dass sie sich überhaupt noch daran erinnerte, wann sie ihn zum letzten Mal gesehen hatte. »Das sagst du mir jedes Mal.«

»Er ist sicher bald wieder da«, sagte sie.

»Wer? Unser Da?«

»Natürlich, wer denn sonst? Der Papst? Bald ist er wieder da, und dann nimmt er uns alle mit nach Amerika.«

Lennon konnte sich kaum noch an das Gesicht seines Vaters erinnern. Fast dreißig Jahre waren vergangen, seit er es zum letzten Mal gesehen hatte. Seitdem hatte niemand je wieder etwas von ihm gehört, aber es brachte nichts, wenn er seine Mutter daran erinnerte. Sollte sie sich doch ruhig an ihre Illusionen klammern, wenn es sie ein bisschen glücklicher machte.

»Dann bringt er uns alle in ein schickes Haus in New York. Dich, mich, Liam und die Mädchen. Alle zusammen.«

»Genau, Ma.« Er küsste sie noch einmal und verließ sie.

Als er sich dem Parkplatz näherte, ging die Eingangstür auf. Bronagh trat hindurch und blieb wie angewurzelt stehen, als sie ihn sah. Ein paar Sekunden verharrte sie so, regungslos wie ein kalter Morgen. Dann senkte sie den Kopf und marschierte an ihm vorbei.

»Bronagh«, rief er ihr zu.

Sie blieb mit dem Rücken zu ihm stehen, die Augen gesenkt. Sie ballte ein paarmal die Hände zu Fäusten. Die Jacke und der Rock, den sie trug, waren schick. Wahrscheinlich war sie geradewegs aus dem Hotel gekommen, das sie im Zentrum von Newry leitete.

»Wie geht es ihr in letzter Zeit?«, fragte er. »Kümmern die sich hier gut um sie?«

»Ich wusste nicht, dass du kommen würdest«, sagte sie.

»Tut mir leid, ich habe vergessen, dir eine SMS zu schicken.«

»Mach das nicht noch mal«, sagte sie. Sie ging weg, ohne ihn ein einziges Mal anzusehen.

29

Der Nomade hatte das Warten satt. Jetzt waren es schon zweieinhalb Stunden, bald drei, und immer noch keine Spur von Toner. Der kleine Kümmerling von einem Anwalt hatte Frau und Kinder verlassen und war in eine schäbige Wohnung in der Springfield Road gezogen. Bull hatte gesagt, dass er sich zu Tode trank. Der Nomade werde ihm eigentlich nur einen Gefallen tun. Ihn von seinem Elend erlösen.

Er rutschte unruhig auf dem Fahrersitz herum. Die Wunde in seinem Arm gab keine Ruhe, und sein Auge juckte und brannte. Vor zwanzig Minuten hatte er ein bisschen Salbe aufgetragen. Die sei für die Bindehautentzündung, hatte der Apotheker ihm erklärt. Irgendwie hatte das Zeug den Weg in seine Kehle gefunden und ihm fast den Magen umgedreht. Er öffnete einen Spaltbreit das Fenster, um die Nachtluft hereinzulassen, aber das half auch nicht viel. Auf dem verletzten Auge sah er alles nur verschwommen. Der Nomade wusste, dass er nicht in Bestform war. Bei einem Fliegenschiss wie Toner war das egal, bei jedem härteren Burschen aber würde er sich vorsehen müssen.

Ein neuer Anflug von Brennen und Jucken ließ das Augenlid des Nomaden zucken, und ein warmer Tropfen lief ihm über die Wange. »Scheiße«, murmelte er.

Er riss ein paar Papiertaschentücher aus dem Türfach und tupfte sich damit das Gesicht und das Auge ab. Das weiche Papier blieb an irgendetwas auf seinem Lid kleben und riss. Als er zwinkerte, flatterten Papierfetzen gegen seine Wange. »Scheiße«, wiederholte er. »Gottverdammter Mistkerl, verfluchter.«

Der Nomade kniff die Augen zu und legte den Kopf zurück. Er zupfte kleine Papierfetzen ab und spürte dabei, wie sie an seinem klebrigen Augenlid zogen. Er suchte tastend im Türfach nach der Wasserflasche. Blind goss er sich etwas Wasser in die Handfläche und spritzte es sich über die Augen. Er wischte erst mit dem Handrücken darüber, dann mit dem Ärmel. Er zwinkerte, konnte zunächst etwas sehen und dann wieder nicht. Er tastete nach dem Schalter der Innenbeleuchtung und knipste sie an. Sein Spiegelbild verschwamm und wurde wieder klar. Lieber Himmel, das Auge sah ja wirklich übel aus. Das Lid war rot und angeschwollen, der Augapfel blutunterlaufen. Vielleicht musste er noch mehr von der Salbe draufschmieren. Er schaute suchend um sich, wo er sie fallen gelassen hatte.

Auf der gegenüberliegenden Straßenseite sah er Patsy Toner. Er stand auf dem Gehweg vor seinem Haus und starrte herüber.

»Scheiße«, sagte der Nomade. Er tastete zwischen seinen Beinen hindurch unter den Sitz, wo er seine Desert Eagle verstaut hatte, fand aber nur Abfall und die feuchte Fußmatte.

Toner stand einen Moment lang wie angewurzelt da, dann drehte er sich um und rannte zu seiner Haustür. Der Nomade spähte in die Dunkelheit vor ihm. Er schürfte sich an den metallenen Sitzhalterungen die Fingerknöchel auf. Während er mit der Hand in dem schmalen Zwischenraum herumfuchtelte, warf er einen raschen Blick auf Toner. Das panische Gewinsel des Anwalts wurde übertönt vom Kratzen seines Schlüssels am Türschloss.

Der Nomade verdrehte den Oberkörper und schob seine Hand noch weiter nach hinten. Ein höllischer Schmerz durchfuhr seine verletzte Schulter, aber er wurde belohnt und bekam die

Pistole zu fassen. Er riss die Eagle hoch, sprang aus dem Wagen, lud durch und zielte.

Toners Haustür schlug zu.

»Scheiße«, fluchte der Nomade. Er rannte zur Tür, trat einmal, zweimal dagegen. Sie gab nicht nach. Toner wohnte in der obersten Etage. Der Nomade drückte auf den Klingelknopf für die Parterrewohnung. Er klingelte noch einmal und drückte sich ganz dicht an die Tür, für den Fall, dass der Bewohner von oben aus dem Fenster schaute. Von drinnen hörte er Schritte auf der Treppe.

Eine Frau um die Vierzig machte auf, das Gesicht wutverzerrt. »Was woll...«

Der Nomade zertrümmerte ihr mit dem Pistolenknauf die Nase. Sie fiel nach hinten, und ihr Kopf schlug auf die polierten Bodendielen auf. Die Frau stöhnte leise, hustete und spuckte Blut, dann lag sie regungslos da. Ihre Brust hob und senkte sich. Der Nomade überlegte kurz, ob er sie erledigen sollte, aber dafür blieb keine Zeit. Er stieg über sie hinweg und eilte auf die Treppe zu. Er nahm zwei Stufen auf einmal, bis er die oberste Etage erreicht hatte.

Toners Wohnungstür würde beim ersten Tritt nachgeben, da war der Nomade sich sicher. Er blieb einen Moment stehen, holte tief Luft und wischte sich mit dem Ärmel über die Augen. Im rechten sah er nur verschwommen und zwinkerte, bis es klarer wurde. Er umfasste die Eagle in beidhändiger Angriffshaltung und trat unterhalb des Schlosses die Tür ein. Sie krachte innen gegen die Wand. Vor ihm im Dämmerlicht stand ein zerschlissenes Sofa. Der Couchtisch war übersät mit Tellern, Flaschen und alten Imbisskartons. Der Nomade spähte ins Zimmer. Ein Luftzug fächelte über sein feuchtes Gesicht.

»Gottverdammtes Arschloch«, fluchte er.

In der Ecke neben der Kochnische stand eine Tür offen. Sie

führte hinaus auf eine Eisentreppe, die zwei Stockwerke hinab in den Hof führte. Eine verdammte Feuerleiter.

Das Auge des Nomaden zuckte und schlierte und brannte. Etwas Warmes lief ihm über die Wange. Die Schulter tat ihm weh.

»Scheißkerl, verdammter Hurensohn«, fluchte er.

30

Fegan saß in einem düsteren, billigen Motelzimmer nicht weit vom Newark Airport und atmete einmal tief durch. Hatte eben tatsächlich das Telefon geklingelt? Er nahm es und drückte auf eine Taste.

Kein Anruf. Er legte das Telefon zurück auf das Nachtschränkchen und streckte sich wieder auf dem Laken aus. Das Kopfkissen war feucht vor Schweiß. Er hatte von Feuer geträumt, von einem Mädchen, das von schwarzem Rauch eingehüllt wurde, und dann hatten sich ihre Schreie in das Klingeln eines Telefons verwandelt. Ihr Name war Ellen McKenna, und sie war jetzt fast sechs. Erst vor ein paar Monaten hatte Fegan sie an den Leichen der Männer vorbeigetragen, die er getötet hatte. Sie hatte die Augen zugekniffen und ihr nasses Gesicht an seinen Hals gedrückt, genau wie er es ihr gesagt hatte. Ihre Haut hatte sich auf seiner heiß angefühlt.

Als er sie zum letzten Mal gesehen hatte, hatte sie ihm im Hafen von Dundalk vom Rücksitz des Wagens ihrer Mutter zugewinkt. Es erschien ihm wie vor einer Ewigkeit. Er hatte Marie McKenna gesagt, wenn sie in Gefahr sei, solle sie auf dem billigen Mobiltelefon anrufen, das er mitnehmen würde. Seitdem hatte er es stets bei sich getragen. Er rieb sich mit dem rechten Handballen über die linke Schulter. Die Narbe juckte unter der rosa glänzenden Haut wie winzige Spinnen.

Fegan dachte über seinen Traum nach. Konnten Träume in die

wachen Stunden eindringen? Inzwischen wusste er, wie schmal die Grenze zwischen der realen Welt und der anderen war. Deshalb machten diese Träume von Feuer und einem brennenden Mädchen ihm eine solche Angst, dass sich ihm schier der Magen umdrehte und die Beine versagten.

Ellens Mutter kam in diesen Träumen nie vor. Manchmal konnte er sich nur noch mit Mühe daran erinnern, wie Marie McKenna überhaupt aussah. Er sah sie noch vor sich, wie sie dort am Dock gestanden und von ihm verlangt hatte, sich von ihr fernzuhalten. Ihr Gesicht jedoch hatte sich in etwas Unwirkliches aufgelöst, als sei sie ein Mensch, der nur in seiner Einbildung und nicht in Wirklichkeit existierte. Sobald sein Telefon klingelte, und er wusste, dass es irgendwann klingeln würde, dann war sie wieder real. Vor diesem Moment graute ihm.

Aber falls – wenn – sie anrief, dann konnte er immerhin zu ihr. Er hatte geschworen, für ihre und für Ellens Sicherheit zu sorgen. Er hatte in seinem Leben so viel Blut vergossen, doch seine größte Sünde war gewesen, dass er Marie und Ellen in die Gewalt mit hineingezogen hatte, die er offenbar anzog wie ein Magnet. Er hatte den Tod vor ihre Tür gebracht. Aber er würde alles tun, um zu verhindern, dass der Tod über die Schwelle trat.

Das ganze Zimmer erbebte, als ein Flugzeug darüber hinwegdonnerte. Der Anruf würde bald kommen, dessen war er sich sicher. Nach diesem Anruf konnte er zum Flughafen fahren und ein Ticket nach Belfast kaufen. Er würde in die Stadt zurückkehren, von der er geglaubt hatte, sie nie mehr wiederzusehen, und zu Ende bringen, was er begonnen hatte.

31

»Was hatten Sie gestern im Haus von Jonathan Nesbitt zu suchen?«, fragte DCI Gordon. Er hatte die Hände auf dem Schreibtisch gefaltet.

Dan Hewitt stand schweigend in der Ecke.

Lennon sah die beiden nacheinander an. »Ich habe nur ein paar Fragen gestellt«, sagte er.

»Was für Fragen?«, wollte Gordon wissen.

Lennon suchte krampfhaft nach einer Antwort. Noch bevor ihm eine einfiel, fuhr Gordon fort: »Ich habe Sie gestern nach Hause geschickt, damit Sie sich ausruhen, und nicht, damit Sie anständige Leute wie Jonathan Nesbitt belästigen.«

»Es waren doch nur ein paar Fragen«, wehrte sich Lennon.

»Was betreffend?« Gordon wartete die Antwort nicht ab. »Wenn Sie bei Leuten an die Tür klopfen und ihnen Ihre Dienstmarke unter die Nase halten, dann sollten Ihre Fragen lieber mit irgendwelchen Ermittlungen zu tun haben, die ich gerade leite. Traf das zu?«

Lennon rutschte nervös auf seinem Stuhl hin und her. »Nicht direkt.«

»Nicht direkt.« Gordon spitzte die Lippen: »Was so viel heißen soll wie: überhaupt nicht.«

Hewitt räusperte sich. »Hör mal, wir wissen, dass du Mr. Nesbitt zu Hause aufgesucht hast, und wir wissen auch, welche Fragen du gestellt hast. Mr. Nesbitt hat seinem Bekannten in der Special Branch gestern Nachmittag alles berichtet. Meine Kollegen waren nicht gerade begeistert. Ich musste in deinem Interesse eine Menge Süßholz raspeln, und das nicht zum ersten Mal.«

»Sie sollten Detective Chief Inspector Hewitt dankbar sein«, sagte Gordon. »Ich war schon so weit, Sie aus meinem Team zu werfen, doch er hat mich dazu überredet, die Sache auf sich beruhen zu lassen. Aber Sie bewegen sich auf dünnem Eis, verstanden?«

Lennon nickte seufzend.

Gordon lehnte sich vor. »Verstanden?«

»Ja, Sir«, sagte Lennon.

Gordons Züge entspannten sich. »Sie sind ein hervorragender Polizeibeamter. Sie sollten längst Detective Chief Inspector sein und Ihr eigenes Dezernat leiten. Führen Sie sich anständig auf, dann steht Ihnen eine ansehnliche Karriere offen. Lassen Sie sich nur nicht durch persönliche Motive ablenken.«

Lennon konnte Gordons Blick nicht standhalten. »Ja, Sir«, sagte er noch einmal.

»Gut. Und nun los. Seien Sie so gut und machen Sie der Forensik wegen unserem Freund Quigley mal Dampf.«

Lennon stand auf und ging zur Tür. Auf dem Flur holte Hewitt ihn ein.

»Ich muss mit dir sprechen«, sagte Hewitt.

Lennon blieb stehen. »Worüber?«

»Hör zu, Jack, ich habe dir heute einen großen Gefallen getan.« Hewitt sprach mit leiser, gleichmäßiger Stimme. »Vielleicht wirst du nie erfahren, wie groß.«

»Na schön, ich schulde dir was«, sagte Lennon und wandte sich ab.

»Und ich tue dir gleich noch einen«, rief Hewitt ihm nach.

Lennon drehte sich um. »Ach ja? Und was für einen?«

Hewitt drückte sich an ihm vorbei und öffnete die Tür zum Kopierraum. Er schaute hinein, dann gab er Lennon Zeichen, ihm zu folgen.

Lennon betrat die Kammer. »Also, was für einen Gefallen?«

»Den, dass ich dir rate, die Finger von der Sache zu lassen.«

Lennon musste unweigerlich grinsen. »Seltsam, aber du bist seit gestern schon der zweite, der mir diesen Rat gibt.«

Hewitt blickte erstaunt. »Wer noch?«

Lennon stopfte die Hände in die Taschen. »Irgendwer halt.«

»Mein Gott, Jack, bitte versprich mir, dass du dich da heraushältst.« Hewitt kam einen Schritt näher. »Du weißt doch, dass die Special Branch keinen Spaß versteht. Die machen dich fertig, bevor du dich versiehst.«

»Die? Mit *die* meinst du doch *wir*, oder?«

»Bring mich nicht in eine solche Lage, Jack, Ich habe heute für dich meinen Hals riskiert, und es war nicht das erste Mal. Ich war dir immer ein guter Freund, ob du das nun glaubst oder nicht. Und ich bin dir auch jetzt ein guter Freund. Lass die Finger von der Sache.«

Lennon ballte die Hände in den Hosentaschen zu Fäusten. »Herrgott, immerhin geht es hier um meine Tochter. Sie ist jetzt schon seit Monaten zusammen mit ihrer Mutter verschwunden. Ich weiß, dass Marie irgendwie in diese Fehde verwickelt war, diese McGinty-Sache, und seitdem hat sie keiner mehr gesehen. Wie kannst du da von mir verlangen, mich rauszuhalten?«

Hewitt ging auf und ab und dachte nach. Dann blieb er stehen und nickte. »Na gut. Eines verrate ich dir, und nur das eine. Aber du musst mir versprechen, das du dann die Finger von der Sache lässt.«

Lennon zog die Hände aus den Taschen und knetete seine Finger. »Was verrätst du mir?«

»Versprich es.«

»Kann ich nicht.«

Hewitt starrte Lennon an. »Versprich es.«

Lennon ließ die Schultern sacken und lehnte sich an den Fotokopierer. »Ach, Scheiße«, sagte er. »Na gut.«

Hewitt holte einmal tief Luft. »Es stimmt, Marie war tatsächlich in diese Fehde verwickelt.«

»Mein Gott«, stieß Lennon hervor.

Hewitt hob die Hände. »Aber nur am Rande«, ergänzte er. »Nicht unmittelbar. Weggezogen ist sie nur als Vorsichtsmaßnahme. Ich weiß nicht, wo sie ist, aber ...«

»Ich glaube dir nicht.«

»Jack, ich ...«

»Verdammt, du bist schließlich beim C3. Bei der Special Branch. Also erzähl mir bloß nicht, dass du nicht weißt, wo sie ist.«

»Sie ist außer Gefahr«, sagte Hewitt. »Marie McKenna und ihr kleines Mädchen – *dein* kleines Mädchen – sind in Sicherheit. Mehr kann ich dir nicht sagen. Okay?«

»Wo sind sie?«

»In Sicherheit«, wiederholte Hewitt. »Mehr brauchst du nicht zu wissen.«

»Himmel«, fuhr Lennon auf. Er wollte schon einen Stapel Papier vom Kopierer fegen, riss sich aber noch am Riemen. Stattdessen verschränkte er die Hände im Nacken und holte tief Luft.

Hewitt sagte: »Eines noch.«

Lennon atmete aus. Ihm wurde schwindelig. »Was?«

»Es hat nichts zu bedeuten.«

»Was?«

»Ich will nicht, dass du dir da was zusammenreimst. Es ist nur ein Zufall.«

Lennon nahm die Hände aus dem Nacken. »Was? Jetzt red endlich.«

»Dieser Anwalt, Patsy Toner.«

Lennon wurde plötzlich kalt ums Herz. Er machte ein möglichst ausdrucksloses Gesicht und nahm sich vor, auf keinen Fall irgendeine Reaktion zu zeigen, egal, was Hewitt ihm gleich mitteilen mochte. »Was ist mit dem?«, fragte er.

»Er hat eine Wohnung in der Springfield Road. Gestern Abend gegen elf Uhr wurde in dem Haus eine Frau angegriffen. Ein Eindringling hat ihr die Nase gebrochen. Sie kann sich an nichts mehr erinnern. Toners Tür wurde eingetreten. Er wird vermisst.«

Lennon wischte sich mit dem Handrücken über den Mund.

»Ich weiß, dass du dich nach ihm erkundigt hast«, fuhr Hewitt fort. »Tom Mooney in McKennas Bar ist einer unserer Informanten. Er hat einem meiner Kollegen berichtet, dass du ihn über Toner ausgefragt hast.«

Lennon überlegte kurz, ob er einfach alles abstreiten sollte, aber das war sinnlos. »Das stimmt.«

Hewitt hob einen warnenden Zeigefinger. »Frag nicht noch weiter herum! Was auch immer in dieser Wohnung passiert ist, es hat nichts mit dir zu tun und auch nichts mit Marie McKenna, verstanden? Patsy Toner hat mit allen möglichen üblen Kerlen Kontakt. Egal, welchen Ärger er auch hat, es ist einzig und allein seiner. Ich habe dir das nur erzählt, damit du es nicht von jemand anderem hörst und grundlos irgendeiner blöden Verschwörungstheorie nachjagst. Und jetzt lass um Himmels willen endlich die Finger von der Sache.«

Lennon musterte Hewitts Gesicht, seine grauen Augen und die Falten um den Mund. Er versuchte sich zu erinnern, ob er ihn eigentlich überhaupt je gemocht hatte, sogar damals in Garnerville.

»Versprich mir, dass du dich raushältst«, sagte Hewitt. »Bitte.«

Lennon schluckte und nickte dann. »In Ordnung«, sagte er, »Ich halte mich raus.«

32

Der Nomade setzte sich auf einen Hocker an die Bar. Er hatte die freie Auswahl, denn er war der Einzige hier. Abgesehen vom Barmann Tom Mooney.

Mooney legte seine Zeitung hin. »Wie geht's?«, fragte er. Er hatte den Kopf schief gelegt, seine Augen registrierten jedes Detail.

»Mir geht's prima«, sagte der Nomade. Er grinste Mooney breit an.

»Ihr Auge sieht aber ganz schön mitgenommen aus«, sagte Mooney.

Der Nomade hob seine Finger bis an die heiße Stelle über seiner Wange und hielt kurz vor dem geschwollenen Augenlid inne. »Entzündung«, sagte er. »Brennt wie der Teufel.«

»Damit sollten Sie mal zum Arzt gehen.«

»Sollte ich wahrscheinlich. Mache ich wahrscheinlich aber doch nicht.«

Mooney musterte ihn ein oder zwei Sekunden. »Was kann ich Ihnen bringen?«

»Ein Glas Smithwick's«, sagte der Nomade.

Mooney hob ein Glas an den Zapfhahn. Sahnefarben und braun schäumte das Bier hinein. Er stellte das Glas auf die Theke. Der Nomade legte einen Zehner daneben.

»Sie sind zum ersten Mal hier«, sagte Mooney und wischte

dabei mit einem feuchten Tuch die Theke ab. »Wir haben meistens Stammgäste. Ziemlich verschworener Haufen. Kommt nicht oft vor, dass jemand hier zufällig vorbeikommt und mal hereinschneit, wenn Sie verstehen, was ich meine.« Mooney sah hoch. »Außer natürlich, man will irgendwas.«

Der Nomade lächelte. »Tatsächlich?«

»Tatsächlich«, sagte Mooney. Als der Nomade ihn ansah, hielt er dem Blick stand. Ein kleines bisschen aggressiv, wie er da so stand.

»Und Sie glauben also, ich will irgendwas?«

Mooneys Hände glitten unter die Theke, wo der Nomade sie nicht sehen konnte. Er fragte sich, was der Barmann da unten hatte. Vermutlich einen Baseballschläger.

»Ja, irgendwie hatte ich so den Eindruck«, sagte Mooney. »Sagen Sie mir doch einfach gleich, was Sie wollen, und dann schauen wir mal, ob wir klarkommen. Ich hab mir heute schon genug Scheiß anhören müssen, das langt für eine Weile. Für noch mehr bin ich nicht in Stimmung. Alles klar?«

Der Nomade nickte. »Alles klar. Ich suche Patsy Toner. Der trinkt hier manchmal einen.«

Mooney richtete sich auf. Er versuchte seine Überraschung angesichts dieser Worte zu verbergen, schaffte es aber nicht. »Der war schon eine ganze Weile nicht mehr da.«

»Nein? Wo trinkt er denn sonst noch?«

»In den verschiedensten Läden«, gab Mooney zurück.

»Es gibt eine Menge verschiedener Läden«, sagte der Nomade.

»Aber nur einen, wo ich am Zapfhahn stehe. Über die anderen kann ich Ihnen nicht viel sagen.«

Der Nomade registrierte, wie sich auf Mooneys Stirn ein dünner Schweißfilm bildete. Er biss die Zähne zusammen und spannte die Unterarmmuskeln an. »Ich bin wohl nicht der Einzige, der in letzter Zeit nach ihm gefragt hat, wie?«

Mooney schwieg und starrte feindselig zurück.

»War es ein Cop?«, fragte der Nomade.

»Trinken Sie aus«, sagte Mooney. »Die Tür ist da vorne.«

»Großer, breitschultriger Typ«, fuhr der Nomade fort. Er spürte, wie ihm etwas Warmes über die Wange lief. »Sandfarbenes Haar. Schicker Anzug.«

Mooney verzog das Gesicht. »Meine Güte, Ihr Auge.«

Der Nomade zog ein Papiertaschentuch aus dem Päckchen in seiner Jackentasche. Er tupfte etwas Nasses von seiner Wange. Es hinterließ einen gelbroten Fleck auf seinem Taschentuch. Er zog die Nase hoch und schmeckte etwas widerlich Bitteres im Mund. »Kann ich etwas Wasser haben?«

Mooney zögerte, dann goss er ein Glas voll. Der Nomade weichte darin ein Papiertaschentuch ein und tupfte sich das Auge ab. Der Schmerz ließ ihn zusammenzucken. Das durchtränkte Tuch begann sich aufzulösen.

Von irgendwoher förderte Mooney ein Handtuch zutage. »Hier«, sagte er. »Es ist sauber.«

Der Nomade tauchte eine Ecke des Handtuchs ins Wasser und tupfte noch einmal sein Auge ab. »Danke«, sagte er. »Hören Sie mal, Sie scheinen ja ein anständiger Kerl zu sein. Wenn Sie sagen, Sie wissen nicht, wo Patsy Toner ist, kein Problem. Aber eins müssen Sie mir ganz ehrlich beantworten: Ist hier ein Cop aufgetaucht und hat sich nach ihm erkundigt?«

»Ja«, antwortete Mooney. »Dem hab ich dasselbe gesagt wie Ihnen. Alles klar?«

Der Nomade faltete das Handtuch zusammen und musterte dabei den Barmann. Ein Mann, der in so einem Laden arbeitete, würde den Cops nie etwas Entscheidendes verraten, selbst wenn Patsy Toner irgendwann als Leiche auftauchte. Das konnte er sich gar nicht leisten. Der hatte in seiner Laufbahn bestimmt schon mehr als ein Geheimnis streng für sich behalten. »In Ordnung«, sagte der Nomade. Er zeigte auf das Handtuch. »Kann ich das haben?«

Mooney zuckte die Achseln.

»Und ich bin nie hier gewesen und habe Sie nie was über Patsy Toner gefragt, richtig?«

Mooney sagte: »Wie ich schon dem Cop erklärte habe, ich sehe nichts und höre nichts. Trinken Sie jetzt aus oder was?«

Der Nomade wollte gerade antworten, da klingelte sein Telefon. Deshalb sagte er nur: »Bis demnächst.«

Er verließ die Bar und ging auf dem Weg zu seinem Wagen ans Telefon.

»Sie haben gestern Abend total versagt«, meldete sich Orla O'Kane.

»Er hat ...«

»Es interessiert mich nicht, warum Sie versagt haben. Ich will nur wissen, was Sie jetzt unternehmen wollen?«

Der Nomade schloss den Mercedes auf und stieg ein. »Ich werde den dämlichen Milchbart umlegen, was sonst?«

»Sehen Sie zu, dass Sie es noch heute erledigen. Die Sache ist jetzt ins Rollen gekommen. Innerhalb der nächsten 24 Stunden wird es eine neue Entwicklung geben, dann sollten Sie bereit sein und alles Erforderliche tun.«

»Was für eine Entwicklung?«, fragte der Nomade.

»Das werden Sie schon noch erfahren. Kümmern Sie sich jetzt erst mal um Patsy Toner, verdammt. Und um Ihnen ein bisschen das Leben zu erleichtern, verrate ich Ihnen sogar, wo Sie ihn finden können.«

33

»Im Sydenham International«, sagte Patsy Toner.
»Das am City Airport?«, fragte Lennon.
»Genau«, bestätigte Toner.
»Bin in einer halben Stunde da«, sagte Lennon.

Dem Sydenham International Hotel war das Alter nicht gut bekommen. Es hatte nicht Schritt halten können mit den neuen Nobeladressen, die in den vergangenen Jahren überall in Belfast wie Pilze aus dem Boden geschossen waren. Und seit es in der Nähe des Flughafens inzwischen mehrere anständige Hotels gab, waren seine Tage eigentlich gezählt.

Lennon betrat den schäbigen Eingangsbereich. Die Besitzer hatten alles versucht, den Laden noch aufzupeppen, waren aber gescheitert. Lennon spähte in die schummrige Bar und entdeckte in der düstersten Ecke Toner über ein Glas gebeugt. Lennon ließ sich Zeit. Sollte der Anwalt ruhig noch ein bisschen schmoren. Er besorgte sich an der Bar ein Glas Stella. Die Bardame, die für ihren zur Schau gestellten Bauchnabelring und die künstliche Bräune eigentlich schon ein wenig zu alt war, erwiderte sein Lächeln nicht.

Er ging hinüber zu Toners Tisch. Der Anwalt hatte dunkle Ringe unter den Augen und roch irgendwie streng. »Was ist los?«, fragte Lennon.

»Ich muss eine rauchen«, sagte Toner. Lennon folgte ihm durch eine Terrassentür in etwas, das ein Biergarten sein sollte: eine löchrige Teerfläche mit ein paar Picknicktischen, vereinzelten Sonnenschirmen und mit Sand gefüllten Eimern für Kippen.

Toner stellte sein Glas auf einen Tisch und setzte sich an die daran festgeschraubte Bank. Er zog ein Päckchen Embassy Legal aus der Tasche und bot Lennon eine an. Lennon rauchte nur selten, selbst wenn er trank, aber jetzt nahm er sich eine, nur um den Anwalt auf seine Seite zu ziehen. Er setzte sich ihm gegenüber hin.

Toner machte mit einem billigen Feuerzeug seine und Lennons Zigarette an. Rauch kräuselte zwischen ihnen hoch. Lennon fiel wieder Toners linke Hand auf, so wächsern und schmal, als hätte sie in einem Gips gesteckt und unter Muskelschwund gelitten.

»Jemand hat gestern Abend versucht, mich zu töten«, begann der Anwalt.

»Ich weiß«, erwiderte Lennon.

»In meiner Wohnung«, fuhr Toner fort, seine Stimme und Hände zitterten. »Jemand hat versucht, mich zu erschießen.«

»Ich weiß«, sagte Lennon wieder, aber diesmal war es eine Lüge. Nach allem, was Hewitt ihm erzählt hatte, hatte er zwar schon auf einen Mordversuch getippt, aber von einer Schießerei wusste er nichts.

»Hat man schon jemals eine Waffe auf Sie gerichtet?«, fragte Toner. »Ist schon mal auf Sie geschossen worden?«

»Ja«, sagte Lennon. »Ein paarmal. Aber das müssten Sie doch eigentlich wissen, nicht wahr, Patsy?«

»Wie bitte?«

Lennon inhalierte das Nikotin, und es zischte bis in sein Gehirn. »Ist schon Jahre her. Damals war ich erst ein paar Monate dabei, noch in der Probezeit.« Er stieß ein dünnes blaues Wölkchen aus und wünschte sich, Toner hätte eine stärkere Marke geraucht, Marlboro oder Camel. »Das war noch vor dem Waffenstillstand. Ich war im Stadtzentrum auf Streife, ganz in der Nähe der Royal Avenue. Da haben uns ein paar von Ihrer Sorte aufgelauert. Zwei von meinen Freunden sind gestorben. Ich habe eine Kugel in die Schulter abgekriegt, direkt unterhalb der kugelsicheren Weste.«

»Von meiner Sorte?« Toner grinste unter seinem Schnurrbart hervor. »Ich gehöre zu keiner Sorte. Nicht mehr.«

»Damals aber schon noch. Innerhalb von 24 Stunden wurden drei Ihrer Jungs dafür verhaftet. Ich sollte am ersten Prozesstag aussagen, aber dazu bekam ich erst gar keine Gelegenheit. Sie selbst haben die Anklageerhebung wegen eines Formfehlers angefochten. Die belastenden Indizien seien nicht ausreichend. Und Schluss. Zwei anständige junge Männer waren tot, ich hatte zum Beweis eine Narbe vorzuzeigen, und trotzdem kamen die drei Scheißkerle frei. Wahrscheinlich haben sie danach noch mehr Leute umgebracht. Wie viel haben Sie an der Sache verdient?«

»Jetzt erinnere ich mich wieder an Sie«, sagte Toner. »Sie haben dafür doch eine Belobigung eingestrichen, oder? Es gab noch einen Überlebenden. Sie haben ihn gerettet.«

»Es war ein Orden«, sagte Lennon.

Toner grinste abfällig. »Tragen Sie ihn oft?«

»Ich habe ihn gar nicht erst abgeholt.«

»Warum nicht?«

Lennon nahm einen weiteren Zug aus der Zigarette und verzog wegen des heißen Teers im Hals das Gesicht. »Keine Lust«, sagte er. »Jetzt erzählen Sie mal von gestern Abend.«

Toner berichtete Lennon, dass er zu seiner erbärmlichen Wohnung zurückgelaufen war und, als er gerade auf dem Weg zur Haustür war, in einem alten Mercedes Kombi einen Mann gesehen hatte, der sich Wasser ins Gesicht spritzte. Da hatte er es einfach gewusst.

»Was gewusst?«, fragte Lennon.

»Dass er gekommen war, um mich zu töten«, sagte Toner und sah plötzlich noch kleiner aus. »Ich bin wie der Teufel losgerannt. Rein ins Haus, die Treppe hoch, in meine Wohnung und hinten über die Feuerleiter wieder nach unten. Ich habe nur noch gedacht, mein Gott, wenn hinterm Haus auch noch einer herumlungert, bin ich im Arsch. Aber da war keiner. Es gab nur den einen Kerl.«

»Wer war er?«, fragte Lennon.

»Weiß ich nicht«, antwortete Toner.

»Haben Sie ihn zu Gesicht bekommen?«

Toner schüttelte den Kopf.

»Was glauben Sie, wer ihn geschickt hat?«

Toner seufzte. Seine Augen wurden glasig und feucht. »Ich erzähle Ihnen das jetzt, weil ich es einfach jemandem sagen muss, bevor ich vollkommen verrückt werde. Seit Monaten nagt das jetzt schon an mir. Ich habe mir vor Angst fast in die Hosen gemacht.« Der Anwalt fing an zu winseln. »Ich kann nichts essen. Ich muss bis zur Bewusstlosigkeit trinken, damit ich überhaupt ein bisschen Schlaf finde. Und wenn ich morgens aufwache, muss ich mich als Erstes übergeben. Immer wieder versuche ich mir einzureden, dass die Sache erledigt ist, alles geregelt, alles unter den Teppich gekehrt. Aber eigentlich wusste ich es. Ich wusste, dass jemand auf mich angesetzt werden würde. Und dann habe ich von der Sache mit Kevin Mallory gehört. Danach war es nur noch eine Frage der Zeit. Ich wusste, die würden mich nicht in Ruhe lassen.«

»Wer ist *die*?«, fragte Lennon.

»Die?« Toner lachte kurz und schrill auf und brach dann abrupt ab. »Die, das sind einfach alle. Die Cops, die Briten, die irische Regierung, die Partei, der verdammte Bull O'Kane.«

Lennon musterte Toner eindringlich und fragte sich, ob der

vielleicht wirklich schon den Verstand verloren hatte. »Das sind ziemlich viele«, sagte er.

»Geheime Absprachen«, zischte Toner aufgebracht. »Alle reden sie von geheimen Absprachen und dass die Cops, die Briten und die Loyalisten gemeinsame Sache gemacht haben. Wenn man die Leute so hört, könnte man glatt meinen, dass die Loyalisten nicht mal alleine scheißen konnten, ohne dass der MI5 oder die Special Branch ihnen den Arsch abwischte.«

Lennon lachte. »Hören Sie, ich weiß über die Loyalisten Bescheid. Jeder weiß ...«

»Jeder weiß alles, aber keiner sagt was. Geheime Absprachen gab es auf allen Ebenen und in alle Richtungen. Zwischen den Briten und den Loyalisten, zwischen der irischen Regierung und den Republikanern, zwischen den Republikanern und den Briten, zwischen den Loyalisten und den Republikanern.« Toner ging die Luft aus, und er bekam einen roten Kopf. Er nahm einen tiefen Zug aus seiner Zigarette und hustete. »Auf allen Ebenen und in alle Richtungen. Wie weit das ging, werden wir nie erfahren. Die Loyalisten versorgten die Republikaner mit raubkopierten DVDs und Ecstasy-Pillen. Die Republikaner verkauften im großen Stil entfärbtes Agrar-Diesel und schwarzgebrannten Wodka an die Loyalisten. Die haben alle vom Hass profitiert und so getan, als würden sie für ihre Scheiß-*Sache* kämpfen, dabei haben sie sich in Wahrheit nur die ganze Zeit untereinander die Taschen vollgestopft. Und dann die ganzen Morde. Wie vielen unserer eigenen Leute haben wir nicht selbst eine Falle gestellt, damit die Loyalisten sie umlegen konnten! Wie vielen haben die Loyalisten eine Falle gestellt, damit wir sie erwischen! Wie oft bin ich nicht mit dem Taxi in irgendeinen Klub auf der Shankhill gefahren und hatte einen Umschlag mit einem Namen drin dabei! Und zwei Tage später wurde dann irgendein armes Schwein aus den Falls umgelegt.«

»Ich verstehe nicht ganz«, unterbrach Lennon. »Was hat das alles damit zu tun, dass Ihnen gestern Abend jemand ans Leder wollte?«

»Paul McGinty«, sagte Toner. Er hob seine wächserne Hand und zählte an den Fingern ab. »Michael McKenna, Vincie Caffola, Pater Coulter und dieser Cop, der in meinem Wagen erschossen wurde.«

Die Erwähnung von McKennas Namen ließ Lennon aufhorchen. Er roch Blut und nahm die Witterung auf. »Die Fehde. Ich habe die Ermittlungsakten gelesen. Der Haupttäter war irgendein Schotte. Ex-Soldat. Der hat den Priester erstochen. Letzten Endes ist er dann in der Nähe von Middletown selbst erschossen worden, zusammen mit McGinty.«

»Davy Campbell«, sagte Toner. »Der war ein Agent.«

»Ein Agent? Woher wissen Sie das?«

Toner drückte seine Zigarette auf der Tischplatte aus und sah Lennon scharf an. »Weil ich ihn selbst eingeschleust habe.«

Lennon spürte, wie die Hitze seiner eigenen Zigarette den Fingern immer näher kam. »Soll das etwa heißen ...«

»Ja, ich war ein Spitzel. Ich habe dem MI5 Informationen über McGinty geliefert. Die haben sie dann an die Special Branch und die Fourteen Intelligence Company weitergeleitet und an alle anderen, denen sie sie geben wollten. Wie ich schon sagte, geheime Absprachen gibt es auf allen Ebenen und in alle Richtungen.«

»Na gut«, sagte Lennon. Er warf die Zigarette auf den Boden und drückte sie mit dem Absatz aus. »Also, dann erzählen Sie mir jetzt, was wirklich passiert ist.«

Toner stieß einen langen Seufzer aus, seine schmächtige Brust wurde noch schmächtiger. Er zog eine neue Zigarette aus dem Päckchen, ohne Lennon ebenfalls eine anzubieten, und fing an zu reden.

34

Auf dem Hotelparkplatz erkannte der Nomade den Audi des Cops wieder. »Scheiße«, murmelte er.

Er kurvte mit dem großen Mercedes so lange über die rechteckige, mit Schlaglöchern übersäte Teerfläche, bis er einen Stellplatz hinter einem Lieferwagen gefunden hatte. Vom Audi aus war er jetzt nicht zu sehen, er konnte aber selbst die Ausfahrt des Parkplatzes im Auge behalten. Er würde mitbekommen, wann der Cop das Hotel verließ, dann reingehen und sich Toner schnappen. Zimmer 203, hatte Orla gesagt.

Er öffnete das Seitenfenster ein paar Zentimeter. Es ging schon auf den späten Nachmittag zu. Eine kühle Brise wehte, die seinem brennenden Auge guttat. Er setzte sich anders hin, damit seine verletzte Schulter nicht gegen die Rückenlehne drückte.

Der Cop bereitete dem Nomaden Kopfschmerzen. Der Himmel mochte wissen, was dieser dämliche Hänfling von Toner dem da drinnen gerade erzählte. Hatte Toner ihn vielleicht sogar gestern Abend zu Gesicht bekommen? Konnte er dem Cop eine Beschreibung geben? Und wenn ja, würde der Cop dann darauf kommen, dass das genau der Mann war, den er ein paar Stunden zuvor in der Eglantine Avenue gesehen hatte?

Der Nomade fasste einen Entschluss. Egal, was Bull O'Kane davon hielt, er würde sich den Cop vorknöpfen, wenn die Sache erledigt war. Sobald er O'Kanes beschissenen Schlamassel beseitigt hatte, würde er sich einen Spaß gönnen und dem Cop das Genick brechen.

Ja, genauso würde er es machen. Der Cop war zwar ein breitschultriger, kräftiger Kerl und er selbst eher schmal gebaut, aber wenn er ihn nur auf den Boden bekam und ihm ein Knie zwischen die breiten Schultern rammen konnte ... genau, einmal richtig zupacken, ruckartig hochziehen und dabei drehen.

Der Nomade leckte sich mit der Zunge über die Oberlippe. Plötzlich musste er an Sofia denken, an ihren Geruch, ihre weichen Pobacken, den weichen Bauch. Plötzlich kniff seine Jeans, und er wechselte die Sitzposition. Das nahm ihm seine Schulter übel, und er zuckte zusammen. Das Zucken nahm ihm sein Auge übel, und er biss die Zähne zusammen.

Sofia. Mann, was für eine Stute! Er hatte schon einen Haufen Frauen gehabt, an manche erinnerte er sich noch, an die meisten aber nicht. Aber sie war die beste von allen. Noch nie hatte er bei irgendeiner so eine Hitze erlebt, eine *kochende* Hitze. Man verbrannte sich regelrecht die Haut, wenn man sie berührte, wenn man sein Gesicht zwischen ihrer Schulter und ihrem Hals vergrub und beide zusammen erbebten.

Der Nomade beschloss auf der Stelle, sich noch einen weiteren Spaß zu gönnen. Sobald er dem Cop das Genick gebrochen hatte, würde er Sofia ein Kind machen. Wenn er mit der Sache hier fertig war und alle, die getötet werden sollten, getötet worden waren, würde er zu Sofia zurückkehren, sie aufs Bett werfen und ihr verkünden, dass er ihr jetzt das Kind machte, das sie sich von ihrem toten Ehemann so ersehnt hatte. Sobald sie dann schwanger war, würde er sie nie mehr wiedersehen. Unsinn, sich auf diese Weise an eine Frau und ein Kind zu ketten. Er würde ihr einfach schenken, was sie sich wünschte, und danach musste sie selbst schauen, wie sie klarkam.

Entschluss gefasst. Dem Cop das Genick brechen, Sofia ein Kind machen. Alles ganz einfach. Aber kompliziert hatte der Nomade das Leben sowieso noch nie gefunden. Er konnte sich daran erinnern, wie seine Mutter ihn eines Tages in seiner Teenagerzeit umarmt, auf den Kopf geküsst und gesagt hatte: »Ach, mein Junge, du wirst immer wieder auf den Füßen landen. Stolper einfach weiter. Der Teufel kümmert sich schon um die Seinen.«

Und sie hatte recht behalten. Selbst heute wusste er nicht genau, warum er eigentlich irgendwann auf die Idee verfallen war, das Haus seiner Mutter zu verlassen, ein Schiff zu nehmen und die Irische See zu überqueren. Einen Monat lang war er durch Liverpool gestreunt und hatte auf einer Baustelle nach Arbeit gesucht, so wie Generationen von Iren vor ihm. Mühsam hatte er sich durchgeschlagen, bis er sich dann eines Tages vor einem Rekrutierungsbüro der Armee wiedergefunden hatte.

Er stand auf dem Bürgersteig, betrachtete das Schild über ihm und die Plakate in den Fenstern. Den Text wusste er nicht mehr, aber an die Bilder erinnerte er sich noch gut. Junge Männer in Uniform hantierten an irgendwelchen exotischen Orten mit Gewehren, kletterten irgendwo hoch, reparierten etwas oder fuhren etwas. Der Rekrutierungsoffizier schüttelte ihm die Hand und redete mit ihm wie mit einem Mann.

Ein paar Monate später, er war immer noch achtzehn, fand er sich an irgendeinem hundserbärmlichen Ort in irgendeinem von diesen auseinandergefallenen kommunistischen Ländern wieder und versuchte, die Habseligkeiten alter Frauen und kleiner Kinder zu schützen, die über verschlammte Wege vor den Massakern in ihren Städten und Dörfern flohen. Im Vergleich dazu kam einem die ganze Scheiße in Nordirland vor wie Kinderkram.

Seitdem hatte er für den Norden und seinem ganzen Gezänk nicht mehr viel übrig. Nichts als eine Bande egoistischer, kindischer, verzogener Jammerlappen, die sich in die Hose machten und sofort mit Ziegelsteinen warfen, sobald sie nicht ihren Willen kriegten. Jedes Mal, wenn er einen Politiker im Fernsehen lamentieren hörte, die andere Seite sei bevorzugt worden, wünschte sich der Nomade, er könnte den Typen an den Haaren in so ein Dorf zerren, dessen Namen er nicht einmal aussprechen konnte, und ihm die Säuglinge zeigen, die Granatsplitter in Stücke gerissen hatten. Oder eine junge Mutter, die man vergewaltigt und abgeschlachtet hatte, nur weil sie zur falschen Seite gehörte, und deren Kinder bis an ihr Lebensende beim bloßen Gedanken daran Schreikrämpfe bekommen würden.

Er würde den Politiker bei der Kehle packen und diesen verdammten Lügner zwingen, genau hinzuschauen, alles sehen zu müssen, und dann würde er ihm sagen: »So sieht ein echter Konflikt aus. Ein echter Krieg. Echter Hass. Echte Angst. Echtes Blut und echte Grausamkeit. Das ist Töten um des Tötens willen. Schau es dir an.«

Der Nomade betrachtete sich im Rückspiegel. »Schluss«, befahl er sich. »Hör auf damit. Spar dir deine Wut für Patsy Toner auf.«

Die Wut. Noch so ein Symptom, wenn einem ein Stück Gehirn abhandengekommen war: diese unvermittelten Zornesausbrüche. Der Nomade atmete einmal tief durch und zwang die Wut zurück in seinen Bauch, wo sie hingehörte. Er musste sie im Zaum halten, sie kanalisieren und sich zunutze machen, nicht sich von ihr bestimmen lassen. Vor Jahren hatte es noch Momente gegeben, wo er sich dieser Wut vollständig ausgeliefert hatte. Er sah alles nur noch wie durch einen roten Trichter, und ehe er sich versah, hatte er irgendeinem armen Teufel das Hirn auf den Bürgersteig gespritzt oder die Kehle mit einer Glasscherbe aufgeschlitzt. Damit war es jetzt vorbei. Er hatte gelernt, sich im Zaum zu halten und die Wut in seinen Eingeweiden zu verstauen wie eine innere Batterie. Wenn er sie brauchte, konnte er sie zuschalten, nur für einen Moment, nur lange genug, um die schrecklichen Dinge zu tun, die so gut bezahlt wurden.

Nach einer Weile fühlte es sich vollkommen normal an, so als sei das Töten nichts anderes als Luftholen. Irgendwo in seinem Inneren, an einer unerreichbaren Stelle, wusste der Nomade, dass er krank war. Deshalb mochte er auch keine Ärzte. Er befürchtete, sie würden den dunklen Fleck auf seinem Herzen sehen können, das schwarze Loch, in dem er sein Gewissen gefangen hielt, geknebelt, ruhig gestellt, betäubt und gefesselt von den verworrenen Bildern von aufgetürmten Kinderleibern, Fliegen, die sich über das Fleisch hermachten, dem Blut, das unter seinen Stiefeln klebte, und dem Gestank, der einen traf wie ein Schlag in …

»Hör endlich auf«, befahl er seinem Spiegelbild. Er rieb sich mit der Hand fest über das Auge.

Der grelle, lodernde Schmerz sprengte jeden Gedanken. Er biss die Zähne zusammen und unterdrückte einen Aufschrei. Etwas Warmes, klebrig Feuchtes rollte ihm über die Wange. Er wischte es mit dem Ärmel ab und untersuchte die feinen gelben Schlieren.

»Scheiße«, fluchte er.

Gerade noch rechtzeitig bekam er sich wieder in den Griff, da hörte er auch schon das dumpfe Poltern und Rattern eines anspringenden Dieselmotors. War das der Cop? Der Nomade lauschte auf das bullernde Geräusch und behielt die Ausfahrt hinter dem Lieferwagen im Auge. Er blinzelte, um mit dem rechten Auge klarer zu sehen.

Da war er – der Audi. Durch die getönte Scheibe konnte man gerade noch den Kopf des Cops erkennen. Er fädelte sich in den Verkehr ein und verschwand.

Der Nomade atmete durch die Nase die kühle Luft ein und durch den Mund wieder aus. Seine Wut stand kurz vor dem Ausbruch, wie ein Pickel unter der Haut, der jeden Moment aufplatzen konnte. Schlecht für Patsy Toner.

35

Lennon zitterte am Steuer wie Espenlaub. Kaum war er auf die Umgehungsstraße von Sydenham gefahren, bereute er es auch schon. Er atmete schwer, in seiner Brust hämmerte es, seine Hände glitten auf dem lederbezogenen Lenkrad des Audis aus. Er musste ranfahren und erst einmal einen klaren Kopf bekommen.

Alle möglichen Bilder und Gefühle schossen ihm durch den Kopf, aber er konnte sie nicht festhalten. Als zur Rechten die alte Shirocco-Fabrikanlage vorbeizog, inzwischen eine riesige Brache, bog er links ab. Überall prangten republikanische Mauerbilder von gefallenen Märtyrern, sieben Meter hoch, damit die Einheimischen und alle, die sonst vorbeikamen, auch wussten, wem diese Straßen hier gehörten. Lennon kam an der Friedensmauer vorbei, deren Name der denkbar unpassendste war, eine Barriere aus Backstein und Stacheldraht, die das Viertel mitten entzweischnitt. Er folgte ihr, soweit es ging, bis Sackgassen und Kreuzungen ihn auf eine ruhige Straße zwangen, auf der kein Mensch unterwegs war. Er fuhr an den Straßenrand, die Reifen des Audis rollten knirschend über Müll und Glasscherben.

Während der Motor erstarb, schaute er sich um. Zu seiner Rechten, in Richtung Westen, ragte die Friedensmauer auf und ließ die Häuser aussehen wie Baracken in einem Gefangenenlager. Verschiedene Farbschichten in Rot, Weiß und Blau waren teilweise von den Pflastersteinen abgeblättert oder verblichen. Von einem Fahnenmast wehten die zerlumpten Überreste eines Union Jack. An den Fenstern und Türen der roten Backsteingebäude waren die Rollläden heruntergelassen, als seien ihre Augen und Münder mit Eisen verriegelt, blind und stumm gemacht durch ... ja, durch was eigentlich?

Lennon schaute die Straße hinauf und hinab, und er begriff. Dies hier war nur wieder eine weitere von den vielen aufgegebenen Straßen, verlassen von ihren geflohenen Bewohnern, die die Straßenschlachten, die herabregnenden Ziegelsteine und Flaschen und die Brandbomben, die Feuer auf ihren Dächern gelegt hatten, einfach nicht mehr ausgehalten hatten. Eine nach der anderen waren zu beiden Seiten der Friedensmauer die Familien ausgezogen und hatten die Matratzen und die wertvollen Tische und die Spiegel, Erbstücke von der Großmutter, hastig auf geborgte Lastwagen oder Anhänger geladen.

Ob hier überhaupt noch jemand wohnte? Lennon suchte nach Anzeichen von Leben. Keine Menschenseele. Etwas mehr als einen Kilometer entfernt wurden Millionen in heruntergekommene Viertel gepumpt, wurden Wohnungen, Einkaufszentren und Technologieparks hochgezogen. Direkt auf der anderen Seite des Flusses wechselte Wohneigentum für ein Geld den Besitzer, das man sich vor ein paar Jahren niemals hätte vorstellen können. Kleine Apartments mit nur einem Schlafzimmer kosteten inzwischen eine viertel Million und wurden dann auch noch von Investoren weggeschnappt, die darauf aus waren, den Boom des Belfaster Friedens nach Kräften auszunutzen und unbedingt reich zu werden, bevor die Blase unweigerlich platzte. Und hier, keine zehn Minuten weit weg, standen zwei Reihen leerer Häuser, in denen zusammen mit dem Mörtel und dem Holz Generationen von Erinnerungen vergammelten. Und das alles nur, weil ein paar borniert Schurken die Welt unbedingt in *wir* und *die anderen* einteilen mussten.

Lennon wurde speiübel. Er stieß die Wagentür auf und beugte sich hinaus. Schwer atmend würgte er pure Galle hinunter. »Mein Gott«, keuchte er. Seine Stimme verhallte in der verlassenen Straße.

Er spuckte auf den Bürgersteig. Die Wärme des Tages war verflogen, die kalte Luft kühlte sein Gesicht. Es roch nach Rauch, irgendwo brannte ein Feuer, Holz und alte Reifen.

Patsy Toner hatte gesagt, dass Marie und Ellen dabei gewesen waren.

Sie hatten die Morde miterlebt, auf einer alten Farm in der Nähe von Middletown. Maria McKenna und Lennons Tochter. Sie hatten zwar überlebt und waren aus dem Land geflohen, aber was hatten sie mit ansehen müssen? Was hatte Ellen mit ansehen müssen? Lennon hustete und spuckte noch einmal aus.

Er versuchte, das Gespräch zu rekapitulieren und das, was er erfahren hatte, im Kopf zu ordnen. Als Toner erst einmal in Fahrt gekommen war, hatte er die Geschichte so monoton heruntergerattert, als hätte er sie sich selbst schon so oft erzählt, dass die Worte inzwischen jede Bedeutung verloren hatten. Ein Irrer, ein Killer, habe Paul McGinty und seine Leute umgelegt, einen nach dem anderen. Manchmal hätte Lennon den Anwalt am liebsten gepackt und durchgeschüttelt und ihm gesagt, er solle aufhören.

Einige der Namen kannte Lennon. Vincie Caffola war nichts anderes als ein gemeiner Schläger, Pater Eammon Coulter ein Fürsprecher von Mördern, Brian Anderson ein korrupter Cop. Nach dem Mord an ihm waren die Zeitungen voll gewesen von all den Schmiergeldern, die er kassiert hatte, und den Kollegen, die er dafür ans Messer geliefert hatte. McGinty war die schlimmste Sorte von Politiker gewesen, einer, der eigentlich aus der Gosse kam. Ein Gangster, der den Staatsmann markiert hatte, den Helden der Arbeiterklasse, doch dahinter hatte sich in Wahrheit nur ein geldgieriger, machthungriger Parasit verborgen. Für McGinty war Politik nichts anderes gewesen als ein Mittel, seine Gier in ein Mäntelchen des Anstands zu kleiden.

Und Toner hatte das alles bestätigt. Angefangen hatte alles mit Michael McKenna, Maries Onkel. Als Lennon und Marie sich das erste Mal getroffen hatten, hatte Marie ihm noch ihre Herkunft verschwiegen, aber lange konnte sie es dann doch nicht verbergen. Sie hatte es ihm beim Essen erzählt und so getan, als spiele das gar keine Rolle, als habe die Vergangenheit ihres Vaters und ihres Onkels mit der Gegenwart nichts zu tun. Dabei wusste sie es selbst besser. Noch während sie sprach, sah Lennon es ihrem Gesicht an. Sie wusste, was es für ihn und seine Karriere bedeuten konnte, wenn er sich mit der Nichte eines bekannten paramilitärischen Paten einließ, der Tochter seines Bruders und Lakaien. Sie wusste, es würde ihn in eine peinliche Lage bringen und dazu führen, dass seine Loyalität angezweifelt wurde, insbesondere in Anbetracht seiner eigenen Herkunft.

Auf ihrem Gesicht las er: Das ist deine Chance, hier rauszukommen. Das ist deine Chance, dich in allen Ehren zu verdrücken. Niemand ist verletzt, niemand fühlt sich schlecht behandelt.

Lennon blieb bei ihr. Im Rückblick fragte er sich manchmal, warum eigentlich, aber eigentlich wusste er es. Er wurde allmählich müde, ging inzwischen auf Mitte dreißig zu, am Horizont dräute schon die magische Vierzig. Wenn er durch die Bars zog, kam er sich alt vor. Die Frauen sahen immer jünger aus, und irgendwann kamen sie ihm vor wie Backfische. Seine Annäherungsversuche wurden von Abend zu Abend peinlicher.

Als sich die Sache mit Marie dann aufzulösen begann, war es sein größter Fehler, Wendy davon zu erzählen. Als sie beide noch Singles gewesen waren, hatte sie ihm nie eine Chance gegeben. Aber als sie ihn dann in einer Partnerschaft mit einer anderen Frau erlebte und erkannte, dass er doch beziehungsfähig war, änderte sich das. Ihr freundschaftliches Interesse an seinem Liebesleben, ihre liebevollen Wünsche, dass er sein Glück finden möge, verwandelten sich in Flirten und neugierige Fragen, die ihm nicht besonders behagten. Als er Wendy schließlich offenbarte, dass Maries Nestbauinstinkt ihm allmählich auf die Nerven ging und er den Eindruck habe, gar nicht mehr Herr seines eigenen Lebens zu sein, blitzte in ihren Augen etwas auf. Von nun an rückte sie dichter an ihn heran, ihre Hüften berührten seine öfter, ihre Hand blieb länger auf seinem Unterarm liegen.

Jede Nacht, wenn er dalag und Maries flachen Atem hörte, kämpfte er dagegen an, an das Gefühl von Wendys Hand auf seiner Haut zu denken und sich ihre weichen Lippen vorzustellen. Stunden um Stunden lag er schlaflos da und zermarterte sich das Hirn. *Will ich das wirklich? Will ich wirklich mein Leben mit Marie verbringen?* Und jedes Mal kam er auf dieselbe Antwort.

Sonst habe ich doch nichts.

Einmal noch schliefen Lennon und Marie miteinander, bevor es vorbei war. Tagelang hatte er sich treiben lassen, ohne ihr sagen zu können, was ihm den Schlaf raubte, obwohl sie längst wusste, dass da etwas sehr im Argen lag. An diesem Abend lagen sie beieinander. Sein Kopf ruhte auf ihrer Brust, und er hoffte inständig, dass ihr warmer Körper genug sein würde, um ihn zur Besinnung zu bringen. Wie schon Hunderte Male zuvor hatten sie sich langsam und vertraut miteinander bewegt. Als er sie küsste, schob sie das Laken weg und liebkoste ihn. Sie wand sich unter ihm, und er streifte ihr das Nachthemd ab. Dann drang er in sie ein, und sie fanden ihren unruhigen, vertrauten Rhythmus. Als er kurz vor dem Orgasmus war, bemühte er sich krampfhaft, nicht an Wendy zu denken, wie ihr Körper sich so bewegte und ihre geöffneten Lippen sich ihm darboten. Um die Vorstellung loszuwerden, verbarg er sein Gesicht an Maries Schulter.

Danach sprachen sie nicht, sondern lagen einfach nur da und

umarmten sich. Als sie sich voneinander lösten, sah er, dass sie weinte. Mit einer Fingerspitze folgte er dem Weg der Tränen.

»Was ist los?«, fragte er.

»Nichts«, sagte sie. »Das haben wir uns doch gerade bewiesen, oder?«

»Was bewiesen?«

Sie stieg aus dem Bett und zog sich einen Morgenmantel über. »Dass wir miteinander vögeln können, wenn wir müssen.«

Er sah ihr nach, wie sie im Badezimmer verschwand. Plötzlich schämte er sich seiner Nacktheit.

Ein grauer Tag, draußen war es kalt, gelegentlich tröpfelte Regen an die Fensterscheiben. Seit sechs Wochen überfällig, erklärte sie ihm. Vielleicht würde das sie ja wieder zusammenbringen, meinte sie. Vielleicht würde sich dadurch der Riss kitten lassen, der zwischen ihnen entstanden war. Er lächelte, nahm sie in die Arme und sagte ihr, es werde sich schon finden. Gleichzeitig drehte sich ihm vor lauter Panik beinahe der Magen um.

Er taugte ebenso wenig zum Vater wie zum Arzt oder Priester. Ganz bestimmt würde er versagen. Er würde sein Kind im Stich lassen, genau wie es sein eigener Vater getan hatte. Trotzdem hielt er Marie umschlungen, und ihm brach das Herz, weil er sie gerade belog.

Lennon fuhr hoch und erinnerte sich wieder, wo er war. Durch die offene Tür des Audis wehte eine Brise herein, kühle Luft, die durch eine verlassene Straße gezogen war. Im Augenwinkel sah er etwas, das seine Aufmerksamkeit erregte. Er wandte den Kopf und sah, wie ein alter Peugeot 306 vor ihm an den Straßenrand fuhr. Der Motor heulte auf in dem Bemühen, den Vorstellungen eines halbwüchsigen Rasers gerecht zu werden. Der Wagen war tiefergelegt und mit Leichtmetallfelgen sowie Slicks bestückt. Die

Rückscheibe war getönt und die Windschutzscheibe fast zur Hälfte mit einer Folie verdunkelt. Im Inneren konnte Lennon drei Personen ausmachen, die alle Fußballtrikots der Rangers trugen.

Kurz überlegte er, ob er lieber wieder unauffällig sein Bein in den Audi ziehen und die Tür zumachen sollte, aber dazu war er zu wütend. Er sah die drei Gestalten aus dem Peugeot steigen. Sie trugen Turnschuhe und Trainingshosen, genau wie der Junge, dessen Leiche Lennon erst kürzlich, kaum einen Kilometer von hier entfernt, untersucht hatte. Trotzdem hätte es ebenso gut auf einem anderen Planeten sein können, denn in Wahrheit war der tote Junge diesen Halbstarken nicht weniger fremd als einer Spinne ihre Beute. Und das, obwohl sie sich ähnlich kleideten und die gleiche Sprache sprachen. Nur die Oberteile hatten eine andere Farbe, das war alles.

Der Fahrer war auch der Anführer. Auf ihn konzentrierte Lennon sich.

»Du da«, sagte der Fahrer.

Seine Freunde flankierten den Audi und spähten im Vorübergehen hinein. Lennon schwieg.

»Hast du dich verfahren?«, fragte der Fahrer.

»Nein.«

»Was machst du dann hier?«

»Nichts Besonderes«, sagte Lennon.

Die Freunde des Fahrers hatten das Heck des Audis erreicht. Einer von ihnen beugte sich über den Kofferraum und fuhr auf der Suche nach der Entriegelung mit den Händen an der Klappe entlang.

»Wo bist du her?«, fragte der Fahrer.

»Von woanders«, antwortete Lennon. »Sag deinem Freund, er soll die Finger von meinem Wagen lassen, sonst poliere ich ihm die Fresse.«

»Wie bitte?«

»Du hast schon verstanden.«

Der Fahrer schnaubte verächtlich. »He, Darren. Komm mal her.«

Lennon ließ eine Hand unter sein Jackett gleiten und löste den Druckknopf des Halfters.

Vom Heck des Audis kam Darren angezockelt. Er war groß, vierschrötig und schweinsäugig, hatte rote Backen und trug einen Bürstenhaarschnitt. »Was ist?«

Der Fahrer zeigte auf Lennon. »Der da sagt, der poliert dir die Fresse, wenn du seine Karre nicht in Ruhe lässt.«

Darren legte eine Hand auf das Dach des Audis und beugte sich zu Lennon hinab. Sein Atem roch nach dem billigen, gepanschten Wein. »Noch mal.«

»Nimm deine dreckigen Pfoten von meinem Wagen, sonst poliere ich dir die Fresse«, sagte Lennon. »Dir und deinen Kumpels. Und jetzt verpisst euch.«

»*Deinem* Wagen?«, fragte Darren. Er zog ein Messer aus der Tasche. »Das ist *mein* Wagen. Also steig gefälligst sofort aus, du Arsch.«

Blitzschnell umklammerte Lennon mit der linken Hand Darrens Handgelenk, während seine Rechte ihm die Glock 17 ans Kinn drückte. Er hatte sie in dem Moment gezogen, als der Fahrer seinen Freund herbeigerufen hatte.

»Messer fallen lassen, du dämlicher, fetter Hohlkopf«, befahl er.

Eine warme Flüssigkeit spritzte gegen Lennons Fußgelenk, und auf Darrens Trainingshose breitete sich ein dunkler Fleck aus. Das Messer schepperte in den Rinnstein und verschwand unter dem Audi. Der Fahrer rannte in Richtung Peugeot davon. Der dritte Jugendliche rief ihm nach: »Was …? Was ist denn los?«

Stotternd sprang der überforderte Motor des Peugeots an, und mit quietschenden Reifen versuchten die Insassen, seine Leistung auf den Asphalt zu bringen. Der Wagen machte einen Satz vom Rinnstein. Lennon sah ihm nach, bis er um die Ecke verschwunden war.

Darren flennte. Der andere Jungspund kam näher, sah die Pistole und rannte weg, als wäre der Teufel hinter ihm her.

»Tja, jetzt sind wohl nur noch wir zwei übrig«, sagte Lennon.

Darren winselte. Er stank nach altem Schweiß und frischen Urin.

»Du und deine Kumpels«, sagte Lennon, »ihr würdet euch doch als Loyalisten bezeichnen, oder?«

Darren antwortete nicht. Lennon drückte die Mündung der Glock noch fester in die schwammige Haut unter dem Kinn des Jungen.

»Rede.«

»Ja«, fiepte Darren.

»Komisch«, sagte Lennon. »So loyal scheinen deine Kumpels aber gar nicht zu sein. Jetzt erzähl mir mal, wem gegenüber *du* loyal bist.«

Aus Darrens Nase tropfte Rotz auf Lennons Ärmel. Lennon versenkte die Pistolenmündung so tief in das Fleisch, dass sie gegen die Luftröhre drückte und der stämmige Halbstarke husten musste.

»Rede.«

»Weiß nicht«, antwortete Darren krächzend.

»Bist du loyal deinen Freunden gegenüber? Oder deiner Familie? Deinen Nachbarn?«

»Weiß nicht«, krächzte Darren erneut.

»Arschlöchern, wie du selbst eins bist. Ihr beklaut eure eigenen Leute, ihr macht ihnen Angst und sorgt mit euren ganzen beschissenen Drohungen und Einschüchterungen dafür, dass sie die Klappe halten. Euch ist doch alles scheißegal. Hauptsache, ihr könnt die großen Macker markieren, euch die Taschen vollstopfen und eure eigenen Leute schröpfen. Und ihr könnt euch nur deshalb noch Loyalisten nennen, weil die Pisser, die euch eigentlich unter Kontrolle halten sollten, weder den Verstand noch den Mumm dazu haben. Und dann fragen sich die Leute doch tatsächlich noch, warum die Republikaner euch die ganzen Jahre über das Wasser abgegraben haben.«

»Bitte«, wimmerte Darren.

»Bitte was?«

»Bitte erschießen Sie mich nicht.«

In Lennons niedersten Instinkten fochten Mitleid, Abscheu und Wut miteinander. »Nenn mir auch nur einen guten Grund.«

Darren klappte den Mund auf und wieder zu und versuchte fieberhaft irgendeinen Grund zu finden, egal welchen, der ihm das Leben retten konnte. »Es ... es tut mir leid«, winselte er und zog dabei eine Schnute wie ein Kind, das unbedingt seiner Strafe entgehen will.

»Was tut dir leid?«, fragte Lennon

»Weiß ich auch nicht«, sagte Darren.

Lennon lachte kurz und trocken auf. »Nur euch Arschlöchern ist es doch zu verdanken, dass es hier keinen mehr gibt, der zu den Cops laufen und die Wahrheit sagen könnte. Keiner sieht was, keiner hört was. Weißt du, was das bedeutet?«

Darren schüttelte, so gut es ging, den Kopf und zitterte dabei wie Espenlaub. Sein ganzes Gewicht schien inzwischen auf dem Handgelenk zu liegen, das Lennon umklammert hielt. Bald würden ihm die Beine versagen, das spürte Lennon.

»Es heißt, dass ich problemlos dein Spatzenhirn über die Mauer da drüben verteilen könnte, und kein Schwein würde je davon erfahren. Kein Mensch ist noch da, der es sehen oder hören könnte. Und glaubst du wirklich, deine Kumpels würden ihren Hals riskieren und zur Polizei rennen?«

Darren zog einen Rotzfaden hoch. »Nein«, sagte er. Sein Körper kippte nach vorne, und Lennon schob ihn zurück.

»Verschwinde, aber schnell.«

Darren taumelte zurück, bis er an der Mauer war. Japsend und mit weit aufgerissenen Augen starrte er Lennon an.

»Also los, verpiss dich schon«, rief Lennon und steckte die Glock ein.

Darren machte sich davon, erst noch zögerlich, bald aber schon immer schneller. Als er ein paar Meter weit weg war, duckte er den Kopf und rannte so schnell, wie sein massiger Körper es ihm erlaubte. Weit kam er nicht, dann stolperte er schon und schlug mit dem Gesicht voraus auf den Bürgersteig. Lennon verzog das Gesicht, als er sah, wie der Junge sich übergab. Dann rappelte Darren sich wieder hoch und taumelte weiter.

»Du Arschloch«, murmelte Lennon, als der Junge schließlich um die Ecke bog. »Du bescheuertes, dämliches Arschloch.«

Er wusste selbst nicht genau, ob er damit Darren meinte oder sich selbst.

36

Der Nomade drehte die Hähne zu, kurz bevor das Wasser überzulaufen drohte. Die letzten Tropfen klatschten ins Wasser. Der Nomade tauchte seine Hand hinein. Kalt. Er richtete sich neben der Badewanne auf und schaltete das Licht aus. Hinter der Tür war genügend Platz, um sich zu verstecken.

Wie lange er wohl reglos dastehen konnte? Bislang war das Längste vier Stunden gewesen, im Büro eines Buchhalters. Dabei hatte er den armen Teufel nicht einmal anrühren müssen, denn kaum hatte der Buchhalter gesehen, wie er aus dem Schatten auf ihn zusprang, war er mit einem Herzinfarkt zusammengebrochen. Das war also einfach gewesen, aber die Warterei davor die reinste Hölle.

Ob er wohl noch länger als vier Stunden unbeweglich dastehen und warten konnte. Vermutlich schon. Ihm wurde selten langweilig. Er war zwar kein großer Denker, trotzdem konnte er sich eine sehr lange Zeit vergnüglich mit seinen eigenen Gedanken beschäftigen. Er konnte zum Beispiel an die ganzen Leute denken, die ihm im Leben schon begegnet waren. Einige davon hatte er gevögelt, andere umgebracht. Oder er konnte an Sofia und das Baby denken, das er ihr machen wollte.

Stattdessen dachte er über Gerry Fegan nach. Bull hatte ihm ein Foto gezeigt. Fegan war wie er selbst schlank und drahtig und hatte ein kantiges Gesicht. Der Nomade fragte sich, wie viele Leute

Fegan wohl umgebracht hatte. Da waren auf jeden Fall die zwölf, für die man ihn eingelocht hatte, und dann noch vor ein paar Monaten dieser Amoklauf. Wie viele waren das gewesen? Vier in der Stadt und dann noch zwei auf dieser Farm bei Middletown, ein britischer Agent und der Politiker Paul McGinty. Das machte achtzehn, wenn er keinen vergessen hatte. Er selbst hatte mehr als doppelt so viele auf dem Kerbholz.

Hatte er Angst vor Fegan? Wahrscheinlich, aber das war gar nicht mal verkehrt. Orla hatte zwar damit geprahlt, ihr Vater habe vor überhaupt niemandem Angst, außer vor dem großen Gerry Fegan, aber der Nomade wusste, dass das nichts anderes war als Prahlerei. Nur Leute, die unbedingt sterben wollten, hatten vor gar nichts Angst. Was zählte, war einzig und allein, wie man mit seiner Angst umging. Der Nomade münzte seine Angst in Wut und Hass um, Gefühle, die ihm halfen, seinen Job zu erledigen. Und der Job war wichtiger als alles andere.

Der Nomade schloss die Augen, atmete leise und wartete.

Eine Stunde, vielleicht sogar noch ein wenig mehr verging, bis er das Piepsen der Schlüsselkarte im Schlitz hörte, gefolgt von dem typischen Klacken, als das Schloss aufging. Er lauschte und stellte sich dabei vor, wie Patsy Toner gerade eintrat und hinter sich die Tür schloss.

Schwer atmend durchquerte der kleine Anwalt das Zimmer, er schlurfte über den billigen Teppichboden. Der Nomade hörte Stoff rascheln, als Toner ein Kleidungsstück ablegte, vermutlich sein Jackett. Dann ein Poltern, als er sich die Schuhe von den Füßen trat. Die Matratze ächzte. Ein Feuerzeug blitzte auf, jemand atmete tief ein und wieder aus. Ein paar Augenblicke später roch der Nomade den bitteren Gestank einer Zigarette. Dann kam ein tränenloses, jämmerliches Aufschluchzen, der Klagelaut von Verwundeten und Sterbenden. Der Nomade kannte ihn nur zu gut.

Jetzt ein tiefes, feuchtes Schniefen und ein Husten. Ein Knarren, als ein Körper sich von der Matratze erhob, auf dem Teppich das Tappen von Füßen in Socken.

Das Licht im Badezimmer ging an, und der Nomade kniff die Augen zusammen. Hinter der offenen Tür hörte er, wie der Toilettendeckel hochgeklappt wurde und Toner den Reißverschluss aufmachte. Sollte das arme Würstchen doch ruhig noch zu Ende pissen und seinen Schwanz wegpacken, bevor er in Aktion trat.

»Komm schon, komm schon, komm schon«, flüsterte Toner sich selbst zu, dann wurden seine Anstrengungen mit plätscherndem Wasser belohnt. Er seufzte, der Laut wurde von den Badezimmerkacheln zurückgeworfen. Der Nomade roch ein säuerliches Gemisch aus Alkohol und Tabak. Er hörte das letzte Tröpfeln, dann das Rascheln von Stoff, das Zuziehen des Reißverschlusses und die Toilettenspülung.

Dann eine Pause, gefolgt von: »Was zum Teufel …?«

Behutsam und leise schob der Nomade die Tür zurück.

Patsy Toner starrte auf die randvoll mit Wasser gefüllte Badewanne hinab. Seine betrunkenen Augen blinzelten, so als würde er die Sache bestimmt gleich verstehen, wenn er sich nur noch ein bisschen mehr anstrengte. Dann wandte er den Kopf und sah den Nomaden, der ihn beobachtete.

»Nein«, flüsterte Patsy Toner so leise, dass er fast von dem sich wieder füllenden Spülkasten übertönt wurde.

Der Nomade überließ sich seiner Wut und seinem Hass, die ihn anspornten und blitzschnell machten. Toner fand kaum Zeit, die Hände zu heben und wenigstens Luft für einen Schrei zu holen. Der aber entfuhr ihm nicht mehr, sondern erstickte in seiner Kehle, als der Nomade Toners Stirn gegen den Spiegel über der Wanne schlug und auf dem zersprungenen Glas einen blutigen Stern hinterließ. Glitzernde Glassplitter fielen ins Wasser und tanzten in roten Schlieren.

Toners Beine sackten weg, und der Nomade ließ den Anwalt kopfüber ins Wasser fallen. Mit einer Hand packte er den Anwalt im Nacken, mit der anderen umklammerte er dessen Handgelenk.

Eine Weile geschah nichts weiter, als dass feine blutrote Schlieren sich im spritzenden Wasser verteilten und rasch auflösten.

Dann zuckte Toner ruckartig.

Dann wehrte Toner sich.

Dann schrie Toner unter Wasser.

37

»Bonjou, Gerry«, sagte Pyè.

Fegan legte seinen halb aufgegessenen Toast zurück auf den Teller. Pyè rutschte neben ihm in die Nische. Der Fahrer der Doyles besetzte einen Hocker am Tresen. Es war noch früh. Nur zwei andere Gäste aßen noch im Diner. An einem Tisch döste eine Kellnerin vor sich hin.

»Du böser Mann.« Pyè drohte Fegan mit dem Finger. »Ganz böser Mann. Ou moun fou, verrückter Scheißkerl. Doyles mir erzählen die ganze teuflische Mist, du machen. Du malad, in Kopf.« Pyè tippte sich mit dem Zeigefinger an die Stirn.

Fegan wischte sich mit einer Serviette den Mund ab. »Und was jetzt?«

»Du kommen mit mir«, erklärte Pyè. »Zu Doyles. Die warten in machin la.« Er deutete mit dem Daumen auf einen Wagen mit abgedunkelten Scheiben, der draußen mit laufendem Motor stand.

Pyè rutschte aus der Nische und legte Fegan die Hand auf die Schulter. »Komm, Gerry.«

Fegan legte die Serviette auf den Teller und schob ihn weg. »Ich töte dich, wenn ich muss«, sagte er.

Pyè lächelte. »Vielleicht«, antwortete er. »Vielleicht nicht. Komm.«

Fegan folgte ihm zum Wagen, der Fahrer kam ihnen nach. Pyè

blieb stehen und legte Fegan eine Hand auf die Brust. Dann ließ er seine Hände über Fegans Körper gleiten und tastete ihn unter den Armen und auf dem Rücken ab.

»Ich bin unbewaffnet«, sagte Fegan. Er hatte die Waffe, derer er sich in dem Hinterhof seines Hauses bemächtigt hatte, im Motel gelassen.

»Mir immer kontrollieren«, erklärte Pyè.

Er bückte sich und ließ seine Hände über Fegans Beine gleiten, dann durchsuchte er seine Taschen. Er fand zuerst ein Portemonnaie und dann das Mobiltelefon.

»Nicht«, sagte Fegan.

»Was nicht?«

»Mein Telefon wegnehmen«, sagte Fegan. »Das brauche ich.«

Pyè lachte. »Du brauchen nie, Gerry.«

»Was?«

»Du brauchen gar nix.« Pyè warf das Telefon auf die Erde. Es hüpfte ein paarmal klackernd auf und ab.

»Nein«, sagte Fegan.

Pyè hob einen Fuß und wollte auf das Telefon treten. Fegan ballte die Fäuste, die Knöchel traten spitz hervor, und versetzte ihm einen Schlag auf den Adamsapfel. Pyè prallte gegen den Wagen und sackte mit weit aufgerissenen Augen zu Boden.

»Ich sagte nein.«

Blinzelnd und keuchend versuchte Pyè sich hochzurappeln. Eine wulstige Hand griff nach Fegans Schulter und versuchte ihn herumzureißen. Fegan packte mit der Linken das Handgelenk, vollführte eine schnelle Drehung, sein Ellbogen krachte auf die Nase des Hünen, dann spritzte ihm auch schon warmes Blut ins Gesicht. Nach zwei weiteren Schlägen ging der Fahrer zu Boden und schlug mit dem Hinterkopf auf der Erde auf.

Fegan drehte sich wieder zu Pyè um. Der Haitianer röchelte, der Schlag hatte seine Luftröhre in Mitleidenschaft gezogen. Füße scharrend versuchte er, wieder hochzukommen.

»Unten bleiben«, befahl Fegan.

Pyè riss den Arm zurück und tastete nach etwas. Mit einem Fuß fand er Stand und begann sich aufzurichten. Fegans Fuß traf sein Kinn, und im nächsten Moment lag Pyè, alle viere von sich gestreckt, zwischen dem Bürgersteig und dem Wagen im Rinnstein. Neben ihm fiel scheppernd eine Pistole zu Boden.

Fegan hob sein Telefon hoch, drehte es um und untersuchte es. Dann schob er es zusammen mit seinem Portemonnaie in seine Tasche. Er griff nach der Waffe, einer halbautomatischen Pistole, und zielte damit auf das abgedunkelte hintere Seitenfenster.

»Aufmachen«, befahl er.

Nichts tat sich.

Fegan trat näher heran und klopfte mit der Mündung gegen die Scheibe.

»Aufmachen«, wiederholte er.

Die verschwommenen Umrisse zweier Männer im Inneren blieben unbeweglich.

Fegan schlug mit dem Griff der Pistole gegen das Glas. Es hielt zunächst stand, doch nach zwei weiteren Schlägen zersprang es, die Splitter hagelten über die beiden Männer im Inneren.

Frankie und Packie Doyle starrten Fegan mit erhobenen Händen an.

»Lasst mich in Ruhe«, sagte Fegan. »Wenn ihr mir noch einmal in die Quere kommt, bring ich euch beide um. Habt ihr mich verstanden?«

Die Doyles saßen stocksteif da.

Fegan drückte Packie Doyle die Mündung gegen die Wange. »Habt ihr mich verstanden?«

Packie nickte. Frankie sagte: »Ja.«

»Bringt Pyè ins Krankenhaus«, sagte Fegan. »Sonst stirbt er vielleicht. Habt ihr mich verstanden?«

Frankie nickte. Packie sagte: »Ja.«

»Gut.« Fegan steckte die Pistole zu dem Telefon in seine Tasche und ging.

38

»Verschwinden Sie von hier«, befahl Detective Chief Inspector Gordon.

»Nein«, sagte Lennon. »Ich will mir den Tatort ansehen.«

»Tatort?« Gordon versperrte den Durchgang. »Es gibt keinen Tatort. Das war ein Unfall. Er war betrunken, ist ausgerutscht und hat sich den Kopf aufgeschlagen.«

Im Flur lungerten Hotelgäste herum und beobachteten das Kommen und Gehen von Sanitätern und Polizisten.

»Erst vor zwei Tagen hat jemand versucht, ihn umzubringen«, beharrte Lennon.

»Unsinn«, wehrte Gordon ab. »In seinem Wohnhaus wurde eine Frau überfallen. Mit ihm hatte das überhaupt nichts zu tun. Reiner Zufall.«

»Jemand war hinter ihm her. Er hat es mir selbst gesagt«, erklärte Lennon. »Er hat ihn gesehen.«

»Er hat es Ihnen gesagt?«

»Ja, gestern.«

»Wo?«

»Hier«, sagte Lennon. »Unten im Biergarten. Er hat mich auf dem Mobiltelefon angerufen und gesagt, er müsse mit mir reden. Er hatte eine Heidenangst.«

»Hatte er getrunken?«

»Ja.«

»Na bitte«, sagte Gordon. »Er war betrunken, ist ausgerutscht, und damit hat es sich.«

Lennon starrte Gordon an und versuchte in seinem zerfurchten Gesicht zu lesen. »Sie wissen, dass das nicht stimmt.«

»Schön langsam, mein Junge.«

»Sie wissen, dass da mehr hintersteckt. Wir wissen, dass er bedroht wurde und vor jemandem Angst hatte. Sie können doch nicht so tun, als ...«

»Halten Sie den Mund!« Gordon packte Lennon am Revers und zog ihn durch den Flur, bis sie neben dem Notausgang eine ruhige Ecke gefunden hatten. Dann legte er Lennon eine Hand auf die Brust und drückte ihn mit ganzer Kraft gegen die Wand.

»Jetzt hören Sie mir mal gut zu, mein Junge. Davon hängt nämlich Ihre berufliche Karriere ab.« Gordon schaute den Flur hinunter, ob sie auch nicht belauscht wurden, dann sah er wieder Lennon an. »Für Mr. Toner hat sich die Special Branch interessiert. Und wenn die von der Special Branch sich für jemanden interessieren, dann haben die auch das Sagen. Deren Leute haben den Tatort bereits untersucht und die Sache zum Unfall erklärt. Und wissen Sie, was das bedeutet?«

»Was?«

»Es bedeutet, dass es ein Unfall *war*. Egal, was Sie glauben oder was ich glaube, es war ein Unfall. Punkt.«

»Meine Güte, ich kann doch nicht ...«

»Halten Sie sich da raus, mein Junge«, sagte Gordon und tippte Lennon mit dem Finger auf die Brust. »Was in drei Teufels Namen haben Sie sich überhaupt dabei gedacht, mit Toner zu reden? Erst schikanieren Sie diesen Vermieter in der Wellesley Avenue, dann ...«

»Ich habe niemanden schikaniert. Ich habe nur ...«

Gordon versetzte ihm einen heftigen Stoß. »Halten Sie Ihre verdammte Klappe. Sie bewegen sich sowieso schon auf sehr dünnem Eis. Machen Sie es nicht noch schlimmer. Behalten Sie für sich, dass sie mit Toner geredet haben. Erwähnen Sie es niemandem gegenüber. Wenn Dan Hewitt oder sonst jemand von der Special Branch davon Wind bekommt, dann sind Sie erledigt. Legen Sie sich nicht mit diesen Jungs an. Kommen Sie ihnen nicht in die Quere und treten Sie ihnen nicht auf die Zehen.«

Lennon atmete einmal tief durch, um sich abzureagieren.

»Haben Sie mich verstanden?«, fragte Gordon.

Lennon schloss die Augen und ballte die Fäuste. Dann öffnete er die Augen wieder und sah Gordon scharf an. »Ja, habe ich.«

»Gut.« Gordon machte einen Schritt zurück und richtete seine Krawatte. »Und jetzt hören Sie zu. Sie müssen zurück in den Ladas Drive fahren. Wir haben echte Arbeit für Sie. Schluss mit diesem Unfug.«

»Was für Arbeit?«

»Sie müssen für mich ein Verhör vorbereiten.«

»Ein Verhör? Mit wem?«

»Mit dem anderen Jungen«, erklärte Gordon. »Kurz, bevor Sie gekommen sind, habe ich den Anruf erhalten.«

»Was für ein anderer Junge?«

»Er hat sich heute Morgen gestellt«, erklärte Gordon lächelnd. »Der andere Junge, der an dem Abend, als Declan Quigley getötet wurde, hinter seinem Haus war. Den wir gesucht haben. Sie müssen mir sämtliche Notizen, Berichte und Fotos zusammentragen, alles, was wir über den Mord an Quigley haben. Ich will Bilder von seinem Freund mit dem gebrochenem Genick und mit dem Messer in der Hand. In einer Stunde bin ich hier fertig, und ich will, dass dann alles für mich bereitliegt, wenn ich ihn verhöre. Ich will ihm die Fotos unter die Nase halten und ihm die Hölle heißmachen. Ich will bis heute Abend ein Geständnis. Also, worauf warten Sie noch. Abmarsch.«

Lennon legte die Papiere und die Fotos in verschiedenen Stapeln auf Gordons Schreibtisch, die Bilder auf eine Seite, die Berichte auf die andere. Das Foto von Brendan Houlihan lag obenauf, der Junge stierte ihn aus toten Augen an. Seine Hand lag dicht am Körper, halb unter der Hüfte verborgen. Zwischen den Fingern und dem Stoff seiner Trainingshose konnte man noch soeben eine Klinge erkennen. Die Verschmutzungen befanden sich auf der anderen Körperhälfte, wo sie nicht hätten sein sollen.

»Zu einfach«, murmelte Lennon.

Er stand mit geschlossenen Augen da und ließ sich das Vorhaben noch einmal durch den Kopf gehen. Nein, das war eine Schnapsidee, die würde ihn nur in höllische Schwierigkeiten bringen. Trotzdem griff er nach dem Hörer des Schreibtischtelefons und wählte die Nummer des Diensthabenden.

»Ist der Junge schon im Verhörzimmer?«, fragte er.

»Ja«, bestätigte der Diensthabende. »Gerade ist der Rechtsanwalt eingetroffen und kümmert sich um ihn. Wir können anfangen, sobald Detective Chief Inspector Gordon zurück ist.«

»Nein«, sagte Lennon. »Detective Chief Inspector Gordon hat mich gerade angerufen.«

»Tatsächlich. Aber ich habe ihn doch gar nicht durchge...«

»Auf meinem Mobiltelefon. Er ist aufgehalten worden. Ich soll schon mal mit dem Verhör anfangen.«

Der Diensthabende schwieg ein paar Sekunden lang, dann fragte er: »Und?«

»Und das ist alles.« Nur mit Mühe unterdrückte Lennon das Zittern in seiner Stimme. »Ich übernehme das Verhör.«

»Tun Sie sich keinen Zwang an.«

Colm Devine war achtzehn, blass und vollkommen verängstigt. Er nestelte an der abgerissenen Zellophanhülle des Kassettenbandes herum, das er davor von allen Seiten gemustert hatte, in dem Bemühen, sein Zittern zu verbergen. Es gelang ihm nicht. Neben ihm saß Edwin Speers, der Bereitschaftsanwalt. Er sah gelangweilt aus.

Lennon befreite das zweite Band vom Zellophan, nahm es aus der Plastikhülle und schob es in den Rekorder. Er drückte die Aufnahmetaste, und die beiden parallelen Laufwerke begannen zu surren.

Während Lennon die Rechtsbelehrungen durchging, die für das Verhör eines Verdächtigen vorgeschrieben waren, glotzte Devine auf die Tischplatte. Sein Anwalt säuberte sich die Fingernägel.

Lennon nahm einen Stift, damit er sich Notizen machen konnte. »Sie wissen, warum Sie hier sind, Colm.«

Devine krächzte, versuchte es noch einmal und brachte ein »Ja« heraus.

»Dann wissen Sie ja auch, wie ernst die Sache ist.«

»Ja«, sagte Devine.

»Sie waren ein Freund von Brendan Houlihan, der vor drei Abenden am Tatort des Mordes an einem weiteren Mann, Declan Quigley, tot aufgefunden wurde.«

»Ja«, sagte Devine.

»Waren Sie mit Brendan Houlihan am Abend seines Todes zusammen?«

Devine zögerte. Speers legte ihm eine Hand auf den schmächtigen Unterarm. »Ich verweigere die Aussage«, sagte Devine.

Lennon warf dem Anwalt einen Seitenblick zu.

»Wann haben Sie Brendan Houlihan das letzte Mal gesehen?«

»Ich verweigere die Aussage«, sagte Devine.

»Gehörten Sie zu der Gruppe Jugendlicher, die an dem Abend, als Brendan Houlihan gestorben ist, an der Kreuzung von Lower Ormeau Road und Donegal Pass Krawall gemacht haben?«

»Ich verweigere die Aussage«, sagte Devine.

Lennon legte den Stift hin. »Colm, hat Mr. Speers Ihnen geraten, auf *alles* mit ›Ich verweigere die Aussage‹ zu reagieren?«

Devine schluckte. »Ich verweigere die Aussage.«

Lennon sah Speers scharf an. »Ich schätze mal, so war es. Wissen Sie, warum er das getan hat?«

Speers hüstelte und nestelte herum.

»Er hat das getan, weil er der Bereitschaftsanwalt ist. Ein Bereitschaftsanwalt ist nur dazu da, dass jemand auf diesem Stuhl sitzt und Sie hoffentlich davon abhält, irgendwelche Dummheiten zu begehen. In Wahrheit weiß er aber, dass Sie, sollten Sie vor einem Richter landen, einen ganz anderen Verteidiger haben werden, nämlich einen, der tatsächlich weiß, was er tut und wirklich um Ihre Rechte bemüht ist.«

Speers fuhr empört hoch. »Moment mal …«

»Wenn Sie vor Gericht stehen, werden Sie so schuldig aussehen wie der Inbegriff der Sünde, nur weil Sie jetzt die Schotten dichtgemacht haben. Mr. Speers möchte hier raus, damit er zum Mittagessen kann oder eine Runde Golf spielen oder was auch immer er an Interessanterem vorhat, als für Sie den Babysitter zu spielen. Wenn Sie hier hocken und auf alles und jedes mit ›Ich verweigere die Aussage‹ reagieren, kommt er schneller hier weg. Und Sie glauben auch noch, Sie hätten nichts gesagt, was Sie belasten könnte.«

Speers hob einen warnenden Zeigefinger. »Hören Sie mal, ich werde nicht einfach hier herumsitzen und mir …«

»Das Problem, Colm, liegt an dem, was ich schon eben erwähnt habe. Dass Sie nämlich auch das nicht sagen, was Sie später vor Gericht entlasten könnte. Das ist die Wahrheit. Wenn Sie jetzt hier sitzen und nichts von sich geben außer ›Ich verweigere die Aussage‹, dann lässt Sie das schuldig aussehen. Ich glaube, dass Sie etwas verbergen, und ein Richter wird das ebenso sehen, genau wie die Geschworenen. Hier geht es nicht um Ladendiebstahl, Colm. Nicht mal um Autodiebstahl oder sogar darum, dass Sie vielleicht einem armen Schwein in einem Pub die Fresse poliert haben. Hier geht es um Mord. Es geht um lebenslänglich.«

Speers stand auf. »Detective Lennon, ich muss protes...«

»Dreizehn, vierzehn Jahre. Minimum. Wenn Sie wieder rauskommen, sind Sie schon über dreißig.«

Devine entwich ein winselnder Laut.

»Und das wird eine harte Zeit. Es wird kein Jugendknast sein oder irgendein Ferienlager, wie Sie es vielleicht kennen. Diesmal geht es ab ins Maghaberry. Wissen Sie, in welchen Kreisen Declan Quigley sich herumgetrieben hat? Seine Kumpels im Maghaberry werden das nicht einfach so hinnehmen. Sie können von Glück sagen, wenn ...«

Speers sprang auf und schlug auf den Tisch. »Wagen Sie es nicht, meinem Mandanten zu drohen, sonst ...«

»Sie können von Glück sagen, wenn Sie auch nur die Hälfte Ihrer Zeit überleben. Also hören Sie endlich auf mit Ihrem ›Ich verweigere die Aussage‹, zum Teufel. Erzählen Sie mir, was an dem Abend passiert ist. Das ist Ihre letzte Chance, aus der Sache herauszukommen, Colm. Hören Sie auf mit diesem Mist und sagen Sie es mir, sonst landen Sie ...«

»Ich habe es nicht getan!« Devine quollen die Tränen aus den Augen.

Lennon lehnte sich zurück. »Dann reden Sie endlich.«

Devines Schultern zuckten im Rhythmus seiner Schluchzer. Speers setzte sich wieder hin und legte einen Arm um ihn. »Sie müssen gar nichts sagen«, redete er ihm zu. Er starrte Lennon feindselig an. »Sie haben das Recht zu schweigen, ganz gleich, was dieser Polizist da erzählt.«

»Sagen Sie es mir, Colm«, verlangte Lennon.

Devine schniefte und wischte sich mit dem Ärmel die Nase ab. »Brendan war mein Freund. Schon seit wir klein waren. Wir sind gemeinsam zur Schule gegangen. Nächstes Jahr wollten wir zusammen nach Ibiza. Er hatte gerade einen Job gefunden. Er wollte sogar alles für mich bezahlen. Das ist einfach nicht gerecht. Es war doch nur ein bisschen Zoff mit den Hunnen, mehr nicht.«

Lennon beugte sich vor und sprach Devine mit sanfter Stimme an: »Erzählen Sie mir, was passiert ist.«

»Wir haben bloß Steine und Flaschen geworfen, das übliche eben. Die Hunnen haben zurückgeschmissen.«

»Mit ›Hunnen‹ meinen Sie wahrscheinlich die protestantischen Jugendlichen vom Donegal Pass.«

»Ja«, sagte Devine. »Niemand ist verletzt worden oder so. Es wird nie einer getroffen. Dann kamen die Cops, und wir sind weggerannt. Ich und Brendan, wir haben uns von den anderen getrennt, und der Streifenwagen kam hinter uns her. Da sind wir in diese Gasse gelaufen. Wir konnten hören, dass die Cops hinter uns her waren. Also haben wir an allen Toren gerüttelt und geguckt, ob eins davon nicht abgeschlossen war. Als wir schon fast am Ende waren, fanden wir eins, das offen war. Brendan ist vor mir rein. Es war dunkel, ich konnte überhaupt nichts sehen. Ich hörte ihn hinfallen, und es hat einen Bums gegeben, als ob er sich den Kopf angeschlagen hätte. Dann bin ich ausgerutscht, weil es da total glitschig war. Ich bin auf den Rücken gekracht. Im nächsten Moment lag irgendwas Schweres auf mir drauf, und ich hab keine Luft mehr gekriegt.«

Devine erschauerte. Erneut schossen die Tränen. »O Gott«, hauchte er kaum hörbar.

Speers saß schweigend da und starrte geistesabwesend vor sich hin.

»Nehmen Sie sich ruhig Zeit«, sagte Lennon.

Devine schniefte und kämpfte gegen die Tränen an. »Das

Nächste, was ich weiß, ist, dass ich dalag und mir bald der Kopf geplatzt ist, außerdem war es höllisch kalt. Von irgendwoher habe ich Geschrei gehört, wie von einer Irren. Dann war es vorbei. Ganz plötzlich. Ich brauchte eine Weile, um mich hochzurappeln, so benommen war ich. Ich hab den ganzen Hof nach Brendan abgesucht, aber es war stockduster. Endlich fand ich seine Schuhe und habe mich am Bein entlang nach oben getastet. Brendan hat gezittert, das weiß ich noch.«

»Und dann?«, fragte Lennon.

»Dann habe ich hochgeguckt«, sagte Devine mit abwesendem Blick. »Da war jemand, an der Hintertür. Ich weiß nicht, ob er mich sehen konnte, aber ich konnte ihn sehen. Nur die Umrisse. Das Gesicht konnte ich nicht erkennen.«

Lennon wartete. »Und dann?«

»Dann bin ich weggerannt.«

Devines Blick kehrte wieder in die Gegenwart zurück. Er sah Lennon an. Bevor er noch etwas sagen konnte, flog krachend die Tür des Verhörzimmers auf, und der hochrote Kopf von Detective Chief Inspector Gordon erschien.

»Brechen Sie dieses Verhör ab«, brüllte er. »Sofort.«

Gordon schaltete den Kassettenrekorder aus und lehnte sich auf seinem Stuhl zurück. »Also?«

Lennon saß, den Kopf in die Hände gestützt, da und wusste, dass es sinnlos war. Er sprach es trotzdem aus. »Also: Ich glaube, dass weder Brendan Houlihan noch Colm Devine Declan Quigley getötet haben. Ich glaube, dass noch jemand am Tatort war. Und ich glaube, der Betreffende war dort, um Quigley zu töten. Ich glaube, dass Houlihan und Devine einfach nur zur falschen Zeit am falschen Ort gewesen sind. Ich glaube, der Dritte hat die beiden Jugendlichen ausgeschaltet und dann den Mord verübt. Ich glaube, er hat Brendan Houlihan getötet und ihm das Messer untergeschoben. Ich glaube, er hätte auch Colm Devine getötet, wenn er die Gelegenheit gehabt hätte.«

»Sie wollen mir also erzählen, dass Sie dem Jungen seine Geschichte abkaufen?«, fragte Gordon.

»Ja, das tue ich«, antwortete Lennon. »Und außerdem glaube ich, dass derselbe Mann, der Declan Quigley und Brendan Houlihan getötet hat, gestern Abend auch Patsy Toner ermordet hat.«

Endlose Sekunden hörte Lennon nichts als Gordons Atem. Schließlich hob er den Kopf und sah, dass Gordon ihn scharf ansah. Dann drückte Gordon auf die Auswurftaste, entnahm das Band und warf es in den Papierkorb.

»Sie sehen müde aus, Detective Inspector Lennon.«

»Ich bin auch müde«, sagte Lennon. »Wissen Sie, was es mich gekostet hat, Polizist zu werden? Seit über fünfzehn Jahren spricht meine eigene Familie nicht mehr mit mir. Keine einzige von meinen Schwestern. Meine Mutter bekomme ich nur zu sehen, weil sie zu verwirrt ist, um sich noch daran erinnern zu können, warum sie sich überhaupt von mir losgesagt hat. Ich habe meine Familie verloren, weil ich geglaubt habe, das Richtige zu tun. Ich hatte ja selbst miterlebt, welches Leid die Paramilitärs und das Mordgesindel, das sich unter ihrem Schutz breitgemacht hatte, meinen Leuten antaten. Die Polizei konnte nichts dagegen tun, denn *die* hassten die Leute ja noch mehr. Ich dachte, wenn ich einträte, könnte ich daran etwas ändern. Vielleicht könnte ich ja ein kleines bisschen dazu beitragen, dass die Dinge sich änderten.«

»Worauf wollen Sie hinaus?«, fragte Gordon.

»Ich will darauf hinaus ...« Lennon schüttelte den Kopf. »Ich will auf gar nichts hinaus. Jetzt nicht mehr.«

Gordon lehnte sich vor und faltete die Hände auf dem Tisch. Seine grauen Augen waren undurchdringlich. »Detective Inspector

Lennon, Sie sind nicht mehr Teil meines Teams. Ich werde mit Chief Inspector Uprichard über Ihre Versetzung sprechen. Für die Zwischenzeit schlage ich vor, dass Sie Urlaub nehmen, ab sofort. Ich werde derweil mit Chief Inspector Uprichard über Ihr Verhalten in den letzten Tagen sprechen sowie darüber, welche disziplinarischen Maßnahmen dies eventuell nach sich ziehen sollte. Haben Sie mich verstanden?«

Lennon stand auf. »Habe ich.« Er ging zur Tür.

»Ich hatte Ihnen doch geraten, sich da herauszuhalten, mein Junge«, rief Gordon ihm nach. »Ich habe alles für Sie getan, was ich konnte, aber Sie wollten einfach keine Ruhe geben.«

Gordons Stimme verklang, als Lennon den Flur entlangmarschierte. Er erreichte sein Büro und schloss die Tür. Schweigend und mit geballten Fäusten stand er mitten im Zimmer und überlegte, was er als Nächstes machen sollte. Er beschloss, Dan Hewitt aufzusuchen.

39

Der Nomade lag auf dem Bett und hielt sich das Telefon ans Ohr. Ein schwacher Regen plätscherte gegen das Fenster. Von unten auf der University Street dröhnten die Hupen herauf.

»Das mit Toner haben Sie gut gemacht«, sagte Orla. »Zu dumm, dass Sie die Sache mit Quigley vermasselt haben.«

Ohne auf seine protestierende Schulter zu achten, setzte der Nomade sich auf. »Was soll das heißen?«

»Da war noch ein Junge. Er hat sich heute Morgen gestellt. Er hat denen erzählt, dass es noch einen Dritten gab. Er hat Sie gesehen.«

Der Nomade dachte blitzschnell nach. »Also, ich habe jedenfalls keinen zweiten Jungen gesehen«, log er.

»Erzählen Sie mir keinen Scheiß. Sie wissen, dass er da war, und er ist Ihnen entwischt.«

»Der hat mich überhaupt nicht richtig zu sehen bekommen.«

»Das spielt keine Rolle«, sagte Orla. »Er hat den Cops erzählt, dass da noch jemand war. Und das bedeutet, dass die Sie möglicherweise suchen.«

Der Nomade stand auf und trat ans Fenster. Gerade überholte ein Auto einen Radfahrer und fuhr so dicht an ihm vorbei, dass er beinahe stürzte. Vor einem alten Gebäude, das man in ein Bürohaus umgewandelt hatte, standen Raucher und zogen gegen den Regen die Schultern ein. »Und was jetzt?«, fragte er.

»Was jetzt?«, fragte Orla scharf zurück. »Jetzt werden wir den Mist aufräumen, den Sie hinterlassen haben. Wir haben einen Freund, der sich an Ihrer Stelle um den Jungen kümmern und dafür sorgen wird, dass er heute Nacht in seiner Zelle einen Unfall erleidet. Aber Sie haben davor noch einen Job zu erledigen.«

»Die Frau und das Kind?«

»Genau«, sagte Orla. »Die Frau und ihr kleines Mädchen sitzen gerade im Flugzeug und sind auf dem Weg nach Hause. In einer Stunde landen sie in Belfast. Sie wissen, was Sie zu tun haben.«

Die Leitung war tot.

Der Nomade ging zu seiner Tasche und kramte unter seinen wahllos zusammengestopften Klamotten einen Ordner hervor. Der Schlüssel war mit Klebeband im inneren Aktendeckel befestigt.

40

Lennon fand Hewitt auf dem Parkplatz hinter dem Hauptgebäude. Gebeugt stand er zwischen zwei Land Rovern und hielt ein Telefon an sein Ohr gedrückt. Er war so in sein Gespräch vertieft, dass er Lennon überhaupt nicht hatte kommen sehen.

»Nein«, sagte Hewitt gerade. »Nein, auf keinen Fall ... Ich weiß ... Ich weiß, dass ... Ich kriege das schon hin, vertrauen Sie mir ... Ich weiß ... Ich weiß ... Das kann ich nicht machen ... Mein Gott!« Hewitt ließ fast das Telefon fallen, als er Lennon bemerkte. »Hören Sie? Ich rufe zurück.« Er steckte das Telefon weg. »Verdammt, Jack, du hast mir vielleicht einen Schrecken eingejagt.«

»Was ist hier los?«, fragte Lennon.

»Was soll das heißen?«

Lennon stieß Hewitt gegen den Land Rover. »Was zum Teufel ist hier los?«

»Jetzt mach mal halblang, Jack.«

»Erzähl mir, was hier vor sich geht.« Lennon stieß ihn noch einmal.

Hewitt hob die Hände. »Ich weiß nicht, was du meinst.« Er lächelte. »Verrat mir, was du wissen willst, und wenn ich kann, sage ich es dir.«

»Declan Quigley und Patsy Toner«, sagte Lennon. »Und davor Kevin Mallory.«

»Patsy Toner ist im volltrunkenen Zustand ausgerutscht, auf den Kopf geschlagen und in seiner Badewanne ersoffen. Es war ein Unfall.«

»Wir wissen beide, dass das nicht stimmt«, sagte Lennon.

»Declan Quigley wurde bei einem verpatzten Einbruchsversuch erstochen. Ein Verdächtiger ist tot, der andere in Polizeigewahrsam.«

»Blödsinn.« Lennon stieß Hewitt erneut. »Ich habe den Jungen verhört. Er hat noch einen Mann gesehen.«

»Ach, hör doch auf, Jack. Du weißt doch selbst, wie diese kleinen Scheißkerle drauf sind. Die könnten nicht mal die Wahrheit sagen, wenn es um ihr Leben ginge.«

Lennon machte einen Schritt zurück. »Ich weiß über Gerry Fegan Bescheid.«

Hewitt konnte seine Überraschung nicht verbergen. Sein ausdrucksloses Gesicht kam zu spät. »Über wen?«

»Keine Lügen mehr«, sagte Lennon. »Nicht jetzt. Ich weiß Bescheid über Gerry Fegan und die Schweinerei, die er erst in Belfast und dann in Middletown veranstaltet hat. Ich weiß Bescheid über Michael McKenna und Vincie Caffola. Ich weiß Bescheid über Paul McGinty. Ich weiß, dass Marie McKenna und meine Tochter dort waren. Und ich weiß, dass jemand versucht, die Sache endgültig zu bereinigen.«

Hewitts Adamsapfel hüpfte über seinem Kragen auf und ab. »Mann, Jack, du hast echt eine blühende Fantasie.«

»Lass das«, sagte Lennon und stieß Hewitt einen Finger gegen die Brust. »Ich warne dich, mach dich nicht lustig über mich. Sag mir, was hier los ist. Und zwar sofort.«

Hewitt drückte sich an ihm vorbei. »Für so was habe ich keine Zeit. Du verlierst allmählich den Verstand, Jack. Alle zerreißen sich schon das Maul darüber. Du hättest vor fünf Jahren aussteigen sollen, als du die Gelegenheit dazu hattest.«

Lennon packte Hewitt am Handgelenk. »Wag es bloß nicht, mich einfach hier stehenzulassen.«

Hewitt sah auf Lennons Hand hinunter und dann wieder hoch. Er starrte ihn an. »Lass mich los, Jack. Vielleicht darf ich dich daran erinnern, dass ich hier immer noch den höheren Dienstgrad habe.«

Lennon riss Hewitt dicht an sich heran. »Du warst mal mein bester Freund.«

»Stimmt.« Hewitts Lippen verzogen sich zu einem gekünstelten Lächeln. »Aber manchmal machst du es einem verdammt schwer, dich zu mögen.«

»Hör zu. Mir ist es scheißegal, was McGinty und seinen Kumpanen passiert ist. Declan Quigley war genauso ein Schwein wie Patsy Toner. Die Welt ist ohne diese Typen besser dran. Aber Marie und Ellen. Die haben nie einer Menschenseele etwas zuleide getan. Ich will doch nur vermeiden, dass ihnen etwas geschieht. Mehr nicht. Bitte, Dan. Hilf mir.«

Hewitt schloss für einen Moment die Augen. Dann machte er sie seufzend wieder auf.

»Bitte, Dan.«

»Na gut«, sagte Hewitt. »Eins kann ich dir immerhin sagen. Von Gerry Fegan weiß ich überhaupt nichts. Bei dem, was mit McGinty und seinen Leuten passiert ist, handelte es sich um eine Fehde. Das haben die Ermittlungen eindeutig ergeben. Hier gibt es keine Verschwörung, Jack. Also, wenn ich dir jetzt etwas verrate, versprichst du mir dann, mit diesem Blödsinn aufzuhören?«

»Sag es mir«, verlangte Lennon und umklammerte Hewitts Handgelenk noch fester.

»Versprich es mir, Jack. Versprich mir, dass du die Finger von der Sache lässt. Machst du das?«

»Na gut«, sagte Lennon. Er ließ Hewitts Handgelenk los.

Hewitt strich sein Jackett glatt und richtete seine Krawatte.

»Marie McKenna und ihre Tochter sind gerade auf dem Weg nach Hause.« Er sah auf seine Uhr. »Ihr Vater ist krank. Sie kommt zurück, um ihn zu besuchen. Sie sind aus Birmingham abgeflogen und landen am City Airport. Wenn du dich beeilst, kannst du sie noch am Flugsteig erwischen. Sie müsste jede Minute ...«

Lennon rannte los.

41

Der Nomade saß allein in dem verdunkelten Zimmer. Es war kalt und roch unbewohnt, so wie in den Häusern alter Leute. Während er wartete, ließ er seine Augen über die verschiedenen Einrichtungsgegenstände streifen und stellte sich das Leben vor, das hier einmal geherrscht hatte.

Staub bedeckte den in der Ecke stehenden Fernsehapparat. Auf dem Tisch neben dem Fenster lagen ein Malbuch und verschiedene Stifte. Unter dem Kaminsims lag umgekippt eine tote Topfpflanze, darum herum war Blumenerde verstreut.

Mit einem Papiertaschentuch tupfte er sich das Auge ab und zuckte vor Schmerz zusammen. Bevor er in die Wohnung der Frau gekommen war, hatte er es mit Wasser ausgespült. Inzwischen konnte er auf diesem Auge immer schlechter und eigentlich nur noch verschwommen sehen, und erst nach heftigem Zwinkern war es ihm gelungen, wieder ein bisschen mehr zu erkennen. Auch sein Arm war inzwischen steif. Dieser kleine Mistkerl Toner hatte doch tatsächlich dermaßen in der Badewanne herumgestrampelt, dass er ihm die Schulter verrenkt hatte.

Sein Telefon klingelte.

»Neuer Plan«, sagte Orla. »Die Frau und das Kind werden Gesellschaft bekommen.«

»Wen?«

»Diesen Polizisten«, sagte Orla. »Er wird sie am City Airport treffen. Fahren Sie dorthin und beobachten Sie die drei. Er ist zu schlau, um sie in ihre Wohnung zu bringen. Ich vermute, die Frau wird ihren Vater im Krankenhaus besuchen wollen.«

»Und was soll ich mit dem Cop machen?«

»Er weiß zu viel. Um den müssen Sie sich also auch kümmern. Sie tun damit einem unserer Freunde einen Gefallen. Für die Mühe bekommen Sie einen Bonus.«

»Bonus?« Das Auge des Nomaden tränte, dennoch lächelte er. »Ich brauche keinen Bonus. Das wird mir ein Vergnügen sein.«

42

Lennon suchte die Menge ab, die sich um die Gepäckausgabe versammelt hatte. Er sah auf den Bildschirm hoch und vergewisserte sich, dass dort auch wirklich Birmingham stand. Die Menschen standen Schulter an Schulter und drängelten, um einen möglichst guten Blick auf das Förderband zu haben, obwohl es noch gar nicht zu laufen begonnen hatte.

Ein Summton ertönte, und die Menge rückte noch enger zusammen. Lennon profitierte von seiner Größe und ließ seinen Blick über die Köpfe schweifen, auf der Suche nach einem Blondschopf.

Da, auf der anderen Seite des Förderbands. Sie war größer als alle anderen Frauen um sie herum, ihre hohe Statur und ihre Blässe ließen sie beinahe wie eine Außerirdische erscheinen. Das blonde Haar war inzwischen von grauen Strähnen durchzogen. Ihre Augen waren dunkler geworden.

Und da stand Ellen. Ihr blondes Haar stach neben der schwarzen Kleidung ihrer Mutter umso mehr heraus. Sie hatte eine nackte Plastikpuppe in der Hand, von der Art, die kleine Mädchen gern in Erwachsenensachen einkleideten, mit langen Gliedmaßen und einer unwirklich schmalen Taille. Ellen schniefte und rieb sich mit dem Ärmel über die Nase. Marie schimpfte und bückte sich mit einem Papiertaschentuch zu ihr hinunter. Sie drückte es dem Kind auf die Nase. Ellen machte die Augen zu und schnäuzte.

Lennon drängte sich durch die Schultern und Gepäckstücke. Während er das Karussell umrundete, behielt er Marie im Auge. Leute schubsten und rempelten ihn auf dem Weg zu ihrem Gepäck. Er rempelte zurück, bis er vor Marie stand, die soeben eine Packung Papiertaschentücher in ihrer Handtasche verstaute.

Einen Moment lang verharrte er und überlegte, was er ihr sagen sollte. Alles, was ihm einfiel, war ihr Name. »Marie«, rief er.

Mit ausdruckslosem Gesicht hob sie den Kopf. Dann blieb sie stocksteif stehen und funkelte ihn an. Ellen drückte sich an den Oberschenkel ihrer Mutter.

»Was machst du hier?«, fragte sie.

Es kostete ihn einige Zeit, sie davon zu überzeugen, dass sie bei ihm einstieg, anstatt sich ein Taxi zu nehmen. Selbst als sie schon auf dem Weg zu seinem Wagen waren, protestierte sie noch. Doch er ließ sich nicht beirren und lud ihr Gepäck in den Kofferraum.

»Verrat mir wenigstens, was das hier alles soll«, verlangte sie und schnallte Ellen auf der Rückbank fest.

Lennon hielt ihr die Beifahrertür auf. »Steig ein, dann erzähle ich es dir.«

Marie erwiderte einen Moment lang seinen Blick, dann duckte sie den Kopf und stieg ein. Er schloss die Tür und ging zur Fahrerseite. Jenseits des Zaunes donnerte ein kleiner Passagierjet über die Rollbahn. Lennon sah ihm nach, wie er abhob, dann stieg er ein.

»Ich weiß über Gerry Fegan Bescheid«, sagte er zum zweiten Mal innerhalb einer Stunde.

Marie reagierte nicht.

»Ich weiß, was passiert ist und dass es keine Fehde war. Ich weiß, dass du und Ellen auch auf dieser Farm bei Middletown wart.«

Marie betrachtete die Falten und Adern auf ihren Händen.

»McGintys Fahrer Declan Quigley ist diese Woche ermordet worden.«

»Ich weiß«, sagte Marie, blickte aber weiter starr geradeaus. »Ich habe es auf der Webseite der BBC-Nachrichten gelesen. Da steht, dass es ein schiefgelaufener Einbruch gewesen ist.«

»Patsy Toner wurde heute Morgen tot aufgefunden«, fuhr Lennon fort. Er wartete auf irgendeine Reaktion von ihr. Es kam keine. »Er ist nicht einmal einen Kilometer von hier in einer Hotelbadewanne ertrunken. Die offizielle Version ist, dass er betrunken war. Er ist ausgerutscht und auf den Kopf geschlagen.«

»Die offizielle Version?«

»Und Kevin Mallory wurde vor ein paar Tagen am Rand von Dundalk getötet. Seine Frau auch.«

»Kevin Mallory? Du meinst ...«

»Ja, einer von Bull O'Kanes Gangstern.«

Marie hielt sich die Hand vor den Mund, Tränen schossen ihr in die Augen. Sie schniefte einmal heftig, dann hatte sie sich wieder im Griff.

»Ich verstehe das nicht«, sagte sie. »Uns wurde gesagt, wir könnten gefahrlos zurückkehren. Zwei Wochen lang habe ich darum gebeten, dass sie uns nach Hause fahren lassen. Mein Vater hatte einen Schlaganfall. Er liegt im Royal. Sie haben gesagt, er könnte jeden Moment noch einen bekommen. Ich wollte ihn sehen, solange ich noch kann. Eine halbe Ewigkeit habe ich in dieser schrecklichen Wohnung in Birmingham herumgesessen und auf Nachricht gewartet.«

»Nachricht von wem?«, fragte Lennon.

»Alles kam immer über das Nordirlandbüro. Finanzielle Unterstützung für mich und Ellen, Nachrichten über meine Eltern, solche Sachen. Die waren es auch, die mich vor zwei Wochen über den Schlaganfall informiert haben. Dann haben sie vor zwei Tagen angerufen und mir gesagt, jemand vom MI5 würde sich bei mir melden. Zehn Minuten später erhielt ich noch einen Anruf. Man sagte mir, es bestehe keine Gefahr mehr. Ich könne nach Hause kommen.« Sie sah Lennon scharf an. »Sind wir hier sicher?«

»Nein«, sagte er.

Auf dem Rücksitz kicherte Ellen, flüsterte mit sich selbst und ließ dabei eine Puppe auf und ab marschieren.

»Und was ist los?«, fragte Marie. Ihr Gesicht verriet keine Angst.

»Ich glaube, jemand räumt gerade in Belfast gründlich auf. Ich glaube, dieser Jemand hat Kevin Mallory, Declan Quigley und Patsy Toner umgebracht. Ich glaube außerdem, dass er einen Jungen namens Brendan Houlihan getötet hat und es so aussehen lassen, als sei der derjenige, der Quigley umgelegt hat.«

»Und du glaubst, die sind auch hinter mir her?«

»Vielleicht«, sagte Lennon. Er dachte einen Moment nach. »Wahrscheinlich.«

»Meine Güte«, sagte Marie. Sie sah müde aus. »Ich dachte, die Sache wäre endlich vorbei.«

»Du hättest mich anrufen sollen«, sagte Lennon. »Als Fegan noch da war, hätte ich etwas unternehmen können.«

»Ich habe deine Hilfe nie gewollt«, sagte sie.

Ellen lachte laut auf. Lennon sah in den Rückspiegel. Das Mädchen drehte sich zu dem leeren Sitzplatz neben ihr um und legte einen Finger an den Mund, psst.

»Meine Tochter war in Gefahr«, sagte Lennon.

»Du hast sie doch überhaupt nicht als deine Tochter wahrgenommen.«

»Weil du es nicht zugelassen hast.«

Marie wollte schon etwas erwidern, hielt sich aber zurück. Seufzend legte sie eine Hand über die Augen. »Es bringt nichts, wenn wir uns jetzt darüber streiten«, sagte sie. »Fährst du mich jetzt ins Präsidium? Ich will zuerst meinen Vater sehen.«

»Ich bringe dich nicht ins Präsidium.«

»Warum nicht?«

»Weil ich meinen Kollegen nicht traue.«

»Und warum nicht?«, wollte Marie wissen.

»Meine Chefs wissen genauso gut wie ich, was hier los ist«, sagte Lennon. »Aber sie ignorieren es und versuchen die Sache unter den Teppich zu kehren. Ich weiß nicht, von wem die Befehle kommen, aber ich bin mir ziemlich sicher, dass du in geringerer Gefahr bist, wenn du dich von den Cops fernhältst.«

»Und wo fahren wir dann hin?«, fragte Marie.

»Du bleibst in meiner Wohnung, bis ich hinter die Sache gekommen bin«, sagte Lennon. »Dort ist genug Platz.«

»Nein«, sagte Marie. »Von dir nehme ich nichts an.«

»Hör mal, das ist jetzt wirklich nicht der geeignete Zeitpunkt, um sauer auf mich zu sein. Egal, was zwischen dir und mir passiert ist, im Augenblick ist Ellens Sicherheit ja wohl wichtiger.«

Er sah wieder in den Rückspiegel. Ellen hatte sich zur Seite gelehnt, sie hielt sich die Hand vor den Mund und flüsterte.

»Mit wem spricht sie?«, fragte Lennon.

»Sie bildet sich irgendwelche Freunde ein. Leute, die nur sie sehen kann. Das ist so, seit ...«

Als Marie es nicht fertigbrachte, den Satz zu beenden, fragte Lennon: »Was hat sie mitbekommen?«

Marie beantwortete die Frage nicht. Stattdessen sagte sie: »Als wir in Birmingham waren, haben wir einen Psychologen aufgesucht, das Nordirlandbüro hat die Kosten übernommen. Aber das hat auch nichts gebracht. Sie hat Alpträume. In letzter Zeit werden sie immer schlimmer.«

Lennon beobachtete Ellen im Rückspiegel. Bei dem Gedanken daran, dass das Kind in Gefahr war, wurde ihm regelrecht schlecht. »Wovon träumt sie?«

»Von Feuer«, sagte Marie. Ihre Stimme zitterte. Wieder wurden ihre Augen feucht. »Sie träumt, dass sie in einem Feuer verbrennt. Ihre Schreie machen mich vollkommen fertig. Ich kann nicht mehr schlafen vor lauter Angst, dass ihr Schreien mich weckt. Ich hatte gehofft, wenn ich sie nach Hause bringe, an die Orte, die sie kennt, würde es vielleicht besser werden. Und jetzt das.«

Sie beugte sich vor, vergrub den Kopf in den Händen und weinte still in sich hinein. Lennon sah ihr zu und konnte nichts tun, um sie zu trösten.

Schließlich verebbten die stummen Schluchzer. Marie richtete sich wieder auf und schniefte. »Verzeihung«, sagte sie. »Aber seit Monaten hatte ich keinen mehr, mit dem ich reden konnte. Das war hart.«

»Ich weiß«, sagte Lennon. »Hör zu, ich werde die Sache aus der Welt schaffen. Ich werde dafür sorgen, dass du in Sicherheit bist. Du und Ellen.«

»Ich weiß zwar nicht, wie du das schaffen willst«, sagte Marie. »Aber vielleicht ...«

Lennon wartete. »Vielleicht was?«

Sie schüttelte den Kopf, so als wolle sie einen Gedanken abschütteln. »Nichts«, sagte sie. »Bring uns zuerst ins Royal, und danach suchen wir uns was, wo wir bleiben können.«

»Kommt mit zu mir. Bitte.«

»Nein. Das will ich nicht. Und außerdem, wenn wirklich jemand nach mir sucht, dann wird er ja wohl bestimmt auch dorthin kommen, oder?«

Das musste er zugeben. »Könnte sein«

»Bring mich ins Royal, damit ich meinen Vater besuchen kann. Danach gehen wir in ein Hotel.« Sie gönnte ihm ein Lächeln, in dem jedoch weder Wärme noch Freundlichkeit lagen. »Wenn du unbedingt willst, kannst du ja vor der Tür Posten beziehen.«

Er dachte ein paar Augenblicke nach und kam zu dem Schluss, dass sie recht hatte. »Nein«, sagte er, »geht nicht in ein Hotel. Ich weiß eine Wohnung in Carrickfergus für euch. Sie gehört einem Freund von mir. Da seid ihr sicherer als in jedem Hotel.«

Er ließ den Motor an und machte sich auf den Weg zum Royal Victoria Hospital. Wenn der Verkehr mitspielte, würde es nicht länger dauern als fünfzehn Minuten.

43

Fegan wusste, dass es sinnlos war, trotzdem versuchte er es noch einmal. Aber egal, wie oft und wie fest er auch auf die Taste drückte, das Telefon wollte einfach nicht mehr angehen. Das Display war gesprungen und das Gehäuse locker.

Er hielt es sich ans Ohr und schüttelte es. Irgendetwas Hartes in seinem Inneren rappelte. Selbst über den Lärm der Schnellstraße von New Jersey hinweg konnte er das Klackern hören. Die Doyles hatten Pyè auf den Rücksitz des Wagens verfrachtet und waren davongerast. Ihren Fahrer hatten sie auf dem Bürgersteig liegen lassen. Fegan war sich ziemlich sicher, dass sie ihn fürs Erste in Ruhe lassen würden. Packie und Frankie hatten beide den Eindruck gemacht, als hätten sie eine Heidenangst. Aber lange würde diese Angst nicht vorhalten. Fegan musste sehen, dass er wegkam.

Er legte das Telefon auf die Kommode des Motelzimmers. In der vergangenen Nacht waren die Träume besonders schlimm gewesen, das Feuer und die Schreie. Er war schweißgebadet aufgewacht, sein Herz hatte gerast, und seine Lungen hatten vor lauter Atemnot gebrannt. Selbst jetzt noch, vier Stunden später, sah er jedes Mal Flammen, sobald er nur die Augen schloss.

Über ihm donnerte ein Jet vorbei, der zum Newark Airport flog. Fegan nahm zwei Gegenstände aus seiner Tasche und legte sie neben das kaputte Telefon: ein Bündel Hundert-Dollar-Scheine und einen irischen Personalausweis auf den Namen Patrick Feeney.

Von seinem Fenster aus konnte er die Positionslichter eines gerade abhebenden Flugzeugs sehen.

»Bald fliege ich nach Hause«, sagte er zu sich. Seine Stimme hallte in dem armseligen Zimmer von den Wänden wider.

Er fing an zu packen.

44

Eigentlich kam es einem hier eher wie auf einem Flughafen vor als in einem Krankenhaus. Nichts als Glas und offene Bauweise. Und zu allem Überfluss auch noch draußen vor dem Eingang eine Schlange, die sich um eine Säule wand. Der Nomade lief zwischen der Haltelinie und der Schlange auf und ab und versuchte dabei, jeden Augenkontakt zu vermeiden. Frauen in Morgenmänteln wanderten mit einem Kaffee in der Hand ziellos umher, manche hatten Zigarettenpäckchen und Feuerzeuge dabei. In Dreier- oder Vierergrüppchen eilten Ärzte vorbei, sie sahen aus wie Kinder.

Ganz gleich, wie proper hier alles war und wie neu, letztendlich roch es doch immer noch nach Krankheit. Der Nomade hasste Krankenhäuser beinahe so sehr wie die ganze Ärztebagage überhaupt. Krankenhäuser, das waren die Tempel der Toten und Sterbenden, und die Mediziner waren die Leichendiebe. Selbst Leichen, die noch atmeten, waren vor ihnen nicht sicher.

Einer der Leichendiebe näherte sich, eine Frau.

»Suchen Sie die Ambulanz?«, fragte sie, ein fröhliches junges Ding mit einem weißen Kittel und vielen Stiften in der Brusttasche.

»Nein«, antwortete der Nomade, drehte ab und beobachtete weiter den Empfangsbereich.

»Oh.« Sie machte einen Rückzug. »Tut mir leid. Ich dachte ja nur, weil Ihr Auge …«

»Meinem Auge fehlt nichts. Auf welcher Station liegen die Patienten mit Schlaganfall?«

»Kommt drauf an«, antwortete sie. »Wann wurde der Patient eingeliefert?«

»Keine Ahnung.«

»Ich meine ja nur, er könnte auf der Intensivstation liegen oder in der Notaufnahme oder auf einer Station oder ...«

»Ich finde ihn schon selbst«, sagte der Nomade.

Beim Weggehen hörte er: »Sie können mich mal.«

Er wandte sich zu der jungen Frau um, aber die marschierte bereits gesenkten Hauptes und mit rudernden Armen von dannen.

»Fotze«, rief er ihr leise hinterher.

45

Lennon erkannte Bernice McKenna, Maries Tante. Sie beugte sich über das Bett und machte sich an dem reglosen Körper zu schaffen, schob Kissen zurecht und glättete Laken. Bei Maries Eintritt hielt Bernice kurz inne. Ellen klammerte sich mit einer Hand an die Finger ihrer Mutter, an der anderen baumelte ihre Puppe.

»Bist also wieder da«, sagte Bernice und hielt die Augen unverwandt auf das Krankenlager gerichtet.

Marie sah sie über das Bett hinweg an. »Wie geht es ihm?«

»Wie sieht er denn aus?« Bernice strich über die Laken und gönnte Marie einen flüchtigen Blick. »Die arme Kreatur weiß ja nicht mal, wo sie ist. Hättest du mal lieber deine Mutter besucht. Der würde es mehr helfen als ihm.«

Bernice sah von dem fahlen Rest Mensch hoch und entdeckte Lennon. Sie kniff die Augen zusammen und versuchte sich an das Gesicht zu erinnern. Dann fiel es ihr wieder ein, und sie reckte das Kinn vor.

»Mein Gott, ausgerechnet den hast du mitgebracht?«

»Er hat uns gefahren.«

»Ist mir egal, wen oder was er gefahren hat. Du hättest ihn nicht herbringen dürfen. Hat der dir nicht schon genügend Ärger eingebrockt?«

»Ich mache einen Spaziergang«, sagte Lennon. Als Marie ihn ansah, fügte er hinzu: »Ich bleibe in der Nähe.«

Er trat vom Bett zurück und spähte aus dem Raumteiler hinaus. Alte Männer mit Infusionsschläuchen und umgehängten Sauerstoffmasken stierten ihn aus leeren Augen an. Lennon lief ein Schauer über den Rücken. Er ging hinaus in den Flur. Dort lehnte er sich an die Wand und behielt die Frauen und das kleine Mädchen im Auge.

Hier würde ihnen jedenfalls nichts passieren, da war er sich sicher.

46

Während Schwestern und Besucher an ihm vorbeieilten, beobachtete der Nomade durch die Schwingtüren den Cop. Die Frau und das Mädchen konnte er von seinem Standort aus nicht entdecken, aber er registrierte, dass der Cop immer starr auf eine Stelle blickte.

Vielleicht war dies ja der richtige Ort zum Handeln. Vielleicht aber auch nicht. Überall jede Menge Leute. Manchmal war das gar nicht schlecht. Die meisten Menschen waren Feiglinge und duckten sich lieber weg, als in etwas hineingezogen zu werden.

Auf jeden Fall hatte er Zeit. Alle Zeit der Welt.

47

Ellen drückte die Puppe an ihre Brust und betrachtete lächelnd die Luft über dem Bett ihres Großvaters. Lennon fragte sich, was sie dort zwischen den sich abwechselnden Bahnen von Licht und Schatten wohl sehen mochte. Sie öffnete den Mund und sagte etwas, aber von seinem Platz auf der anderen Seite des Flures aus konnte Lennon sie nicht verstehen.

Marie und Bernice wandten sich zu Ellen um. Bernice runzelte die Stirn, aber auf Maries Gesicht zeigte sich nur eine resignierte Erschöpfung. Sie legte ihrer Tochter eine Hand auf die Wange und sagte etwas zu ihr. Als die Antwort kam, sackten resigniert ihre Schultern herunter. Maries Vater sah die beiden aus glasigen Augen an, in denen kein Erkennen lag.

Ellen sagte wieder etwas, zog bei der Antwort ihrer Mutter eine Schnute und wiederholte es, diesmal lauter. Marie schloss die Augen und holte einmal tief Luft. Sie stand auf, nahm Ellens Hand und kam mit ihr zu Lennon.

»Kannst du ein bisschen mit ihr spazieren gehen?«, fragte Marie.

»Was ist denn los?«, fragte Lennon.

Marie sah auf ihre Tochter hinab. »Sie ist frech. Sie flunkert. Und das auch noch vor Tante Bernice.« Marie sah wieder zu Lennon, vor lauter Müdigkeit hatte sie dunkle Ringe unter den Augen. »Entschuldige. Es ist einfach zu viel. Jetzt, wo ich auch noch meinen Vater so sehen muss. Und mich mit Bernice auseinandersetzen.«

Lennon richtete sich auf und drückte sich von der Wand weg. »Und du willst sie mir tatsächlich anvertrauen?«

»Ich habe ja wohl kaum eine andere Wahl«, sagte Marie und legte Ellens Hand in die von Lennon. »Bei dir ist sie jedenfalls sicherer als bei jedem anderen. Ich meine, du hast doch so eine Scheißwaffe dabei, oder?«

Ellen streckte ihre Hand zum Mund ihrer Mutter aus, kam aber nicht hoch genug. »Du hast ein böses Wort gesagt.«

Marie schien beinahe zusammenzubrechen, sie lachte erschöpft auf. »Ich weiß, mein Schatz. Tut mir leid.«

»Ich übernehme sie«, sagte Lennon. »Falls sie überhaupt mit mir mitkommt.«

Marie hockte sich hin, zupfte ein Papiertaschentuch aus ihrem Ärmel und tupfte damit Ellens Gesicht ab. »Du gehst doch mit Jack mit, nicht wahr, mein Schatz? Vielleicht geht er ja mit dir nach unten in das Geschäft. Dann kriegst du was Süßes.«

Ellen drückte sich an ihre Mutter und flüsterte ihr ins Ohr: »Wer ist das?«

Marie hob kurz den Kopf und warf Lennon einen verstohlenen Blick zu. Der Kummer stand ihr ins Gesicht geschrieben. Sie zog Ellen ganz dicht an sich heran. »Das ist ein alter Freund von Mummy. Der passt auf dich auf.«

Marie machte sich von ihrer Tochter los und sah ihr in die Augen. »Ich bleibe die ganze Zeit hier, okay? Ich gehe nicht fort. Ich muss nur etwas mit Tante Bernice besprechen. Jack bringt dich sofort wieder nach oben, wenn du deine Süßigkeiten hast, okay?«

Ellen starrte auf den Boden und hielt ihre Puppe fest umklammert. »Okay.«

»Fein«, sagte Marie. Sie stand wieder auf und berührte Lennons Arm. »Ich brauche nur zwanzig Minuten, in Ordnung?«

»In Ordnung«, sagte Lennon. »Ihr passiert schon nichts.«

Sofort stand in Maries Gesicht wieder die Sorge geschrieben.

»Ihr wird nichts passieren«, wiederholte Lennon mit so fester Stimme, dass er es beinahe selbst glaubte.

Marie nickte und strich Ellen übers Haar, dann ließ sie die beiden im Flur zurück. Lennon und seine Tochter sahen ihr nach. Ellens Finger ruckten in seiner Hand.

»Also«, sagte Lennon und marschierte mit Ellen im Schlepptau den Flur entlang. »Was für Süßigkeiten möchtest du denn gern haben?«

»Weiß nicht«, sagte Ellen.

»Schokolade? Malteser? Schokonüsse? Marsriegel?«

Sie zuckelte hinter ihm her, ihre kleine Hand verlor sich in seiner. »Weiß nicht.«

»Wie wäre es mit Smarties? Oder *Opal Fruits*? Ach nein, so heißen die ja heute gar nicht mehr.«

»Weiß nicht«, sagte die Kleine, als sie die Schwingtür erreichten.

»Oder ein Eis?«, fragte Lennon weiter. »Wehe, die haben da kein Eis.«

Sie gingen weiter bis zu den Fahrstühlen. Ellen rieb sich die Nase. Unter dem für ein Hospital typischen Geruch nach Krankheit und Desinfektionsmitteln nahm Lennon noch einen anderen Hauch wahr. Irgendwie roch es schwach nach Ziege und Schweiß, so wie in der geschlossenen Abteilung, in der er früher als Student gejobbt hatte.

Er atmete tief aus, um den Gestank loszuwerden, dann drückte er auf den Liftknopf. Ellens Finger fühlten sich in seiner Hand so klein an, kalt und feucht. Er sah zu ihr hinunter. Sie hielt die Puppe an die Lippen und flüsterte ihr etwas zu. Ein Wort, das sich anhörte wie »Gerry«.

48

Atemlos sackte Fegan auf die Bettkante. Schüttelfrost durchzuckte ihn von den Füßen bis in die Fingerspitzen. Ihm war speiübel.

Er bekam einen Magenkrampf und rollte sich vom Bett. Er taumelte zum Bad, drückte mit der Schulter die Tür auf und beugte sich über die Toilettenschüssel. Die Krämpfe zwangen ihn auf die Knie.

Während er abwechselnd würgte und nach Luft rang, presste er hervor: »Ellen.«

49

Hinter einer Säule auf der anderen Seite des Empfangsbereichs verborgen, beobachtete der Nomade die beiden. Der Cop kramte mit einer Hand mühsam gerade etwas Kleingeld aus der Tasche, mit der anderen hielt er die des Kindes umklammert. Auf der Theke lagen ein Saftkarton und eine Packung Smarties. Als er bezahlt hatte, nahm der Cop die Süßigkeit und das Getränk und führte das Kind aus dem Laden. Er sah zuerst hoch zur zweite Ebene, dann beugte er sich zu dem Kind hinab. Das Kind nickte und ließ sich von dem Cop nach oben bringen.

Der Nomade schlich hinter der Säule hervor und behielt die beiden so lange wie möglich im Auge. Er zog ein Papiertaschentuch aus der Tasche, tupfte sich das Auge ab und biss vor Schmerz die Zähne zusammen. Einige vorbeikommende Leute sahen ihn an und verzogen angewidert das Gesicht. Er ignorierte sie.

50

Lennon wählte einen Tisch gleich neben der deckenhohen Fensterfront und stellte seinen Pappbecher mit Tee ab. Aus dem Loch im Deckel dampfte es. Ellen setzte sich ihm gegenüber. Er durchbohrte mit dem Strohhalm den kleinen Karton und stellte ihn vor sie hin. Dann machte er den Deckel von der Smarties-Rolle ab. Die Kleine sah ihm zu, wie er eine Serviette auf dem Tisch ausbreitete und ein paar der bunten Süßigkeiten darauf ausschüttete.

»So«, sagte er.

»Danke«, sagte Ellen mit der steifen Förmlichkeit eines Kindes, dem man gutes Benehmen beigebracht hatte.

Lennon führte den Becher an die Lippen und nahm durch das Mundstück des Deckels einen Schluck heißen, süßen Tees. Noch nie hatte er verstanden, warum diese neue Trinktechnologie ein zivilisatorischer Fortschritt sein sollte. Er selbst kam sich dabei vor wie ein Kleinkind mit einer Lerntasse.

Ellen schob mit den Fingern die Smarties auf der Serviette hin und her, steckte aber keine in den Mund. Die Puppe lag nackt neben dem Saftkarton wie ein bewusstloser Junkie.

Bei dieser Assoziation zuckte Lennon zusammen. Ellen griff nach der Puppe und bog sie in eine sitzende Haltung. Dann sah sie Lennon an, als wolle sie ihn fragen, ob es so besser sei. Er wollte schon ja sagen, besann sich aber noch. Er blinzelte ein paarmal, um den albernen Gedanken zu verscheuchen.

»Und, hat dir Birmingham gefallen?«, fragte er.

Ellen senkte den Blick und schüttelte den Kopf.

»Warum denn nicht?«

»Zu groß«, sagte Ellen. Sie hielt sich die Ohren zu. »Und zu laut.«

»Gefällt es dir zu Hause besser?«

Ellen nahm die Hände wieder von den Ohren und nickte.

»Bist du froh, dass du wieder da bist?«

Ellen zuckte die Achseln.

»Hier ist doch dein Zuhause. Magst du dein Zuhause?«

»Geht so«, sagte Ellen.

»Du weißt nicht, wer ich bin«, sagte Lennon. Es war eine Feststellung, keine Frage, um das Kind auf die Probe zu stellen.

»Du bist Jack«, sagte Ellen, und ihr Gesicht hellte sich ein wenig auf, weil sie das behalten hatte. »Das hat Mummy gesagt.«

»Hat deine Mummy mich schon mal erwähnt?«

»Äh-äh«, machte Ellen und schüttelte den Kopf. Sie nahm ein Schlückchen Saft, dann ein Smartie. Sie kaute brav mit geschlossenem Mund. Sie nahm sich noch ein zweites von der Serviette, steckte es in den Mund und machte ihn wieder zu.

»Du hast aber gute Manieren«, sagte Lennon.

Ellen nickte. »Mm-hmm.«

»Das hat deine Mummy dir fein beigebracht.«

Ellen lächelte.

Lennon hatte plötzlich einen Kloß im Hals. Er räusperte sich, dann sagte er: »So, nun iss mal auf. Danach gehen wir wieder rauf.«

Ellen nuckelte an ihrem Strohhalm, ihr Blick war auf irgendetwas hinter Lennons Rücken gerichtet. Er blickte sich über die Schulter um, sah aber nur ein paar Leute, die zwischen den Tischen umherliefen und dabei unsicher ihre Tabletts vor sich her balancierten. Der Essbereich war von halbrunden Trennwänden umgeben, deren blaugrüner Anstrich mit Messern und Gabeln verziert war, die aussehen sollten wie Fischschwärme.

»Was starrst du die ganze Zeit so an?«, fragte er.

»Die Leute«, sagte Ellen.

»Was für Leute?«

»Alle möglichen Leute.« Sie stellte den Saft zurück auf den Tisch. »Hier sind auch schlechte Leute.«

»Meinst du Leute, denen es schlecht geht?«, fragte Lennon. »Hier sind viele kranke Menschen. Aber die meisten werden wieder gesund.«

Ellen griff nach ihrem Saft und trank ihn aus. Dann drückte sie den Deckel wieder auf ihre Smarties-Rolle und verstaute die Süßigkeiten in ihrer Manteltasche. »Für später«, sagte sie.

Lennon trank noch einen Schluck Tee, aber davon bekam er Sodbrennen. Er nahm Ellens leere Saftschachtel vom Tisch und stand auf, den Abfall in einer Hand. »Komm«, sagte er.

Ellen ergriff seine andere Hand und folgte ihm zum Abfalleimer, der sich hinter den halbrunden Raumteilern vor der Küche befand. Mühsam kämpfte Lennon sich durch die Menschen, die sich vor der Kasse stauten.

Eine Putzfrau kippte soeben ein mit Resten beladenes Tablett in den Mülleimer, als Lennon und Ellen sich näherten. Dann ließ sie den Deckel fallen und trat beiseite. Lennon trat den Fußhebel nieder, um den Mülleimer zu öffnen. Der Deckel rührte sich nicht. Er versuchte ihn mit der Hand hochzuheben, in der er das Tablett hielt. Der Deckel rührte sich immer noch nicht. Leute drängten sich auf dem Weg zur Kasse an ihm vorbei. Schultern rempelten und stießen ihn, und Lennon verkniff sich einen Fluch. Der Becher rutschte über das Tablett, und er ließ kurz Ellens Hand los, um zu verhindern, dass er umkippte. Endlich bekam er den Deckel des Mülleimers hoch und kippte den Müll hinein. Danach räumte er sein Tablett auf den Stapel daneben und streckte seine Hand nach Ellen aus.

Er griff ins Leere.

Blitzschnell drehte er sich zu der Stelle um, wo Ellen noch vor zwei Sekunden gestanden hatte.

Das Herz rutschte ihm in die Hose.

51

Das Kind kam auf ihn zu. Der Nomade blieb einfach nur an seinem Platz hinter der Trennwand stehen und beobachtete, wie es sich näherte. Schon als die Kleine dem großen Cop gegenübergesessen und ihre Süßigkeiten gekaut hatte, hatte sie ganze Zeit in seine Richtung geschaut. Mehr als einmal hatte er ihrem Blick nicht standhalten können, diesen klugen, wissenden Augen. Beinahe kam es ihm vor, als könnte sie all die hässlichen Teufel sehen, die in seinem Kopf herumtobten und nach einander schnappten.

Und jetzt kam sie, die Puppe baumelte an ihrer Seite. Der nackte Plastikkörper ließ in seinem Kopf den schwachen Widerhall einer längst verschütteten Erinnerung anklingen. Er blinzelte verwirrt und biss sofort die Zähne zusammen, weil ihn ein Schmerz wie von tausend Nadelstichen durchfuhr.

»Hallo«, sagte sie. »Was willst du?«

Der Nomade starrte auf sie hinunter, unschlüssig, was er auf diese Frage antworten sollte. Er schaute hinüber zu dem Cop, der gerade mit vor Entsetzen verzerrtem Gesicht eine Runde drehte.

»Kennst du Gerry?«, fragte das Mädchen.

Der Nomade leckte sich über die Oberlippe. »Ja«, sagte er. Er nahm ihre Hand. »Komm mit.«

Sie waren schon halb die Freitreppe hinunter und drückten sich weiter an Patienten und Personal vorbei, als eine Stimme rief:

»Ellen?« Sie klang zaghaft und verängstigt. Falls das Kind sie gehört hatte, reagierte es zumindest nicht darauf.

Der Nomade beschleunigte seinen Schritt und zerrte das Kind an der Hand mit. Rechts von ihnen, gegenüber dem Laden, wo der Nomade die beiden eben erst beobachtet hatte, befand sich der Andachtsraum.

»Ellen!«

Die Stimme war jetzt lauter und hörte sich zwar noch nicht nach Panik an, aber schon nach einem Anflug von Wut.

Das Mädchen wehrte sich und drehte sich zu der Stimme um, die nach ihm rief. Der Nomade packte sie noch fester. Als sie am Informationsschalter vorbeikamen, achtete er im Gedränge auf besorgte Blicke. Niemand nahm von ihnen Notiz, also marschierte er geradewegs auf den Andachtsraum zu und stieß, ohne sich um den auflodernden Schmerz zu scheren, mit der Schulter die Tür auf. Drinnen war das Licht gedämpft, und der ganze Raum schien zur Stille zu gemahnen, obwohl er selbst und das Kind hier die einzigen waren. Die Tür schwang wieder zu, und sie waren verborgen.

Ellen versuchte sich loszureißen, aber er hielt sie fest. Selbst seine eigenen Atemgeräusche kamen ihm an diesem schummrigen, stillen Ort fremd vor. Jetzt dämmerte ihm, dass er keine Ahnung hatte, was er als Nächstes tun sollte.

Schweiß kitzelte auf seiner Haut. Er musste schlucken, weil plötzlich sein Mund trocken war. Das Kind war zu ihm gekommen, es hatte ihn ganz bewusst gesucht. Wie dämlich! Er war in seinem ganzen Leben nie dämlich gewesen, das konnte er sich gar nicht leisten. Tollkühn vielleicht, aber nie dämlich. Jedenfalls nicht so wie diesmal. Und das alles nur, weil ein kleines Mädchen zu ihm gekommen war.

Ein irrer, furchtbarer Gedanke schoss ihm in den Kopf und nistete sich dort ein, so klar und kompromisslos, wie es nur die

Wahrheit vermochte. Der Nomade starrte auf das Kind hinab. Es lächelte zu ihm hoch, und dann gab es keinen Zweifel mehr.

Nicht er hatte sie gefangen.

Sie hatte ihn gefangen.

52

Obwohl ihm speiübel war und er am ganzen Leib zitterte, kämpfte Lennon gegen seine Panik an und zwang sich, die Ruhe zu bewahren. Er drehte eine weitere Runde und achtete dabei auf jede Kleinigkeit, suchte in und hinter den Gruppen von Menschen. Erneut rief er Ellens Namen. Ein paar Leute sahen von ihren Tabletts auf, andere ignorierten ihn.

Die Putzfrau drückte sich an ihm vorbei, und er hielt sie am Ärmel fest.

Sie wirbelte herum und riss ihren Arm los. »Was fällt Ihnen ein!«

»Haben Sie sie gesehen?«

»Was?« Ihr Gesichtsausdruck wechselte von Zorn zu Verwirrung und wieder zurück. »Wen gesehen?«

»Das kleine Mädchen.« Lennon packte sie bei den Schultern. »Sie war eben noch bei mir. An der Mülltonne. Als Sie den Abfall weggekippt haben. Sie ist ungefähr fünf oder sechs, hat blonde Haare.«

Ihre Gesichtszüge wurden versöhnlicher. »Nein, die hab ich nicht gesehen. Haben Sie das Mädchen verloren?«

Lennon drehte noch eine Runde, die Panik stieg wieder in ihm hoch.

Die Frau zog ihn an der Schulter. »Am besten gehen Sie zum Empfang. Die rufen sie dann über Lautsprecher aus. Ihr wird schon nichts passiert sein, machen Sie sich ...«

Er lief weiter und rief: »Ellen? Ellen!«

Auf dem Weg ins Erdgeschoß wälzte sich ihm auf der Treppe eine Flut von Menschen entgegen. Er drängte sich hindurch, ohne auf die Proteste der Leute zu achten, die er rempelte.

»Ellen!«

Ein Wachmann verließ seinen Posten am Eingang und kam herbei. »Alles in Ordnung, Mister?«, fragte er.

»Meine Tochter«, rief Lennon und sah sich dabei weiter suchend um. »Sie ist weg.«

»Keine Sorge. Wir machen einfach eine Durchsage. Kinder kriegen doch ständig Langeweile und laufen dann durch die ...«

Lennon packte den Mann am Hemdkragen. »Sie verstehen nicht. Vielleicht hat sie jemand entführt.«

»Ist ja gut, ist ja gut.« Der Mann machte sich von Lennon los. »Deshalb brauchen Sie nicht gleich Hand an mich zu legen, Sir. Wir regeln das schon, aber bewahren Sie einen kühlen Kopf, okay?«

»Rufen Sie die Polizei. Die Wache in der Grosvenor Road liegt am nächsten. Sagen Sie denen, dass Detective Inspector Lennon dringend Hilfe benötigt. Sagen Sie ihnen, ein Kind ist in Gefahr.«

»Sie sind ein Cop?«, fragte der Wachmann.

Lennon packte ihn am Schlips und zog, bis sie Nase an Nase waren. »Jetzt rufen Sie endlich an, verdammt.«

53

»Du kommst hier nicht weg«, sagte das Kind.

»Ich weiß«, sagte der Nomade.

Er schaute nach, ob man die Tür irgendwie verriegeln konnte, aber es gab kein Schloss. Er drehte eine Runde und suchte nach einem zweiten Ausgang, da war aber keiner. Die Stille drückte ihm auf die Schläfen, die spärlich beleuchteten Wände verschwammen vor seinen Augen, und die Bankreihen schienen auf ihn zuzukommen.

»So eine gottverdammte ...«

Das Mädchen zog ihn an der Hand. »Du hast ein böses Wort gesagt.«

Der Nomade riss sich los. »Weiß ich. Warum hast du das gemacht?«

Sie setzte sich auf eine Bank und stellte die Puppe auf ihren Schoß. »Was gemacht?«

»Warum bist du zu mir gekommen?«, fragte er. »Warum hast du das gemacht?«

»Ich wollte guten Tag sagen.« Sie ließ die Puppe auf der Bank hin und her laufen. Vielleicht konnte er ja einfach hier rausmarschieren und sie dalassen. Vielleicht konnte er durch den Haupteingang verschwinden, dann vorbei an der Säule mit der beknackten Schlange und wegrennen. Vielleicht aber auch nicht.

»Herrgott noch mal«, fluchte er.

»Kennst du Gerry?«

»Das hast du mich schon gefragt«, knurrte er. Nur hier herumzustehen und sich das Hirn zu zermartern brachte auch nichts. Er setzte sich neben sie. »Und ich habe doch ja gesagt, oder?«

»Kennst du ihn wirklich?«

Er knetete seine Hände und versuchte, einen klaren Gedanken zu fassen. »Nein, tue ich nicht. Warum ist dir das so wichtig, ob ich Gerry Fegan kenne oder nicht? Woher sollte ich ihn denn kennen, zum Teufel?«

Das Mädchen lehnte sich so dicht an ihn heran, dass ihre Schulter gegen seinen Arm drückte. Er rückte von ihr ab.

»Du hast genau solche Freunde wie er«, flüsterte sie.

»Was?« Er wandte den Kopf und musterte ihre stahlblauen Augen.

»Heimliche Freunde«, sagte sie.

Er lachte kurz auf, aber das Lachen blieb ihm im Halse stecken.

Sie starrte ihn unverwandt an. »Ganz, ganz viele«, sagte sie.

»Was redest du denn da?« Der Nomade stand auf und wischte sich an seiner Jeans die schwitzenden Handflächen ab.

Sie hob einen Finger an die Lippen, psst, und lächelte ihn verschwörerisch an.

»Wovon redest du? Was für Freunde?«

Da grinste sie und kicherte. »Das ist ein Geheimnis.«

»Herrgott«, knurrte er und marschierte in Richtung Tür. »Du kannst mich mal. Ich verschwinde hier. Komm mir bloß nicht nach.«

Er war schon halb bei der Tür, da trällerte sie: »Gerry kriegt dich.«

Der Nomade blieb stehen und drehte sich um. Er überlegte, ob er sie eine Lügnerin nennen sollte, aber die Gewissheit, die auf ihrem Gesicht stand, löschte jeden Zweifel aus.

Ein kühler Luftzug strich ihm über den Nacken.

»Kann ich Ihnen irgendwie behilflich sein?«, fragte eine Stimme.

Langsam und betont gelassen drehte er sich um. Vor ihm stand eine Frau mittleren Alters in einem Pullover und einem Kollar. Sie hatte das verschlagene, herablassende Lächeln einer Klerikerin aufgesetzt. Er schlug ihr mit der flachen Hand gegen den Kopf. Mit der Schulter voraus taumelte sie gegen die Wand. Das Letze, was er sah, bevor er die Tür aufriss und hinaussprang, war ihr entsetztes Gesicht. Das Letzte, was er hörte, war ihr Schrei. Danach lief alles schief.

54

Lennon hörte zuerst den Schrei und sah dann die Pistole. Menschen stoben auseinander, fielen übereinander und blieben, alle viere von sich gestreckt, liegen. Lennon griff nach seiner Glock und versuchte, die Umrisse des dünnen Mannes im Auge zu behalten, während er sich durch die entsetzte Menge schlängelte.

»Stehenbleiben!« rief er und riss die Glock hoch.

Der Wachmann ließ das Telefon fallen und kletterte über die Empfangstheke. Er versuchte, die fliehende Gestalt zu packen, aber die drehte sich blitzschnell um. Dann ein Knall, und der Wachmann ging mit einem Loch in der Schulter zu Boden.

Ein paar Leute warfen sich hin, andere kauerten sich hinter alles, was Deckung bot, wieder andere rannten davon. Bevor Lennon zielen konnte, schlängelte der dünne Mann sich schon irgendwie durch die Menge hindurch.

»Hinlegen!« rief er, obwohl er wusste, dass die panischen Menschen ihn nicht beachten würden. Er entdeckte die fliehende Gestalt des dünnen Mannes vor den Scheiben der Eingangstüren. »Stehenbleiben!«, rief er. »Polizei!«

Lennon machte zwei Schritte auf die Tür zu, dann kehrte seine Sorge zurück, und er blieb stehen. »Ellen?«, rief er in den Wirrwarr von Körpern hinein. Da sah er sie vor dem Andachtsraum in den Armen einer Frau, es war eine Seelsorgerin. Er rannte zu ihnen, umarmte Ellen und küsste sie auf die Stirn.

»Rühren Sie sich nicht von der Stelle«, sagte er der Seelsorgerin. »Passen Sie auf die Kleine auf, bis ich wieder da bin.«
Er rannte auf den Ausgang zu.

55

Der Nomade krachte seitlich in einen Krankenwagen und taumelte benommen zurück. Die Desert Eagle entglitt ihm und schepperte über den Bürgersteig auf die Fahrbahn. Beinahe wäre ihm die Waffe unter dem Krankenwagen verlorengegangen, doch er erwischte sie, bevor sie unter das Rad geriet, und warf sich auf den überdachten Fußgängerweg zurück.

Die Schranke, die hochgegangen war, um den Krankenwagen durchzulassen, schloss sich wieder. Er warf sich mit dem Unterleib dagegen und schwang sich hinüber. Für einen Moment schien die Welt Kopf zu stehen, dann krachte er so fest auf den Rücken, dass ihm die Luft wegblieb.

Er rollte sich auf die Seite, kam auf die Knie und drückte sich wieder hoch. Seine Lungen schrien nach Sauerstoff, er rang verzweifelt nach Luft. Trotzdem lief er weiter, obwohl schon schwarze Punkte vor seinen Augen tanzten.

Irgendwo hinter sich hörte er schwere Schritte auf dem Bürgersteig. Eine Stimme befahl ihm stehenzubleiben. Er drehte sich blitzschnell um, feuerte blindlings auf seinen unbekannten Verfolger und rannte weiter. Wohin? Er wusste es nicht. Sein Gehirn kam ins Schlingern bei dem Versuch, in der Phosphorhitze des Adrenalins noch zu funktionieren.

Ins Parkhaus.

Wenn er es bis dahin schaffte und sich zwischen den Reihen

über Reihen von Fahrzeugen verbarg, vielleicht sogar im Dunkel des Untergeschosses ...

Die Schritte waren jetzt schneller und näher. »Stehenbleiben!«, schrie eine Stimme.

Ein Schuss knallte, die Kugel sauste über seinen Kopf hinweg. Ein Warnschuss. Der Nomade achtete nicht darauf und zwang stattdessen seine Beine, noch schneller zu laufen, geduckt unter dem Schutz des Fußgängerwegs. Passanten, die er als Deckung zu nutzen versuchte, sprangen ihm aus dem Weg. Da vorn kam die Treppe ins Untergeschoss, oben stand der Kassenautomat. Wenn er bis dahin kam, war er in Sicherheit.

Er verließ den Schutz des Fußgängerweges, wich einem Auto aus und behielt die näherkommende Treppe im Auge. Ein alter Mann inspizierte vor dem Kassenautomaten mit verwirrtem Gesichtsausdruck ein paar Münzen. Als er sich umdrehte, sah er den Nomaden auf sich zukommen.

Der Nomade stieß ihn zur Seite, Münzen kullerten über den Beton, ein Fluch kostete ihn die letzte Luft. Er sah die Krankenschwester erst, als er ihr nicht mehr ausweichen konnte. Sein Kinn schlug gegen ihre Stirn. Dann verlor er den Boden unter den Füßen.

56

Lennon sah sie fallen. Der dünne Mann und die Krankenschwester stürzten gemeinsam von der obersten Treppenstufe. Er überquerte die Straße und lief mit der Glock im Anschlag über den Fußgängerweg bis zum Kassenautomaten.

Der alte Mann, der gerade Münzen vom Beton aufklaubte, blickte hoch. »Blöder Idiot«, schimpfe er.

Lennon rannte zum Treppenabsatz. Die Krankenschwester lag auf halber Treppe auf dem Rücken. Sie blinzelte in den Himmel und stöhnte. Ein hellroter Blutsfaden lief wie eine Linie über ihre Stirn.

Vom nächsten Absatz kam eine wahre Kanonade an Flüchen. Der dünne Mann hockte mit dem Rücken am Geländer da. Die schwere Waffe war fast in Reichweite. Er winkelte die Knie an und versuchte, auf die Füße zu kommen. Dann beugte er sich weit vor, bekam die Pistole aber nicht zu fassen.

Zwei Stufen auf einmal nehmend, sprang Lennon die Treppe hinunter. Mit der Wucht seines ganzen Gewichts warf er den dünnen Mann ans Geländer zurück. Der andere schrie vor Schmerzen auf und sackte dann auf dem Beton zusammen.

Lennon rollte ihn auf den Rücken und setzte sich rittlings auf seine Brust. Mit der linken Hand hob er die schwere Waffe auf, mit der anderen drückte er dem dünnen Mann die Glock an die Wange. Er schwang den Oberkörper zurück und stand auf, behielt dabei aber den Kopf des Mannes im Auge.

»Setzen Sie sich auf«, sagte er.

Der Mann gehorchte und legte beide Hände zusammen. »Scheiße. Ich glaube, jetzt haben Sie mir das Handgelenk gebrochen, Sie verdammtes Arschloch.«

»Lehnen Sie sich ans Geländer«, befahl Lennon. »Sofort.«

Der Mann kroch mühsam zurück und lehnte sich an die blauen Eisenstreben. Lennon musterte sein Gesicht. Er registrierte das geschwollene Augenlid und die steifen Bewegungen des Mannes.

»Ich habe Sie schon einmal gesehen«, sagte er.

»Kann sein«, sagte der Mann.

Die große Pistole lag schwer in Lennons Hand. Eine Desert Eagle. Amerikanische Waffennarren schwärmten von diesen Dingern, weil sie so groß waren und so viel Radau machten. Er steckte sie in seinen Hosenbund. »Wer sind Sie?«, fragte er.

Der Mann lachte und wischte sich mit dem Ärmel über das Auge. »Das wollten schon eine Menge Leute wissen.«

»Wer sind Sie?«, wiederholte Lennon. Er trat einen Schritt vor und umgriff die Glock mit beiden Händen.

»Barry Murphy«, sagte der Mann.

»Ist das Ihr richtiger Name?«

»Nein, aber für Sie reicht er.«

Dem Akzent nach stammte der Mann aus dem Süden, eher vom Land als aus der Stadt. Das linke Handgelenk in seinem Schoß hatte zu schwellen begonnen. Aus dem rechten Auge rann eine blutige Träne.

»Sie sehen ganz schön mitgenommen aus«, bemerkte Lennon.

Der Mann schnaubte. »Tja, ich habe ein paar harte Tage hinter mir. Ein Glück für Sie, dass ich nicht in Bestform bin.«

»Was machen Sie hier?«

Murphy zog geräuschvoll die Nase hoch und spuckte auf den Boden. Sein Speichel war mit Schleim und Blut vermischt. »Nur einen Job«, sagte er.

»Was für einen Job?«

»Hören Sie, sollten Sie mich nicht verhaften oder so was? Wir kriegen schon Publikum.«

Aus den Augenwinkeln sah Lennon, dass sich oben eine Menschentraube bildete. Er hörte, dass sich jemand auf der Treppe hinter ihm um die Krankenschwester kümmerte. Er ließ sich nicht ablenken und konzentrierte sich weiter auf den Mann vor sich.

»Keine Sorge, ich verhafte Sie schon noch. Aber erst sagen Sie mir, was Sie hier wollen.«

Murphy streckte die Arme aus, die Handgelenke aneinandergelegt. »Jetzt verhaften Sie mich endlich«, verlangte er.

»Warum?«, fragte Lennon und hockte sich hin. »Gibt es da jemanden bei den Behörden, der Ihnen hilft, sobald ich Sie abliefere?«

Murphy lächelte, sein Gesicht war eine groteske Karikatur von Freundlichkeit. »Wie meine Ma schon immer sagte: Was ich nicht weiß, macht mich nicht heiß.«

»Ist es Dan Hewitt?«

»Wer?«

»Dan Hewitt. Von der Special Branch. Er hat mir gesagt, dass Marie heute herfliegt und dass ich mich am Flughafen mit ihr treffen soll. Er wusste, dass ich sie hierher bringen würde. Hat er Ihnen gesagt, Sie sollen hier auf uns warten?«

»Ich kenne keinen Dan Hewitt.«

»Was ist mit Gordon? Detective Chief Inspector Roger Gordon.«

Murphy zuckte die Achseln. »Hier oben im schwarzen Norden kenne ich keine Cops.«

Lennon trat noch näher heran und zielte mit der Glock auf Murphys Stirn. Er scherte sich nicht darum, dass über ihm erschrocken nach Luft geschnappt wurde. »Wer hat Sie dann losgeschickt?«

Murphy grinste zu ihm hoch. »Verhaften Sie mich.«

»Wer hat Sie losgeschickt, Declan Quigley und Patsy Toner zu ermorden?«

Murphys Grinsen wurde noch breiter. »Nun verhaften Sie mich schon, Sie protestantischer Scheißkerl.« Lennons veränderter Gesichtsausdruck verriet ihn. »Sie sind gar kein Protestant? Ach du Scheiße, ein katholischer Cop! Und nicht mal einer von den neuen Rekruten. Wie lange machen Sie den Job schon?«

»Das geht Sie gar nichts an«, erwiderte Lennon.

»Jetzt kommen Sie schon, wie lange? Zehn Jahre? Fünfzehn?«

»Ich werde Ihnen nicht ...«

»Auf jeden Fall schon viel länger, als es bei den Republikanern nicht mehr verpönt war, diesem Verein beizutreten. Mann, Sie müssen sich ja allgemeiner Beliebtheit erfreuen. Ich staune, dass Ihnen die eine oder die andere Seite nicht schon vor Jahren Ihre blöde Birne weggeballert hat. Wie fand Ihre Familie das denn so?«

»Halten Sie die Klappe«, herrschte Lennon ihn an.

»Da habe ich wohl einen wunden Punkt getroffen, wie?«

Lennon schluckte und drückte Murphy die Waffe an die Stirn. »Das reicht.«

Murphy grinste. Noch eine blutige Träne rann ihm über die Wange. »Was denn, wollen Sie mich etwa erschießen? Sie wollen allen Ernstes abdrücken und mein Hirn über die Treppe verteilen, im Beisein der ganzen Leute?«

»Treiben Sie es nicht zu weit«, warnte Lennon ihn.

»Einen Scheiß werden Sie tun«, sagte Murphy. »Und jetzt verhaften Sie mich endlich, Sie dämlicher Scheißkerl.«

Lennon seufzte laut. »Die Hände her«, befahl er.

Murphy streckte erneut die Arme aus und legte die Handgelenke aneinander. Lennon packte das geschwollene und verdrehte es. Murphy schrie auf. Dann lachte er. Lennon verdrehte es noch weiter. Murphy schrie wieder auf.

»Sagen Sie mir, wer Sie geschickt hat«, verlangte Lennon.

»Lecken Sie mich am Arsch«, stieß Murphy keuchend hervor. »Verhaften Sie mich.«

Lennon verdrehte das Handgelenk noch einmal. Murphy schrie auf und hieb seinen Fuß auf den Beton.

»Ich will wissen, wer Sie geschickt hat.«

Murphy spuckte Lennon ins Gesicht. Es schmeckte nach Blut. Lennon schlug Murphy den Griff der Glock an die Stirn.

Danach herrschte Ruhe, auch über ihm.

Lennon fand die beiden bei der Seelsorgerin im Andachtsraum. Marie hatte Ellen auf dem Schoß. Gerade schaltete sie ihr Mobiltelefon aus, eine piepsende Bestätigung ertönte.

»Wen hast du angerufen?«, fragte er.

»Niemanden«, erwiderte sie. »Bist du in Ordnung? Wer war das?«

Die Seelsorgerin entschuldigte sich und ließ sie allein.

»Mir fehlt nichts«, sagte er. »Der Kerl ist in Gewahrsam. Ihr seid jetzt in Sicherheit.«

»In Sicherheit?« Wut blitzte in Maries Gesicht auf, und sie bleckte die Zähne. »Vor wem denn bitte schön? Vor was? Vor dir?«

Lennon setzte sich neben sie. »Marie, ich ...«

»Du solltest auf meine Tochter aufpassen. Wie konntest du es zulassen, dass dieser ... dieser Scheißkerl ...«

Ihre Worte verebbten in einem Schluchzen.

Lennon wollte ihr die Hand auf die Schulter legen, besann sich aber eines Besseren. Er stand auf und sagte: »Die werden sicher eine Aussage von mir haben wollen.«

57

Das Motel betrieb auch einen kleinen Coffeeshop. Fegan wollte zwar eigentlich nicht gesehen werden, aber der Hunger war stärker. Er setzte sich an einen Tisch in der hintersten Ecke, von der aus er den Eingang im Auge behalten konnte.
»Was darf es sein?«, fragte die Kellnerin.
Er studierte die Speisekarte. Hauptsächlich Sandwiches, und alle mit Käse. Käse mochte er nicht. »Das da«, sagte er. »Truthahn. Aber ohne Käse.«
»Der Koch arbeitet nur bis mittags«, erklärte die Kellnerin. »Die Sandwiches sind schon alle gemacht. Mit Käse.«
»Na schön«, sagte er. »Und Wasser.«
Von seinem Platz aus konnte er den Verkehr auf der Schnellstraße von New Jersey und dahinter den Flughafen sehen, über dessen Tower schon dicht die untergehende Sonne stand. Im Hintergrund klapperte Besteck, und gelegentlich flog ein Jet vorbei.
Während Fegan auf sein Sandwich wartete, holte er das Telefon aus der Tasche. Er legte es auf den Tisch und starrte das Display an, als könne er es so zum Leben erwecken. Das Telefon war eigentlich nicht sehr hart auf den Boden geprallt und sehr wahrscheinlich nicht vollkommen kaputt. Fegan drehte es um, untersuchte das Gehäuse und versuchte noch einmal, es anzuschalten.
Ein Junge am Nebentisch beobachtete ihn. »Kaputt?«, fragte er.

»Ich weiß es nicht«, antwortete Fegan. »Könnte aber sein.«

Die Mutter des Jungen sah von ihrem welken Salat auf. Sie starrte Fegan misstrauisch an. Er schlug die Augen nieder und konzentrierte sich wieder auf sein Telefon.

»Haben Sie es fallen lassen?«, fragte der Junge.

»Ja«, log Fegan.

»Lassen Sie mich mal gucken. Ich kann so ziemlich alles reparieren.«

Fegan sah wieder zu seiner Mutter hoch. »Darf er mal gucken?«

Sie zögerte einen Moment, doch dann nickte sie. »Aaron bastelt gerne herum. Alles, was man auseinandernehmen kann, kann er wieder zusammensetzen.«

Die Kellnerin brachte Fegan einen Teller mit seinem Sandwich und ein Glas Wasser. Er reichte Aaron das Telefon. Während der Junge das Gerät ans Licht hielt, machte er sich daran, sein Sandwich vom Käse zu befreien.

»Das Gehäuse ist nicht richtig eingerastet«, sagte Aaron.

Fegan nahm einen Bissen. Das Brot war trocken.

Der Junge entfernte den Deckel auf der Rückseite, und ein rechteckiges Ding plumpste auf den Tisch. »Sehen Sie? Die Batterie war nicht richtig drin. Die muss aus der Halterung gesprungen sein, als Sie es fallen gelassen haben.«

Aaron nahm das Ding und schob es ein. Dann legte er den Deckel wieder auf und ließ ihn mit einem Klicken einrasten. Lächelnd reichte er Fegan das Telefon zurück. »Ich wette, jetzt klappt es wieder«, sagte er.

Fegan drückte auf den Ein/Aus-Schalter, und das Display leuchtete auf. »Du hast es tatsächlich repariert«, sagte er.

»Hab ich Ihnen doch gesagt«, verkündete Aaron.

»Das hat er«, bestätigte seine Mutter mit einem stolzen Lächeln. Sie hatte Sommersprossen auf den Wangen.

»In der Tat«, sagte Fegan. Er lächelte zurück.

»Ich bin Grace«, sagte sie. »Wie heißen Sie?«

»Paddy Feeney«, sagte Fegan.

Das Telefon in seiner Hand vibrierte. Es traf Fegan wie ein Faustschlag im Magen. Auf dem Display erschien ein Text: »Sie haben eine neue Nachricht.«

»Geht es Ihnen nicht gut?«, fragte die Frau.

Fegan wollte ihr antworten, merkte aber jetzt, dass er dafür gar keine Luft hatte.

»Trinken Sie mal einen Schluck Wasser!«, riet sie.

»Ich muss los«, sagte Fegan.

»Oh«, sagte sie, und ihr Lächeln erstarb. »Na ja, war jedenfalls schön, Sie kennenzulernen.«

Fegan nickte. Er stand auf und schaute noch einmal auf den Jungen hinunter. »Danke«, sagte er und wandte sich zur Tür.

»Gern geschehen«, rief der Junge ihm nach.

»He!« Die Kellnerin hielt Fegan an der Tür auf. »Sie wollten doch wohl Ihr Sandwich bezahlen, oder?«

Fegan nahm einen Schein aus der Tasche und drückte ihn ihr in die Hand. Dann drückte er sich an ihr vorbei auf den Parkplatz hinaus. Über ihm donnerte wieder ein Jet vorbei.

»He!«, schrie die Kellnerin über das Röhren des Flugzeugs hinweg. »Das ist ja ein Hunderter.«

Fegan ignorierte sie und erklomm die Treppe bis zum obersten Stockwerk. Er lief in sein Zimmer, schloss die Tür auf und hinter sich wieder zu. Dann rief er die Nummer an, mit der er seine Nachricht abhören konnte.

Eine blecherne Stimme sagte: »Der Dienst, den Sie in Anspruch nehmen wollen, ist leider im Ausland nicht verfügbar. Wenn Sie die Option Auslandsgespräche freischalten möchten, rufen Sie bitte folgende ...«

Fegan unterbrach die Leitung. »Herrgott«, murmelte er.

Marie hatte angerufen. Sonst kannte niemand diese Nummer. Und es konnte nur einen Grund geben.

Er steckte das Telefon ein und nahm das Bündel Geldscheine und den irischen Reisepass aus dem Nachtschränkchen. Was, wenn er damit nicht durch die Sicherheitskontrolle kam? Er musste es eben riskieren. Er hob seine Tasche auf und hängte sie sich über die Schulter.

Draußen kühlte die Brise den Schweiß, der ihm auf der Stirn stand, und ein kalter Schauer lief ihm über den Rücken. Er konnte natürlich auf ein Taxi warten, aber in zwanzig Minuten war er auch zu Fuß am Flughafen. Er wusste, dass am Abend ein Flug nach Belfast abging, schon in ein paar Stunden. Und dann noch sechseinhalb Stunden Flug. Morgen früh würde er zu Hause sein.

Fegan hoffte nur, dass es dann nicht schon zu spät war.

58

Für einen kurzen Moment sah der Nomade alles nur noch blutrot, dann drückte ihm die Krankenschwester einen feuchten Wattebausch aufs Auge. Ein paar Sekunden loderte der Schmerz wie ein Feuerball, dann blieb nur noch ein Flämmchen unter dem Tupfer übrig.

»Sieht aus wie ein kleiner Holzsplitter«, sagte die Schwester. Er hörte es scheppern, als sie die Pinzette in einen Metallbehälter warf. »Könnte auch die Hornhaut verletzt haben, und außerdem ist das Lid stark entzündet. Sobald die Blutung aufgehört hat, spülen wir das Auge und bringen eine antibiotische Salbe auf.«

Der Nomade konnte sie zwar nicht sehen, trotzdem spürte er die Anwesenheit der beiden Streifenpolizisten, die ihn bewachten. Hünen mit versteinerten Gesichtern. Die Sorte von Arschlöchern, die nur zur Polizei gegangen waren, damit sie andere Leute herumkommandieren konnten.

Seine Gelenke waren mit Handschellen ans Bett gefesselt, eine schmale Pritsche mit einer dünnen Matratze. Hinter der Trennwand war das geschäftige Klappern und Scheppern aus der Notaufnahme zu hören. Seine linke Hand lag auf einem Kissen. Das Handgelenk pochte zwar, aber es war nicht der für einen Bruch typische tiefe, große Schmerz. Vermutlich eher verstaucht, und dieser Cop Lennon hatte die Sache nicht gerade besser gemacht. Zusammen mit dem Handgelenk pochte auch der unangenehme

Schmerz, der sich hinter seinen Augenhöhlen eingenistet hatte. Sie hatten seinen Kopf und sein Handgelenk geröntgt und ihm dann die Schläfe mit vier Stichen genäht. Dieser Scheißkerl von Cop hatte ihn genau unterhalb der Stelle getroffen, wo sie ihm damals den Kevlarsplitter herausoperiert hatten. Die Narbe war aufgeplatzt, es hatte geblutet wie verrückt. Jetzt warteten sie darauf, dass ein Arzt sich die Röntgenaufnahmen ansah.

Die Schwester hatte den Verband an seiner Schulter gewechselt. Als sie wissen wollte, wie das passiert war, hatte er behauptet, er sei in eine Stricknadel gefallen. Die Schwester hatte ungläubig die Augen verdreht und dann weggeschaut. Eigentlich ein ziemlich hübsches Ding. Auf jeden Fall ein angenehmerer Anblick als die beiden Cops.

Sie nahm ihm den Wattebausch vom Auge und tupfte es mit einem frischen ab. Der Plastikvorhang fuhr raschelnd zur Seite, und mit einer roten Aktenmappe trat der Arzt ein.

Dahinter stand Lennon und starrte ihn an. Der Nomade hob den Kopf und grinste ihn an. Gereizt verlagerte Lennon sein Gewicht.

»Legen Sie sich zurück«, wies ihn der Arzt an.

»Verpissen Sie sich«, schnauzte der Nomade. Ohne auf den höllischen Schmerz in seinem Handgelenk zu achten, drückte er sich auf dem linken Ellenbogen hoch. »Wir zwei sind noch nicht miteinander fertig«, rief er dem Cop zu.

Lennon verschwand.

»Diese Marie sieht gar nicht mal so übel aus«, rief ihm der Nomade hinterher. »Ich lasse Sie erst noch zusehen, wie ich sie ficke, und dann bringen wir die Sache hinter uns.«

Die Schwester starrte ihn feindselig an.

Die Schritte des Cops entfernten sich. Der Nomade schrie ihm nach: »Na, wie gefällt Ihnen das? Haben Sie gehört?«

»Legen Sie sich zurück«, sagte der Arzt. »Bitte.«

»Lecken Sie mich am Arsch«, schnauzte der Nomade.

Einer der Cops drückte sich durch die Tür und legte dem Nomaden eine Hand auf die Brust. Dann versetzte er ihm einen harten Stoß, und der Rücken des Nomaden prallte so fest auf die dünne Matratze, dass ihm die Luft wegblieb. Er holte tief Luft und spuckte dem Polizisten ins Gesicht.

Der Cop ballte eine Faust und holte aus.

»Na los doch«, sagte der Nomade. »Traust dich ja doch nicht, du Arschloch.«

Der Polizist schüttelte den Kopf und senkte langsam die Faust. »Entweder bleiben Sie freiwillig liegen, oder ich sorge dafür, dass Sie liegenbleiben«, sagte er. »Und nicht auf die sanfte Tour.«

Der Nomade lachte. Er entspannte sich. Lächelnd gestattete er dem Arzt, dass er seine Hand ergriff, achtete aber nicht auf sein Geschwätz. Ebenso ignorierte er den Schmerz, als der Quacksalber das Gelenk befingerte und hierhin und dorthin bog. Der Nomade gab keinen Mucks von sich. Er starrte einfach nur an die Decke.

59

Roscoe Patterson wartete, die Arme vor der Brust verschränkt, an der Wohnungstür. Tattoos mit Ulster-Fahnen und furchteinflößenden Totenköpfen prangten auf seiner Haut. Als sie näher kamen, nickte er. Lennon trug Maries Koffer, sie selbst die schlafende Ellen.

Roscoe übergab Lennon den Schlüssel. »Hab die Bude noch mal in Schuss gebracht«, erklärte er mit einem Augenzwinkern.

»Danke«, sagte Lennon. »Sonst ist doch keiner da, oder?«

»Keine Menschenseele«, antwortete Roscoe. Er schlug Lennon auf die Schulter. »Pass auf dich auf, Langer.«

»Wer ist das?«, wollte Marie wissen, kaum dass sich die Lifttür hinter Roscoe geschlossen hatte.

»Ein Freund«, antwortete Lennon und schloss die Wohnungstür auf.

»Besonders nett sieht der nicht gerade aus«, bemerkte sie.

»Ist er auch nicht«, sagte Lennon. Er trug ihren Koffer hinein. »Er ist ein Dreckskerl. Aber ein ehrlicher Dreckskerl, und das reicht mir.«

Marie folgte ihm. »Traust du ihm?«

»Ich vertraue überhaupt niemandem«, erklärte Lennon. Auf dem Weg ins Schlafzimmer schaltete er die Lampen an. Wie versprochen, hatte Roscoe die Handschellen und Vibratoren, die Schale mit den Kondomen und die pornographischen Bilder an den Wänden verschwinden lassen. Lennon legte den Koffer auf dem Bett ab.

Marie blieb zögernd im Flur stehen.

»Du solltest erst mal ausschlafen«, riet er.

»Du auch«, antwortete sie. »Die Couch sieht gar nicht mal unbequem aus.«

Halb schlafend, halb wach, dämmerte Lennon dahin. Sein Körper sehnte sich nach nichts mehr als nach Schlaf, aber sein Kopf konnte einfach nicht abschalten. Jedes Mal, wenn seine Gedanken schon im Treibsand des Einschlummerns wegdrifteten, strampelten sie sich doch wieder frei, wild und unbezähmbar.

Als Detective Chief Inspector Gordon seine Aussage aufgenommen hatte, waren in jeweils einer Ecke des Raumes auch Hewitt und Chief Inspector Uprichard zugegen gewesen. Hewitt wirkte blass und abwesend, Gordon dagegen auf eine schroffe Art nüchtern. Lennon erklärte ihnen, dass der Mann, den er gefasst hatte, für die Morde an Kevin Mallory, Declan Quigley, Brendan Houlihan und Patsy Toner verantwortlich sei. Während er aussagte, beobachtete er die beiden, aber weder Hewitt noch Gordon zeigten die geringste Reaktion.

Danach verließen Hewitt und Uprichard den Raum, nur Gordon blieb zugegen, als Lennon anschließend gegenüber irgendeinem Sesselfurzer von der Polizei-Ombudsstelle eine weitere Aussage machte. Als Lennon sagte, er glaube, der Verhaftete stehe unter dem Schutz irgendwelcher Personen innerhalb der Polizeikräfte, reagierte Gordon mit keinem Wort, sondern starrte nur weiter vor sich hin.

Nachdem seine Aussage aufgenommen worden und der Sesselfurzer mit seinem ganzen Kram abgezogen war, legte Gordon Lennon eine Hand auf die Schulter.

»Was Sie da behaupten, ist gefährlich, mein Junge«, sagte er.

»Es ist die Wahrheit«, erwiderte Lennon.

»Die Wahrheit kann einem leicht aus den Fingern gleiten«, sagte Gordon. »Sie sollten gut auf sich aufpassen. Mehr sage ich Ihnen nicht.«

Als er dann um zwei Uhr nachts endlich am Empfang des Präsidiums auftauchte, warteten Ellen und Marie immer noch auf ihn. Maries Aussage hatte irgendein Sergeant aufgenommen. Sie hatte nicht viel zu erzählen gehabt, weder im Präsidium noch anschließend auf der Fahrt zu Roscoes Wohnung in Carrickfergus. Sie war ja nicht dabei gewesen.

Das Morgenlicht fand einen Spalt durch die Wohnzimmervorhänge. Draußen vor dem Fenster kreischten über dem Yachthafen Seemöwen. Und endlich wurden Lennons Gedanken von der Müdigkeit überschwemmt. Er döste ein.

Im Traum begegnete Lennon all den Frauen, die er gekannt hatte. Frauen, die er belogen und im Stich gelassen hatte. Er lief von einer zur anderen und versuchte, mit ihnen zu reden, doch alle wandten sich ab. Sie wollten ihn nicht anhören. Mittendrin stand seine Mutter und hielt ein zerrissenes Hemd umkrampft. Als er näher herantrat, entdeckte er das Blut. Es war Liams Hemd. Das Hemd, in dem sein Bruder gestorben war.

Seine Mutter sagte etwas, doch im anschwellenden Gezeter der anderen Frauen gingen ihre Worte unter.

Was?, versuchte er zu fragen, aber seine Lippen und seine Zunge waren bleischwer und brachten das Wort nicht heraus. Er versuchte es noch einmal und schaffte es zu krächzen: »Was?«

Sie öffnete den Mund, aber diesmal wurden ihre Worte von einem neuen Geräusch verschluckt, einem hellen Geklingel.

»Was?«, fragte er noch einmal.

Lächelnd löste sie sich in der Dunkelheit auf und rief ihm noch zu: »Geh ans Telefon.«

Lennon schreckte hoch. Sein Kopf dröhnte, und sein Herz schlug wie wild. »Mein Gott.«

Immer noch dieses Gebimmel. Suchend spähte er ins Zimmer hinein. Auf dem gläsernen Couchtisch lag Maries Tasche. Sie stand offen, und etwas leuchtete in ihr. Lennon beugte sich auf dem Sofa vor und griff in die Tasche. Das Telefon vibrierte in seiner Hand. Er drückte auf die grüne Taste und nahm es ans Ohr.

»Hallo?«, meldete er sich keuchend.

Zuerst gar nichts. Und dann: »Wo ist Marie?«

»Wer ist da?«

Irgendwo in Hintergrund hallte eine Lautsprecherdurchsage. »Ich will Marie sprechen«, verlangte der Anrufer.

»Sie kann gerade nicht ans Telefon kommen«, erwiderte Lennon.

»Wo ist sie?«

»Das kann ich Ihnen nicht sagen. Wer sind Sie?«

Wieder nichts. Dann: »Ist sie in Sicherheit? Ist Ellen in Sicherheit?«

»Beiden geht es gut. Wer ist dran?«

»Wo sind sie?«

»Sind Sie etwa ... sind Sie Gerry Fegan?«

Einige Sekunden war nichts zu hören außer Hintergrundgeräuschen und hallenden Durchsagen. Dann: »Ich bringe jeden um, der sie anrührt. Passen Sie gut auf sie auf, bis ich sie gefunden habe.«

»Bleiben Sie weg«, sagte Lennon. »Kommen Sie ihnen nicht zu nahe, verstanden? Halten Sie sich von meiner Tochter fern.«

»Sie sind also der Cop, von dem sie mir erzählt hat«, antwortete Fegan. »Sie haben die beiden sitzenlassen.«

»Das geht Sie ...«

»Passen Sie gut auf die beiden auf.«

Lennon hörte ein Klicken, dann war die Leitung tot.

»Wer war das?«, fragte Marie von der Tür aus.

60

Fegan steckte das Telefon wieder ein und lehnte sich gegen die Wand des Toilettenhäuschens. Dieser Cop hatte also Marie und Ellen. Er war der Vater des Mädchens. Vielleicht konnte er sie beschützen.

Fegan nahm seine Tasche und verließ die Kabine. Auf beiden Seiten des Atlantiks hatte sich keiner seinen Pass genauer angesehen. Während des Flugs hatte er zu schlafen versucht, aber die Angst vor Träumen, in denen jemand verbrannte, hatte ihn wach gehalten. Vom engen Sitz taten ihm die Arme und Beine weh.

Kaum war er gelandet und durch die Personenkontrolle gekommen, hatte er sich den nächstbesten abgeschiedenen Ort gesucht, wo er seine Nachricht abhören konnte. Dann hatte er die Nummer angerufen, die Marie hinterlassen hatte, aber dieser Anruf hatte seine Sorge nur noch bestärkt. Er musste unbedingt Marie und Ellen finden und sie außer Gefahr bringen. Der einzige Ort, der ihm einfiel, um seine Suche zu beginnen, war ihre Wohnung in der Eglantine Avenue. Er betrat eine Wechselstube und tauschte seine letzten Dollar in Pfund ein.

Als er ins Freie trat, um auf den Bus in die Stadt zu warten, war der Morgenhimmel grau und schwer. Irgendwo unter genau diesem Himmel befanden sich auch Marie und Ellen. Und auch die Männer, die hinter ihnen her waren. Aber Fegan würde sie zuerst finden. Alles andere war undenkbar.

61

Sie hatten ihm Tee und Toast serviert. Der Tee war kalt und der Toast matschig. Der Kopf des Nomaden tat höllisch weh, und das Einzige, was sie ihm hatten anbieten können, war Paracetamol. Reine Zeitverschwendung, aber er schluckte die Tabletten trotzdem.

Sein linkes Handgelenk fühlte sich unter dem Verband steif und schwerfällig an. Er legte die Hand auf den Tisch. Zwischen den Fingern juckte die Haut. Auf seinem rechten Auge lag ein Gaze-Verband. Das Lid brannte und fühlte sich klebrig an. Auf der anderen Seite des Tisches saß ein Cop und starrte ihn an. Gordon hieß er. Ein weiterer Cop stand schweigend in der Ecke. Er sah so blass und verschwitzt aus, als hätte er gerade Dünnschiss.

Gordon sprach in den Kassettenrekorder. »Es wird festgehalten, dass der Verdächtige, der sich als Barry Murphy ausgibt, jeglichen juristischen Beistand abgelehnt hat.« Dann sprach Gordon den Nomaden an. »Also, Mr. Murphy, wir haben bei unseren Kollegen von der Garda Síochána nachgefragt. Und von dort hören wir, dass es in der Tat einen Finbar Murphy gibt, der unter der von Ihnen angegebenen Adresse in Galway wohnt. Man hat das Einwohnermeldeamt gebeten, uns einen Scan seines Führerscheins zu mailen.«

Gordon drehte einen Bogen Papier um, auf dem ein offizieller EU-Führerschein zu sehen war und darauf ein Foto von einem

Mann mit roten Haaren, Segelohren und einem kapitalen Überbiss.

»Du lieber Himmel«, kommentierte der Nomade. »Der sieht eher so aus, als würde er vor einer Blockhütte in Alabama Banjo spielen.«

Gordon erwiderte das Grinsen des Nomaden nicht. »Sie geben also zu, dass Sie nicht der Mann sind, der auf diesem Führerschein abgebildet ist. Einem Führerschein, der mit dem Namen und der Adresse ausgestellt wurde, die Sie uns genannt haben?«

Der Nomade zuckte die Achseln. »Sieht wohl nicht so aus.«

»Können Sie mir Ihren richtigen Namen nennen?«

»Thomas O'Neill«, sagte der Nomade.

»Und Ihre Adresse?«

Der Nomade gab dem Cop eine Adresse in Wicklow, die er sich eingeprägt hatte.

Gordon riss das Blatt von seinem Block und ging zur Tür des Verhörraumes. Er reichte es an jemanden vor der Tür weiter und kehrte zu seinem Stuhl zurück.

»Darf ich davon ausgehen, dass der neue Name und die Adresse einer Überprüfung standhalten, oder haben Sie schon wieder eine Falschaussage gemacht?«

»Weiß man nie«, sagte der Nomade.

»Ihre Fingerabdrücke existieren in keiner uns zugänglichen Datei«, fuhr Gordon fort. »Bis wir das Ergebnis der DNA-Probe, die wir genommen haben, erhalten, wird es noch ein paar Tage dauern. Und liege ich denn richtig bei der Vermutung, dass auch dies kein Licht auf Ihre Identität werfen wird?«

»Ich verweigere die Aussage«, sagte der Nomade.

»Was wollten Sie von dem kleinen Mädchen?«

»Ich verweigere die Aussage.«

»Als Detective Inspector Lennon Sie verhaftet hat, waren Sie im Besitz einer Handfeuerwaffe der Firma Israel Military

Industries, genauer gesagt, einer halbautomatischen Desert Eagle Kaliber .44. Hierzulande eine ungewöhnliche Waffe. Haben Sie diese Pistole über die Grenze gebracht, oder haben Sie sie sich erst hier im Norden beschafft?«

»Ich verweigere die Aussage.«

»Besonders redselig sind Sie wohl nicht gerade, oder?«

»Ich?«, fragte der Nomade grinsend zurück. »Ich bin sogar total redselig. Trotzdem: Ich verweigere die Aussage.«

62

»Erzähl mir von Gerry Fegan«, sagte Lennon.

Marie saß ihm im Wohnzimmer gegenüber, Ellen lag auf dem Fußboden und malte. »Was willst du wissen?«

»Warum du dich mit so einem wie dem eingelassen hast?«

»So einem wie dem«, wiederholte sie. »Als ich ihn kennenlernte, wusste ich nicht, wer er war. Es war bei der Totenwache für Onkel Michel. Er sah so verloren aus.«

»Er hat deinen Onkel getötet.«

Lennon sah zu, wie seine Tochter ein dünnes Strichmännchen malte.

»Jetzt weiß ich das«, sagte Marie. »Ich hatte von ihm gehört. Ich wusste, dass er im Gefängnis gewesen war, dass er einen Ruf hatte. Aber solche Männer kenne ich schon mein ganzes Leben. Ich habe nicht erwartet, dass er anders wäre. Ich wusste nur nicht, dass es so viele waren.«

»Viele was?«

»Tote.«

Für die Haare malte Ellen der Figur dunkle Striche um den Kopf, dann traurige Augen und ein sanftes Lächeln.

»Aber er war so freundlich«, fuhr Ellen fort. »So einfühlsam. Und er war bereit, für Ellen und mich sein Leben zu opfern.«

»Er ist ein Killer«, sagte Lennon.

»Ich weiß«, sagte sie. »Er ist ein Monster. Er ist verrückt. Und er würde alles tun, um uns zu beschützen.«

»Das würde ich auch«, sagte Lennon.

In den Arm der Strichmännchen-Frau kam ein Baby mit einem kleinen runden Kopf, die Hände klammerten sich an die Brust ihrer Mutter.

»Jack, du hast uns verlassen«, sagte Marie. Ihr Blick war kalt. »Du hattest Gelegenheit, uns zu beschützen, als Ellen noch in mir drin war. Aber du bist abgehauen, als wir dich am meisten gebraucht haben.«

»Ich habe dich so sehr vermisst«, sagte er. »Und Ellen auch.«

Maries Lachen war, als zerspränge Eis. »Mein Gott, jetzt komm mir bloß nicht auf die sentimentale Tour, Jack. Das passt überhaupt nicht zu dir.«

Ellen fing an, neben die Strichmännchen-Frau eine zweite Figur zu malen. Wieder dünn, nur größer.

»Es stimmt aber«, beharrte Lennon. »Kaum war ich fort, habe ich es bereut.«

»Nur weil die andere dir eine Woche später den Laufpass gegeben hat.«

»Das ist nicht fair.«

»Das ist vollkommen fair.« Maries Gesichtsausdruck verhärtete sich noch mehr. »Wie heißt es gleich so schön? Wenn man eine Sünde nur bereut, weil man dafür bestraft worden ist? Ja, genau. Falsche Reue.«

»Stimmt, ich habe meine Strafe gekriegt. Weißt du eigentlich, dass sie versucht hat, mir sexuelle Belästigung vorzuwerfen? Sie hat behauptet, ich würde ihr nachstellen, sie anrufen, ihr auf Schritt und Tritt folgen. Und ich hätte ihr gesagt, dass ich sie heiraten wolle. Das war natürlich alles totaler Quatsch. Sie konnte es nur nicht mehr ertragen, mit mir im selben Büro zu sein. Deshalb hat sie versucht, dafür zu sorgen, dass ich gefeuert werde. Und beinahe hätte sie es sogar geschafft. Das war eine schlimme Zeit. Die Leute, besonders die Frauen, haben mich auf dem Flur angesehen, als wäre ich der letzte Dreck. Man hat mir einen Deal vorgeschlagen. Wenn ich freiwillig den Dienst quittierte, würden sie die Sache mit ihr regeln. Sie hätte eine Stange Geld gekriegt und ich mich um einen neuen Job kümmern können. Und wie die Dinge damals standen, fand ich diesen Deal nicht mal schlecht. Beinahe wäre ich darauf eingegangen.«

»Und warum dann doch nicht?«, fragte Marie.

»Mir ist wieder eingefallen, was es mich schon gekostet hatte, überhaupt Polizist zu werden. Wie viel ich verloren hatte, nur weil ich dort eingetreten war. Da wäre ich doch bescheuert gewesen, mich von dieser verrückten ...« Er schluckte und warf einen Seitenblick auf Ellen. »Ich wollte mich von ihr nicht aus meinem Job vertreiben lassen, nur weil sie nicht damit zurechtkam, was sie getan hatte.«

»Nicht damit zurechtkam, was sie getan hatte? Mein Gott, das ist doch lächerlich.«

Lennon ignorierte die höhnische Bemerkung. Er zögerte einen Moment und überlegte, ob er es Marie wirklich erzählen sollte.

»Manchmal habe ich euch beobachtet. Dich und Ellen.«

»Du hast uns nachspioniert?«

»Nein«, sagte er. »Doch. Nein, nicht wirklich spioniert. Ich wollte nur meine Tochter sehen. Du hast mir ja nie erlaubt, sie kennenzulernen.«

»Du hattest es nicht verdient, sie kennenzulernen.«

Die neue Figur neben der Strichmännchen-Frau und ihrem Baby war ein Mann. Sein Gesicht war nicht rund wie das der Frau, sondern lang und spitz. Ellen hatte die Zunge heraushängen, so sehr konzentrierte sie sich auf die Striche, aus denen sein Körper und die Beine werden sollten.

»Sie ist meine Tochter«, erklärte Lennon.

»Du hast kein ...«

»Sie ist meine Tochter«, wiederholte Lennon. »Ich bin ihr Vater. Ich habe ein Recht, sie zu kennen. Und sie hat ein Recht, mich zu kennen.«

»Rechte«, sagte Marie verächtlich. Sie stand auf und trat ans Fenster, von dem aus man auf den Yachthafen schaute. »Komm mir doch nicht mit Rechten. Du hast mich verlassen und mich ein Kind allein großziehen lassen, weil du nicht den Mumm hattest, ein Vater zu sein. Du hast dein Recht auf sie vor sechs Jahren verloren.«

Lennon folgte Marie zum Fenster. Unter ihnen schaukelten die Masten der Segelboote. Seemöwen kreisten und stürzten hinab. »Du benutzt sie, um mich zu bestrafen. Das hast du immer getan.«

Sie sah ihn über die Schulter an. Ihr Gesicht verriet keinerlei Gefühl. »Und das wird auch so bleiben«, sagte sie.

Lennon konnte ihrem Blick nicht standhalten, deshalb schaute er hinunter auf Ellens Bild. Das Strichmännchen hatte eine Pistole in der Hand. Lennon hockte sich neben sie und legte einen Finger auf die Figur.

»Wer ist das, mein Schatz?«

»Gerry«, sagte Ellen.

Lennon zeigte auf die andere Figur. »Und das da?«

»Das ist die geheime Dame.«

»Wofür hat Gerry denn eine Waffe?«

»Damit er die Bösewichter verscheuchen kann.« Als Mund von Strichmännchen-Gerry malte sie eine schnurgerade Linie.

»Welche Bösewichter muss er denn verscheuchen?«

»Weiß ich nicht.«

»Ist Gerry denn kein Bösewicht?«, fragte Lennon.

Ellen legte ihren Buntstift hin und sah ihn ernst an. »Nein, der ist nett. Er kommt und hilft uns.«

»Nein, mein Schatz«, sagte Lennon. »Er weiß doch gar nicht, wo ihr seid.«

»Weiß er doch«, sagte Ellen. Sie nahm wieder ihren Buntstift. »Bald ist er da.«

63

Gerry Fegan ging nicht langsamer, als er sich Marie McKennas Wohnung in der Eglantine Avenue näherte. Eine Polizistin lehnte an einem Streifenwagen und aß aus einer Styroporschale Pommes frites. Auf dem Autodach stand eine Flasche Cola. Gerade kam ein zweiter Polizist aus dem Haus. Er warf einen vollgestopften Müllsack auf die Rückbank des Wagens und schloss die Tür. Dann versuchte er, von der Frau eine Fritte zu stibitzen. Sie zog die Schale weg, aber erst, nachdem er sich schon ein paar geschnappt hatte. Er grinste die Frau an und aß sie auf.

Auf der anderen Straßenseite war Fegan keine zehn Meter mehr von dem Haus entfernt, als ein junger Mann herauskam. Er sah aus wie ein Student. Nachdem er ein paar Worte mit den Polizisten gewechselt hatte, lief er ebenso wie Fegan in Richtung Malone Road. Wahrscheinlich zur Uni oder vielleicht zum Büro des Studentenwerks.

Fegan beschleunigte seinen Schritt auf das Tempo des Jungen. Die Polizisten waren viel zu sehr damit beschäftigt, sich über die Fritten zu streiten, um ihn zu bemerken. Was war hier geschehen? Der Cop, den er am Telefon gehabt hatte, hatte gesagt, Marie und Ellen seien in Sicherheit, und Fegan glaubte ihm. Aber für wie lange? Wenn jemand versucht hatte, ihnen etwas anzutun, dann würde er es wieder versuchen. Er ging noch schneller, um die Lücke zwischen sich und dem Jungen zu schließen. Als sie an der

Ecke Eglantine Avenue und Malone Road waren, war Fegan nur noch ein paar Schritte hinter ihm.

»Was war denn da eben los?«, rief er betont lässig und freundlich.

Der Junge wurde langsamer und blickte sich um. »Was?«

»Da hinten«, fuhr Fegan fort und holte den Jungen ein. »Die Cops vor dem Haus, aus dem Sie gerade gekommen sind. Hat es Ärger gegeben?«

Nervös legte der Junge die Stirn in Falten. Er blickte um sich. Auf der Malone Road pulsierte das Leben. Fegan ließ die Hände in den Taschen und sprach jovial weiter. Er lächelte zaghaft. »Ich war nur neugierig«, sagte er.

Der Junge ging weiter. »Die Frau, die da früher gewohnt hat, hatte gestern irgendwelchen Ärger. Irgendwas im Krankenhaus.«

»Was denn für Ärger?«, fragte Fegan und hielt mit dem Jungen Schritt.

»Ich weiß nur das, was in den Nachrichten kam«, sagte der. »Irgendjemand hat versucht, ihre Tochter zu entführen. Heute ist die Polizei gekommen, um ein paar von ihren Sachen abzuholen.«

»Geht es den beiden denn gut? Ist dem kleinen Mädchen nichts passiert?«

»Soweit ich weiß, nicht.«

»Hat man gesagt, wo sie jetzt sind?«

»Nein.«

»Sind sie bei diesem Cop?«

Der Junge blieb stehen. Er sah erst in Richtung Universität, dann die Malone Road hinunter. »Was für ein Cop? Hören Sie, wer sind Sie eigentlich?«

Fegan wurde rot. »Niemand. Ich war eben in dem Café auf der anderen Straßenseite etwas essen. Die Kellnerin erzählte, es hätte Ärger gegeben. Ich war einfach nur neugierig.«

Der Junge ging weiter, behielt Fegan aber im Auge. »Ich kenne sie nicht. Die Sache geht mich auch nichts an. Hören Sie, warum fragen Sie nicht einfach die Cops? Ich muss los. Ich bin schon spät dran für mein Seminar.«

Fegan sah dem Jungen nach. In seinem Inneren rangen Vorsicht und Verzweiflung miteinander. Er lief dem Jungen nach.

»Wurden sie verletzt?«

Der Junge beschleunigte seinen Schritt. »Ich weiß es nicht. Ich glaube nicht. Hören Sie, ich muss jetzt wirklich weg.«

»Was ist mit ...«

»Ich habe es Ihnen doch schon gesagt. Ich weiß überhaupt nichts darüber.«

Fegan verlangsamte seinen Schritt und ließ den Jungen vorgehen. »Danke«, rief er ihm nach.

Der Junge sah sich noch einmal über die Schulter um, erwiderte aber nichts. Als er die Ampel am Ende der Straße erreicht hatte, fing er an zu rennen.

64

Der blasse Cop betrat die Zelle des Nomaden, schloss die Tür und blieb schwitzend da. Der Nomade lag auf der dünnen Matratze, eine Hand hinter dem Kopf, die andere auf dem Bauch. Unter seinem Verband juckte die Haut.

»Wissen Sie, wer ich bin?«, fragte der Cop.

Mit dem Schild, das an der Brusttasche des Cops baumelte, konnte der Nomade nichts anfangen. »Nein«, sagte er. »Sollte ich?«

»Nein, sollten Sie nicht.«

Der Nomade zog die Nase hoch. »Na schön.«

Der Cop kam auf ihn zu. »Bis jetzt sind Sie ein braver Junge gewesen«, sagte er. »Sie haben die Klappe gehalten.«

Der Nomade setzte sich auf.

»Ich werde nicht ...«

»Seien Sie still und hören Sie zu.«

Der Nomade legte sich wieder hin.

»Wir haben einen gemeinsamen Freund«, sagte der Cop. »Er ist sehr ungehalten. Er hat schon überlegt, ob er nicht für Sie in der Zelle einen Unfall arrangieren soll. Vielleicht hatten Sie ja doch zu viel Angst und Skrupel, und dann haben Sie sich auch noch schnappen lassen. Sie werden nicht wegen Selbstmordgefahr beobachtet, es wäre also eine leichte Sache. Niemand würde auf Sie aufpassen. Niemand würde damit rechnen.«

Der Nomade zupfte an den losen Enden des Klebebands. »Sagen Sie unserem gemeinsamen Freund, er soll mir seine Drohungen selbst ins Gesicht sagen, wenn er den Mut dazu hat.«

Der Cop kam noch näher und beugte sich hinab. »Spielen Sie hier nicht den großen Macker, Sie Stück Scheiße, sonst baumeln Sie nämlich noch vor Mitternacht an einem Strick.«

Der Nomade setzte sich auf. Der Cop machte einen Schritt zurück, und sein ohnehin schon blasses Gesicht wurde noch eine Spur blasser. Er zog eine kleine Spraydose aus der Hosentasche und schüttelte sie.

»Bleiben Sie, wo Sie sind, sonst kriegen Sie das hier ab.«

Der Nomade grinste. »Sie müssen mir mal erklären, warum Sie das überhaupt mithaben. Sie dürfen doch gar kein Tränengas bei sich tragen, außer Sie sind im Einsatz.«

»Ich befinde mich in einer Zelle mit einem Verdächtigen, der als gewalttätig bekannt ist. Da ist das eine vernünftige Vorsichtsmaßnahme.«

Der Nomade stand auf. »Sie haben nur ein Auge, auf das Sie zielen können, also zielen Sie auf jeden Fall gut.«

»Hinsetzen!«, befahl der Cop und hielt die Dose ausgestreckt vor sich.

»Leck mich doch, du schwarzer ...«

Wie heiße Nadeln traf das Spray auf sein gesundes Auge. Er keuchte und wollte schreien, aber inzwischen brannten auch schon seine Nasenlöcher und sein Hals. Statt eines Schreis kam nur ein durch die Zähne gepresstes Zischen. Eine Hand auf seiner Brust stieß ihn zurück. Er landete hart. Obwohl er es besser wusste, hob er seinen Ärmel ans Auge.

»Nicht reiben«, sagte der Cop. »Damit machen Sie es nur noch schlimmer. Warten Sie, bis Ihre Tränen es ausgespült haben.«

»Gottverdammter Hurenbock von einem Arschloch«, stieß der Nomade hervor. Er hätte noch weitergemacht, hätte den Cop bis in die Hölle und wieder zurück verflucht, aber das Brennen schnürte ihm die Kehle zu. Er hustete und spuckte, während jeder Teil seines Kopfes, der Flüssigkeiten ausscheiden konnte, in Aktion trat.

»Halten Sie den Mund und hören Sie zu«, befahl der Cop.

Der Nomade atmete zischend wieder ein und stampfte vor Schmerz mit den Füßen.

»Hören Sie mir jetzt zu? Ich besorge Ihnen ein nasses Tuch, sobald Sie mir zugehört haben. Hören Sie mir zu?«

Der Nomade beruhigte sich. Er kniff die Augen zusammen und nickte.

»Gut«, sagte der Cop. Der Mann hockte sich vor ihn hin, doch sein Auge brannte so sehr, dass der Nomade nur seine verschwommenen Umrisse erkennen konnte. »Also, unser gemeinsamer Freund ist ein überaus großzügiger Mensch. Deshalb werden Sie heute Abend in Ihrer Zelle auch keinen Unfall erleiden. Auf diese Weise kommt Ihr kleines Projekt wieder in Gang, und gleichzeitig wird Ihnen aus der Patsche geholfen. Habe ich jetzt Ihre Aufmerksamkeit?«

Der Nomade atmete durch die Nase aus. »Reden Sie«, sagte er.

65

»Er packt nicht aus«, sagte Detective Chief Inspector Gordon.

Von der Kochnische aus beobachtete Lennon die spielende Ellen. Er hatte sich das Telefon zwischen Schulter und Ohr geklemmt. Gordon hörte sich müde an.

»Haben die Fingerabdrücke irgendetwas ergeben?«, fragte er.

»Nicht das Geringste«, antwortete Gordon. »Die DNA-Proben sind zwar noch unterwegs, aber davon erhoffe ich mir auch nichts. Es hat sich herausgestellt, dass sich hinter jedem Namen und jeder Adresse, die er angegeben hat, real existierende Personen verbergen, lauter Männer in seinem Alter. Der muss uns mindestens ein Dutzend vorgelogen haben, die hatte er alle im Kopf. Er trägt billige Klamotten von Dunnes und Primark, alle neu. In seinem Portemonnaie war nur Geld, sonst nichts, Pfund und Euro, außerdem eine Schlüsselkarte von einem Hotel auf der University Street. Wir versuchen gerade, von der Hoteldirektion die Zustimmung für eine Durchsuchung des Zimmers zu kriegen. Die müsste bald kommen. Vielleicht brauche ich Sie dafür.«

»Nein«, sagte Lennon. »Ich kann Marie und Ellen nicht allein lassen.«

»Wo sind die beiden?«, fragte Gordon. »Und wo stecken Sie überhaupt?«

»Das kann ich Ihnen nicht sagen. Nicht, solange wir nicht wissen, wer er ist und wer ihn geschickt hat.«

»Verstehe«, sagte Gordon. »Jetzt haben wir ihn zwar, und die beiden sind außer Gefahr, aber ich kann das verstehen. Ich werde schauen, ob ich jemand anderen auftreiben kann, der das Hotelzimmer durchsucht. Aber Sie wären mir lieber.«

»Ich dachte, ich bin beurlaubt«, sagte Lennon. »Noch dazu auf Ihr Geheiß.«

»Nun ja, jetzt liegen die Dinge eben anders. Nebenbei bemerkt, glaube ich nicht, dass bei der Durchsuchung wirklich etwas herauskommt. Ein so vorsichtiger Mann wie dieser Kerl würde wohl kaum etwas herumliegen lassen, damit die Putzfrau darüber stolpert.«

»Was ist mit seinem Wagen?«, fragte Lennon.

»Wir haben im Parkhaus des Krankenhauses einen Mercedes Kombi gefunden und nach Ladas Drive abgeschleppt. Sie nehmen ihn gerade auseinander, aber alles, was wir bislang gefunden haben, sind leere Wasserflaschen, blutbefleckte Papiertaschentücher und jede Menge Müll. Zugelassen ist er in Meath, aber die Garda Síochána hat uns wissen lassen, dass der Wagen offiziell schon vor fünf Jahren verschrottet wurde.«

»Keine Waffen?«

»Nur die Desert Eagle, die er bei sich hatte, und ein paar Ersatzmagazine«, sagte Gordon.

»Das ist alles?«

»Das ist schon eine ganze Menge.«

Lennon dachte nach. »Vielleicht bunkert er ja irgendwo in Belfast irgendwelche Sachen. In einem Versteck oder bei einem Freund, wo er sein Zeug lagern kann.«

»Möglich«, sagte Gordon. »Ich knöpfe ihn mir noch mal vor und versuche, in diese Richtung etwas herauszukriegen. Falls ja, lasse ich es Sie wissen.«

»Eins noch«, sagte Lennon, bevor Gordon einhängen konnte.

»Was?«

»Dan Hewitt.«

»Was soll mit dem sein?«, fragte Gordon.

»War der in irgendeiner Weise an den Verhören beteiligt?« Gordon schwieg.

»War Dan Hewitt beteiligt?«

»Er hat bei meinen Verhören dabeigesessen«, sagte Gordon. »Und er ist in die Zelle des Verdächtigen gegangen, um sich noch einmal sämtliche Namen, die der angegeben hatte, nennen zu lassen. Der Verdächtige wurde aggressiv, und Detective Chief Inspector Hewitt musste Tränengas einsetzen, um ihn in Schach zu halten. Weshalb fragen Sie?«

»Ich traue ihm nicht«, sagte Lennon.

»Detective Chief Inspector Hewitt ist Ihr Vorgesetzter«, erklärte Gordon. »Es ist nicht an Ihnen, ihm zu trauen oder nicht. Außerdem ist er bei der Special Branch, was ihn von Ihrer Warte aus in der Hackordnung irgendwo zwischen mir und dem Allmächtigen ansiedelt. Ich will nichts mehr davon hören, verstanden?«

»Seien Sie ihm gegenüber einfach nur vorsichtig«, sagte Lennon.

»Schluss damit.«

Lennon lauschte auf Gordons Atem. Aus irgendeinem Grund hatte er das Gefühl, dass Gordon seine Meinung teilte, es aber nicht laut sagen konnte. »In Ordnung«, sagte er. »Vergessen Sie, was ich gesagt habe.«

»Habe ich schon. Sie hören wieder von mir.«

Lennon steckte sein Telefon ein und ging ins Wohnzimmer. Marie lag dösend auf dem Ledersofa und hatte sich eine Decke bis zum Kinn hochgezogen. Sie hatte die ganze Nacht kein Auge zugetan, und man sah es ihr an. Die dunklen Ringe unter ihren Augen ließen sogar vermuten, dass sie schon seit Monaten nicht mehr gut geschlafen hatte.

Lennon setzte sich so leise wie möglich in den Sessel und verzog beim Ächzen des Leders das Gesicht. Ellen sah von ihrem Spiel auf und lächelte. Sie hatte noch mehr Figuren gemalt und dann sorgfältig ausgerissen. Jetzt legte sie sie in verschiedenen Positionen zusammen, je nachdem, welche Rollen sie in dem Schauspiel ausfüllten, das sie gerade auf dem Fußboden aufführte.

»Ist das deine Mummy?«, fragte Lennon und zeigte auf eine der Figuren.

»Mm-hmm«, bestätigte Ellen.

»Und das bist du?«

»Mm-hmm.«

»Du hast gar kein Bild von mir gemacht.«

Ellen schüttelte den Kopf.

»Warum nicht?«

»Weiß nicht«, sagte Ellen.

»Aber von Gerry Fegan hast du eins gemacht.«

»Mm-hmm.«

»Magst du Gerry?«

Ellen lächelte. »Mm-hmm.«

»Und magst du mich auch?«

Ellen runzelte die Stirn. »Weiß nicht.«

»Vielleicht ja doch«, sagte Lennon. »Gib mir nur eine Chance.«

Ellen wischte sich schniefend mit dem Ärmel die Nase ab, sagte aber nichts.

»Ich konnte früher auch gut malen«, erzählte Lennon. »Als ich noch ein kleiner Junge war. Ich habe damit nicht weitergemacht, aber damals war ich ziemlich gut. Ich hab sogar Preise gewonnen.«

»Was hast du gewonnen?«

»Einmal einen Pokal und ein ander Mal eine Medaille«, erzählte Lennon. »Und einmal einen Büchergutschein.«

Ellen stapelte ihre ausgerissenen Figuren auf einen Haufen, was bedeutete, dass sie mit ihnen fertig war. Sie nahm den Block und den Stift und reichte beides Lennon. »Mal mir ein Bild«, verlangte sie.

Lennon nahm den Block und den Stift. »Was denn?«

Ellen verknotete ihre Finger und dachte nach. »Eins von mir«, sagte sie.

Lennon nahm aus ihrer kleinen Auswahl den Bleistift. Im Kopf kramte er wieder hervor, was er vor einem Vierteljahrhundert im Kunstunterricht gelernt hatte, und malte zuerst ein auf dem Kopf stehendes Ei, dann unterteilte er es, damit er wusste, wo Augen und Nase hingehörten. Ellen stellte sich neben ihn und beugte sich über die Sessellehne. Sie kicherte. »Das bin ich aber gar nicht.«

»Warte nur ab«, sagte Lennon. Er zeichnete die Ovale für die Augen ein, die sanfte Wellenform des Mundes und die Nase, die der ihrer Mutter so ähnlich sah. Mit kurzen Strichen schraffierte er die Wangenknochen, mit längeren die welligen Haare. »Siehst du?«

Ellen lachte kurz auf und hielt sich dann den Mund zu, als ob ihr etwas herausgerutscht wäre.

Lennon hob den gelben Buntstift vom Boden auf. Er war zwar stumpf, aber es würde schon gehen. Er strichelte damit zwischen die dunkleren Linien und zeichnete so ihre goldenen Haarsträhnen. Wann hatte er das letzte Mal etwas gezeichnet? Nicht mehr, seit er aus der Schule war. Er hielt den Block auf Armeslänge von sich und begutachtete sein Werk. Dafür war es gar nicht mal schlecht. Er zeigte es Ellen.

»Siehst du?«, sagte er. »Das bist du.«

Ellen lächelte und nahm ihm den Block aus den Händen. Sie legte sich auf den Boden, rollte sich auf den Bauch und suchte den orangefarbenen Buntstift heraus. Damit malte sie dicke Striche rund um ihr Gesicht, so dass ihr Porträt schließlich aussah wie eine Sonne vor einem weiß getrübten Himmel.

»Und was ist das?«, fragte Lennon.

»Feuer«, sagte Ellen. »Es brennt.«

»Was denn für ein Feuer? Hast du Feuer gesehen?«

Als Nächstes nahm Ellen den roten Buntstift. Damit füllte sie die Zwischenräume zwischen den orangefarbenen Strichen aus. »Immer wenn ich böse Träume habe, dann brennt es. Aber wenn ich aufwache, brennt es nicht mehr.«

»Machen die Träume dir Angst?«

Ellen legte ihren Buntstift hin und hielt sich die Hände vor die Augen. Sie ließ ihren Kopf bis fast auf den Boden fallen, ihr Atem hörte sich fremd an.

»Tut mir leid«, sagte Lennon. »Ist ja schon gut, du musst es mir nicht erzählen. Es sind ja nur Träume. Die können niemandem weh tun.«

»Das habe ich ihr auch schon erklärt«, sagte Marie.

Lennon bekam einen fürchterlichen Schreck. »Du bist ja wach.«

Marie reckte sich, ihre langen Arme schienen nicht enden zu wollen. »Anscheinend glaubt sie mir nicht.« Sie streckte Ellen ihre Arme entgegen. »Komm her, mein Schatz.«

Schniefend verließ Ellen ihre Buntstifte und das Malpapier. Marie hob die Decke hoch. Ein warmer Luftzug mit einem letzten Hauch von Parfum umnebelte Lennons Sinne. Ellen kletterte auf das Sofa und kuschelte sich an ihre Mutter. Marie zog die Decke über sie und mummelte sie so fest darin ein, dass die Kleine darunter verborgen war. Dann wurde aus Wärme wieder Kälte, das Parfum war verflogen, und Lennon fragte sich, ob er sich beides nur eingebildet hatte.

»Wie spät ist es?«, fragte Marie.

Lennon sah auf seine Armbanduhr. »Kurz nach fünf.«

»Du musst nicht bei uns bleiben«, sagte Marie. »Es weiß doch niemand, dass wir hier sind, oder? Niemand außer diesem Mann. Die Tür sieht solide aus. Uns wird schon nichts passieren.«

»Ich sollte besser dableiben«, sagte Lennon.

»Und wenn ich das nicht will?«

»Dann bleibe ich trotzdem.«

»Herrgott.« Marie schloss die Augen. »Bin ich denn neuerdings für alle nur noch das Burgfräulein in Nöten, verdammt?«

Ellens Köpfchen kam unter der Decke hervor. »Das ist ein böses Wort, Mummy.«

»Ich weiß, mein Schatz. Tut mir leid.«

Zufrieden vergrub Ellen wieder ihren Kopf.

»War sie es wert?«, fragte Marie. »Diese Frau? War sie alles wert, was es dich gekostet hat?«

»Nein«, antwortete Lennon ohne Zögern.

»Und warum dann?«

Angst und Sehnsucht brachen aus Lennons Herzen hervor. Schon tausendmal war er im Kopf dieses Gespräch durchgegangen. Jetzt überlegte er, wie er es sagen sollte. »Weil ich ein Feigling war.«

Marie hob den Kopf. »Gute Antwort«, sagte sie. »Weiter.«

»Ich war ein Kind. Ich war noch nicht reif für … das hier. Sich wie ein Erwachsener aufzuführen, Dinge miteinander zu teilen, nicht immer nur an sich selbst zu denken. Ich hatte Angst. Wendy war für mich eine Fluchtmöglichkeit, und die habe ich ergriffen. Im Rückblick wird mir klar, dass es das Einzige war, was sie mir bedeutet hat: Sie war ein einfacher Ausweg. Der Ausweg eines Feiglings. Ich weiß es nicht, vielleicht waren wir beide auch einfach nicht füreinander bestimmt. Vielleicht hätte es nie funktioniert. Vielleicht war ich auch nur noch nicht so weit. Was auch immer, jedenfalls hätte ich das Richtige tun können und habe es nicht getan. Was ich dir angetan habe, hattest du nicht verdient und Ellen schon gar nicht. Falls dir das überhaupt etwas bedeutet: Es tut mir *wirklich* leid.«

Marie starrte auf irgendeinen Punkt weit über Lennons Schulter hinaus. Minutenlang verharrte sie so, nur ihr leiser Atem war in der vollkommenen Stille zu hören und der noch leisere von Ellen, die vor sich hin döste.

»Für meinen Vater sieht es nicht gut aus«, sagte sie schließlich. »Sie sagen, es ist nur eine Frage der Zeit, bis er den nächsten Schlaganfall hat. Und dann ist es endgültig zu Ende. Seit ich damals etwas mit dir angefangen habe, hat er nicht mehr mit mir gesprochen, so wie die meisten aus meiner Familie. Wir haben beide einen hohen Preis dafür bezahlt, dass du Polizist geworden bist. Im Krankenhaus habe ich meinen Vater mit Eis gefüttert, und er hat mich dabei beobachtet. Ich weiß nicht, ob er mich wirklich wahrgenommen hat, aber ich habe mich gefragt, was er wohl gedacht hat. Da ist mir klar geworden, dass ich ihn eigentlich nicht mehr kenne. Meinen eigenen Vater. Ich sitze da an seinem Bett und trauere um ihn und weiß nicht, wer er überhaupt ist.«

Eine Träne stahl sich aus Maries Auge, kroch leise über ihre Wange und tropfte auf Ellens Haar.

»Du kannst sie sehen, wenn du möchtest«, sagte sie unvermittelt. »Wenn diese Sache hier vorbei ist, wenn wir wieder ein Zuhause haben. Wenn du Ellen dann sehen willst, soll es mir recht sein. Nur, falls du willst.«

»Das würde ich gern«, sagte Lennon. »Danke.«

»Schon in Ordnung«, sagte Marie. »Lass sie bloß nie wieder im Stich. Nie wieder.«

»Das werde ich nicht«, sagte Lennon. »Ich schwöre.«

Marie schloss die Augen, vergrub sich noch tiefer unter der Decke und hielt Ellen noch fester umklammert. Als ihr Atem verriet, dass sie schlief, und Ellens träumende Augenlider flatterten, stand Lennon auf und ging hinaus in den Flur. Er betrat das Badezimmer und machte die Tür hinter sich zu. Dann schloss er ab und drehte den Wasserhahn auf.

Und zum ersten Mal nach sechzehn Jahren, übertönt vom Plätschern des Wassers, weinte Jack Lennon.

66

Niemand bemerkte Fegan, als er McKennas Bar in der Springfield Road betrat. Es war noch früh, nur ein paar wenige Gäste saßen mit ihrem Guinness oder Whiskey da. Der Barmann Tom hockte hinter der Theke, nur ein Teil seines Kopfes war noch zu sehen. Er füllte Flaschenbier und Apfelwein in Kühlboxen. Das Klirren der Flaschen gellte in der Düsternis umso lauter.

Hier hatte die ganze Sache angefangen; nur ein paar Monate war das her. Michael McKenna hatte Fegan eine Hand auf die Schulter gelegt und damit seinen eigenen Tod heraufbeschworen. Wenn das nicht geschehen wäre, wenn McKenna ihn an diesem Abend nicht gefunden hätte, hätte er selbst sich dann wohl auf diesen entsetzlichen Feldzug begeben? fragte Fegan sich manchmal. Vielleicht würden die Zwölf ihn dann ja immer noch verfolgen, ihm im Dunkel auflauern, dann plötzlich auftauchen und ihn quälen, obwohl er sich nichts sehnlicher wünschte als Schlaf.

Fegan betrat den Schankraum und hielt sich dabei im Schatten. An der Theke saß niemand. Einen Moment lang sah er Tom bei seiner Arbeit zu, dann näherte er sich langsam und geräuschlos. Mit einem leeren Bierkasten in der Hand, richtete Tom sich auf. Er drehte sich um, sah Fegan und erstarrte.

»Hallo, Tom«, sagte Fegan.

Tom starrte ihn nur mit weit aufgerissenem Mund an.

»Ich will mit dir sprechen«, sagte Fegan.

Toms Augen schossen einmal nach links und nach rechts, dann kehrten sie wieder zu Fegan zurück.

Fegan nickte zur Tür hinter der Bar. »Da hinten«, sagte er.

Tom rührte sich nicht.

Fegan ging zur Querseite der Bar, hob den Klappdeckel und trat hindurch.

»Was willst du, Gerry?«, fragte Tom, seine Stimme klang wie Sand auf Papier.

»Nur mit dir reden«, antwortete Fegan. Er wies auf die Tür. »Dauert auch nicht lange. Danach lasse ich dich wieder in Ruhe.«

Immer noch mit dem Bierkasten in der Hand, ging Tom rückwärts, bis er an der Tür war. Fegan warf einen prüfenden Blick auf die schummrigen Ecken der Bar. Niemand beobachtete sie. Sie betraten das Hinterzimmer, einen kleinen Raum mit einem Spülbecken und einer Mikrowelle. In den Ecken waren Schachteln mit Knabbereien und Erdnüssen aufgestapelt. Fegan holte einen Hocker und stellte ihn mitten auf den Linoleumboden.

»Setz dich«, sagte er.

Tom setzte den Bierkasten ab und gehorchte. »Ich muss eine rauchen«, sagte er.

Fegan nickte.

Tom kramte ein Päckchen Silk Cut und ein Feuerzeug aus seiner Brusttasche. Er steckte sich eine Zigarette in den Mund. Seine Hand zitterte so sehr, dass er das Feuerzeug nicht anbekam. Fegan nahm es ihm ab und drückte auf das Rädchen. Die Flamme ging an, und Fegan hielt sie ans Ende der Zigarette. Sie tänzelte in der Flamme hin und her. Tom tat einen tiefen Zug, hustete, als der Tabak zubiss, und blies dabei das Feuerzeug aus.

Fegan legte es auf die Anrichte. »Weißt du, warum ich zurückgekommen bin?«

Tom schüttelte den Kopf und nahm noch einen Zug aus seiner Zigarette.

»Jemand hat gestern versucht, Marie McKennas Tochter zu entführen«, sagte Fegan. »Ich muss wissen, wer es war.«

Tom hustete erneut. »Darüber weiß ich überhaupt nichts. Sie ist schon seit Monaten fort, zusammen mit ihrem kleinen Mädchen. Sie hat sich verdrückt, nachdem ... du weißt schon.«

»Sie ist gestern zurückgekommen«, sagte Fegan. »Im Krankenhaus hat jemand versucht, Ellen zu entführen. In den Nachrichten hieß es, dass jemand verhaftet wurde. Wer, wurde nicht gesagt. Du weißt doch immer alles, was los ist. Die Leute reden mit dir. Also redest du jetzt mit mir.«

»Ich weiß nichts, Gerry, ich schwöre bei Gott.«

Fegan beugte sich so weit hinunter, dass er in Augenhöhe mit Tom war. »Du solltest mich besser nicht anlügen.«

»Ich wusste nicht, dass sie zurückkommen wollte«, jammerte Tom. »Ich hab zwar gestern die Sache in den Nachrichten gesehen, aber da wusste ich nicht, dass es dabei um sie und ihr kleines Mädchen ging.«

»Wo ist sie gewesen?«

»Irgendwo. Keiner weiß, wo. Nach der Geschichte mit ihrem Onkel und all dem ist sie abgehauen.«

»Was ist mit diesem Cop?«

Tom zuckte zusammen. »Was für ein Cop?«

»Der, mit dem sie früher zusammengelebt hat«, sagte Fegan. »Er ist der Vater von dem kleinen Mädchen.«

»Jetzt weiß ich, wen du meinst«, sagte Tom. »Was ist mit dem?«

Fegan richtete sich wieder auf und sah auf Tom hinab. Dem Barmann fiel fast die Zigarette aus der Hand. Kaum hatte Fegan den Cop erwähnt, hatte er angefangen zu schwitzen.

»Der hat sich hier blicken lassen, stimmt's?«

Tom machte den Mund auf und wollte etwas sagen, doch dann überlegte er es sich anders. Er ließ die Schultern sacken und nickte.

»Was hat er gewollt?«

»Er hat dasselbe gefragt wie du. Nach Marie McKenna und ihrem Kind, wo sie stecken. Und ich habe ihm dasselbe gesagt wie dir: dass ich nichts darüber weiß.«

»Wie sieht er aus?«

»Ein großer Bursche. Breite Schultern, dunkelblonde Haare, gut angezogen.«

Fegan sah Tom scharf an, der heftig an seiner Zigarette zog. »Da war doch noch mehr«, sagte er. »Sag es mir.«

»Er wollte wissen, wie das mit Michael McKenna und dieser Geschichte in Middleton war. Mit der Fehde. Und dann hat er sich nach Patsy Toner erkundigt.«

»Und du hast ihm nichts gesagt.«

»Genau.«

Fegans Bauchgefühl sagte ihm, dass er weiter Druck ausüben musste. »Da war noch was«, sagte er.

»Nein, das war alles«, widersprach Tom. Er steckte sich die Zigarette in den Mund.

Fegan hob die Hand und nahm Tom die Zigarette wieder aus dem Mund. Er warf sie auf den Boden und drückte sie mit dem Absatz aus. »Da war noch mehr«, sagte er.

»Nein, Gerry, das …«

»Mach es nicht«, warnte ihn Fegan. Er rückte Tom so dicht auf die Pelle, dass der Barmann den Kopf weit in den Nacken legen musste, wenn er ihn ansehen wollte. »Lüg mich nicht an.«

Tom seufzte. Aus dem Seufzen wurde erst ein Wimmern und schließlich ein Husten. »Da ist noch so ein Typ vorbeigekommen. Hat mir nicht gefallen, wie der aussah. Er hatte ein schlimmes Auge, entzündet oder so. Der hat sich auch nach Patsy Toner erkundigt. Und ein paar Tage später ersäuft Patsy Toner in einer Hotelbadewanne.«

»Glaubst du, der hat gestern versucht, Ellen zu entführen?«

»Würde mich nicht überraschen«, sagte Tom.

»Wie hat er ausgesehen?«

»Dunkle, kurzgeschnittene Haare. Mittelgroß, eher dünn, aber drahtig. Nichts als Knochen, Muskeln und Sehnen, du weißt schon. Dem Akzent nach aus dem Süden. Vielleicht ein Zigeuner.«

»Ein Zigeuner?«

»Vielleicht. Allerdings hatte der so was an sich ... wie er sich bewegte, wie er einen ansah. Er war wie ...«

»Wie was?«, fragte Fegan.

»Wie du«, sagte Tom. »Er war wie du.«

67

»Wo ist der andere Typ?«, fragte der Nomade. Seine Augen waren immer noch gerötet.

»Ich habe meinen Kollegen gebeten, diesmal auszusetzen«, sagte Gordon.

»Warum denn das?«

Gordon legte seinen Stift und seinen Block akkurat auf den Tisch ab, der zwischen ihnen stand. »Können wir anfangen?«

Der Nomade grinste. »Schießen Sie los.«

Gordon erwiderte das Lächeln nicht. »Ich würde gern wissen, welche Kontakte Sie so in Belfast haben.«

»Ich verweigere die Aussage.«

»Wir haben bei Ihrer Verhaftung und der anschließenden Durchsuchung nur eine Waffe und zwei Magazine mit Munition entdecken können. Wir haben den Verdacht, dass ein Dritter gewisse Dinge für Sie in der Stadt versteckt.«

»Ich verweigere die Aussage.«

»In Kürze werden wir die Erlaubnis erhalten, Ihr Hotelzimmer zu durchsuchen. Ist damit zu rechnen, dass wir dort belastendes Material finden?«

»Ich verweigere die Aussage.«

»Wenn Sie jetzt mit uns kooperieren und uns sagen, was wir dort eventuell finden und wo, wird sich das bei unserer Beurteilung für die Staatsanwaltschaft niederschlagen.«

»Ich verweigere die Aussage.«

Gordon stoppte die zwei Laufwerke des Kassettenrekorders. Dann stand er auf und kam um den Tisch herum. Er hockte sich auf eine Ecke, kreuzte die Arme vor der Brust und sah auf den Nomaden hinab. »Ich vermisse die alten Zeiten«, sagte er.

»Tatsächlich?«, fragte der Nomade.

»Ja, tatsächlich. Die Zeiten, als es noch keine Ombudsstelle und keine Menschenrechtskommission gab. Damals konnten wir bei unseren Verhören noch ein wenig ... nun ja, rigoroser vorgehen. Wir haben alles Mögliche gemacht, und keiner hatte etwas dagegen. Ich habe damals einen Haufen Mistkerle hinter Schloss und Riegel gebracht, die meisten aufgrund eines Geständnisses. Da hättest du mal hier sein und sehen sollen, wie weit du mit deinem ›Ich verweigere die Aussage‹-Mist gekommen wärst. Ich bin übrigens Christ, musst du wissen.«

»Freut mich für Sie.«

»Das kann es auch, mein Junge. Meine bessere Hälfte hat mich auf den rechten Weg geführt. Davor habe ich getrunken. Dem hat sie sehr schnell ein Ende gemacht und dafür gesorgt, dass ich in die Kirche gehe und mit dem Herrn da droben meinen Frieden mache. Das muss um neunundsiebzig, achtzig herum gewesen sein. Und weißt du, was komisch ist? Solche Typen wie dich so windelweich zu prügeln, dass nur so die Zähne flogen, hat mich trotzdem nie gestört. Es hat meinen christlichen Glauben nie beeinträchtigt.«

»Das war ja praktisch«, sagte der Nomade.

»War es wirklich, mein Junge. Weißt du, meine Überzeugungen sind mir nämlich heilig. Mein ganzes Leben richte ich nach ihnen aus. Aber wenn ich es mit einem wie dir zu tun bekomme oder dem ganzen Gesindel, das ich damals eingebuchtet habe, dann gelten meine Grundsätze nicht mehr. Weil du nämlich ein Tier bist. In den Augen Gottes bist du nicht mehr wert als ein Schwein in einem Schlachthaus und in meinen auch nicht.«

Der Nomade tat beleidigt. »Moment mal, es gibt keinen …«

»Halt den Mund!« Gordon beugte sich dicht zu dem Nomaden hinab. »Heute machen wir es nicht mehr so wie früher. Ich habe solche Sachen nie für Folter gehalten, nur für rigorose Verhörmethoden. Aber diese ganzen Mitleids-Mimosen und die Politiker haben das nun mal anders gesehen, und damit hat es sich. Aber es ist nicht zu spät, die Uhr noch einmal zurückzudrehen. Du siehst ja jetzt schon ziemlich mitgenommen aus, deshalb müsste ich mir wohl keine großen Sorgen darüber machen, dass ich zu viele Spuren hinterlasse. Und jetzt fang an zu reden, mein Junge, sonst erteile ich dir eine Lektion über die Polizeimethoden vergangener Zeiten. Verstanden?«

Der Nomade schwieg.

Gordons fleischige Hand packte das Gesicht des Nomaden. »Verstanden?«

Der Nomade zuckte die Achseln.

Gordon nahm die Hand weg und wischte sie sich am Hosenbein ab. »Na schön«, sagte er, »kommen wir also wieder zur Sache.«

Er kehrte zu seinem Stuhl zurück und schaltete den Kassettenrekorder wieder ein.

»Also«, begann er. »Wer ist Ihr Kontaktmann in Belfast?«

Der Nomade grinste. »Ich verweigere die Aussage.«

Noch bevor Gordon reagieren konnte, ging die Tür auf, und der blasse Polizist trat ein. Der Nomade richtete seine brennenden Augen starr nach vorn. Der blasse Cop kam zu Gordon, beugte sich zu ihm und flüsterte ihm etwas ins Ohr.

Gordon schaltete den Kassettenrekorder aus, hüstelte und folgte dem blassen Cop aus dem Raum.

Der Nomade leckte sich mit der Zunge über die Oberlippe und lächelte.

68

»Scheiße«, fluchte Lennon.

»Tut mir leid, aber sonst habe ich niemanden«, sagte Gordon.

»Ich würde lieber hierbleiben.«

»Niemand weiß, wo *hier* ist«, sagte Gordon. »Sie verraten es ja nicht einmal mir, wie soll es dann sonst jemand wissen? Hören Sie, ich brauche für die Durchsuchung einen Beamten mit Ihrer Erfahrung vor Ort. Die Hoteldirektion wartet schon. Der einzige andere Beamte, den ich schicken könnte, wäre Dan Hewitt.«

»Nein«, sagte Lennon. »Ich mache es. Ich bin in einer halben Stunde da.«

»Guter Junge«, sagte Gordon.

Lennon ging ins Wohnzimmer und setzte sich neben Marie auf die Couch. In ihrem Schoß schlummerte Ellen, auf Roscoes riesigem Fernseher liefen mitternächtliche Video-Clips.

»Ich bin angefordert worden«, sagte er. »Aber wenn es dir lieber ist, bleibe ich hier.«

»Geh nur«, sagte sie. »Ich brauche keinen Wachhund.«

»Dir kann nichts passieren«, beruhigte Lennon sie. »Roscoe hat diese Hütte sichern lassen wie Fort Knox. Die Tür hat zwei Schlösser und eine Kette. Sie ist bombenfest. Und außerdem weiß niemand, dass du hier bist.«

»Dieser Roscoe weiß es«, widersprach Marie.

»Dem vertraue ich.«

»Ich nicht«, sagte Marie.

Lennon nahm die Glock aus dem Halfter. Er hielt sie ihr hin. »Hier.«

Marie starrte die Waffe an. »Nein.«

»Nimm sie«, sagte er. »Damit fühlst du dich besser.«

»Das bezweifle ich sehr«, sagte sie.

»Aber *ich* würde mich dann besser fühlen.«

»Ich wüsste ja nicht mal, was ich damit anstellen soll.«

»Es ist ganz einfach«, sagte Lennon. »Du ziehst einfach nur den Schlitten hier zurück, damit lädst du eine Patrone. Dann zielst du und schießt.«

»Ich will sie nicht«, wehrte Marie ab.

»Nimm sie!« Lennon hielt sie ihr weiter hin. Als sie die Pistole immer noch nicht nahm, stand er auf und durchquerte das Zimmer. Er reckte den Arm hoch und legte sie auf ein so hohes Regalbrett, dass Ellen nicht herankam. »Falls du sie brauchst, ist sie da«, sagte er. »Aber du wirst sie nicht brauchen.«

Marie antwortete nicht, sondern beobachtete ihn nur von der Couch aus und wiegte ihre schlafende Tochter.

»Ich brauche nur ein, zwei Stunden«, sagte er. »Dann komme ich zurück. Ich verspreche es.«

69

Das Geräusch schwerer Stiefel auf dem gefliesten Boden ließ den Nomaden aus seinem leichten Schlaf hochschrecken. Von der dünnen Matratze taten ihm alle Knochen weh. Er setzte sich im Dunkeln auf und wischte sich über das unverbundene Auge. Er lauschte.

Rennende Männer und laute Befehle. Nach Panik hörte es sich nicht an, aber dennoch nach irgendeinem Notfall. Eine der Stimmen rief nach einem Arzt. Eine andere verlangte ein Messer. Der Nomade stand auf, trat an die Stahltür und legte sein Ohr daran.

Er hörte: »Der dämliche Schwachkopf.«

Er hörte: »Seine Hose.«

Er hörte: »Hat sich erhängt.«

Der Nomade lächelte. Er ging hinüber zur Toilette, zog den Reißverschluss auf und entleerte seine Blase. Er klopfte die letzten Tropfen ab und zog den Reißverschluss wieder zu. Dann atmete er einmal tief durch, richtete sich auf, wandte sich zur Tür und wartete.

Ungefähr zehn Minuten vergingen, dann bollerten noch mehr Schritte hinter der Tür durch den Flur. Sie schienen allesamt in dieselbe Richtung unterwegs zu sein, vorbei an seiner Zelle und weiter in den Trakt hinein. Die Schritte verhallten, jetzt hörte man nur noch Stimmen aus einem anderen Gebäudeteil.

Der Nomade stellte sich den blassen Cop vor, wie er jetzt auf der anderen Seite der Tür stand und auf seine Gelegenheit wartete. Als Hewitt ihm seinen Plan auseinandergesetzt hatte, hatte der Nomade sich noch nicht vorstellen können, dass er ihn auch tatsächlich in die Tat umsetzen würde. Aber so wie es sich anhörte, hatte er das sehr wohl.

Die Tür scheppterte und quietschte, als eines der Schlösser beiseitegeschoben wurde. Der Nomade lächelte. Er blinzelte ins plötzliche Licht, das vom Flur aus in die Zelle flutete. Hewitt stand in der Tür. Der Nomade hatte Mühe, ihn im Gegenlicht zu erkennen, aber er sah, dass der Cop schwitzte. Seine Augen waren leer.

»Sie haben es also tatsächlich getan«, sagte der Nomade.

»Ja«, sagte Hewitt.

»Hätte nicht gedacht, dass Sie dazu den Mumm haben.«

»Ich auch nicht.«

Der Nomade lächelte. »Beim ersten Mal ist es immer am schwersten.«

»Ein zweites Mal wird es nicht geben«, sagte der Cop.

»Sind Sie sich da sicher?«

Hewitt blieb noch einen Moment schweigend stehen, dann betrat er die Zelle und schloss die Tür hinter sich. Ein dunkel schimmerndes nächtliches Licht hüllte sie ein. »Wir haben nicht viel Zeit«, sagte er. »Alle sind bei dem Jungen. Die Videoanlage im gesamten Zellentrakt ist ausgeschaltet. Sie haben maximal vier oder fünf Minuten.«

Der Cop nahm ein Bündel Geldscheine aus seiner Tasche und reichte es dem Nomaden, dazu Wagenschlüssel. »Es ist ein alter Volkswagen Passat, er steht hinter den Sportplätzen. Sobald Sie aus dem Tor raus sind, laufen Sie nach rechts und überqueren das Rugby-Feld. Dahinter steht er. Passen Sie auf, dass keiner Sie unterwegs sieht.«

»Keine Sorge, mache ich«, sagte der Nomade.

»Und dann noch die hier«, sagte Hewitt. Er öffnete den Verschluss seines Halfters, zog die Glock 17 heraus und reichte sie mit dem Griff voraus dem Nomaden.

Der Nomade nahm die Waffe und steckte sie in seine Jackentasche. Seinen Gürtel hatten sie ihm abgenommen, deshalb schlotterte die Jeans um seine Hüften.

»Dann verdrücke ich mich mal«, sagte er.

»Warten Sie.« Der Cop hielt ihn am Ärmel fest. Der Nomade drehte sich um und musterte den anderen im Dämmerlicht.

»Es muss echt aussehen«, sagte Hewitt mit zitternder Stimme.

»In Ordnung«, sagte der Nomade. Er schlug Hewitt mit dem Unterarm ins Gesicht.

Ohne das geringste Geräusch von sich zu geben, taumelte der Cop zurück, Blut spritzte aus seiner zertrümmerten Nase. Er rutschte an der Wand hinab, bis sein Jackett über den gestrichenen Betonfußboden strich. Breitbeinig blieb er sitzen.

Der Nomade klopfte Hewitts Taschen ab, bis er die Tränengasdose gefunden hatte. »Bezahlt er Sie auch gut?«, fragte er.

Hewitt starrte ihn aus trüben Augen an. Der Nomade verpasste ihm einen harten Schlag, und ein frischer Schwall Blut tropfte auf den Boden. Der Cop blinzelte ihn verwirrt an.

»Bezahlt Bull Sie gut dafür?«

Hewitt hustete und stöhnte auf. »Gut genug«, presste er mühsam hervor.

»Nicht schreien«, sagte der Nomade. Er schüttelte die Dose.

»Bitte nicht«, flehte der Cop.

»Sie haben doch selbst gesagt, es muss echt aussehen«, antwortete der Nomade. »Wenn Sie schreien, geht es Ihnen noch mehr an den Kragen als mir.«

»Nein.«

Der Nomade hielt sich mit dem Jackenrevers den Mund zu und zielte. Er verpasste Hewitt eine satte Ladung. Der Cop riss den Mund auf, atmete hektisch ein. Er atmete wieder aus und krümmte sich sofort zuckend, weil das Tränengas ihm in den Hals und die Lunge geraten war. Hustend fiel er zur Seite.

»War nett, mit Ihnen zu arbeiten«, sagte der Nomade. Er ließ die Dose fallen und stand auf. Er trat zur Tür und lauschte. Außer Hewitts Keuchen und Spucken war nichts zu hören. Auch seine eigene Kehle brannte, und das gesunde Auge tränte. Er riss von dem anderen den Verband ab und kniff es zusammen, als die kühle Luft es traf.

Dann öffnete er die Tür und spähte den Flur auf und ab. Er sah nur zeitweise klar und gewöhnte sich nur langsam an das Licht. Er schüttelte heftig den Kopf und kniff die Augen zusammen, um die Schlieren loszuwerden. Um die Ecke befand sich die Zelle des Jungen. Von dort kamen Stimmen. Sie hatten ihn abgeschnitten und versuchten gerade, ihn wiederzubeleben. Der Nomade hoffte, dass Hewitt saubere Arbeit geleistet hatte. Er zog die Glock, verließ die Zelle und schloss hinter sich die Tür. Dann schob er den Riegel vor und sperrte den wimmernden Hewitt hinter der Stahltür ein.

Der Nomade bewegte sich behände und leise. Nach links ging es zum momentan verwaisten Schalter, weil alle Mann versuchten, den Jungen zu retten. Dann noch einmal links in einen Flur, der ihn zum Eingang bringen würde. Als er um die Ecke kam, blieb er wie angewurzelt stehen.

Neben der verschlossenen Tür stand Gordon. Sie starrten einander an, nur drei Meter lagen zwischen ihnen.

Gordon flüsterte tonlos ein paar Worte.

»Was?«

Zielen Sie auf mich, sagten Gordons Lippen.

Der Nomade gehorchte, und Gordon hob die Hände. Der

Cop trat beiseite, so dass der Nomade die Tastatur für das elektronische Schloss sehen konnte. Durch ein kleines Fenster erkannte man den dahinterliegenden Eingang. In einer Ecke hing eine Kamera an der Decke.

Der Nomade verstand. »Geben Sie Ihre Kombination ein und machen Sie auf«, befahl er und näherte sich dem anderen.

Gordon gehorchte ohne Gegenwehr. Das Schloss sirrte und klackte.

»Am Tor ist niemand«, flüsterte Gordon so leise, dass der Nomade es kaum verstand. »Sie haben freie Bahn, aber beeilen Sie sich.«

Der Nomade nickte und hielt die Waffe weiter auf Gordon gerichtet.

»Hewitt hat gesagt, man würde sich um mich kümmern«, flüsterte Gordon. »Er hat gesagt, es würde für mich gesorgt.«

»Richtig«, sagte der Nomade.

Er hielt Gordon die Pistole an die Stirn, wartete noch so lange, bis er in den Augen des Cops die Erkenntnis aufblitzen sah, und drückte ab.

Dann stieg er über Gordons zuckende Beine hinweg und marschierte auf die Außentür zu. Das dahinterliegende Tor war offen und unbewacht. Als er losrannte, kühlte die Nachtluft sein Gesicht.

Er lief weiter, bis er den Volkswagen erreicht hatte.

70

Kaum hatte er den zersplitterten Türrahmen entdeckt, hatte Lennon Gordons Durchwahlnummer angerufen, aber niemand war drangegangen. Seitdem hatte er es noch dreimal versucht und dann schließlich bei der Zentrale des Präsidiums. Auch nichts. Vielleicht hätte es ihm zu denken gegeben, wäre da nicht die noch dringlichere Sorge wegen des Hotelzimmers gewesen. Er nahm sich alles ein weiteres Mal vor, untersuchte das Bett, den Sessel, den offenstehenden Schrank, das kleine Bad.

Das Personal war so professionell unbeeindruckt gewesen, wie er es erwartet hatte. Nach den gesetzlichen Vorschriften hätte man die Zustimmung des Hoteldirektors abwarten müssen, doch der befand sich zu einer Fortbildung im Ausland. Vom Flughafen aus machte er sich gleich auf den Weg und führte Lennon und das eilig zusammengetrommelte Team persönlich zu dem Zimmer. Dort musterte er zuerst die aufgebrochene Tür, dann Lennon und bemerkte trocken: »Na, wenigstens muss ich nicht die Polizei rufen.«

Jetzt sah Lennon dem Team bei der Arbeit zu, so sinnlos die auch war. Er wusste, dass sie auch nichts Verwertbares gefunden hätten, wenn die Tür nicht aufgebrochen worden wäre. Der Verdächtige war viel zu ausgefuchst, als dass er belastendes Material dagelassen hätte. Lennon konnte nur abwarten, bis Gordon auf die Nachricht reagierte, die er ihm hinterlassen hatte.

Fergal Connolly, ein jungenhafter Constable, durchsuchte gerade den Inhalt einer Reisetasche, die er am Fußende des Bettes gefunden hatte: billige Kapuzenpullover, T-Shirts und Jeans, dazu ein paar Socken und Unterwäsche. Alles immer noch in den Plastiktüten von Dunnes, Primark und Matalan verpackt. Ihr Mann hatte sich unterwegs immer wieder seiner Klamotten entledigt.

»Gerissener Mistkerl«, knurrte Lennon.

Das Zimmer war sauber oder war es zumindest gewesen, bevor die Spurensicherung sich darüber hergemacht hatte. Der Verdächtige hatte ein anständiges Hotel gewählt, weil er wusste, dass das Personal es tadellos in Schuss halten würde. Lennon bezweifelte, dass man auch nur ein Haar im Abfluss finden würde.

Zum zehnten Mal, seit er hier war, schaute er auf sein Mobiltelefon. Keine versäumten Anrufe oder irgendwelche Nachrichten. Er wusste, dass es Marie und Ellen bestimmt gutging, trotzdem wurde er nicht das unangenehme Gefühl im Magen los.

Da es nichts mehr hochzuheben, umzudrehen, aufzumachen oder einfach nur unter die Lupe zu nehmen gab, liefen die drei Constables inzwischen so ziellos im Zimmer umher wie Schafe in einem Pferch. Gleich fangen sie an, sich gegenseitig zu durchsuchen, dachte Lennon.

Er sprach mit Connolly. »Machen Sie noch eine letzte Runde, dann packen Sie ein und sichern die Tür. Ich will, dass ein Kollege hierbleibt und dafür sorgt, dass niemand über diese Schwelle tritt, haben Sie verstanden? In einer Viertelstunde treffen wir uns unten. Ich will noch mit dem Personal an der Rezeption reden, bevor ich verschwinde.«

Lennon ging zu den Aufzügen und drückte auf den Knopf. Er sah den Flur auf und ab. Dann holte er wieder sein Telefon aus der Tasche und suchte Maries Nummer heraus. Sollte er sie anrufen? Vielleicht, hoffentlich, hatte sie ja endlich ein bisschen Schlaf gefunden. Da war es nicht gut, sie zu wecken. Aber er würde sich besser fühlen, wenn er wusste, dass es ihr und Ellen gutging. Und Marie würde sich vielleicht mit ihm besser fühlen, wenn sie merkte, dass Lennon besorgt genug war, sich nach ihr zu erkundigen. Er drückte die Anruftaste.

Marie meldete sich mit einem Seufzen. »Ja?«, fragte sie.

»Ich wollte nur fragen, wie es euch geht«, sagte Lennon.

»Ich habe geschlafen«, sagte sie. »So ging es mir also. Jetzt bin ich wach. Und Ellen auch.«

Lennon hörte ein Pling, und eine der Lifttüren glitt auf. Er trat ein und drückte den Knopf für das Erdgeschoss. Ellens Stimme knisterte in seinem Ohr, ein einziges Gähnen und Quengeln. Die Tür glitt zu, und im nächsten Moment spürte Lennon die altbekannte Schwerelosigkeit.

»Tut mir leid«, sagte er. »Ich wollte nur sichergehen, dass es euch auch gutgeht.«

»Es geht uns gut«, sagte Marie. »Noch besser ginge es uns, wenn wir schliefen.«

»Ja«, sagte Lennon. »Tut mir leid.«

»Sagtest du schon.«

Die Leitung war tot. Die Lifttür ging auf, und er war in der Lobby. Eine der Rezeptionistinnen hatte das Kommen und Gehen des Verdächtigen gesehen. Lennon bat sie zu einer weichen Sitzgruppe. Auf ihrem Namensschild stand, dass sie Ania hieß und Polnisch, Litauisch, Russisch sowie Englisch sprach.

»Ich habe ihn nur ein paar Minuten gesehen«, sagte sie mit betont deutlicher Aussprache, obwohl ihr Akzent nach Jahren in Belfast kaum noch herauszuhören war. »Er hat nie guten Tag gesagt. Er hat immer den Kopf gesenkt und ist einfach vorbeigelaufen. Aber einmal …«

»Was war einmal?«, fragte Lennon.

»Einmal war, nachdem er am Empfang vorbeigelaufen war, etwas auf dem Boden, zuerst sah es aus wie Erde oder Lehm. Es war ganz klein, wie eine Münze. Ich habe ein Papiertuch genommen und bin um die Theke herumgelaufen. Als ich es dann aufwischte, war es rot. Es war Blut.«

Ihr Gesicht blieb dabei so ausdruckslos, als würde sie ihm Sonderpreise für irgendwelche Zimmer nennen. Noch vor ein oder zwei Wochen hätte Lennon bei ihr vielleicht sein Glück versucht. Doch jetzt ließ ihn ihr gutes Aussehen völlig unbeeindruckt.

»Was ist mit heute?«, fragte er. »Ist da irgendjemand Ungewöhnliches aufgetaucht? Wir hatten ja darum gebeten, dass niemand sich dem Zimmer nähern sollte. Könnte jemand unbemerkt am Empfang vorbeigekommen sein?«

»Ich habe niemanden gesehen«, antwortete sie. »Aber hier herrscht ein ständiges Kommen und Gehen. Es finden auch Tagungen von Geschäftsleuten und Unternehmen statt.«

»Gibt es noch einen weiteren Eingang? Eine Möglichkeit, in sein Zimmer zu gelangen, ohne dass man an der Rezeption vorbei muss?«

»Es gibt einen Zugang vom Parkplatz aus«, sagte sie. »Aber der Parkplatz ist immer verschlossen, außer ...«

»Außer was?«

»Das Tor wird von einer Kamera überwacht. Es ist zwar nicht gestattet, aber manchmal drückt trotzdem einer, der gerade an der Rezeption sitzt, ohne nachzuprüfen den Toröffner, wenn ein Wagen vorfährt. Die Gäste werden ungehalten, wenn sie erst aussteigen und zur Rezeption kommen müssen, deshalb ist es bequemer, sie einfach rein und raus zu lassen. Ich sage denen immer wieder, sie sollen das nicht machen, aber sie machen es trotzdem.«

»Jemand hätte also ...«

Noch bevor Lennon den Satz beenden konnte, hörte er über seiner Schulter das statische Rauschen eines Funkgeräts. Als er sich umwandte, sah er Constable Connolly halb gehend, halb laufend durch die Lobby auf ihn zueilen, das Gesicht leichenblass.

»Was ist los?«, fragte Lennon und stand auf.

Connolly glitt auf dem Fliesenboden aus, fing sich aber wieder. »Wir müssen los«, sagte er.

»Warum? Was ist passiert?«

Connolly sah aus, als müsse er sich jeden Moment übergeben. »Etwas Schlimmes. Etwas sehr Schlimmes.«

71

Der Nomade verließ die zweispurige Durchgangsstraße und bog in ein kleines, gerade neu entstandenes Wohnviertel ein. Große Häuser mit vier oder fünf Schlafzimmern, jedes mit einer privaten Einfahrt. Davor parkten Geländewagen und Kombis. Er fuhr in eine Sackgasse und folgte ihr bis zum Wendehammer. Als er anhielt, quietschten die uralten Bremsen des Volkswagens.

Wenigstens hatte Hewitt ihm einen Wagen mit Automatik besorgt. Das Schalten wäre mit seinem schmerzenden Handgelenk die reine Hölle gewesen. Er knetete die Finger, um den elastischen Verband zu lockern, und rollte die Schulter, um den Schmerz zu vertreiben, der sich dort festgesetzt hatte. Dort, wo die Stricknadel durch die Haut gedrungen war, fühlte es sich an, als ob sein Fleisch den Knochen abschnüren würde.

Der Nomade öffnete die Tür und stieg aus. Auf einer *Willkommen*-Fußmatte am oberen Treppenabsatz lag eingerollt eine Katze und beobachtete ihn. Rasch warf er einen prüfenden Blick die Sackgasse hinunter, ob da irgendwo ein Licht anging oder sich ein Vorhang bewegte. Als er nichts entdeckte, öffnete er den Kofferraum. Darin lag, genau wie Hewitt es versprochen hatte, seine lange Werkzeugtasche, ein Behältnis, in dem normalerweise Kricketspieler ihre Schläger und Beinschoner transportierten. Das Plastikschnürband war noch verknotet. Er war überrascht, dass Hewitt nicht zumindest einen kurzen Blick riskiert hatte. Das

Schnürband war eigentlich nur dafür gedacht, dass die Zimmermädchen nicht in der Tasche herumschnüffelten. Ertasten ließ sich der Inhalt von außen nicht. Die Schrotflinte war mit Decken gepolstert.

Der Nomade ließ sich einen Moment Zeit und konzentrierte sich. Der Shore Road folgen, hatte Hewitt gesagt, und dann immer weiter, bis man die Masten sah.

Die Beleuchtung rund um den Jachthafen warf ein orangegelbes Licht auf die vertäuten Boote. Manche waren nur kleine Segelboote, aber es gab auch größere und PS-starke Motorjachten. Hier stank es förmlich nach Geld. Nur zu verständlich, dass dieser Loyalist gerade hier seine Pferdchen laufen ließ. Der Nomade ging einmal um das Gebäude herum und überprüfte, ob von irgendwo Gefahr drohte. Zu rechnen war damit nicht, der Loyalist hatte für die Adresse und die Schlüssel, die der Nomade im Handschuhfach des Volkswagens gefunden hatte, eine ordentliche Stange Geld kassiert. Trotzdem, besser vorsichtig sein.

Er hielt die Browning dicht an seinen Körper gedrückt und verbarg den Schaft unter seiner Jacke. Dann lief er auf die andere Seite des Hauses, wo die Wagen der wenigen ständigen Bewohner vom Licht der Straßenlaternen bewacht wurden. Insgesamt waren es vier, dazu der Volkswagen, in dem er hergekommen war. Die meisten Wohnungen waren Wochenenddomizile oder Ferienapartments. Der Loyalist hatte gesagt, seine Wohnung sei auf der obersten Etage die einzige bewohnte. Eine überdachte Glastür führte in das Gebäude. Der Nomade probierte den ersten der drei Schlüssel aus, die man ihm gegeben hatte. Er passte nicht. Er versuchte es mit dem nächsten und war drin. Ein schmuckloser, sauberer Eingangsbereich mit einem Lift. Der Nomade entschied sich für die Treppe und nahm zwei Stufen auf einmal.

Bis nach ganz oben waren es sechs Stockwerke. Dort spähte der Nomade durch die Glasscheibe der Flurtür. Nur schwach beleuchtet, und nichts rührte sich. Er zog die Tür so leise wie möglich auf, aber sie quietschte trotzdem. Das Geräusch hallte durch den Flur, und er erstarrte. Sonst war nichts zu hören, auch hinter der einzigen der vier Türen, unter der ein Lichtspalt hindurchdrang, regte sich nichts. Der Nomade huschte hinein und behielt dabei eine Hand an der Tür, damit sie sich sanfter wieder schloss. Leise durchquerte er den Flur, seine Schuhe flüsterten auf dem dicken Teppichboden.

Es war die zweite Wohnung links. Er erkannte die Zahl 4 und den Buchstaben B. Beim Näherkommen behielt er den schmalen Lichtspalt im Auge. Von drinnen hörte man nicht das geringste Geräusch, nicht einmal ein Fernseher lief. Der Nomade drückte ein Ohr an die Tür. Kein Laut. Er legte sein Auge an den Spion. Düster. Er trat zurück und untersuchte die Tür. Stabiles Hartholz, allem Anschein nach Eiche, anders als bei den anderen Wohnungstüren. Höchstwahrscheinlich extra eingebaut.

Der Nomade schob den ersten Schlüssel in den Schließzylinder und drehte ihn. Beim Klicken der Zuhaltungsfeder zuckte er zusammen. Die Tür löste sich vom Rahmen. Er zog den Schlüssel heraus und fand den für das Zylinderschloss in Augenhöhe. Er glitt butterweich hinein, und die Tür ging auf. Doch nach nicht einmal fünf Zentimetern stoppte etwas sie. Von drinnen hörte er Geraschel, das Quengeln eines Kindes und eine andere Stimme, die es leise zum Schweigen brachte. Er drückte noch einmal, diesmal mit mehr Krafteinsatz, und hörte das metallische Klirren einer Kette, die straff gezogen wurde.

Von drinnen kam ängstliches Geflüster, das Kind weinte kurz, dann hörte er das Tappen von Füßen in Socken auf dem Teppich. Der Nomade warf sich mit der gesunden Schulter noch fester gegen die Tür, aber genauso gut hätte er sich auch gegen die Wand werfen können. Es war eine starke Sicherheitskette, die Arbeit eines richtigen Schlossers und nicht der Mist, den sie einem in irgendwelchen Baumärkten andrehten. Drinnen wurden Türen zugeworfen, dann wieder das Tappen von Füßen. Er legte sein gesundes Auge an den schmalen Spalt. Da bewegte sich ein Schatten.

»Ich habe eine Waffe«, rief eine Frauenstimme.

»Ich auch«, rief der Nomade zurück. »Und meine ist größer.«

»Ich habe schon die Polizei verständigt.«

»Das ging aber schnell.«

»Ich bin gerade dabei.«

»Können Sie gleichzeitig die Waffe handhaben und telefonieren?«

Der Nomade hob die Browning und machte einen Schritt zurück. Er lud eine Patrone in die Kammer, stützte sich ab und schoss an der Stelle, wo er die Kette vermutete, ein Loch in die Tür. Er lud nach und schoss noch einmal auf dieselbe Stelle. Als der Rauch sich verzogen hatte, stellte er fest, dass er weniger Schaden angerichtet hatte als vermutet. Er trat näher und untersuchte das Loch. Es war zwar ein ordentlicher Batzen Holz weggerissen, aber die kleine Öffnung, die die Schrotflinte aufgesprengt hatte, war umgeben von verbogenem Stahl. Der Nomade sah hindurch.

Von einer Tür aus war mit zitternder Hand eine Pistole auf ihn gerichtet, dasselbe Glock-Modell, das Hewitt ihm gegeben hatte. Mit Mühe konnte er die Umrisse der Frau erkennen, die im Türrahmen kauerte, dann hörte er sie stöhnen und keuchen. Die Mündung der Pistole blitzte auf, und er duckte sich von dem Loch weg. Die Kugel war mindestens dreißig Zentimeter von der Stelle entfernt in die stählerne Armierung eingeschlagen, wo sich eben noch sein Auge befunden hatte.

»Gütiger Himmel, Sie sollten mit dem Ding lieber erst mal üben«, rief der Nomade. »Sie sind eine ganz beschissene Schützin. Aber die Cops brauchen Sie jetzt trotzdem nicht mehr zu rufen. Ich bin sicher, die Nachbarn haben uns den Gefallen schon getan.«

»Dann hauen Sie doch ab«, kreischte sie.

»Ich glaube nicht«, sagte er. »Hören Sie mal, wenn Sie jetzt die Tür öffnen, dann mache ich es Ihrem kleinen Mädchen ganz leicht. Noch fairer kann ich nun wirklich nicht sein.«

Wieder ein Knall aus dem Inneren, und wieder schlug etwas wie eine Faust in die Tür ein. »Na schön«, sagte er. »Sie hatten Ihre Chance.«

Er untersuchte den Türrahmen und fand die Stelle, wo die Kette befestigt war. Er hob die Schrotflinte, lud durch und schoss zweimal auf die Tür. Zurück blieben zerklüftete Krater und verbogenes Metall. Er lud noch einmal nach und lauschte dabei über das Sirren in seinen Ohren hinweg darauf, ob sich schon Sirenen näherten. Aber alles, was er hörte, war von irgendwo weiter hinten in der Wohnung das Kreischen des Kindes, und auch das nur gedämpft, weil ihm von dem Schuss aus der Schrotflinte die Ohren klingelten. Diese Schweine auf der Wache hatten ihm seine guten Ohrstöpsel abgenommen.

Irgendwo drinnen klingelte schrill ein Mobiltelefon.

Der Nomade holte Anlauf, schnellte vor und trat mit dem rechten Bein fest gegen die Tür. Sie sprang krachend auf und schlug innen gegen die Wand. Während er in den Qualm hineinspähte, lud der Nomade wieder durch. Das Telefon hörte auf zu klingeln. Dann sah er in der Tür zum Wohnzimmer eine Frau kauern und hob die Schrotflinte.

Sie rührte sich nicht, als er hereinkam. Als er sich ihr näherte, sah er die roten Spritzer auf ihrer Wange. Über ihrer rechten Brust war ein noch hellerer roter Fleck. Keuchend und hustend starrte sie zu ihm hoch, ihr Blick war angst- und hasserfüllt.

Hinter ihr im Wohnzimmer begann wieder das Telefon zu

klingeln. Sein Display tauchte den Raum in ein schummriges Blau. Es vibrierte und kroch dabei langsam über den Couchtisch.

»Ich gehe schon für Sie dran«, sagte der Nomade.

72

Obwohl der Motor seines Audis auf vollen Touren dröhnte, behielt Lennon das Telefon am Ohr. Beim Schalten klemmte er es mit der Schulter fest und fing es, kurz bevor es herunterfiel, mit der Hand auf. Wieder nur der Anrufbeantworter. Er schaltete hoch und näherte sich, jetzt schon mit hundert Sachen, der Kreuzung von York Street und dem Westlink. Als die Ampel rot wurde, hupte er wie wild, ging aber nicht vom Gas, und die wenigen nächtlichen Autofahrer mussten scharf bremsen, um nicht mit ihm zusammenzustoßen. Als er auf die M2 abbog, blinkte auf dem Armaturenbrett die Anzeige des Antiblockiersystems auf, weil beinahe die Räder durchdrehten. Die Reifen touchierten auf der anderen Straßenseite den Randstein, und Lennon hörte ein hässliches Knirschen, als der hintere Kotflügel eine Straßenlaterne streifte, dann sprang der Wagen wieder auf die Straße zurück.

Zum dritten Mal drückte er auf die Wahlwiederholung und flüsterte dabei: »Komm schon, komm schon, komm schon ...«

Diesmal kam nicht einmal ein Rufton, stattdessen wurde sofort auf den Anrufbeantworter umgeschaltet. Mit wem redete sie? Würde sie ihn zurückrufen?

»Marie, wenn du das hier hörst, ruf mich sofort an. Sofort, hörst du?«

Lennon unterbrach die Leitung. Er suchte die Nummer des Präsidiums heraus, seine Augen sprangen zwischen dem Telefon und der Straße hin und her. Der Wählton schaltete dreimal klickend weiter, weil der Anruf von einem Apparat zum anderen geschickt wurde. Wegen der Katastrophe im Zellentrakt war die Telefonzentrale unbesetzt. Er würde zur nächstgelegenen Wache weitergeleitet werden. Als sich endlich jemand meldete, sagte er: »Verbinden Sie mich mit Carrickfergus.«

73

Fegan lief in seinem kleinen Pensionszimmer auf und ab und hörte auf den Wählton. Seine Angst nährte sich an sich selbst, gebar sich aus sich selbst und wurde mit jeder Reinkarnation stärker. Er hatte versucht zu schlafen, aber vor wenigen Minuten hatte ihn der Feuertraum, der Gestank von brennendem Fleisch und Haar und von Kinderschreien hochschrecken lassen. Die Kleider, in denen er geschlafen hatte, waren schweißdurchtränkt. Er hatte sofort nach dem Telefon gegriffen.

Der Wählton hörte auf, stattdessen vernahm er Atmen.

»Marie?«, rief Fegan, hektisch vor Angst.

»Sie kann gerade nicht ans Telefon kommen.«

Eine Männerstimme. Die Sorte Stimme, mit der Fegan sich nur allzu gut auskannte. Ihm drehte sich der Kopf. Er setzte sich aufs Bett.

»Wo ist sie?«, fragte er.

»Hier«, sagte die Stimme. »Mit ihrem kleinen Mädchen.«

»Wer ist dran?«, fragte Fegan.

Pause. Dann: »Ist das etwa der berühmte Gerry Fegan?«

»Rühr sie nicht an.«

»Ich weiß alles über dich«, sagte die Stimme. »Ich kann es kaum erwarten, dich persönlich kennenzulernen. Irgendwie habe ich das Gefühl, wir zwei könnten richtig Feuer unterm Dach machen.«

Fegans Magen verkrampfte sich, und er zuckte zusammen.

»Wenn du ihr auch nur ein Haar krümmst, bringe ich dich um.«

»Dafür ist es schon zu spät. Ich möchte ehrlich mit dir sein, Gerry. Marie sieht nicht gerade aus, als wäre sie in Bestform.«

»Ich bringe dich um«, stieß Fegan hervor. »Qualvoll.«

»Du solltest dir lieber diesen Cop vorknöpfen. Den Kindsvater. Weißt du, was dieser nutzlose Scheißkerl gemacht hat?«

»Ich bringe dich um«, wiederholte Fegan.

»Er hat das Kind und seine Mutter in einem Bordell in Carrickfergus untergebracht. Hat sie einfach nur raufgebracht und dann sich selbst überlassen. Meine Güte, so würde man nicht mal seinen Hund behandeln.«

»Ich ...«

»Ja, du bringst mich um, das habe ich schon verstanden. Mir läuft die Zeit davon, Gerry. Ich muss los.«

Die Leitung war tot.

Fegan stand auf und trat ans Fenster. Sein Zimmer nahm den halben ersten Stock eines Reihenhauses in Beschlag. Die Straße unter ihm ächzte unter der Stille. Im Licht der Laternen warfen die geparkten Autos und Gartenmauern ihre Schatten. Von der nahen Botanic Avenue drang gelegentlicher Straßenlärm herauf. Es war mindestens eine Stunde her, seit auf den hinter der Pension verlaufenden Gleisen der letzte Zug vorbeigefahren war. Fegan hatte die Stille immer geschätzt, aber jetzt lag sie so schwer auf ihm wie eine kalte, feuchte Decke.

Der Mann mit der höhnischen Stimme hatte Carrickfergus erwähnt. Aber wo in Carrickfergus?

Ein Geheul durchbrach die Stille, es hallte über die Straße und griff nach Fegans Herz wie ein eiskalter Finger. Er hielt den Atem an. Da war es wieder. Der markerschütternde Schrei eines Tieres, ein Leidensschrei. Fegan spähte die Häuserreihe auf und ab.

Dann entdeckte er es. Das Tier kam zwischen zwei Autos hervorgeschlichen, die lange Schnauze am Boden. Seine langen, spitzen Ohren zuckten. Dann hob es den Kopf, riss das Maul weit auf und heulte wieder. Der Schrei gellte durch die Straße und über die Straßendächer hinweg.

Der Fuchs trottete auf die Straße und folgte einer Witterung, die sein Interesse geweckt hatte. Plötzlich blieb er wie angewurzelt stehen, angespannt. Dann hob er den hageren Oberkörper, unter dem Fell sah man das Spiel seiner Muskeln. Zitternd und feindselig sah er zum Fenster hoch.

Fegan legte die Hand gegen die Scheibe. Der Fuchs hob seine Schnauze in den schwarzen Himmel und heulte noch einmal auf. Er fletschte die Zähne. Fegan konnte es durch die Scheibe nicht hören, aber er war sich sicher, dass der Fuchs knurrte. Plötzlich stand er in Flammen. Fegan blinzelte verwirrt, doch dann hörte er den Motor eines Autos. Je näher es kam, desto mehr reflektierte der Fuchspelz das Scheinwerferlicht. Der Fuchs starrte in die Scheinwerfer, dann noch einmal hoch zu Fegan und schoss in die Dunkelheit davon.

Das Auto fuhr vorbei, ohne dass der Fahrer das Tier überhaupt bemerkt hatte.

Irgendwo in der Ferne, jenseits des Flusses, heulten Sirenen auf. Irgendwo im Dunkel unter dem Fenster antwortete der Fuchs.

In Carrickfergus. Ein Bordell, hatte er gesagt.

Hinter der Rezeption unten befand sich ein Büro. Fegan fiel wieder ein, dass ihm durch die offene Tür ein Haken mit einem Schlüsselbund aufgefallen war. Einer davon war ein Autoschlüssel gewesen. Geräuschlos wie ein Lufthauch verließ Fegan sein Zimmer.

74

Der Nomade fuhr. Die Frau und dieses gruselige Kind kauerten schweigend auf der Rückbank. Anstatt Belfast zu durchqueren, war er von Carrickfergus aus erst in nördlicher und dann in westlicher Richtung gefahren und dann ab Templepatrick weiter nach Süden. Bis er über die Grenze war, würde er sich von der Autobahn fernhalten und ebenso von den größeren Städten wie Banbridge oder Newry. Eine Stunde Zeitverlust konnte man in Kauf nehmen, wenn man dafür unbemerkt blieb.

Er fragte sich, ob die Frau es bis zum Zielort schaffen würde. Hier und da hörte er ihren rasselnden Atem, dann hustete sie. Bevor sie abgefahren waren, hatte er sich kurz ihre Verletzungen angesehen. Ein paar Schrotkugeln steckten in ihren Wangenknochen, ein paar mehr in der rechten Schulter. Wirklich besorgniserregend waren allerdings die, die sich über der rechten Brust häuften. Der Nomade vermutete, dass einige davon in den Brustkorb und vielleicht sogar in die Lunge eingedrungen waren. Er hatte die Frau, so gut es ging, mit einem Handtuch verbunden, aber vermutlich hatte sie innere Blutungen. In einem Krankenhaus hätte sich das alles wieder beheben lassen, da war er sich sicher. Aber sie fuhren in kein Krankenhaus. Vielleicht würde sie es bis Drogheda schaffen, vielleicht auch nicht. Seine einzige Sorge war, wie das Kind reagieren würde, wenn seine Mutter in seinen Armen starb, und wie Bull reagieren würde, wenn er die beiden vor seiner Haustür ablieferte.

Vielleicht hätte er die zwei schon in der Wohnung erledigen sollen. Das wäre wahrscheinlich das Beste gewesen. Aber da war etwas an dem Kind, wie es ihn ansah ..., als ob es seine sämtlichen Geheimnisse kennen würde. Sogar Dinge, die er vor sich selbst geheim hielt. Was auch immer es war, jedenfalls hatte es ihn davon abgehalten, dem Kind das Genick zu brechen. Sollte sich doch Bull um die zwei kümmern.

Die Frau und das Kind hatten ihren Zweck erfüllt. Sie hatten Gerry Fegan aus der Deckung gelockt. Sollte Bull entscheiden, wie es weiterging. Vielleicht würde er Fegan ja den Cops in die Hände spielen. Wenn er eingesperrt war, konnte man ihm leichter beikommen. Bloß wo blieb da der Spaß? Aber egal, Bull konnte tun und lassen, was er wollte, solange er nur zahlte.

Der Wagen näherte sich dem Verkehrskreisel in Moira, als die Frau fragte: »Wo bringen Sie uns hin?« Ihre Stimme war leise, aber unbeugsam. Vielleicht war sie gar nicht so übel verletzt, wie er gedacht hatte. Er musterte sie im Rückspiegel und sah, dass sie sich gerade ein Straßenschild einprägte.

»Zu einem Mann«, sagte er.

»Was für einem Mann?«

»Das sehen Sie schon, wenn wir da sind.« Er fuhr auf die lange Gerade innerhalb des Kreisverkehrs. »Und jetzt seien Sie bitte still, Schätzchen, wenn es recht ist.«

»Ist es O'Kane?«

»Ich sagte, seien Sie still.«

»Der Letzte, der uns zu ihm gebracht hat, ist jetzt tot.«

Während er den Kreisverkehr verließ, richtete der Nomade seine Aufmerksamkeit abwechselnd auf das Dorf Moira vor ihnen und Marie McKenna im Rückspiegel. »Ach ja?«

»Gerry Fegan hat ihn getötet.«

Der Nomade fuhr sich mit der Zunge über die Oberlippe. »Im Ernst?«

»Sie wird er auch töten.«

Im Rückspiegel sah er, wie das kleine Mädchen sich die Ohren zuhielt und sein Gesicht an der Brust der Mutter vergrub. Marie zuckte vor Schmerz zusammen, schob das Kind aber nicht weg.

»Glauben Sie?«, fragte er.

»Ich weiß es.«

Der Nomade grinste sie im Rückspiegel an. Er hätte auch noch gezwinkert, wenn er gekonnt hätte. »Na, da wäre ich mir nicht so sicher.«

Eine oder zwei Minuten huschten noch die Straßenlaternen der Hauptstraße vorbei, dann verblassten sie hinter ihnen.

Marie lachte auf, hustete und lachte erneut.

»Was ist denn so lustig?«, fragte er.

Sie zog ein Papiertaschentusch hervor und hustete hinein. Ihr Gesicht wurde ausdruckslos. »Was so lustig ist? Ich habe heute früh jemandem gesagt, ich hätte keine Lust, schon wieder wie so ein gottverdammtes Burgfräulein in Nöten behandelt zu werden.«

Das kleine Mädchen nahm eine Hand vom Ohr und hielt sie der Mutter vor den Mund. »Du hast ein böses Wort gesagt«, flüsterte es.

»Ich weiß«, sagte Marie in die Finger des Kindes hinein. »Tut mir leid.«

Das besänftigte Kind hielt sich wieder beide Ohren zu und vergrub sein Gesicht.

»Erzählen Sie mir ein bisschen über Gerry Fegan«, sagte der Nomade, während sie sich schon einem neuen, diesmal kleineren Dorf näherten. Das musste eigentlich Maghealin sein, aber sicher war er sich nicht, weil er das Ortsschild nicht lesen konnte.

»Er ist ein guter Mensch«, sagte Marie. »Ganz egal, was er getan hat.«

»Ein guter Mensch«, wiederholte der Nomade. Er ließ sich die Worte auf der Zunge zergehen. »Und ich nicht?«

Marie hustete und ächzte vor Schmerzen. Als sie wieder bei Atem war, fragte sie: »Was reden Sie denn da?«

»Nach allem, was ich gehört habe, ist er ein Tier. Ein Killer.« Er beobachtete ihr Gesicht, über das gerade das Licht- und Schattenspiel der Laternen kroch. »Genau wie ich. Wieso ist er dann ein guter Mensch? Und wieso bin ich ein schlechter?«

Ihr Gesicht verschwand wieder im Dunkel, er sah nur ihre Umrisse, in denen die Augen funkelten. »Das fragen Sie mich allen Ernstes, wo Sie gerade mich und meine Tochter als Geiseln genommen haben?«

Weiter vorne kündigten sich die Lichter eines weiteren Dorfes an und dahinter die Stadt Lurgan mit ihren verworrenen Straßen, mit Ampeln und Polizisten. Er bog nach links in eine schmale Landstraße ab, um sie zu umfahren. Draußen war es dunkel geworden.

»Die ganze Zeit freue ich mich schon, diesen berühmten Gerry Fegan mal kennenzulernen«, sagte der Nomade. Er grinste in den Rückspiegel, obwohl er in der Dunkelheit weder die Frau noch das Kind sehen konnte. »Und jetzt kommt es vielleicht gar nicht mehr dazu. Wäre wirklich zu schade. Es würde mir Spaß machen, herauszufinden, was er wirklich drauf hat. Dass es nicht einfach werden würde, habe ich schon gehört. Er wäre ein ebenbürtiger Gegner.«

Er wartete auf eine Antwort, doch es kam keine, abgesehen von Maries rasselndem Atem.

»Das würde mir Spaß machen«, fuhr er fort. »Kann ja sein, dass er ein verrückter Mistkerl ist. Aber das bin ich ja auch. Ich habe noch nie einen Menschen getroffen, der mir überlegen war, und eine Herausforderung täte mir mal gut, verstehen Sie?«

Der Nomade schaute in den Rückspiegel, konnte aber nichts erkennen. Er hörte nicht einmal mehr den schweren Atem der Frau.

»Eines kann ich Ihnen allerdings versichern. Ihr Freund Gerry wird für seine Sünden teuer bezahlen. Egal, ob ich das übernehme oder die Cops, für ihn geht es jedenfalls übel aus. Er wird qualvoll sterben. Um leicht abzutreten, dafür hat er einfach zu viele Leute stinksauer gemacht. Die einzige Frage ist, wie schli...«

Ein jäher Schmerz jagte durch seinen Kopf, als kleine Hände seine Haare nach hinten rissen. In seinem linken Ohr gellte schrilles Geschrei, die Hände zogen immer fester. Mit der linken Hand griff er nach hinten, aber wegen seines Verbandes bekam er nichts zu fassen außer ein paar Haarsträhnen. Das Mädchen prügelte schreiend auf ihn ein. Der Wagen schlug gegen den Bordstein und machte einen Satz, das Lenkrad in seiner gesunden Hand schlug herum. Die Frau schrie auf, das Mädchen wurde zur Seite geschleudert, aber es ließ nicht los. Jetzt schrie auch der Nomade, weil seine Kopfhaut zu reißen begann. Er nahm die rechte Hand vom Lenkrad und riss sie nach hinten, in dem verzweifelten Bemühen, das schreiende Kind von sich zu schlagen, doch im nächsten Moment straffte sich schon der Sicherheitsgurt um seine Brust, und sein Kopf wippte einmal nach vorn und wieder zurück. Dann war nichts mehr außer Dunkelheit und Stille, abgesehen von einem beharrlichen Klingelton. Von irgendwo weit hinter ihm kam ein kalter Lufthauch.

75

Lennon wartete allein in der Küche. Im Flur lungerte untätig ein Constable aus Carrickfergus herum, während draußen ein Sergeant Aussagen von Bewohnern der darunterliegenden Stockwerke aufnahm. Ansonsten befand sich jeder Verfügbare am Tatort des Mordes an DCI Gordon. Das Beste, was die Wache in Carrickfergus hatte beisteuern können, war ihr einziger Streifenwagen, der sich gerade bei einer Verkehrskontrolle auf der Jagd nach betrunkenen Autofahrern befunden hatte und von dort zu dem Wohnkomplex geschickt worden war. Lennon war schon vor den Polizisten angekommen und sofort nach oben gefahren. Er hatte die Tür aufgebrochen gefunden und die Wohnung leer.

Sorge und Angst kämpften in ihm wie zwei Wildkatzen. Er konnte sich nicht lange genug auf eine der beiden Empfindungen konzentrieren, um einen Schlachtplan zu entwerfen. Noch einmal rief er im Präsidium an und fragte nach Chief Inspector Uprichard. Als der Wachhabende endlich an den Apparat kam, ließ er Lennon zum wiederholten Male wissen, Uprichard sei zu beschäftigt, er solle einfach an Ort und Stelle warten und den Tatort sichern, bis man im Distrikt D ein Team zusammenstellen könne.

»Ich kann doch nicht einfach nur hier herumsitzen und warten«, regte Lennon sich auf. »Er hat meine Tochter in seiner Gewalt. Genau der Mann, den ihr noch vor ein paar Stunden eingesperrt hattet.«

»Das verstehe ich ja«, antwortete der Wachhabende, »aber hier ist ein Polizist ermordet worden. Jeder, den man erreichen kann, wird herbeordert. Außerdem wissen Sie doch, dass Carrickfergus zum Distrikt D gehört. Da können wir nur Leute hinschicken, wenn es sich um einen Notfall handelt. Wenn nicht, müssen Sie auf ein Team aus Lisburn warten.«

»Notfall?«, fragte Lennon. »Was zum Teufel soll das denn heißen? Hier geht es um meine Tochter. Und genau derselbe Mann, der Gordon getötet hat, hat sie jetzt in seiner Gewalt.«

»Aber eben nicht hier bei uns«, antwortete der Beamte.

Lennon verschlug es derart den Atem, dass ihm keine Antwort einfiel.

»Um irgendetwas Brauchbares zu finden, müssen ein erfahrenes Spurensicherungsteam und Leute von der Forensik die Wohnung auseinandernehmen«, fuhr der Beamte fort. »Die Forensiker sind aber im Augenblick noch hier beschäftigt. Ein Spurensicherungsteam schickt Lisburn so bald wie möglich. Es tut mir leid, Sir, aber mehr kann ich im Augenblick nicht für Sie tun. Wenn Sie mich jetzt entschuldigen wollen. Hier herrscht nämlich das totale Chaos.«

Lennon beendete das Gespräch. Er lief in der kleinen Küche auf und ab und blieb schließlich am Spülbecken stehen. Er drehte den Hahn auf, spritzte sich Wasser ins Gesicht und trocknete sich mit dem Ärmel ab. Dann ging er ins Wohnzimmer und von dort in den Flur. Seine Glock lag auf dem Fußboden. Sie hatte Marie nichts genutzt. Er bückte sich und hob sie auf.

In der Tür scharrte hüstelnd der Constable mit den Füßen. Er hieß Wallace und beobachtete Lennon mit nervöser Dienstbeflissenheit. Er sah nicht so aus, als sei er schon lange dabei, wahrscheinlich noch in der Probezeit und einem älteren Sergeant zur Seite gestellt, um das Geschäft zu lernen.

»Sollten Sie die wirklich aufheben, Inspector?« Lennon sah

den Mann scharf an, und der senkte den Kopf. »Ich meinte nur, die ist doch schließlich ein Beweisstück an einem Tatort, oder?«

Auf dem Weg in den Flur schlug Lennon ihm auf die Schulter. »Sie werden es bestimmt weit bringen, Constable Wallace.«

Die Lifttür ging auf, und Sergeant Dodds kam heraus. Noch im Näherkommen zückte er sein Notizbuch.

»Irgendwas?«, fragte Lennon.

»Nichts Brauchbares«, antwortete Dodds. »Nur drei andere Wohnungen sind bewohnt. Alle haben Schüsse gehört, zwei Leute haben die 999 angerufen. Alle haben ihre Türen abgeschlossen und sich geduckt, bis sie unsere Sirene gehört haben. Niemand hat etwas gesehen.«

Lennon hatte nichts anderes erwartet. »Na gut«, sagte er. Er ging zum Lift. »Aus Lisburn kommt ein Team der Spurensicherung, sobald die dort die Leute zusammengetrommelt haben. Die Forensiker kommen, sobald sie wegkönnen. Wallace, Sie bleiben hier. Dodds, Sie warten unten am Hauseingang. Lassen Sie niemanden über die Treppe, wenn Sie es verhindern können.«

Dodds folgte Lennon in den Lift. »Und wo wollen Sie hin?«

»Ich muss jemanden treffen.«

»Wen?«

»Irgendjemanden eben«, gab Lennon zurück. Er hoffte inständig, dass Roscoe Patterson heute Abend auf Sauftour war.

76

Der Nomade legte seine Schulter an die Tür und drückte. Sie ging nur ein paar Zentimeter auf, dann leistete die Hecke Widerstand. »Gottverdammte Scheiße«, fluchte er. Er rutsche zurück und kroch mit dem Kopf voran auf die andere Seite. Er stöhnte auf, als der Schalthebel ihn in die Eier stieß. In ein oder zwei Sekunden würde dieser hässliche, tiefe Schmerz sich zu dem in seiner Brust gesellen, wo der Sicherheitsgurt ihm die Luft aus dem Leib gepresst hatte. Sein Nacken tat auch weh. Dieser Schmerz wiederum schien in den Schultern zu beginnen, an seinem Hinterkopf hochzukriechen und dann in gerader Linie bis auf seine Stirn hinunterzugleiten.

Er machte die Beifahrertür auf und kletterte hinaus. Dann schnappte er sich Maries Mobiltelefon und drückte auf eine Taste. Das Display war zwar zersprungen, aber es funktionierte noch und warf ein schwaches Licht. Er benutzte es als behelfsmäßige Taschenlampe, um den Schaden am Wagen zu inspizieren. Gar nicht so schlimm, wie er befürchtet hatte. Die Hecke hatte den Aufprall auf die Böschung abgefedert, und der alte Volkswagen war solide gebaut. Er leuchtete auf die Reifen. Allzu nass war die Erde nicht. Eigentlich musste er es schaffen, rückwärts aus dem Gebüsch herauszukommen.

Das Licht ging aus, das Telefon schaltete wieder in den Standby-Modus. Der Nomade drehte sich am Rande der kleinen Landstraße einmal um die eigene Achse. Über Lurgan im Westen lag ein orangefarbener Schimmer. Von der Autobahn im Norden konnte er das leise Rauschen des nächtlichen Verkehrs hören, Lastwagen, die die ersten Fähren nach England erwischen mussten, oder Urlaubsreisende auf dem Weg zu einem der Flughäfen.

Angestrengt lauschte er auf Geräusche aus der Nähe, das leise Scharren von Füßen, die durchs Gebüsch oder über die Felder krochen. Hörte er da auf der anderen Straßenseite ein Keuchen und leises Rasseln? Das Geräusch war so leise, dass er es sich ja vielleicht nur eingebildet hatte. Er schloss die Augen, hielt den Atem an und lauschte noch angestrengter. Ein kalter, feuchter Luftzug blies ihm ins Gesicht.

Da, das leise Wimmern eines Kindes, dann ein heiseres Flüstern.

Der Nomade öffnete die Augen. Er spähte in die Richtung, aus der die Laute gekommen waren. In der Ferne glomm ein Licht, möglicherweise ein erleuchtetes Fenster. Ein Bauernhof, vielleicht einen knappen Kilometer entfernt. Er betätigte wieder das Telefon. Dann drehte er sich um, bückte sich und suchte damit im Fußraum der Beifahrerseite nach Hewitts Glock.

Als er sich mit der Waffe in der Hand wieder aufrichtete, überkam ihn plötzlich eine grenzenlose Müdigkeit. Er lehnte sich ans Auto und atmete einmal tief durch. Von überall in seinem Körper meldeten sich neue Schmerzen. Jetzt wünschte er sich, er hätte niemals diese Bar in Finglas betreten. Er wünschte sich, er hätte sich von Davy Haughey nie diesen Zettel in die Hand drücken lassen, auf dem Orla O'Kanes Nummer stand. Er wünschte sich, er wäre nie der Einladung in dieses gottverdammte Sanatorium bei Drogheda gefolgt, wo Bull O'Kane sich in seinem Hass und seinem Scheiße-Gestank suhlte.

Eine verrückte Idee schoss ihm durch den Kopf, so haarsträubend, dass er unwillkürlich darüber nachdachte. Einfach in den

Wagen steigen, im Rückwärtsgang aus der Hecke raus und wegfahren. Die Frau und ihr Kind da draußen ihrem Schicksal überlassen. Wer auch immer in dem Haus da hinten wohnte, die Leute würden sie schon hereinlassen und sich um sie kümmern. Der Nomade konnte in eine der Wohnungen fahren, die er in Dublin, Drogheda oder Cork unterhielt, seine Pässe einsammeln und verschwinden. Er hatte Geld auf Konten in Irland, Brasilien, den Philippinen und noch anderen Ländern gebunkert, genug, dass es bis zu seinem Tod reichen würde, wenn er sparsam damit umging.

Aber was für ein Leben würde das sein? Wie das einer Kellerassel, die sich unter Steinen versteckte. Und dann fiel ihm noch etwas ein.

Gerry Fegan.

Der Nomade wollte wissen, ob er es mit Gerry Fegan aufnehmen konnte. Da war zunächst seine körperliche Verfassung. Die verletzte Schulter, das verstauchte Handgelenk, das brennende Auge. Er holte einmal tief Luft und löste damit neuerliche Pein in seiner Brust aus. Vielleicht musste ja auch noch eine gebrochene Rippe auf die Liste. Er würde im Nachteil sein, und damit hatte Fegan eine gewisse Chance.

Wenn nicht die Cops Fegan zuerst erwischten, konnte der Nomade es ja versuchen. Mochte der Bessere gewinnen und so weiter.

Er stand allein in der Dunkelheit am Straßenrand und lächelte in sich hinein. Er hatte sich entschieden. Dann wandte er sich zu dem Laut um, den er gehört zu haben glaubte, und marschierte los. Als er unter seinen Füßen statt der knirschenden Landstraße sanft patschendes Gras hörte, drückte er auf das Telefon und leuchtete in die Dunkelheit hinein. Er wartete und lauschte.

Wieder ein leiser, rasselnder Atemzug. Der Nomade leuchtete. Dort drüben glitzerten Augen. Als er losmarschierte, hörte er: »Lauf, lauf, lauf!«

Eine kleine Gestalt sprang aus der Hecke und verschwand im Dunkel. Die Frau versuchte, sich in dem dichten Buschwerk aufzurichten, stolperte aber. Bevor sie entwischen konnte, war er schon über ihr. Zur Gegenwehr fehlte ihr die Kraft, sie lag nur schlaff unter ihm, ihr Atem ging flach und unregelmäßig.

»Schön langsam«, sagte der Nomade und ließ sie die kalte Glock am Hals spüren.

Der Nomade steckte das Telefon ein, drückte sich hoch und schob ihr einen Arm unter die Hüfte. Er stand auf und zog sie hoch. Als er sie an sich drückte und ihr die Mündung der Pistole unters Kinn hielt, zitterte sie.

»Rufen Sie das Mädchen«, flüsterte er ihr ins Ohr.

»Nein.«

»Rufen Sie die Kleine!« Er stieß ihr die Mündung ans Kinn, und sie wimmerte.

»Nein«, sagte sie. »Das mache ich nicht.«

»Na schön, dann mache ich es.«

»Sie kommt nicht zu Ihnen«, sagte die Frau und schüttelte den Kopf.

»O doch, sie kommt.« Er zog Marie ganz dicht an sich heran. »So ein kleines Mädchen läuft nicht von seiner Mummy weg. Jetzt passen Sie mal auf.«

Sie holte Luft und wollte losschreien, aber er hielt ihr mit der verbundenen Hand den Mund zu.

»Ellen!«, rief der Nomade.

Marie versuchte, seine Hand wegzureißen. Er drückte sie ihr noch fester an die Lippen, auch als sie versuchte, ihm in den Finger zu beißen.

»Aufhören«, flüsterte er, den Mund tief in ihrem Haar vergraben. »Aufhören, oder ich breche Ihnen das Genick.« Er spähte wieder in die Dunkelheit hinaus. »Ellen!«

Er schob sich die Glock in den Hosenbund und holte das

Telefon hervor. Mit der freien Hand schaltete er es ein und hielt es vor die sich windende Mutter.

»Deine Mummy braucht dich, Ellen. Jetzt komm schon zurück. Du willst doch nicht ganz allein da draußen im Dunkeln bleiben. Im Dunkeln gibt es schlimme Kreaturen. Die kriegen dich. Kreaturen mit Zähnen. Und welche, die stechen.« Er schwieg und lauschte. »Nun komm schon, Schatz. Deine Mummy braucht dich.«

Dort draußen in der undurchdringlichen Finsternis bewegte sich ein Schatten. Er sah etwas glitzern. Dann kam Ellen aus dem Dunkel angelaufen, fiel hin, rappelte sich wieder hoch und warf sich in die Arme ihrer Mutter. Sie legte die Arme um Maries Hüften und drückte ihr Gesicht an den warmen Leib.

»Braves Mädchen«, sagte der Nomade.

77

Die Tür der Red Fox Bar an der Shankhill war verschlossen, aber im Innern brannte Licht. Lennon hämmerte mit der Faust dagegen, bis die Milchglasscheibe im Rahmen klirrte.

»Geschlossen«, kam eine heisere Stimme von drinnen. Eine Silhouette tauchte vor dem Glas auf. »Verschwinden Sie.«

Die Silhouette löste sich wieder auf.

Lennon trat gegen die Tür.

Die Silhouette kehrte zurück. »Ich sagte, Sie sollen verschwinden. Wir haben geschlossen. Entweder Sie hauen ab, oder ich komme raus und trete Ihnen in den Arsch.«

Lennon trat immer weiter gegen die Tür, bis die Scheibe sprang.

»Na schön, du Arschloch«, rief die Stimme.

Oben und unten wurden an der Tür Riegel zurückgeschoben, es hörte sich an wie zwei Gewehrschüsse. Die Tür öffnete sich nach innen, und ein vierschrötiger Mann mit rasiertem Schädel und tätowiertem Hals füllte den gesamten Eingang aus. Er trug eine schief sitzende Brille. Bevor er einen Schritt machen konnte, schlug Lennon ihm eine Faust in den Unterleib und brach ihm mit der anderen die Nase. Der Mann taumelte in die Bar und hielt sich beide Hände vors Gesicht, zwischen den Fingern spritzte Blut hervor. Die zersprungene, verbogene Brille fiel zu Boden. Der Mann stolperte über die eigenen Füße und krachte auf den Rücken.

Lennon betrat über ihn hinweg die Bar. Drei Männer saßen an einem Tisch, der übersät war mit Spielkarten, Geldscheinen, Flaschen und Gläsern. Zwei waren aufgesprungen und hatten kampfbereit die Fäuste geballt.

Lennon zog seine Glock und zielte damit auf Roscoe Pattersons Stirn; wie bei einem Einsatz hatte er die eine Hand stützend unter die andere gelegt. Roscoe stand am anderen Ende des Tisches und starrte Lennon mit ausdruckslosem Gesicht an. Die beiden anderen Männer zogen Pistolen, beides kleinkalibrige Spielzeuge von der Art, wie großkotzige Ganoven sie manchmal bei sich trugen, um den starken Mann zu markieren.

»Steckt die weg, Jungs«, sagte Roscoe. »Wir wollen doch hier keinen Scheiß bauen, stimmt's, Jack?«

Die beiden Männer gehorchten.

»Sie sollen verschwinden.«

»Mensch, du hast Slant ja ordentlich eine verpasst«, sagte Roscoe. Er warf den Kopf zurück und lachte. »Hast ihm richtig die Fresse poliert.« Er grinste Lennon an. »Weißt du, warum wir ihn Slant nennen?«

»Ist mir egal, sieh einfach nur zu, dass die Kerle verschwinden.«

Roscoe fuhr unbeirrt fort. »Wir nennen ihn Slant, weil immer, wenn er besoffen ist, seine Brille schief sitzt, wie ein Schrägstrich. Urkomisch. Und so, wie du ihm gerade die Nase ramponiert hast, kriegt er sie aber jetzt überhaupt nicht mehr gerade auf.«

Lennon trat einen Schritt näher und zielte noch genauer. »Sag ihnen, sie sollen verschwinden. Sofort.«

Roscoes Grinsen wurde noch breiter, aber seine Augen verdunkelten sich. »Ihr habt den Burschen gehört«, sagte er zu seinen Kumpanen. »Zischt ab, und nehmt Slant mit.«

»Bist du dir sicher?«, fragte einer von Roscoes Leuten.

»Ich bin mir sicher«, antwortete Roscoe. »Jack ist ein schlauer Junge. Er macht bestimmt nichts Unüberlegtes. Hab ich recht, Jack?«

»Sie sollen endlich verschwinden«, sagte Lennon.

»Also los, Jungs.« Roscoe verabschiedete sie mit einem Wedeln der Hand.

Betont lässig schlenderten sie an Lennon vorbei, rollten dabei die Schultern und starrten ihm in die Augen, was heißen sollte, dass sie sich von einem Fremden mit einer Waffe nicht beeindrucken ließen.

Lennon behielt Roscoe im Auge. Er hörte Slant stöhnen und fluchen, als seine Freunde ihn aufsammelten. Dann ging die Tür zu, und Lennon hörte nur noch seinen eigenen Atem. Schweiß tropfte ihm aus den Augenbrauen.

»Das war nicht gerade nett, Jack.«

Lennon antwortete nicht. Er trat noch einen Schritt näher und richtete dabei die Pistole weiter auf Roscoes Stirn.

»Mich hier so zum Affen zu machen«, fuhr Roscoe fort. Seine Hand auf dem Tisch fing an zu zittern. Er zog die Lippen über die Zähne. »Wenn irgendein anderer Scheißkerl das versuchen würde, würde ich ihm das Genick brechen. Ich würde die Waffe nehmen und sie ihm so weit in den Arsch schieben, dass er daran ersticken würde. Ich würde ihm meinen Stiefel in ...«

»Ich bin nicht zum Spaß hier, Roscoe«, unterbrach Lennon ihn. »Ich weiß, was du getan hast. Es macht mir nicht das Geringste aus, dir eine Kugel in dein borniertes Spatzenhirn zu jagen. Hast du mich verstanden? Also keine Drohungen und keine Spielchen. Sonst erschieße ich dich.«

Roscoe stand auf. Er lehnte sich vor und stützte sich mit den Fingerknöcheln auf der Tischplatte ab, unter seinem Bauch gerieten die Spielkarten durcheinander. »Pass besser auf, was du sagst, Jack. Ich habe dir geholfen, du hast mir geholfen. Ich würde nicht unbedingt sagen, dass wir Freunde sind, aber für einen *Taig* warst du eigentlich immer in Ordnung. Doch ich lasse mir von niemandem drohen. Niemand macht mich vor meinen eigenen Jungs zum Idioten. Du spielst gerade mit deinem Leben, Jack. Mach nicht noch ...«

Lennon zielte auf das herzförmige Tattoo auf Roscoes linkem Handrücken. Er drückte ab. Einen Zentimeter von Roscoes Fingern durchschlug die Kugel die Tischplatte. Roscoe riss seine Hände weg, gab aber keinen Laut von sich. Er trat nur vom Tisch zurück und schüttelte den Kopf.

»Zu wem bist du gegangen?«, fragte Lennon. »Wem hast du es verraten?«

Roscoe hob die Hände und ging noch ein Stück zurück. »Wovon redest du überhaupt, Jack? Ich habe niemandem irgendwas gesagt. Du machst gerade einen schweren Fehler, Kumpel.«

Lennon folgte ihm. Ohne auf die zerspringenden Flaschen zu achten, stieß er den Tisch beiseite und warf ihn dabei um. Unter seinen Schuhen knirschte zwischen den Geldscheinen das Glas. Er schob die Waffe zurück ins Halfter und ballte ein paarmal die Hände zu Fäusten. »Du hast jemandem verraten, wo Marie und Ellen waren. Du hast jemandem verraten, wo meine Tochter war. Und jetzt haben sie die beiden entführt.«

Roscoe ging noch weiter zurück, bis er an der Bar war. »Verflucht, Jack, was redest du da eigentlich für einen Scheiß. Ich habe es dir schon mal erklärt, ich bin kein Informant. Ich habe niemandem ein Sterbenswört...«

Lennon erwischte Roscoe mit dem Ellbogen am Kinn. Roscoe fiel um wie ein nasser Sack. Er rollte auf die Seite und presste sich beide Hände ans Kinn.

»Er hat meine Tochter«, sagte Lennon.

Roscoe krümmte sich am Boden. Er spuckte Blut auf die schmutzfarbenen Fliesen.

»Er hat meine Tochter«, wiederholte Lennon. »Hast du mich verstanden?«

»Meine Zunge«, jammerte Roscoe undeutlich. »Jetzt habe ich mir in die Zunge gebissen, du verdammter katholischer Bastard.«

Lennon stellte sich über Roscoe und stützte sich mit einer Hand auf der Theke ab. »Rede endlich, oder ich bringe dich um, ich schwöre bei Gott.«

»Das kannst du dir in deinen verdammten Katholen-Arsch schieben«, keuchte Roscoe. Er spuckte noch einmal aus und sprenkelte dabei den Boden rot.

Lennon trat ihm in den Unterleib. Roscoe krümmte sich und rollte sich mit dem Rücken zu Lennon zusammen. Lennon zielte mit dem Fuß auf Roscoes Niere und spürte, wie das Fleisch unter dem Tritt nachgab.

Als die Schreie aufhörten, hockte Lennon sich hin und sagte: »Du hast es verraten. Und jetzt erzählst du mir, mit wem du geredet hast. Mit ist das nämlich scheißegal, verstehst du. Ellen ist das einzige Gute, was die Welt mir zu verdanken hat. Heute habe ich mit ihr gesprochen. Zum ersten Mal nach fünf Jahren habe ich mit meiner eigenen Tochter gesprochen. Sie hat zwar keine Ahnung, wer ich bin, aber das spielt keine Rolle. Ich habe die Chance, alles wiedergutzumachen. Ich habe die Chance, sie zurückzugewinnen. Und dann verkaufst du sie für ein Stück Scheiße.«

Roscoe streckte die Beine aus, und versuchte davonzukriechen, aber man sah ihm die Schmerzen an. »Du liegst falsch. Ich habe nie ...«

»Du hast sie an die andere Seite verkauft. Du, der große Loyalist, hast ein Kind an die Republikaner verkauft. Es ist genau so, wie Patsy Toner gesagt hat. Absprachen gibt es auf allen Ebenen und in alle Richtungen. Alles, was Typen wie dich je interessiert hat, war doch nur, sich die Taschen vollzustopfen. Die sogenannte Sache war euch doch scheißegal. Hauptsache, ihr konntet Kohle machen.«

»Du tickst nicht mehr ganz sauber«, stöhnte Roscoe. »Du bist komplett ...«

Lennon zog seine Glock und drückte Roscoe die Mündung an die Stirn. »Ich gebe dir noch eine letzte Chance«, sagte er. »Irgendjemand hat bestimmt schon gemeldet, dass hier geschossen wurde. Sobald ich Sirenen höre, drücke ich ab und blase dir dein Gehirn raus. Klarer Fall von Selbstverteidigung. Hier ein Krimineller mit langem Vorstrafenregister, dort ein Polizist. Die Ombudsstelle wird das nicht jucken. Niemand wird sich einen Dreck um einen Scheißkerl wie dich scheren. Verstehst du mich?«

Roscoe blinzelte ihn an, seine Nasenflügel blähten sich auf.

»Deine einzige Chance, am Leben zu bleiben, ist, mir zu sagen, mit wem du gesprochen hast. Eine andere gibt es nicht. Und jetzt sag es mir.«

Roscoe kniff die Augen zu. »Scheiße«, keuchte er. Sein Gesicht wurde schlaff, die Augenlider zuckten. »Es war Dan Hewitt«, sagt er. »Dieses Arschloch von der Special Branch. An den musst du ran. Er war derjenige, der herumgehorcht hat. Er wollte wissen, was du vorhattest, wer dich wo gesehen hatte, ob du irgendjemanden um einen Gefallen gebeten hattest. Ich habe ihn angerufen und ihm gesagt, dass du die Wohnung haben wolltest.« Roscoe machte die Augen wieder auf. Er grinste »Wie? Hast du etwa geglaubt, du bist der einzige Cop, mit dem ich gut Freund bin? Du hast es doch selbst gesagt: auf allen Ebenen und in alle Richtungen.«

Lennon richtete sich auf und steckte die Glock ins Halfter. »Wenn du auch nur ein Sterbenswörtchen hiervon erzählst, dann sage ich jedem, der es hören will, dass du ein Spitzel bist.«

»Leck mich«, sagte Roscoe.

»Und du weißt ja, was mit Spitzeln passiert«, fügte Lennon hinzu. »Sobald du mir zu nahe kommst oder irgendeinem, den ich kenne, erfährt auch noch der letzte Mistkerl in dieser Stadt, dass du ein Informant bist. Dann kannst du dich mit deiner hässlichen Visage nicht mehr auf die Straße trauen. Hast du mich verstanden?«

»Leck mich«, wiederholte Roscoe.

Lennon trat ihm fest in den Unterleib. Roscoe rollte sich zusammen, Blut tropfte ihm von den Lippen. Er übergab sich auf die Fliesen.

Der Gestank machte Lennon zu schaffen. Auf dem Weg zur Tür kam ihm immer wieder die Galle hoch, bis die Nachtluft ihm kühl über die Haut strich.

Er sah den großen Mann nicht kommen, spürte nur die kräftigen Hände um seine Kehle, dann ging er auch schon zu Boden.

78

»Wo sind sie?«, fragte Fegan. Sein Gesicht war nur Zentimeter von dem des Cops entfernt.

Lennon wand sich unter ihm und verdrehte die Schultern, während Fegan versuchte, im Gleichgewicht zu bleiben.

»Ich weiß es nicht«, röchelte der Cop.

Fegan erhöhte den Druck um Lennons Kehle und versuchte mit den Fingern, die Luftröhre zu ertasten. »Sie hätten auf die beiden aufpassen müssen.«

Der Cop stieß einen Arm vor und stach nach Fegans Augen. Fegan fuhr zurück und drehte den Kopf weg. Er verlor das Gleichgewicht und musste Lennons Hals loslassen. Beim nächsten Stoß landete er mit dem Rücken auf dem Bürgersteig, auf ihm ein schwerer Körper und eine Glock an der Backe.

»Gerry Fegan«, sagte der Cop.

»Warum haben Sie die beiden alleingelassen?«, fragte Fegan.

»Ich musste«, antwortete Lennon keuchend. »Außerdem wusste niemand, wo sie waren.«

»Trotzdem hat er sie gefunden.«

Die Glock drückte noch härter in Fegans Gesicht. »Verdammt, das weiß ich selbst«, fauchte Lennon. »Sie sind verraten worden. *Ich* bin verraten worden. Und jetzt hauen Sie ab, sonst schieße ich Ihnen den Kopf weg.«

»Nein«, sagte Fegan. Ohne sich um die Pistole zu scheren,

drückte er sich auf den Ellbogen hoch. »Erst wenn ich weiß, wo sie sind.«

»Warum?« Lennon drückte ihn wieder zu Boden. »Sie haben das doch alles erst verursacht. Ohne Sie wäre den beiden nichts passiert. Sie haben das alles auf dem Gewissen, Sie verrückter Bastard.«

»Ich weiß«, sagte Fegan Auf der kalten Erde verließen ihn allmählich die Kräfte. Er schloss die Augen. »Ich weiß.«

Die Mündung verschwand von seiner Wange, und das Gewicht des anderen hob sich von seinem Brustkorb. Er öffnete die Augen. Der Cop stand über ihm und zielte nach wie vor mit der Glock auf seine Stirn.

»Wie haben Sie mich gefunden?«, fragte Lennon.

»Ich habe mit dem Mann gesprochen, der sie entführt hat«, antwortete Fegan. »Auf Maries Telefon. Er hat gesagt, dass er in Carrickfergus ist. Ich bin herumgefahren, bis ich einen Polizeiwagen gesehen habe. Da wusste ich, dort ist es. Danach bin ich Ihnen gefolgt.«

Lennon trat einen Schritt zurück und wedelte mit der Pistole in Richtung der leeren Straße. »Na los, verschwinden Sie schon, sonst verhafte ich Sie.«

Fegan setzte sich auf. »Ich kann nicht. Nicht, solange die beiden nicht in Sicherheit sind.«

»In Ihrer Nähe sind sie nicht sicher«, erwiderte Lennon. »Begreifen Sie das denn nicht? Herrgott, ich habe keine Zeit für diesen Blödsinn.«

Der Cop stieg über Fegan hinweg und marschierte zu seinem Audi.

»Wo sind sie?« Fegan stand auf. »Was haben Sie da drinnen herausgefunden?«

»Nichts, was Sie etwas anginge«, rief Lennon und machte die Tür des Audis auf. »Verschwinden Sie einfach und lassen Sie sich nicht mehr blicken.«

»Sagen Sie es mir«, verlangte Fegan und unterdrückte die Wut, die in ihm anschwoll.

Lennon hob wieder die Pistole. Seine Hand zitterte. »Verschwinden Sie hier, sonst erschieße ich Sie, das schwöre ich.«

Fegan marschierte zur Tür des Pubs.

»Machen Sie das nicht«, rief Lennon ihm nach.

Fegan drehte sich um und blickte ihn an. »Dann sagen Sie es mir.«

»Er weiß nicht, wo sie hin sind.« Lennons Schultern sackten resigniert herunter. »Aber er hat mir gesagt, wer es wissen könnte. Der, an die er sie verraten hat.«

»Wer ist es?«

»Ein alter Freund«, sagte Lennon. »Ein Cop.«

Fegan kehrte wieder zurück. »Bringen Sie mich zu ihm.«

»Nein«, rief Lennon. »Um Himmels willen, nein! Sind Sie denn wahnsinnig? Aber was rede ich da, natürlich sind Sie wahnsinnig.«

Der Cop steckte die Waffe ins Halfter und stieg in den Wagen. Fegan rannte hinterher und packte die Tür, bevor Lennon sie zuziehen konnte.

Lennon funkelte ihn an. »Loslassen.«

»Wird er Ihnen verraten, wo sie sind?«, fragte Fegan.

»Weiß ich nicht«, gab Lennon zurück. »Vielleicht, vielleicht auch nicht. Lassen Sie die Tür los.«

Fegan beugte sich in den Wagen hinein und roch den Schweiß und die Angst des Cops. »Bringen Sie mich zu ihm.«

»Warum?«

»Weil er es mir auf jeden Fall sagen wird.«

»Wenn er es mir nicht sagt, warum zum Teufel sollte er es Ihnen sagen?«

»Weil ich härter nachfrage«, erklärte Fegan.

79

Der Nomade steuerte den Volkswagen bis an das Tor des Sanatoriums, das Bull O'Kane übernommen hatte. Aus dem Dunkel tauchte ein Mann auf und leuchtete mit einer Taschenlampe in den Wagen. Er richtete den Strahl auf die Frau und das Kind.

Der Mann klopfte an die Scheibe. Der Nomade ließ sie herunter.

»Wer zum Teufel sind die da?«, fragte der Mann.

Der Nomade konnte nur eine dunkle Jacke und ein T-Shirt erkennen. Die Jackentasche war ausgebeult. »Alte Freunde von deinem Boss«, sagte er. »Und jetzt mach auf.«

Der Mann kratzte sich ein paar Sekunden sein stoppeliges Kinn, dann gab er jemandem mit der Taschenlampe ein Zeichen. Das Tor öffnete sich, ohne dass ein Wächter sich blicken ließ, und der Nomade fuhr hindurch.

Schwarz stand das alte Haus vor dem dunklen Blau des beginnenden Morgens. Je näher der Wagen kam, umso mehr wuchs es empor. Die Scheinwerfer fielen auf Sprossenfenster, unter den Reifen knirschte Kies. Vor lauter Müdigkeit dröhnte dem Nomaden der Kopf. Er hoffte inständig, dass Bull ihm eine oder zwei Stunden Schlaf gönnen würde, sobald er die Frau und das Kind los war.

Vor der Haustür hielt er an, die Handbremse quietschte. Die

Tür stand offen, und im Lichtschein aus dem Inneren erkannte er die ausladenden Umrisse von Orla O'Kane. Der Nomade stieg aus.

»Was wollen Sie hier?«, fragte sie.

»Nur einen Besuch abstatten«, erwiderte er.

Sie trat hinaus auf die Kieseinfahrt. »Ist das etwa …?«

»Ja.«

Orla kam auf den Nomaden zu. »Warum zum Teufel haben Sie die zwei hergebracht?«

»Ihr Alter wollte doch, dass Fegan herausgelockt wird, oder? Ich schätze, die beiden Mädchen da sind dafür genau die Richtigen.«

Orla schüttelte den Kopf. »Nein. So geht das nicht. Das wird er nicht zulassen. Den Fehler hat er schon einmal gemacht.«

»Aber hier liegt er doch auf der Lauer, oder?«

Orla stach ihm einen wulstigen Finger in die Brust. »Ab sofort liegen Sie hier auf der Lauer. Sie sollten lieber …«

Der Nomade wischte ihren Finger beiseite. »Hören Sie, ich habe meinen Teil erledigt und dafür eine Menge Prügel kassiert. Schauen Sie bloß mal, in was für einem Zustand ich bin. Ihr könnt mit den beiden da machen, was ihr wollt. Hauptsache, ich kriege mein Geld.«

Orla starrte ihn an, aber derweil ratterte hinter ihren Augen die Maschine, und bei jeder Option, die sie durchspielte, mussten einige Leute dran glauben und andere nicht. Schließlich nickte sie und sagte: »Na schön.« Sie drehte sich zum Wagen um. »Sind die zwei wohlauf?«

»Das Kind schon. Die Frau ist verletzt.«

Orla trat an den Fond des Wagens heran. »Wie schlimm?«, fragte sie.

»Ziemlich schlimm. Sind noch irgendwelche Krankenschwestern da?«

»Nein. Die gehen abends nach Hause. Die nächste Schicht beginnt erst wieder in etwa einer Stunde. Im Augenblick sind nur Sie und ich und ein paar Jungs da, die Wache halten.«

»Zu dumm«, sagte er. »Jemand müsste sie sich mal anschauen. Ansonsten gebe ich ihr nicht mehr viel Zeit.«

»Spielt keine Rolle«, sagte Orla. Sie öffnete die Tür und hockte sich auf Augenhöhe des Kindes hin. Als sie die Hand nach ihm ausstreckte, wurde ihr hartes Gesicht weich. »Hallo, mein Schatz. Wie heißt du denn?«

Der Nomade setzte Marie vor Bulls Zimmer auf einem Stuhl ab. Orla trug das Kind in den Armen, flüsterte ihm etwas zu und wiegte es.

Marie streckte den Arm aus. Die Anstrengung trieb ihr den Schweiß auf die Stirn. »Bitte«, flehte sie, ihre Stimme dünn wie Papier.

Nach kurzem Zögern setzte Orla das Kind seiner Mutter auf den Schoß. Maries Atem ging rasselnd. Sie legte die Arme um ihre Tochter und starrte dabei den Nomaden an. In ihrem aschgrauen Gesicht funkelten dunkle Augen. Sie hustete.

Orla klopfte an die Tür zu Bulls Zimmer. Von drinnen kam ein Knurren.

»Da?«, rief sie.

»Warte«, rief die Stimme.

»Da? Was ist los?«

»Komm nicht ...«

Sie drückte die Tür auf. Bull O'Kane lag schwitzend und keuchend zwischen dem Stuhl und seinem Bett auf dem Boden. Er starrte zu dem Nomaden hoch.

»Da, was ist denn passiert?«

Bulls Augen wanderten wieder zu Orla. »Komm rein und mach die verdammte Tür zu.«

Sie eilte hinein und schlug dem Nomaden die Tür vor dem Gesicht zu.

»Ach du Scheiße«, sagte er.

Bull hatte dagelegen wie eine weggeworfene Muschelschale, so schwach, dass er sich nicht einmal mehr auf den Beinen halten konnte. Von drinnen drang Ächzen und Stöhnen heraus. Wie es eben klang, wenn eine kräftige Frau einen alten Mann hochhob. Geradezu mitleiderregend, dachte der Nomade.

Er hörte, wie sich die Stimmen auf der anderen Seite der Tür einen Schlagabtausch lieferten, zuerst nur bestimmt, dann immer wütender. Mehrere Minuten vergingen, bevor die Tür wieder geöffnet wurde. Mit hochrotem Kopf und schmalen Lippen drückte sich Orla an ihm vorbei und bedeutete ihm mit einem kurzen Nicken hineinzugehen.

»Wenn du noch ein bisschen Verstand übrig hast«, knurrte ihn Bull O'Kane aus seinem Sessel an, »dann hältst du mich besser nicht für einen Schwächling.«

»Würde mir im Traum nicht einfallen«, antwortete der Nomade. Er bedachte Bull mit der ernsthaftesten Miene, zu der er fähig war.

Einen Augenblick lang musterte O'Kane ihn schwer atmend. Er wischte sich mit dem Ärmel über die Stirn. »Du siehst auch nicht gerade gut aus.«

»Ging mir schon mal besser«, räumte der Nomade ein. Unter dem Verband an seiner linken Hand juckte die Haut.

»Vielleicht bist du deshalb ja so sagenhaft dämlich.«

Der Nomade blinzelte ihn an. »In diesem Raum befinden sich keine dummen Menschen.«

»Komm mir bloß nicht oberschlau«, knurrte Bull und lehnte sich vor. Seine Hände auf den Sessellehnen zitterten. »Du hast Glück, dass ich dich nicht habe abknallen lassen. Hast du eine Idee, wie es jetzt weitergehen soll?«

»Ja, habe ich. Mit der Frau und der Kleinen können Sie machen, was Sie wollen. Ich kriege mein Geld und ziehe meiner Wege.«

»Nein.« Bull ließ sich wieder in den Sessel zurücksinken. »Und was passiert, wenn er den beiden nachkommt?«

»Gerry Fegan?«

Bull nickte langsam und ließ den Nomaden dabei nicht aus den Augen.

»Er weiß doch überhaupt nicht, wo sie sind«, sagte er.

»Er wird es herausfinden. Und dann kommt er.«

Der Nomade lächelte. »In dem Fall können Sie zusehen, wie ich ihm das Genick breche. Wie gefällt Ihnen das?«

Bull saß reglos und in Gedanken versunken da. Schließlich fragte er: »Bist du dir sicher, dass du es mit ihm aufnehmen kannst?«

»Ich bin mir sicher.«

»Wenn du dich irrst, bringt er uns alle um.«

»Ich bin mir sicher«, wiederholte der Nomade.

Bull atmete tief ein und genauso tief wieder aus, dann traf er seine Entscheidung. »Na gut. Und jetzt bring sie rein, sei so gut.«

80

Als Lennon drei Meter vor Hewitts Haus einparkte, klingelte sein Telefon. Er bedeutete Fegan, still zu sein, und ging ran.

»Wo sind Sie?«, fragte Chief Inspector Uprichard.

»Ich verfolge eine Spur«, antwortete Lennon.

»Lisburn hat gerade angerufen«, erklärte Uprichard. »Sie haben ein Ermittlerteam beisammen. Die Beamten sind schon auf dem Weg nach Carrickfergus. Die werden stinksauer sein, wenn Sie sie dort nicht in Empfang nehmen, nachdem Sie sie erst angefordert haben.«

»Ich habe was anderes zu tun«, beschied ihn Lennon und unterbrach die Leitung.

Fegan deutete auf das große Haus hinter dem gesicherten Tor. »Wer ist das?«

»Detective Chief Inspector Dan Hewitt«, antwortete Lennon. »Ein Freund von mir. Früher jedenfalls. Bei der Special Branch.«

»Mein Gott«, sagte Fegan.

»Könnte man fast sagen«, sagte Lennon. »Sie wissen ja, wie das läuft. An diese Jungs kommt man nicht ran.«

»Aber er hat Sie und Marie verraten.«

»Das stimmt.«

»Schickes Haus«, bemerkte Fegan. »Alt, vier oder fünf Schlafzimmer. Wie viel verdient so ein Cop bei der Special Branch eigentlich?«

»Jedenfalls nicht genug, um sich in dieser Gegend von Belfast ein so großes Haus leisten zu können.« Lennon nahm eine Bewegung wahr. »Moment.«

Das elektrische Tor schwang auf, und ein ziviler Polizeiwagen fuhr hinaus. Lennon stieg aus dem Audi, Fegan folgte ihm. In der Zeit, die der Polizeiwagen brauchte, um auf die Lisburn Road abzubiegen, hatten sie schon die Strecke bis zum Tor zurückgelegt und sprangen in letzter Sekunde hindurch, bevor es sich wieder schloss. Ein Überwachungsscheinwerfer, den der abfahrende Wagen ausgelöst hatte, tauchte den Garten und die Einfahrt in ein grelles Licht. Hinter den Voilées der großen Erkerfenster saß Hewitt und trank etwas, seine Frau Juliet stand vor ihm. Ein großer Pflasterverband bedeckte seine Nase, und Lennon konnte sogar undeutlich die Blutergüsse um die geröteten Augen erkennen.

»Was ist mit dem passiert?«, fragte Fegan.

»Keine Ahnung«, antwortete Lennon. »Bleiben Sie außer Sicht.«

Fegan verbarg sich so weit im Dunkel, dass er von den Scheinwerfern nicht erfasst wurde.

Lennon hämmerte mit der Faust gegen die Tür. Juliet kam ans Fenster und zog die Übergardine zurück. Sie starrte ein paar Sekunden hinaus, dann wandte sie den Kopf und sagte etwas über ihre Schulter hinweg. Lennon schlug wieder gegen die Tür. Aufgeregt wedelnd zeigte Juliet nach draußen und schien mit Hewitt zu streiten, dann verschwand sie. Lennon wartete und lauschte.

Als nichts geschah, schlug er dreimal mit der flachen Hand gegen die Tür. »Mach auf, Dan«, rief er.

Die Tür ging fünfzehn Zentimeter auf, und Juliet spähte hinaus. »Mein Gott, Jack, was fällt dir eigentlich ein?« Sie zog den Morgenmantel enger um sich. Ihre Augen waren rot und tränenerfüllt. »Du weckst ja noch die Kinder auf. Ich habe heute Abend auch ohne dich schon genug ...«

Lennon drückte die Tür auf und marschierte an ihr vorbei. Juliet packte ihn am Arm, aber er schüttelte sie ab.

»Dan!«, rief sie. »Dan, ruf irgendwo an. Ich halte das nicht aus. Nicht heute Abend. Jetzt nicht auch noch so was, nach all dem anderen.«

Da sah sie Fegan aus der Dunkelheit auftauchen. »Wer sind Sie?« Sie drehte sich zu Lennon um. »Jack, wer ist das?«

Ohne sie weiter zu beachten, betrat Lennon das Wohnzimmer. Hewitt hockte zusammengesunken auf dem Sofa, vor sich ein leeres Glas und eine Flasche Gin. Als er hinter seinem alten Freund Fegan hereinkommen sah, erstarrte er. Hektisch sprangen seine Augen von einem zum anderen.

Hewitt blinzelte verwirrt, hustete und rang sich dann ein Lächeln ab. »Lieber Himmel, Jack, du treibst dich aber neuerdings wirklich in schlechter Gesellschaft herum.«

Auf dem Couchtisch stand neben dem Glas eine Dose Cola. Unter Lennons und Fegans Augen goss er sich zwei Finger hoch Gin ein und darüber den Rest der Cola. Ein penetranter, unangenehmer Wachholdergeruch stieg Lennon in die Nase.

»Ziemlich spät für einen Besuch«, sagte Hewitt. Seine Stimme hörte sich durch das Pflaster auf seiner Nase unnatürlich blechern an. Unter den blutunterlaufenen und tränenden Augen hatte er tiefrote Blutergüsse. »Was wollt ihr?«

»Was hat er ihnen angetan?«, fragte Lennon zurück.

Der starke Alkohol ließ Hewitt das Gesicht verziehen. Er schluckte ihn herunter und stellte das Glas hustend zurück auf den Tisch. »Was soll das heißen, Jack?«

Lennon trat an den Tisch heran. In dem hochflorigen Teppich klebten Gin und Cola. Die Flasche zersprang auf dem Boden vor dem Kamin, überall verteilten sich grüne Glassplitter.

Von hinten meldete sich die Stimme von Juliet. »Dan, ich rufe jetzt die 999 an.«

»Nein«, sagte Hewitt.

»Dan, ich ...«

»Ich sagte nein. Geh und sieh nach den Kindern. Sorg dafür, dass sie oben bleiben.«

»Aber ...«

Hewitt stand auf. »Mach verdammt noch mal, was ich dir sage.«

Lennon warf einen Blick über die Schulter und bemerkte die Kränkung auf Juliets Gesicht. Sie schloss hinter sich die Tür.

Fegan blickte sie beide abwechselnd an, sein Gesichtsausdruck war unergründlich.

»Ich habe dir doch gesagt, dass du dich da raushalten sollst«, sagte Hewitt. Auf seiner Hemdbrust klebte getrocknetes Blut. »Aber du wolltest ja nicht hören.« Er richtete einen drohenden Zeigefinger auf Fegan. »Und jetzt hast du auch noch diesen Wilden in die Sache mit hineingezogen. Ich hatte wirklich nicht erwartet, dass du es *noch* schlimmer machen könntest, aber da hast du mich eines Besseren belehrt.«

»Ich weiß, dass Bull O'Kane sie hat«, antwortete Lennon und sah Hewitt scharf an. »Sag mir, wo.«

Hewitt stemmte seine Hände in die Hüften. »Eines verrate ich dir als Freund, obwohl du es gar nicht verdienst. Den beiden geht es gut. Mehr weiß ich nicht.«

Lennon machte einen Schritt vor und trat dabei Glasscherben in den Teppich. »Wo sind sie? Wenn du es mir nicht sagst, wird es schmerzhaft für dich enden.«

Hewitt lachte auf und blies Lennon seine Alkoholfahne ins Gesicht. Lennon verpasste ihm eine Ohrfeige. Hewitt wurde auf das Sofa zurückgeschleudert. Einen Moment blieb er mit offenem Mund sitzen, dann lachte er erneut. Diesmal lag in seinem Lachen eine Leichtigkeit, so als würde es im nächsten Moment vom Wind weggetragen.

»Nach dem, was ich heute Abend erlebt habe, müssen du und dein Freund da schon erheblich mehr aufbieten, um mir noch Angst zu machen.«

Lennon zog seine Glock und zielte damit auf Hewitts Brust.

»Meine Güte, Jack, steig einfach wieder in deinen Wagen, den du dir nicht leisten kannst, und fahr heim in deine Wohnung, die du dir auch nicht leisten kannst. Das Beste, was du für Marie McKenna und dein kleines Mädchen tun kannst, ist, dich da rauszuhalten. Die beiden will er doch gar nicht. Er benutzt sie nur. Wenn er den gekriegt hat, den er haben wollte, lässt er sie wieder frei.« Hewitt legte den Kopf schief und fügte hinzu: »Oder etwa nicht, Gerry?«

Lennon warf einen Blick über die Schulter. Fegan stand reglos wie ein Fels da, seine Augen funkelten.

»Das habe ich dir alles schon einmal gesagt«, fuhr Hewitt fort. Seine Züge verhärteten sich. »Und jetzt fahr nach Hause, bevor du alles nur noch schlimmer machst.«

Lennon senkte die Pistole bis auf Hewitts Oberschenkel. »Ich tue es, Dan. Sag mir, wo sie sind.«

»Du tust was?« Hewitt lachte erneut auf. »Spiel doch hier nicht den Helden, Jack. Das passt nicht zu dir. Vielleicht kannst du damit die Schlampen beeindrucken, die du aus irgendwelchen Bars abschleppst, aber bei mir funktioniert das nicht. Jetzt hast du dich mit den Falschen angelegt. Und ich verspreche dir, das wirst du noch bereuen.«

»Was haben sie dir gezahlt?«

Hewitt grinste, um die blau unterlaufenen Augen legten sich Lachfältchen. »Pass besser auf, was du sagst, Jack. Und jetzt steck die Waffe weg. Wir wissen doch beide, dass du nie auf einen anderen Polizisten…«

Leise wie eine Katze riss Fegan die Glock aus Lennons Hand. Er drückte ab und machte ein sauberes kleines Loch in Hewitts

Oberschenkel. Hewitt schrie auf, er rollte sich auf die Seite und umklammerte sein Bein. Von oben hörte man Kreischen und Heulen und danach schnelles Getrappel.

Lennon fuhr zurück. Sein Herz raste, eine Eiseskälte fuhr ihm in die Eingeweide.

»Wo sind sie?«, fragte Fegan.

»Du Bastard«, brüllte Hewitt in die Kissen hinein.

Von der Treppe kamen trappelnde Schritte.

»Dan?«, rief Juliet.

Fegan zerrte Hewitt vom Sofa und warf ihn auf den Boden. Hewitt rollte in die Glasscherben und schrie erneut auf.

Fegan zielte auf ihn. »Ich verpasse dir gleich noch eine.«

Hewitt biss keuchend die Zähne zusammen. Er starrte Lennon an. »Du bist erledigt. So wahr mir Gott helfe, ich buchte dich höchstpersönlich ein.«

»Wo sind sie?«, wiederholte Fegan.

»Du kannst mich mal.«

Juliet stürzte herein. »Mein Gott, Dan!«

Fegan drehte sich herum und zielte auf sie. »Raus hier.«

Sie machte einen Schritt zurück. »Nicht. Bitte tun Sie ihm nicht noch mehr weh.«

Hewitt packte Fegans Fußgelenk und versuchte, sich hochzuziehen. Fegan riss sein Bein weg, holte aus und trat Hewitt mit aller Kraft in den Bauch. Hewitt krümmte sich, sein Oberschenkel hinterließ blutige Spuren auf dem Teppich.

»Wo sind sie?«, fragte Fegan.

Hewitt wand sich am Boden. »Leck mich.«

Fegan trat ihm gegen den verletzten Oberschenkel. Hewitt schrie auf. Als er sich beruhigt hatte, fragte Fegan noch einmal: »Wo sind sie?«

Schweiß tropfte von Hewitts Stirn auf den Teppich. »Leck mich.«

Fegan holte zum nächsten Tritt aus, da rief Lennon: »Nicht.«

Er trat an Fegan vorbei und hockte sich neben Hewitt hin. »Sag es mir, sonst lasse ich Gerry auf deine Kniescheibe schießen«, raunte er drohend. »Du hast solche Bestrafungsaktionen ja schon erlebt. Du weißt, was das mit einem anrichtet. Du hast die Jungs gesehen, denen die Paramilitärs solche Dinge zugefügt haben. Die können froh sein, wenn sie je wieder laufen können. Ist dir das die Sache wirklich wert? Zahlen die dir so viel, dass du dafür mit dem leben willst, was ich dir zufüge? Denk scharf nach, Dan. Ich frage dich ein letztes Mal. Wo sind sie?«

»Leck mich«, stieß Hewitt hervor. Tränen schossen ihm in die Augen.

Fegan hockte sich hin und drückte die Mündung der Glock an Hewitts Knie.

Hewitt fing an zu flennen. »Scheiße...«

Fegans Finger krümmte sich schon am Abzug, da hauchte eine leise Stimme: »In Drogheda.«

Als Lennon und Fegan sich umdrehten, sahen sie Juliet im Türrahmen kauern. »Tun sie ihm nicht noch mehr weh«, flehte sie.

»Ach, Scheiße«, stöhnte Hewitt. »Verflucht, Juliet, du hast mich gerade umgebracht. Jetzt wird O'Kane mich erledigen.«

»Ich kann nicht mehr«, sagte Juliet zu Lennon. Ihre Augen waren voller Tränen, aber ihre Stimme klang ruhig und gefasst. »Ich kann einfach nicht mehr. Seit Wochen tut er kaum noch ein Auge zu. Und wenn doch, dann wacht er mit Alpträumen auf. Als er aus dem Krankenhaus kam, wusste ich, dass er etwas Schreckliches getan hatte. Ich habe es ihm am Gesicht angesehen. Und jetzt das. Ich halte es nicht mehr aus, ganz egal, wie viel sie ihm bezahlen.«

Lennon richtete sich auf. »Hast du diesen Jungen umgebracht?«, fragte er Hewitt.

»Du Scheißkerl«, gab Hewitt nur zurück. Er hielt sich einen Arm vor die Augen. Juliet sank kraftlos an die Wand und zog die Knie bis ans Kinn. Ihre Schultern zuckten im Rhythmus ihres Schluchzens.

»Wo in Drogheda?«, fragte Lennon. Er hielt Fegan fordernd die Hand hin. Fegan stand auf und übergab Lennon die Waffe.

»Er bringt mich um«, jammerte Hewitt.

»Das müsst ihr beiden miteinander ausmachen«, sagte Lennon. »Wo sind sie?«

»In einem Sanatorium vor der Stadt. Es gehört seiner Tochter. Ein altes Herrenhaus am Fluss. Es heißt Torrans House. Wie man da hinkommt, weiß ich nicht.«

»Das finde ich schon«, sagte Lennon. In der Ferne hörte er eine Sirene. »Überleg dir gut, was du denen erzählst. Du hast mehr zu verbergen als ich.«

Hewitt rollte sich auf die Seite und starrte hasserfüllt zu Lennon hoch, in seinen Augen stand nackte Angst. »Verschwinde.«

Lennon steckte die Pistole ins Halfter und ging zur Tür. Fegan folgte ihm. Juliet vergrub das Gesicht in den Händen.

»Es tut mir leid«, sagte sie. »Ich hätte nie gedacht, dass …«

Noch bevor sie es aussprechen konnte, verließen sie das Zimmer. Als Lennon den Flur betrat, sah er zwei Kinder, die sie von oben durch das Treppengeländer beobachteten. Die Sirene erklang immer näher, und er beschleunigte seine Schritte. Als er abfuhr, spürte er die Augen der Kinder auf sich. Fegan saß auf dem Beifahrersitz, das Haus verschwand in dem Moment aus dem Rückspiegel, als das Blaulicht über die Backsteine tanzte.

Während sie in Richtung Autobahn fuhren, kam die Morgendämmerung wie ein vergessenes Versprechen.

81

Im ehemaligen Dienstbotentrakt roch es nach Feuchtigkeit und Mäusen. Wie kalte Finger griff das Licht durch das schmutzige Fenster nach der abblätternden Tapete und den alten Möbeln. Marie McKenna lag auf dem Bett, ihre Augenlider flatterten, ihr Atem ging unregelmäßig und rasselnd. Ellen umklammerte die Hand ihrer Mutter.

Orla O'Kane setzte sich neben den beiden auf die Bettkante. Sie streckte die Hand aus und wollte Ellen über die Wange streicheln, aber das kleine Mädchen drehte sich weg. Orla faltete die Hände im Schoß.

»Lass doch deine Mummy mal ein kleines bisschen schlafen«, sagte sie. »Ich bin sicher, unten gibt es leckere Sachen zu essen. Vielleicht sogar Eis. Komm mal mit, und dann gucken wir, was wir finden.«

Ellen schüttelte den Kopf und zog den Arm ihrer Mutter um sich, als sei sie eine Puppe.

»Warum denn nicht?«, fragte Orla.

»Ich will nicht.«

»Na gut.« Orla musterte die blasse Haut und die blauen Augen des Kindes. »Du bist ja wirklich ein hübsches Mädchen.«

Ellen verbarg ihr Gesicht in der Armbeuge ihrer Mutter.

Orla beugte sich vor und flüsterte: »Was ist denn los? Bist du mir gegenüber etwa schüchtern?«

Ellen linste hinter dem Arm hervor. »Nein.«

»Was denn dann?«

Der starre Blick des Kindes legte sich auf etwas hinter Orlas Schulter, und ihre Augen verdunkelten sich wie ein wolkenverhangener Sommerhimmel. Orla wandte sich um, sah aber nichts als Schatten. Als sie wieder zu Ellen hinabsah, war das Blau aus ihren Augen verschwunden und hatte nur noch ein leeres Grau zurückgelassen.

»Gerry kommt«, sagte das Kind.

Orla setzte sich auf. »Tatsächlich?«

Ellen nickte.

»Und weshalb kommt er?«

»Er holt mich und Mummy ab.«

Orla stand auf und glättete ihr Jackett über dem Bauch und den Hüften. »Verstehe«, sagte sie. »Dann schläfst du wohl besser mal.«

Als Orla schon zur Tür ging, setzte sich Ellen auf und rief ihr hinterher: »Du solltest weglaufen.«

Orla verharrte mit der Hand an der Türklinke. »Ich bin eine O'Kane, Schätzchen. Wir laufen vor niemandem weg.«

Ellen legte sich wieder hin, schmiegte ihren Kopf an die Brust ihrer Mutter und drehte sich von dem milchigen Licht des Zimmers weg.

»Vor niemandem«, wiederholte Orla zum Rücken des Kindes.

Sie verließ das Zimmer, schloss hinter sich die Tür ab und ging hinunter in den ersten Stock. Dort fand sie den Nomaden, er lehnte an einem Geländer, von dem aus man die große Eingangshalle im Blick hatte. Mit einem verschlagenen Grinsen im Gesicht beobachtete er sie. Sein geschwollenes rotes Augenlid zuckte, als zwinkere er ihr zu.

»Was gucken Sie so?«, fragte Orla.

»Ich gucke Sie an«, antwortete er. »Haben Sie das kleine Mädchen besucht?«

»Ich habe nur nachgesehen, ob alles in Ordnung ist.«

»Was halten Sie von ihr?«

Orla zuckte die Achseln. »Sie ist ein mutiges Kind.«

»Aber irgendetwas stimmt mit ihr nicht«, sagte der Nomade. »Es ist beinahe, als ob sie durch einen hindurchschauen würde. Als wüsste sie etwas.«

»Was reden Sie da für einen Blödsinn?«, sagte Orla. Sie ließ ihn stehen und marschierte zum Zimmer ihres Vaters.

»Tue ich das?«, rief er ihr hinterher. »Sie sehen aus, als hätten Sie ein Gespenst gesehen. Was hat sie zu Ihnen gesagt?«

Orla blieb stehen und drehte sich auf den Hacken um. »Sie hat gesagt, dass Gerry Fegan kommt.«

»Na, dann sollten wir uns wohl mal auf ihn vorbereiten«, rief der Nomade.

82

Immer wieder klingelte Lennons Telefon, und immer war die Nummer unterdrückt. Er ließ es klingeln und fuhr weiter. Uferdämme und Brücken huschten vorbei. Würde Hewitt auspacken? Würde er von seinen Vorgesetzten verlangen, dass sie Lennon und diesen irren Gerry Fegan schnappten? Oder, dass das Loch in seinem Bein aus Lennons Dienstwaffe stammte? Oder würde er aus Angst davor, was Lennon über ihn wusste, den Mund halten? Wie auch immer, darauf konnte sich Lennon jedenfalls nicht verlassen. Falls Hewitt tatsächlich quatschte, würden Straßensperren errichtet werden, während er noch unterwegs war. Vielleicht waren ja sogar schon hier, jenseits der Grenze, die Gardai alarmiert und suchten nach ihnen. Dann war alles verloren. Er musste weiter und sehen, dass er ankam, bevor jemand Gelegenheit hatte, ihn zu finden.

Fegan saß schweigend neben Lennon, der Körper starr, die Hände auf den Knien. Der Atem des Killers ging ruhig und regelmäßig, auf seinem Gesicht zeigte sich keinerlei Nervosität.

»Wie können Sie eigentlich damit leben?«, fragte Lennon. »Solche Leute wie Sie. Leute wie dieses Tier, das ich am Krankenhaus festgenommen habe. Wie könnt ihr noch in den Spiegel schauen? Wie kommt ihr mit euch selbst zurecht, wenn ihr allein seid?«

Fegan schaute durch das Seitenfenster auf die vorbeiziehende

Landschaft. Falls Lennons Worte irgendetwas in ihm auslösten, zeigte sich auf seinem Gesicht davon jedenfalls nichts.

»Ich denke immer an das, was ich getan habe, die Dinge, für die ich mich schäme. Mir wird ganz schlecht bei dem Gedanken. Wie halten Sie es nur aus, zu ...«

»Hören Sie auf damit«, sagte Fegan.

»Wie können Sie ...«

»Hören Sie auf«, sagte Fegan. Seine Stimme war hart wie eine Faust. Er wandte den Blick vom Fenster ab und sah Lennon an.

Lennon schluckte seine Vorwürfe hinunter und blickte starr auf die Straße vor sich. Schweigend fuhren sie weiter. Vor ihnen erstreckte sich die Autobahn in den grauen Morgen.

Mit beruhigender Stimme wies ihnen das Navigationsgerät des Audis den Weg. Eine Frauenstimme, so kultiviert und ruhig, als wäre die Welt immer noch in den Angeln. Bislang hatte Lennon schon zweimal am Straßenrand anhalten müssen, um sich zu übergeben. Die Angst war ihm auf den Magen geschlagen. Während ihm die Nasenlöcher und die Kehle brannten, hatte Fegan ihm aus kalten Augen ungerührt zugesehen, was ihn selbst nur noch mehr aussehen ließ wie ein Weichei.

Der Tacho zeigte 140 km/h, als sie die letzte Ausfahrt nördlich von Boyne erreichten. Die körperlose Stimme des Navigationsgeräts wies Lennon an, hier in Richtung Torrans House abzufahren. Ein Sanatorium, ein Ort, wo alte Menschen ihre gebrochenen Hüftgelenke auskurieren konnten. Ein Ort, wo Bull O'Kane seine zerfetzten Weichteile und sein ruiniertes Knie pflegen konnte, Verletzungen, die ihm von Lennons Beifahrer zugefügt worden waren. Auch der andere Mann würde dort sein, der aus dem Süden. Er hörte sich an wie ein Zigeuner, aber Lennon glaubte nicht, dass er wirklich einer war. Zwei Monster unter einem Dach, die das einzige Gute gefangen hielten, was er jemals in dieser Welt zustande gebracht hatte.

Und nun beförderte Lennon noch ein drittes Monster an diesen Ort. Diese Vorstellung allein löste in ihm schon wieder einen Brechreiz aus, aber er unterdrückte ihn und nahm die Abfahrt.

Ohne nennenswert abzubremsen, fuhr er auf den Kreisel zu. Als er in den frühmorgendlichen Verkehr hineinraste, blitzten Scheinwerfer auf, Reifen quietschten, und Hupen ertönten. Fast wären er und Fegan geendet wie zwei Motten auf einer Windschutzscheibe.

83

Orla O'Kane beugte sich über ihren schlafenden Vater. Er schnarchte unregelmäßig, und ein Spuckefaden lief ihm über das Kinn, als sei ihm eine Schnecke aus dem Mund gekrochen. Der Mann war nur noch eine Hülle, ein Hautsack, der schlaff über seinen alten Knochen und seinem Hass hing. Nichts mehr war übrig von dem unbeugsamen Koloss, dem kampfeshungrigen Schlachtross. Er war nur noch ein alter Mann, der nicht mehr genügend Verstand besaß, um seine wahren Feinde zu erkennen. Ein bezwungener Riese.

Sie streckte die Hand aus und glättete das verworrene weiße Haar auf seinem Kopf. Dabei erfüllte sie eine so große Liebe, dass sie meinte, ihr zerspränge das Herz. Sie zog ein Papiertaschentuch aus dem Ärmel und tupfte damit den Speichel ab.

Orla wusste selbst nicht mehr, wie oft sie sich schon gegen das panikartige Gefühl hatte wehren müssen, dass ihr Vater die Welt, die er für sie erschaffen hatte, nicht mehr im Griff hatte, sondern unkontrolliert dahingaloppieren ließ. Diese Welt würde niederbrennen, zusammen mit allem, was Orla je vertraut gewesen war.

Und niemand würde diesen Niedergang betrauern.

Orla dachte an das kleine Mädchen dort oben. Die Mutter würde es nicht mehr lange machen. Selbst wenn jemand sie noch ins Krankhaus gebracht hätte, ihre gräuliche Haut verriet, dass es zu spät war.

Aber das kleine Mädchen.

Vielleicht würde Bull, wenn die ganze Sache ausgestanden war, das kleine Mädchen ja am Leben lassen. Er war schließlich kein Ungeheuer, das wusste Orla. Ganz gewiss war sie nicht von einer Bestie aufgezogen worden.

Nein, wirklich nicht. Wenn alles erledigt war, würde das kleine Mädchen weiterleben. Und das kleine Mädchen würde ja auch einen *Ort* brauchen, wo es weiterleben konnte. Ein Zuhause. Orla hatte in Malahide ein Haus mit Blick aufs Meer, der Strand lag keine zweihundert Meter weit weg.

Vielleicht, dachte Orla.

Als sie merkte, dass sie laut gesprochen hatte, hielt sie sich die Hand vor den Mund. Ihr Vater bewegte sich.

»Hmm?« Er blinzelte sie an, seine Augen sahen aus wie Fischmäuler, die im Trockenen nach Luft schnappten. »Was ist los? Wie spät ist es?«

»Psst«, machte Orla. »Es ist noch früh.«

»Warum weckst du mich dann auf, zum Teufel?« Er versuchte sich im Bett aufzurichten, verhedderte sich aber mit seinem Gerudere nur in den Decken und Laken. »Was ist los?«

Orla legte ihm eine Hand auf die Brust. Dann zog sie hinter seinem Kopf die Kissen zurecht. »Ganz ruhig. Nichts ist los. Es ist nur wegen dem kleinen Mädchen.«

Während sie ihn in Sitzhaltung zog, fragte Bull: »Was ist mit ihr?«

»Sie hat etwas gesagt.« Orla zog die Decke hoch und glättete sie. »Irgendeinen Unsinn, dass Gerry Fegan kommt.«

Bulls Augen wurden schmal. »Unsinn? Aber trotzdem anscheinend wichtig genug, dass du herkommst und mich weckst.«

»Vielleicht hat sie irgendwie Kontakt mit ihm aufgenommen«, sagte Orla. »Ich traue dem Zigeuner, den du angeheuert hast, nicht über den Weg. Weiß der Himmel, was alles passiert ist, als er sie entführt hat.«

»Hör auf mit den ganzen Spekulationen«, herrschte Bull sie an. »Sag mir lieber, was du glaubst. Kommt Fegan?«

Orla sah ihren Vater scharf an. »Wir müssen damit rechnen. Wenn er so gefährlich ist, wie du sagst, dürfen wir kein Risiko eingehen.«

Bull starrte auf die Wand und dachte nach. »Richtig«, sagte er. Er nahm ihre Hand und drückte sie. »Du hast recht. Du bist wirklich ein gutes Mädchen. Besser als alle Männer, die ich großgezogen habe, wenn man die überhaupt so bezeichnen kann.«

Orla zog die Decke zurück und versuchte, die Tränen zu unterdrücken, die ihr in die Augen schossen. »Danke«, sagte sie. Sie zog die Beine ihres Vaters vom Bett und kniete sich hin, um seine Pantoffeln hervorzuholen.

»Bald ist es ausgestanden«, sagte sie. »Bald ist Gerry Fegan tot, und alles ist vorbei.«

O'Kane ließ die Schultern sacken und atmete seufzend aus.

»Dem Himmel sei Dank«, sagte er.

84

Lennon folgte den Anweisungen des Navigationsgeräts zunächst nach Westen, dann nach Norden. Er und Fegan überquerten eine kleine Brücke, den Boyne, und fuhren dann in westlicher Richtung weiter. An der letzten Kreuzung hatte sich die Navigationsstimme verabschiedet und ihn einer einspurigen Straße überlassen, der er nun folgte. Weiter vorne sah er zwischen hohen Baumwipfeln das Dach eines alten Herrenhauses.

In seinem Bauch rangen Übelkeit und Hunger miteinander. Seine Augen waren trocken vor lauter Übermüdung. Sein Kopf fühlte sich vor Erschöpfung an, als hätte er Rost angesetzt. Lennon zwinkerte ein paarmal und ließ das Seitenfenster herunter. Kühle, feuchte Luft blies ihm ins Gesicht. Er atmete tief ein.

Die Straße wand sich nach Süden und folgte dann der Biegung des Flusses. Ein Kaninchen sprang ihm vor den Wagen, der weiße Schwanz hüpfte hektisch auf und ab, dann war es im Gebüsch verschwunden. Einen Kilometer weiter hielt er an.

»Wie gehen wir die Sache nun an?«, fragte Lennon.

Fegan drehte sich zu ihm um. »Was soll das heißen?«

»Das soll heißen, wir sind da«, antwortete Lennon. »Wie gehen wir die Sache also an? Schleichen wir uns irgendwie rein, oder was machen wir?«

Fegan machte die Beifahrertür auf. »Sie können tun, was Sie wollen. Ich gehe einfach rein.«

»Warten Sie! Himmel, Sie können doch nicht einfach da so reinmarschieren.«

»Die wissen sowieso, dass ich komme«, sagte Fegan. »Sinnlos, dann erst noch herumzuschleichen.«

»Woher wissen die es?«, rief Lennon ihm nach, aber bevor er seine Frage beendet hatte, knallte schon die Tür zu.

Er sah Fegan nach, der die Straße vor ihm entlangmarschierte. Durch das Geäst der Bäume stahl sich das erste Sonnenlicht und strich über seine Schultern.

»Verdammter Idiot«, murmelte Lennon.

Sorgte Fegan am Ende noch dafür, dass Marie und Ellen umgebracht wurden? Möglich, aber welche Alternative gab es? Er und Fegan hatten unterwegs herzlich wenig miteinander gesprochen, und erst recht nicht darüber, was sie machen wollten, wenn sie angekommen waren. Gerade verschwand Fegan vorne hinter einer Biegung.

Lennon trommelte mit den Fingern aufs Lenkrad und ging alle Möglichkeiten durch. Allmählich beschlich ihn Panik.

Mit Sicherheit würden sie Fegan umbringen, sobald er am Tor auftauchte.

Genau, und das hieß, die waren erst einmal dort beschäftigt. Aber wer genau waren überhaupt *die*? Vermutlich Leute von Bull O'Kane, nahm Lennon an. Schergen war vielleicht das passendere Wort. Lennon musste an die nutzlosen, fetten Muskelprotze denken, die Roscoe Patterson um sich scharte. O'Kanes Männer waren bestimmt von einem anderen Kaliber, da war er sich sicher. Aber trotzdem mussten sie erst einmal mit Fegan fertig werden.

Lennon schaute nach rechts, wo sich hinter den Bäumen der Fluss befand. Hatte er noch eine bessere Idee?

»Nein«, sagte er laut.

Er fuhr in den Wald hinein. Der Wagen bockte und ruckte auf dem unebenen Gelände, und plötzlich zeigte die Schnauze nach unten. Im Rückspiegel sah Lennon, wie Moos und Erde in die Luft geschleudert wurden. Er schaltete den Motor aus und stieg aus.

Er machte einen Schritt zurück und betrachtete sein Auto, dessen Kühlergrill sich in eine Wasserrinne gebohrt hatte. Ohne Abschleppseil würde er hier nicht mehr herauskommen.

»Himmel noch mal!«, fluchte Lennon. Er schaute hinüber auf das Wasser jenseits der Bäume, wo der Boyne auf seinem Weg ins Meer war. Da er sonst nirgends langkonnte, marschierte Lennon in diese Richtung.

85

Fegan blieb stehen und suchte das Dämmerlicht rund um den Eingang des Anwesens ab. Blätter und Zweige zitterten im leichten Wind. Keine Menschenseele ließ sich blicken. Trotzdem war Fegan sich sicher, dass sie da waren. Während er hinüberstarrte, beobachteten sie ihn wahrscheinlich gerade. Er marschierte weiter und hielt dabei Augen und Ohren offen, auf jede Bewegung und jeden Angriff vorbereitet. Als er das Tor erreichte, blieb er reglos stehen, die Hacken zusammen, die Hände an den Seiten. Er wartete.

Es war erst ein paar Monate her, dass er sich das letzte Mal zu Bull O'Kane auf den Weg gemacht hatte. Damals hatte er gedacht, damit sei die Sache erledigt und er werde nie wieder auf diese Insel zurückkehren. Aber vermutlich hatte er tief in seinem Innern immer gewusst, dass er keinen Frieden finden würde, bis entweder er oder O'Kane tot waren. Und weder Marie noch Ellen würden außer Gefahr sein, solange O'Kane mit seinem ganzen Hass noch lebte. Damit war die Entscheidung klar. Fegan musste Bull hier erledigen, in seinem eigenen Haus. Er hatte keine Ahnung, wie er diese Aufgabe bewerkstelligen sollte, aber wirklich gewusst, wie man tötete, hatte er eigentlich ohnehin noch nie. Er tat es einfach, und das war alles. Also würde er jetzt dort hineingehen und einen Weg finden.

Als er näher kam, tauchte aus den Bäumen neben dem Tor ein

Mann auf. Er hatte eine Schrotflinte und irgendein Stück Papier dabei, das er jetzt musterte, als Fegan auf ihn zukam. Fegan erkannte, dass das Bild darauf der Ausdruck war, den ihm die Doyles schon in New York gezeigt hatten.

»Du bist älter geworden«, stellte der Mann fest. »Geh rein. Gleich hoch zum Haus. An der Tür wartet jemand auf dich. Tu, was dir gesagt wird. Und keine Dummheiten.«

Langsam öffnete sich das automatische Tor. Ohne ein einziges Wort mit dem Mann gesprochen zu haben, marschierte Fegan los. Hinter dem Tor wurde aus der rauen Betonpiste eine Kiesauffahrt, die Steine knirschten unter seinen Schuhen.

Die Bäume wurden spärlicher und machten schließlich einer weiten Grasfläche Platz. Am Ende der Auffahrt stand ein dreistöckiges Herrenhaus. Blumenbeete betupften die gepflegte Rasenfläche, und an den Rändern des Hauptgeländes befanden sich kleine, mit Büschen und Natursteinmauern abgetrennte Gärten. In der Mitte des gekiesten Halbrunds vor dem Haus stand ein wasserloser Springbrunnen. Als Fegan ihn umrundete, sah er, dass das große Eingangsportal offen stand.

Eine üppig gebaute Frau in einem Hosenanzug kam die Treppe hinunter. Ein Mann folgte ihr. Wie schon der Bursche am Tor war er mit Jeans und einer Khaki-Jacke bekleidet. Irgendetwas, das ganz nach einer Pistole aussah, beulte den schlammgrünen Stoff aus.

Die Frau machte einen Schritt auf ihn zu. Sie hatte harte Gesichtszüge, Augen und Lippen waren schmal. Auch mit Make-up ließ sich die Prellung auf ihrer Wange nicht verbergen. Ihr Mund öffnete sich zu einem freudlosen Lächeln.

»Wir haben Sie schon erwartet«, sagte sie. »Kommen Sie mit.«

86

Orla O'Kane führte Fegan durch die Eingangshalle in den Salon. Sie zeigte auf den Mann, der ihnen folgte, und sagte: »Das ist Charlie Ronan, und der erschießt Sie, sobald Sie sich auch nur einen Zentimeter von der Stelle rühren. Verstanden?«

Fegan nickte. Ronan zog die kleine Pistole aus der Jackentasche.

Orla musterte den berühmten Gerry Fegan. Lang und dünn, aber stark, das Gesicht wie aus Feuerstein gemeißelt.

»Sie sehen müde aus«, sagte sie.

»Ja«, sagte Fegan.

»Wie haben Sie uns gefunden?«

»Ein Cop«, antwortete Fegan. »Er hat mir alles gesagt.«

»Ein Cop?«, fragte Orla. »Welcher Cop?«

»Ich weiß seinen Namen nicht mehr«, sagte Fegan. »Er hat ein großes Haus an der Lisburn Road.«

»Dan Hewitt«, stellte Orla fest.

»Kann sein.«

»Wie sind Sie hergekommen?«

»Gefahren«, sagte Fegan.

»Wo ist Ihr Wagen?«

»Den habe ich ein Stück vorher stehen lassen«, sagte Fegan und wies mit dem Daumen über seine Schulter. »Sie können ja Ihre Jungs zum Nachschauen schicken, wenn Sie wollen.«

Orla musterte ihn und versuchte in der Gestalt dieses traurigen, hageren Mannes das wiederzufinden, was ihren Vater bis in seine Träume verfolgte. Dann traf sie sein Blick, und etwas Kaltes durchfuhr sie. Sie wandte die Augen ab.

»Ich bin gleich wieder da«, sagte sie und verließ den Raum.

87

Der Nomade träumte von Kindern mit abgerissenen Gliedmaßen, von Leichenbergen und von leeren Augen, die in den Himmel starrten. Er träumte von knisternden Scheiterhaufen und brennendem Fleisch. Er träumte von dem Jungen, der ihm mit einer Kalaschnikow in der einen und mit einer Zeitung in der anderen Hand entgegengekommen war, kaum älter als dreizehn oder vierzehn Jahre alt.

Drei kurze Salven aus seiner MP5 mähten den Jungen nieder. In seinem Traum flatterte der Junge zu Boden wie ein Stück Tuch, die Kalaschnikow fiel auf die eine Seite, die Zeitung auf die andere. Dann aber erfasste ein Windstoß die Zeitung und wirbelte sie langsam herum, bis sie vor den Füßen des Nomaden landete. Sein eigenes Gesicht starrte ihm entgegen, und die Buchstaben der Schlagzeile wurden allmählich klarer. »Soldat« stand da und »getötet«. Dann wurde der Text unter dem Foto deutlicher, ein Name nahm langsam Gestalt an, bis ...

Wach auf.

... die Buchstaben sich zu Wörtern zusammensetzten, Wörtern, die er verstehen konnte, wenn er wirklich wollte, zum ersten Mal, seit sie ihm den Kevlarsplitter herausgeholt hatten, wenn er nur den Willen aufbrachte, sich ihnen ...

Komm schon, wach auf.

... zu stellen, doch er konnte sich ihnen nicht stellen, aber wegsehen konnte er auch nicht, sie brannten ...

»Verdammt, wach endlich auf, du fauler Zigeuner ...«

Noch bevor er wusste, dass er wach war, sprang er schon vom Bett auf und drückte mit seinen Fingern dem stämmigen Mann die Luftröhre zu. Der Mann krächzte, die Augen traten hervor. Sein Kopf wurde erst rot, dann purpurrot.

»Wie hast du mich gerade genannt?«, fragte der Nomade und blinzelte sich dabei den Schlaf aus den Augen.

O'Driscoll packte sein Handgelenk und versuchte, die Umklammerung zu lösen.

»Wie hast du mich genannt, du fettes Schwein?«

O'Driscoll röchelte, sein Mund ging auf und zu. Er versuchte, seine Finger in denen des Nomaden zu vergraben, doch so stark sie auch waren, sie fanden keinen Halt. Der Nomade schüttelte den letzten Schlaf ab und nahm mit einem Mal den Raum wahr, in dem er sich befand: das Krankenhausbett, auf dem er, wie ihm schien, eine Ewigkeit gelegen hatte, die sauberen funktionalen Möbel, der gefliese Boden. Er ließ O'Driscolls Hals los.

»Atmen«, sagte der Nomade. »Langsam und tief durchatmen. Komm schon, atme.«

O'Driscoll sog gierig Sauerstoff ein und stieß ihn hustend wieder aus. Er rollte sich stöhnend auf die Seite und spuckte auf die Fliesen.

»Du dreckiger Mistkerl«, sagte der Nomade.

Allmählich wurde O'Driscolls Gesichtsfarbe wieder normal, und sein Atem ging regelmäßiger. »Warum hast du das gemacht?«, fragte er keuchend.

»Ich mag es nicht, wenn sich jemand an mich heranschleicht.«

»Ich wollte dich doch nur aufwecken.« O'Driscoll drückte sich mühsam in eine sitzende Haltung hoch. »Die haben mir gesagt, ich soll zu dir gehen und dir sagen, dass dieser Fegan da ist.«

Das Herz des Nomaden flimmerte, vielleicht vor Freude oder vor Angst oder vor beidem. »Er ist hier?«

»Unten«, sagte O'Driscoll. »Bull will, dass du neben ihm sitzt, wenn man ihn hochbringt.«

Der Nomade riss O'Driscoll an den Jackenaufschlägen hoch. »Herrgott, warum hast du das denn nicht gleich gesagt?«

O'Driscoll glotzte ihn nur mit flackerndem Blick und offenem Mund an. Der Nomade ließ seine Jacke los und war schon aus der Tür, bevor O'Driscoll wieder wie ein Häufchen Elend auf den Boden sank. Als der Nomade den Flur entlangmarschierte, blitzte für einen kurzen Moment in ihm noch einmal das Bild des Jungen mit der Kalaschnikow und der Zeitung auf, die verschwommene Momentaufnahme einer Begebenheit, die er nicht recht einordnen konnte.

88

Schweigend und mit herunterhängenden Armen stand Fegan im Salon. Von der anderen Seite des Raumes starrte ihn Ronan an, immer noch die überflüssige Pistole in der Hand.

Fegan wusste, dass er mit fünf schnellen Schritten eher bei dem anderen sein konnte, als dass der würde reagieren können. Er konnte ihm die Waffe entwinden, bevor Ronan auch nur daran denken konnte abzudrücken. Aber was dann? Besser, hier stehenzubleiben und abzuwarten.

Etwa zehn Minuten standen sie nun schon so herum. Kein Wort war zwischen ihnen gefallen, seit er in den Salon geführt worden war. Fegan schloss die Augen und entspannte sich einen Moment lang. Plötzlich blitzte in seinem Kopf grell das Bild eines Zeitungsfotos auf. Eine Sekunde später war es wieder verschwunden, zurück blieb nur ein Gestank von brennendem Fleisch. Schweiß stand auf seiner Stirn. Ein ekelerregender Kloß lag schwer in seinem Bauch und drehte ihm fast den Magen um. Er schluckte heftig. Ein plötzlicher Schüttelfrost durchfuhr seinen ganzen Körper und ließ ihn zittern wie ein überanstrengtes Pferd.

Als Fegan schließlich wieder die Augen öffnete, sah er in der offenen Tür Orla O'Kane stehen. Etwas huschte über ihr Gesicht. Fegan erkannte es sofort wieder, wie einen verlorenen, aber unvergessenen Bruder. Es war die reine, nackte Angst, das einzige Gefühl, das Fegan mit einem Blick identifizieren konnte.

»Kommen Sie«, sagte Orla und wandte ihre Augen von Fegan ab.

Ronan bedeutete Fegan, Orla in die Empfangshalle zu folgen. Fegan gehorchte, froh, dass sich endlich etwas tat, dass er die Sache hinter sich bringen konnte. Der Schläger schloss hinter sich die Tür und folgte ihnen durch die Halle bis zur Treppe.

Auf dem Weg nach oben begann Fegans Herz schneller zu schlagen. Die Treppe führte zunächst auf eine Galerie, machte dann kehrt und öffnete sich zu einem umlaufenden Lichthof mit einer bleiverglasten Decke. Das hindurchscheinende Morgenlicht warf orangefarbene, grüne und rote Muster an die Wände. Als Orla die Galerie im ersten Stock erreichte, wandte sie sich nach rechts und folgte einem Flur, der in den Ostflügel führte. Ronan packte Fegan an der Schulter und stieß ihn hinter ihr her.

Von dem Flur ging ein halbes Dutzend Zimmer ab, doch Orla hielt auf die Doppeltür am Ende des Ganges zu. Mit übertriebener Grandezza machte sie die Tür auf und trat ein. Fegan betrat das Zimmer. Ein schwacher Geruch menschlicher Exkremente stieg ihm in die Nase. Er hielt inne, aber Ronan stieß ihn weiter. Als unter seinen Füßen Plastikfolie knisterte, blieb er stehen.

»Hallo, Gerry«, sagte O'Kane und öffnete die Lippen zu einem schiefen Lächeln. Bull saß in einem Rollstuhl und war von der Hüfte bis zu den Füßen in eine Decke gehüllt. Der Stuhl hatte eine hohe Rückenlehne. Bulls Gesichtshaut hing schlaff herab. Glasige, krank aussehende Augen blickten aus dunklen Höhlen, die Wangen waren eingefallen und hohl. In einem Mundwinkel hing ein Speicheltropfen.

Der Rollstuhl wurde von zwei Männern flankiert. Einen von ihnen erkannte Fegan wieder. Ben O'Driscoll, der während seiner Haftzeit im Maze auch kurz dort eingesessen hatte. Er hatte die Statur eines Boxers, mit wulstigen Pranken, einem feisten Leib und breiten Schultern. Der zweite Mann allerdings war aus einem ganz anderen Holz, einem, das ihn weitaus gefährlicher machte. Mittelgroß, drahtig, tote Augen. Ein Killer. Selbst über den unangenehmen Gestank hinweg, der in der Luft lag, konnte Fegan es geradezu riechen. Er war sich sofort sicher, dass dies der Mann war, von dem der Barmann Tom ihm erzählt hatte. Der Mann, der sich in den letzten Tagen in Belfast herumgetrieben hatte.

Der Größe nach zu urteilen, war dieses Zimmer vermutlich eine Art Aufenthaltsraum für die Patienten des Sanatoriums, allerdings hatte man offenbar in aller Eile sämtliche Möbel an die Wände geschoben. Aufeinander gestapelte Resopaltische standen neben Stapeln von vinylbezogenen Stühlen, darüber hingen Landschaftsbilder aus der Umgebung von Drogheda. Die gesamte Etage war leer, abgesehen von den sechs Personen, die sich hier auf einer über dem Parkettboden ausgelegten Plastikfolie befanden.

»Wo sind Marie und Ellen?«, fragte Fegan.

»Mach dir um die mal keine Sorgen«, antwortete O'Kane.

»Nehmt mich im Tausch für sie«, sagte Fegan.

»Tja, so war der Deal beim letzten Mal.« O'Kane nickte. Dann lachte er wiehernd auf. »Dann ist aber doch irgendwie alles anders gekommen, stimmt's? Und diesmal wird es wieder anders kommen.«

Orla trat zu ihrem Vater. Sie zog ein Papiertaschentuch aus dem Ärmel und wischte ihm den Speichel vom Mund. Er schlug ihre Hand weg.

»Da«, sagte sie und beugte sich zu ihm hinab. »Ich möchte das nicht mit ansehen müssen.«

»In Ordnung, Liebes«, sagte O'Kane. »Geh nur, mach einen Spaziergang oder so. Ich lasse dich rufen, wenn die Sache erledigt ist.«

Orla sah Fegan im Vorbeigehen nicht an. Er hörte, wie hinter ihm die Doppeltür geschlossen wurde, gefolgt von Schritten, die schon bald verklangen. Jetzt waren nur noch fünf Menschen im

Raum. Er warf einen kurzen Blick über die Schulter und sah, dass Ronan an der Wand lehnte. Fegan prägte sich die Position jedes Einzelnen ein. Der Mann rechts von O'Kane, der Killer, trat vor.

»Ich würde dir gern einen Freund von mir vorstellen«, sagte Bull. »Der möchte dich ums Verrecken gern kennenlernen.«

89

Lennon marschierte am Flussufer entlang. Schlamm sog an seinen Schuhen. Vom seichten Wasser aus beobachteten ihn einige Schwäne, andere staksten in den Farnen und Gräsern zwischen dem Wasser und der Mauer herum. Als er sich ihnen näherte, reckten sie zischend die Köpfe und schlugen mit den Flügeln. Lennon machte einen Bogen um sie und drückte sich an der Mauer entlang.

Ein Durchlass in dem alten Mauerwerk war mit einem Tor verschlossen. Davor befand sich eine Grünfläche, die sich bis hinunter zum Wasser erstreckte. Man hatte das Terrain parkähnlich angelegt und die Rasenfläche mit Bänken und Picknicktischen bestückt. An einem Pfosten auf einem kurzen hölzernen Steg hing ein Rettungsring. Auf einer trockenen Gleitbahn lag ein kleines Ruderboot. Offenbar hatten die Patienten des Sanatoriums diesen Ort bei schönem Wetter zur Entspannung genutzt.

Lennon trat ans Tor und spähte hindurch. Ein geschwungener Pfad durchschnitt die gepflegten Gärten und führte hinauf zur Rückseite des Gebäudes. Die Läden der meisten Fenster waren geschlossen. Über dem ganzen Anwesen lag eine Stille wie ein Leichentuch. Lennon drückte sich dicht an die Stäbe heran und prüfte, ob sich irgendwo etwas rührte. Alles, was er sah, waren ein paar Elstern, die sich neben einer Tür an der Rückfront des Hauses um irgendwelche Abfälle stritten. Die Tür war klein und schmucklos, vermutlich ein alter Dienstbotenzugang, der in die Küche führte.

An die Westfront des Hauses hatte man eine Feuertreppe angebaut, hässliche Eisenstufen mit einer Plattform, die um die Ecke gerade noch zu erkennen war.

Auf der rechten Seite war nichts als freie Fläche, auf der er leicht zu entdecken war, wenn er sich der Feuertreppe nähern wollte. Links sah er in einiger Entfernung ein Wäldchen. Die Bäume standen wie ein Puffer zwischen der Mauer und den Gärten und reichten bis an die Ostseite des Hauses heran. Falls er es über das Tor schaffte, konnte er die Bäume vielleicht zur Deckung nutzen und dann zu der Tür hinübersprinten, vor der sich die Elstern um irgendwelche Reste stritten.

Das Tor war mit Stacheldraht noch einmal um gut dreißig Zentimeter erhöht worden. Lennon trat einen Schritt zurück und sah sich die Sache an. Er konnte zwar am Tor hochklettern, aber dann würde der Stacheldraht ihn in Stücke schneiden. Die Mauer war über drei Meter hoch. Die konnte er unmöglich überwinden. Außer ...

Lennon lief hinunter in den kleinen Park und hockte sich neben einem der Picknicktische hin. Er war nicht in der Erde verschraubt. Lennon prüfte sein Gewicht. Schwer, aber noch zu bewegen. Lennon spreizte die Beine und packte den Tisch an beiden Seiten. Er ließ sich leichter bewegen als erwartet, weil das feuchte Gras eine gleitfähige Unterlage bot, auf der man ihn ziehen konnte. Nach ein paar anstrengenden Minuten hatte Lennon ihn an der Mauer stehen. Er stieg hinauf und tastete mit den Fingerspitzen vorsichtig auf die Mauerbrüstung. Wie er vermutet hatte, waren Glasscherben in den Beton eingelassen.

Lennon zog sein Jackett aus und faltete es wie zu einem Kissen zusammen. Auf dem Tisch balancierend, stellte er sich auf die Zehenspitzen und breitete das Jackett über die Scherben. Neugierig beobachteten vom Flussufer aus die Schwäne, wie Lennon einmal tief Luft holte und sich dann hochwuchtete. Er zog die

Knie an und zuckte zusammen, als abgestumpfte Scherben ihm in die Kniescheiben drangen. Dann hebelte er die Beine hoch. Die Glassplitter drangen durch das Jackett und stachen ihm in die Oberschenkel. Lennon schwang sich auf die andere Seite und hielt sich dabei mit einem Arm an der Brüstung fest. Spitzes Glas zerriss den Stoff und zerschrammte seinen Unterarm. Als er losließ, zog sein eigenes Gewicht den Arm über eine spitze Scherbe.

Lennon fiel in ein Sauerampferbeet, Fetzen seines Hemdsärmels flatterten hinterher. Er wälzte sich durch die Pflanzen, schlug gegen einen Baumstamm und unterdrückte einen Schrei, als ein heftiger Schmerz in seine Rippen fuhr. Eine kegelförmige rote Strieme, fünfzehn Zentimeter lang, zog sich über die nackte Haut. Er drückte sich hoch, lehnte sich mit dem Rücken an den Stamm und untersuchte die Wunde. Sehr schlimm war sie nicht, kaum mehr als ein Kratzer, er hatte noch einmal Glück gehabt. Lennon streckte die Hand aus und riss zwei Handvoll Sauerampferblätter aus. Mit einer wischte er das frische, helle Blut ab, die zweite presste er auf die Wunde.

Schwer atmend versuchte er zu hören, ob sich in den Gärten hinter den Bäumen irgendetwas tat. Nichts rührte sich, also rappelte Lennon sich auf. Er drückte frische Blätter auf seinen Unterarm und hielt sich, als er das Wäldchen durchquerte, so weit weg vom Rand, dass er selbst nicht entdeckt werden konnte, das Haus und die Gärten dahinter aber im Blick hatte. Vor der Küchentür stritten sich immer noch zwei der Elstern um die Reste.

Lennon lief weiter, bis er auf Höhe der Ostseite des Hauses war. Fünfzehn, vielleicht zwanzig Meter trennten ihn noch von dem Gebäude. Er schaute nach Süden, wo sich vor ihm die weite Rasenfläche ausdehnte. Dann warf er die blutverschmierten Blätter weg, holte einmal tief Luft, zählte bis zehn und rannte über das Gras und den Kies.

Zwischen der Hausecke und dem ersten Fenster drückte er

sich mit dem Rücken dicht an die Sandsteinmauer. Kein Laut war zu hören, weder ein Warnruf noch Schritte auf dem Kies. Lennon atmete tief aus. Vor seinen Augen flimmerte es. Er hockte sich hin und schob sich mit dem Kopf unterhalb der Fensterbank vorsichtig um die Ecke. Unter seinen Füßen knirschten die Kieselsteine. Nur noch zehn Meter bis zur Tür, dann neun, sieben, fünf ...

Die Elstern kreischten auf und schossen als verschwommene schwarze Kleckse in den Himmel hinauf, die verstreuten Reste einer chinesischen Imbissmahlzeit ließen sie zurück.

Die Hintertür ging auf, und eine Frau trat auf den Kies hinaus. Ihr breiter Rücken verbarg die Sonne. Sie holte ein Päckchen Zigaretten aus der Jackentasche und zog mit den Zähnen eine der Filterspitzen heraus. Ihr Feuerzeug blitzte auf, und das Flämmchen flackerte lange genug, um den Tabak zu entzünden. Die Frau nahm einen kräftigen Zug. Aus den Tiefen ihres Brustkorbs entlud sich ein bellender Hustenanfall, und sie hielt sich die Hand vor den Mund. Als es vorbei war, drehte sie sich um und sah Lennons Glock auf sich gerichtet. Sie ließ die Zigarette in den Kies fallen.

»Bringen Sie mich zu Ellen«, sagte Lennon. »Bringen Sie mich zu Marie.«

Die Frau machte den Mund auf, aber kein Laut drang heraus.

»Sofort«, befahl Lennon.

90

Der Nomade stand zwischen Bull und Gerry Fegan. »Du bist also der berühmte Gerry Fegan«, sagte er. »Hab schon eine Menge über dich gehört, Mr. Fegan. Nun wollen wir mal sehen, ob du deinem Ruf auch gerecht wirst, okay?«

»Wer bist du?«, fragte Fegan, seine ersten Worte, seit er den Raum betreten hatte.

»Das ist nun wirklich die Eine-Million-Dollar-Frage, Gerry. Ich habe jede Menge Namen, aber keiner von denen ist der echte. Die Leute nennen mich ›den Nomaden‹.« Er grinste Fegan an. »Freut mich, dich kennenzulernen, großer Meister.«

Fegan antwortete nicht.

Der Nomade wandte sich zu Bull um. »Wie hätten Sie es denn gerne?«, fragte er.

Bull hob den Kopf. »Hmm?«

Der alte Bastard wirkte wie einer, der meilenweit an irgendeinen Ort gelaufen war und jetzt nicht mehr wusste, warum er sich überhaupt auf den Weg gemacht hatte.

»Wie soll ich es machen?«

Dann schien Bulls Kopf wieder durchblutet zu werden, denn sein Gesicht zeigte die alte Entschlossenheit und Stärke. »Langsam«, sagte er.

Der Nomade nickte O'Driscoll und Ronan zu. »Haltet ihn fest!«

Die beiden stellten sich neben Fegan und hielten jeder einen Arm fest. Fegan wehrte sich nicht. Er blickte starr geradeaus, das Gesicht ausdruckslos.

Der Nomade trat ihn fest in den Unterleib. Fegan knickten die Knie weg, aber O'Kanes Männer zerrten ihn wieder hoch.

»Langsam also«, sagte der Nomade. Er drehte sich wieder zu Bull um, zog sein Messer aus der Tasche und klappte es auf. »Ich könnte ihn zum Beispiel abstechen. Keine schöne Art zu sterben.«

»Ja, das gefällt mir«, sagte Bull. »Aber nicht zu schnell. Lass ihm ein bisschen Zeit, über alles nachzudenken.« Er durchbohrte Fegan mit seinem Blick, dann schürzte er die Lippen. »Lass ihm Zeit, darüber nachzudenken, was er mir angetan hat. Dass er meinen Sohn umgebracht hat und meinen Vetter.« Bull lehnte sich vor, er fand kaum Zeit mehr zum Atmen. »Dass mir wegen ihm in den Bauch geschossen wurde. Dass ich wegen ihm in diesem verfluchten Rollstuhl sitze. Dass er mich hat aussehen lassen wie ein Weichei. Lass ihm Zeit, über all das nachzudenken.«

Schwer atmend sackte Bull zurück in seinen Stuhl. Der Nomade musste an einen verletzten Hund denken, den er einmal als Kind gesehen hatte. Es war ein Streuner gewesen, der von einem Auto angefahren worden war und sich in die Gasse hinter dem Haus seiner Mutter geschleppt hatte. Er hatte die Zähne gefletscht und nach jedem geschnappt, der sich ihm näherte. Schließlich hatte der Nomade eine Schaufel geholt. Nach drei Schlägen war das Geheul verstummt.

»Gegen Sie hatte ich gar nichts«, erklärte Fegan, an Bull gerichtet. »Sie hätten mich in Ruhe lassen können. Sie haben sich das alles selbst zuzuschreiben.«

»Stimmt, ich hätte dich in Ruhe lassen können«, antwortete Bull. »Habe ich aber nicht. Ist mir scheißegal, ob du was gegen mich hattest oder nicht. Ich hatte was gegen dich, und damit basta.

Hast du sonst noch was zu sagen, bevor unser Freund hier sich an die Arbeit macht?«

»Nur noch eine Sache.«

Bull legte lächelnd den Kopf schief. »Was jetzt noch?«

»Eins dürfen Sie nicht vergessen: Ich werde Sie töten«, sagte Fegan.

Bull warf den Kopf zurück und lachte schallend auf. »Du lieber Himmel«, rief er. Dann nickte er dem Nomaden zu. »In Ordnung, mach ihn kalt.«

Der Nomade trat so nah an Fegan heran, dass der seinen Schweiß riechen konnte. Er rollte die steife linke Schulter, die ihm immer zu schaffen machte. Das Handgelenk war ebenfalls noch verbunden. Er starrte dem Verrückten in die Augen und suchte nach einem Anzeichen von Furcht. Doch da war nichts, nur ausgeglichene Ruhe. Der Nomade hielt Fegan das Messer ans linke Auge.

»Vielleicht löffele ich dir das da ja aus dem Kopf«, sagte er. »Wie gefällt dir das?«

Fegan reagierte nicht.

Der Nomade drückte Fegan die Klinge unter dem Auge an die Wange, die ersten roten Tröpfchen kamen zum Vorschein. Fegans Augenlid flackerte. Der Nomade zog das Messer bis zum Mund hinunter und hinterließ eine hellrote Spur. Fegan presste den Mund zusammen.

»Ich bin enttäuscht«, sagte der Nomade und lehnte sich mit verschwörerischer Stimme vor. »Immer wieder haben die Leute mir vom großen Gerry Fegan erzählt. Dass er der furchteinflößendste Scheißkerl ist, den Belfast je hervorgebracht hat. Und jetzt schau dich mal an.«

»Hast du sie entführt?«, fragte Fegan und schaute dem Nomaden zum ersten Mal in die Augen. Blut sammelte sich über seinen Lippen.

»Die Frau und das kleine Mädchen?«

»Ja«, sagte Fegan.

»So ist es.«

»Hast du ihnen etwas angetan?«

»Dem kleinen Mädchen geht es gut«, sagte der Nomade. »Die Frau ist allerdings verletzt. Als ich sie das letzte Mal sah, hat sie nicht besonders gut ausgesehen. Ihr gebe ich keine großen Chancen. Tut mir leid.«

Hinter Fegans Augen tat sich etwas, eine Entscheidung wurde gefällt, dann starrte er wieder in die Ferne. »Also los, tu, was du tun willst«, sagte er.

»In Ordnung«, sagte der Nomade und griff nach Fegans Ohr.

91

»Wer sind Sie?«, fragte die Frau.

»Ich bin der mit der Waffe«, antwortete Lennon. »Und wer zum Teufel sind Sie?«

Ihre Augen huschten kurz zur Tür und wieder zurück. »Ich bin Orla O'Kane.«

»Die Tochter von Bull O'Kane?«

Sie nickte.

»Gehört das Haus hier Ihnen?«

Sie nickte.

»Wo sind sie?«

»Wer?«

»Marie und Ellen«, sagte Lennon. Er trat noch einen Schritt näher und zielte auf ihre Stirn. »Versuchen Sie nicht, mich zu verarschen, sonst blase ich Ihnen das Hirn raus, verstanden? Sagen Sie mir, wo die beiden sind.«

Tränen schossen ihr in die Augen. Mit einem zitternden Finger zeigte sie auf die Tür. »Im Haus«, sagte sie. »Oben.«

»Bringen Sie mich hin.« Er trat noch einen Schritt näher heran. »Sofort.«

Eine Träne tropfte aus den Augen. »Töten Sie mich nicht. Bitte.«

»Bringen Sie mich einfach nur hin«, sagte Lennon. »Wenn Sie mich sofort zu ihnen bringen, tue ich Ihnen nichts.«

»Ich habe nichts damit zu tun«, jammerte Orla so hektisch, dass sie sich beinahe verhaspelte. Ihre Nase lief, das Gesicht war verzerrt vor Angst. »Es ist mein Da, der hat das alles angestellt, ich weiß nichts davon, ich wollte nie jemandem etwas zuleide tun, ich hätte ihn nie hier wohnen lassen, wenn ich gewusst ...«

»Halten Sie den Mund«, unterbrach Lennon sie. Noch ein Schritt, und nun zitterte die Mündung der Glock nur noch Zentimeter vor ihrer Stirn. »Halten Sie endlich den Mund und bringen Sie mich zu ihnen.«

»In Ordnung«, wimmerte die Frau. »Tun Sie bloß nichts Unüberlegtes.«

»Los«, befahl er. »Sie gehen vor.«

Orla ging rückwärts zur Tür und starrte dabei weiter Lennon an, der ihr folgte. Auf der Treppe stolperte sie und drehte sich um, damit sie sah, wo sie hintrat. Die Tür stand offen. Sie betrat das dunkle Innere des Gebäudes.

Lennon folgte ihr in ein Mittelding aus Eingangshalle und Waschküche. An der jenseitigen Wand stand eine Reihe großer Waschmaschinen und Trockner. Die Decke darüber war mit Mehltau überzogen, die Luft roch feucht und stickig. Vor den Maschinen hatte sich eine Wasserpfütze gesammelt.

Orla ging zu einer Tür auf der linken Seite, die in einen Raum führte, der ganz mit Aluminium und Edelstahl ausgekleidet war. Früher wohl einmal die Küche eines traditionellen Landhauses, war es nun ein vergammeltes Catering-Business, mit Friteusen, badewannengroßen Spülbecken, schmuddeligen Kochplatten und Öfen so groß, dass man einen Menschen hätte hineinstecken können. Der Gedanke spornte Lennon weiter an.

»Beeilung«, sagte er und drückte ihr die Pistole zwischen die Schulterblätter.

Orla stöhnte auf und beschleunigte ihren Schritt. Sie hielt auf eine gläserne Schwingtür mit verschmierten Scheiben zu. Als sie noch drei Meter davon entfernt war, wurden ihre Trippelschrittchen plötzlich länger, dann trabte sie los.

»Nicht«, rief Lennon und eilte ihr nach, doch als er sie an der Jacke packen und einfangen wollte, verlor er das Gleichgewicht.

Sie schlug seine Hand weg und rannte die wenigen Meter bis zur Tür. Er war nur ein paar Zentimeter hinter ihr, doch die Pistole in seiner Hand eine leere Drohung. Sie langte nach der Türkante und schlug sie Lennon gegen die ausgestreckten Hände, als er gerade versuchte zu zielen.

»Da!«, schrie sie immer wieder. Als Lennon sich durch die Tür drückte, sah er, wie sie stolperte und hinschlug. »Da!«, schrie sie, und noch einmal: »Da!«

Lennon sah nur die Umrisse eines Mannes und konnte im Dunkeln kaum dessen Gestalt ausmachen, bevor er die Glock hob und feuerte.

92

Die Schüsse ließen den Nomaden innehalten. Er hätte es nie zugegeben, aber eigentlich war er erleichtert, dass er jetzt eine Entschuldigung hatte und Fegans ungerührten Blick nicht mehr ertragen musste. Dieser Irre hatte kaum gezuckt, als der Nomade damit begonnen hatte, sein Ohrläppchen abzuschneiden. Einzige äußerliche Anzeichen von Schmerz waren die mahlenden Kinnmuskeln und ein Schweißfilm auf der Stirn gewesen. Das Blut rann ihm in einem dunkelroten Rinnsal den Hals hinunter und troff in seine Kleider.

»Da!« Zwischen den Schüssen ein schriller Schrei, Orla O'Kanes Stimme übertönte allen Lärm. »Da! Da!«

»Was zum Teufel ist da los?«, fragte Bull O'Kane.

Der Nomade ließ Fegans Ohr los, das trotz eines über einen Zentimeter langen Einschnitts noch am Kopf hing. Er sprach O'Driscoll und Ronan an. »Haltet ihn fest! Ich sehe mal nach.«

»Warte«, befahl Bull O'Kane.

Der Nomade achtete nicht auf Bull, sondern ging zur Doppeltür, die in den Flur und zur Treppe führte. Er zog die Glock aus dem Hosenbund. Dann öffnete er die Tür einen Spaltbreit und legte sein Auge an die Öffnung. Nichts.

»Ich sagte, du sollst warten!« Angst schwang in Bulls Stimme mit.

Der Nomade lehnte sich in den Flur hinaus. Er versuchte sich noch den Grundriss der Eingangshalle zu vergegenwärtigen. Rechts führte eine breite Treppe nach oben, machte dann kehrt und ging weiter bis auf die Galerie, die jetzt vor ihm lag. Von dort gingen drei Türen ab. Die linke führte zu einigen Räumen, die man in Büros und Behandlungszimmer umgewandelt hatte. Hinter der mittleren verbarg sich ein Lift, der nachträglich eingebaut worden war. Die Tür wies in einen weiteren Flur, über den man in die Speiseräume der Patienten und des Personals sowie die Küche gelangte. Die Stimme und die Schüsse kamen von unten. Der Nomade drehte sich zu O'Kane um.

»Bin gleich wieder da«, sagte er.

»Mein Gott, du kannst mich doch hier nicht alleinlassen«, rief O'Kane. Sein Gesicht wurde aschfahl. »Nicht mit dem da.« Dass er seine Angst verraten hatte, ließ Bulls schlaffe Wangen erröten. Er konnte dem Blick des Nomaden nicht standhalten. »Also gehen Sie schon!«, herrschte er ihn an.

Der Nomade trat auf den Flur hinaus, hinter ihm schwang die Tür zu. Mit wenigen Schritten hatte er den Treppenabsatz erreicht. Er drückte sich an die Wand und schlich nach unten. Am unteren Absatz der Treppe schlich er weiter. Er gelangte zu einer Tür auf der rechten Seite, durch die es zur Küche und den Speiseräumen ging. In das zersplitterte Holz waren zwei Löcher gerissen. Der Nomade drückte sich an die Wand.

Ein weiterer bellender Schuss, gefolgt von zwei weiteren, alle nahe der Tür. Dann ein Kreischen und der heisere Schrei eines Mannes. Noch zwei Schüsse, diesmal weiter den Flur hinunter. Etwas Schweres schlug gegen die Tür, sie sprang auf, und ein Mann stürzte heraus. Er landete auf dem Rücken, die zwei Löcher in seiner Tarnjacke waren von dunklen Flecken gesäumt. Der Mann stöhnte und krümmte sich.

Irgendwo außerhalb seines Blickfelds schrie Orla O'Kane: »Um Himmels willen, nein, nein, nein ...!«

Der Nomade hob die Pistole, schwang sich in die offene Tür und suchte sofort ein Ziel. Im grellen Licht, das aus der Küche drang, bewegten sich zwei Gestalten. Die eine rappelte sich gerade hoch, die andere stand bereits. Der Nomade versuchte sie in dem beißenden Pulverdampf auseinanderzuhalten, aber sie schienen irgendwie miteinander zu verschmelzen. Jetzt kam die größere schnell auf ihn zu. Der Nomade konnte weder unterscheiden, welcher Arm zu welcher der beiden Silhouetten gehörte, noch in dem hallenden Flur erkennen, von wo genau die Schreie kamen. Als er in dem verschwommenen Gemenge eine Waffe erspähte, übernahm der animalische Teil seines Gehirns die Kontrolle. Er legte an und drückte ab.

Der Flur vervielfältigte den Lärm des Schusses, und in seinem lädierten Auge brannte der Pulverdampf. Die Gestalt kam weiter auf ihn zu, und er drückte ein zweites Mal ab. Das Mündungsfeuer erhellte für einen Moment Orla O'Kanes panisches Gesicht, kurz bevor ihr die Kugel den halben Schädel wegriss. Ihr Schwung trug sie noch ein Stück weiter voran, der Nomade sprang zur Seite und ließ sie auf den sterbenden Mann am Boden fallen.

»Blöde Schlampe«, knurrte der Nomade.

Vorsichtig tastete er sich wieder zur Tür vor und spähte in das Spiel von Licht und Dunkel hinein. Die andere Gestalt war verschwunden, entweder in die Küche oder in einen der anderen Räume, die vom Flur abgingen. Vor seinem geistigen Auge ließ er die Szene noch einmal ablaufen, und nun registrierte er auch die breiten Schultern und die Statur des Mannes. Gepaart mit logischem Denken, sagte ihm sein Instinkt, dass es Lennon gewesen war, dieser Cop.

»Verdammter Mistkerl«, fluchte der Nomade.

Die Glock schussbereit vor sich, trat er in das schummrige Licht hinein. Sobald sich etwas rührte, würde er erst schießen und sich anschließend darüber Gedanken machen, wen er getroffen hatte. Rechts waren zwei Türen, eine weitere hinten links und daneben die Küche. Er bewegte sich langsam und geschmeidig und lauschte dabei auf jedes Geräusch. Sein Atem ging ruhig und gleichmäßig.

Der Nomade versuchte, die erste Tür rechts zu öffnen. Die Klinke bewegte sich nicht. Fest verschlossen. Unmöglich konnte Lennon sie von innen zugeschlossen haben, dann hätte der Nomade vom Flur aus die Schritte und das Klicken des Schlüssels im Schloss gehört. Er schlich weiter. Die zweite Klinke gab nach. Er presste sich ganz dicht an die Wand und drückte sie so weit wie möglich herunter. Als er noch einmal Luft holte, schien sich für einen Moment die Erde langsamer zu drehen. Dann ging plötzlich alles ganz schnell, er atmete stoßartig aus und trat die Tür auf.

Sofort duckte er sich und schob, um die Waffe besser kontrollieren zu können, die bandagierte linke Hand unter die rechte. Die Tür krachte auf, schlug gegen die Wand und erzitterte. Drinnen keine Bewegung. Mit dem Fuß stoppte der Nomade die zurückschwingende Tür. Die geschlossenen Fensterläden ließen das Licht nur in hauchdünnen Scheiben ein. Im Dunkel sah er überall auf Tische gestapelte Stühle. Zusammen mit dem Staub wirbelte ein alter Geruch nach gebratenem Fleisch und verkochtem Gemüse durch die Luft. Er hockte sich hin und spähte in den Wald von Tischbeinen hinein. Dort verbarg sich niemand. Die doppelte Schwingtür in der anderen Ecke führte vermutlich zurück in die Küche. Aber der Nomade spürte instinktiv, dass die Stille dieses Raumes seit Wochen nicht mehr gestört worden war. Er richtete sich auf und ging hinaus.

Die Tür am Ende des Flurs stand offen. Dort befand sich die Küche, deren einstiger stählerner Glanz von allem möglichen Schmier überzogen war. Er näherte sich ihr, bereit, bei der kleinsten Bewegung zu feuern. Weit war er noch nicht gekommen, als ein neuer Geruch ihn innehalten ließ. Ein chemischer Gestank brannte in seinen Nasenlöchern. Er machte noch drei Schritte, und der ekelhafte Geruch wurde stärker. Aus der Küche kam er jedoch nicht. Die Tür zu seiner Linken stand einen Spalt offen. Mit der Mündung der Glock schob er sie auf. Dahinter lag eine schmale Treppe, von unten stank es intensiv nach Heizöl, Benzin oder etwas Ähnlichem.

In der Küche entdeckte er als Erstes auf einer Arbeitsfläche eine Schachtel Streichhölzer. Er grinste und griff danach.

93

Lennon steckte die Waffe ins Halfter und tastete sich im Halbdunkel zwischen Abfällen hindurch vor. Durch ein kleines, ebenerdiges Fenster mit verdreckten Scheiben schien zwar ein fahles Licht, aber um die Hindernisse auf dem Boden zu erkennen, reichte es nicht. Er war schon über einen Stapel Kanister gestolpert und hatte dabei etwas verschüttet, das wie Benzin oder Terpentin roch. Es hatte seine Hosenbeine durchnässt, inzwischen brannte schon die Haut auf dem Schienbein und der Wade.

In alle Richtungen führten Gewölbe weiter in den Keller hinein. Lennon konnte nur darauf hoffen, dass es mehr als einen Ausgang gab. Dort hinten, weiter vorne, sah er ein verschwommenes Licht. Er hielt darauf zu und duckte sich in ein Gewölbe hinein. An allen Wänden stapelten sich alte Möbel, Kartons, Zeitungen und Stoffe. Der Modergeruch vermischte sich mit dem von diesem Zeug, das er am Fuß der Treppe verschüttet hatte. Als er sich durch das Schummerlicht weitertastete, wickelte sich etwas um sein Fußgelenk. Er trat es weg und verlor dabei das Gleichgewicht. Einen Stapel Stühle, an dem er sich festhalten wollte, riss er mit. Lennon stürzte zu Boden, die Stühle kamen ihm scheppernd nach.

Er blieb still liegen und lauschte. Kleine Tiere, die sein Eindringen gestört hatte, rannten zwischen den Kartons umher. Winzige, klauenbewehrte Füße huschten ihm über die Hände, ein

Schwanz streifte seine Finger, aber er schlug die Kreatur nicht weg. Langsam und mit angehaltenem Atem rollte er sich auf den Rücken. Er erstarrte. Umrahmt vom schwachen Gegenlicht aus den Fenstern, näherte sich eine Gestalt. Lennon fragte sich, ob der andere ihn zwischen den umgestürzten Stühlen sehen konnte. Mit Sicherheit war der Lärm ihm nicht entgangen.

Der Benzingeruch wurde stärker, als die Gestalt sich in das Gewölbe duckte und sich der Stelle näherte, wo Lennon lag.

»Ich weiß, dass du da drin bist«, sagte die Gestalt.

Lennon erkannte die Stimme. Sein Herz überschlug sich fast.

»Du hättest mich erschießen sollen, als du die Gelegenheit dazu hattest«, sagte die Gestalt. »Deine Frau und dein Mädchen habe ich oben. Wenn ich mit dir fertig bin, knöpfe ich mir die beiden vor. Die Mutter sieht gar nicht übel aus, selbst in ihrem schwerverletzten Zustand. Um ehrlich zu sein, ich weiß nicht mal, ob sie überhaupt noch atmet.«

Die Silhouette schob sich in Lennons Blickfeld. »Wäre zu schade, wenn nicht. Dann muss ich mich eben mit dem kleinen Mädchen begnügen. Aber mit der mache ich kurzen Prozess. Warum soll man es bei so einem jungen Ding in die Länge ziehen? Die Kleine kann ja nichts dafür, dass sie so einen nutzlosen Scheißkerl zum Vater hat. Nein, bei der mache ich es auf die sanfte Tour. Bei dir aber nicht.«

Ein Arm glitt vor. Rund um Lennon spritzte eine Flüssigkeit auf die Erde. Der beißende Benzingeruch drang ihm in Nase und Mund und schnürte ihm die Kehle zu. Er schob sich zurück, die Ellbogen und Hacken verhedderten sich in irgendeinem Vorhangstoff.

»Ach, da bist du«, sagte die Silhouette. Sie warf einen Kanister in Lennons Richtung.

Das Blechding schlug scheppernd auf dem Boden auf, und ein Schwall beißender Flüssigkeit ergoss sich über seine Waden. Ohne sich noch um den Lärm zu scheren, den er machte, kroch Lennon weiter zurück, bis seine Schultern sich an die kalte Backsteinwand drückten. Er hockte sich hin und zog seine Glock.

Die Silhouette verschmolz mit der Dunkelheit. »Ich werde dich verbrennen, Jack. Ich schaue dir ein Weilchen beim Tanzen zu. Wenn du Glück hast, erlöse ich dich dann von deinem Elend, bevor es zu schlimm wird.«

Lennon zielte auf die Stimme und versuchte in dem hallenden Kellergewölbe ihre genaue Position zu bestimmen.

Da, ein Funke in der Dunkelheit, für einen winzigen Moment erleuchtete er das Gesicht des Killers. Lennon legte den Finger auf den Abzug. Wieder ein Funke, aber diesmal ging das Streichholz an. Es warf seinen gelblichen Schein gerade so weit, dass der Killer die Pistole sehen konnte, die auf seine Stirn gerichtet war.

Lennons Glock krachte im selben Moment, als der Killer sich wegduckte. Der ohrenbetäubende Knall erfüllte noch die letzte Ecke des Kellers. Mit den Augen verfolgte Lennon, wo das Streichholz hingefallen war. Die Flamme zuckte, doch dann erfasste sie die Dämpfe aus dem Kanister. Lennon warf sich zu Boden, eine Hitzewelle fegte über ihn hinweg. Der Killer schrie auf.

94

»Wir sollten Sie hier rausbringen«, sagte O'Driscoll.

Fegan beobachtete O'Kane, der nervös auf den Lippen kaute und offenbar im Geiste alle Möglichkeiten durchging. Sein Gesicht zuckte, die Augen schossen unruhig im Raum umher. In Fegans Ohr pochte es heiß, etwas Warmes lief ihm über den Hals und die Schulter. Über seine Wange zog sich eine scharfkantige, schmerzhafte Linie. Im Mundwinkel schmeckte er Blut.

»Vielleicht sollten wir Sie in Ihr Zimmer bringen«, fuhr O'Driscoll fort. »Sozusagen aus der Gefahrenzone. Nur so lange, bis Ihr Mann alles im Griff hat.«

O'Kane funkelte ihn an. »Rede nicht mit mir wie mit einem Kind, zum Teufel. Das hier ist alles, was ich will. Das Einzige, was ich will. Wehe, du verdrückst dich hier und lässt mich im Stich. Hau bloß nicht ab wie die ganzen anderen Scheißkerle.«

O'Driscoll trat einen Schritt von Fegan weg, hielt aber weiter dessen Arm umklammert. »Meine Güte, hier könnte alles Mögliche passieren. Sie bezahlen mich schließlich dafür, dass ich auf Sie aufpasse, und genau das tue ich. Jetzt kommen Sie, wir müssen Sie hier rausschaffen und in Ihr ...«

»Ihr Schlappschwänze seid doch alle gleich«, schnauzte Bull ihn wütend an. »Diese Mistkerle im Norden haben mich hängenlassen. Alle anderen haben sich verzogen. Willst du mir jetzt etwa dasselbe antun?«

O'Driscoll hielt Fegans Ärmel fest und machte einen weiteren Schritt auf O'Kane zu. »Aber nein, Bull. Ich wollte doch nur dafür sorgen, dass Sie in Sicherheit sind, mehr nicht. Ich haue nicht ab.«

Fegans Instinkte erfassten die ganze Situation. Sie registrierten die Festigkeit von O'Driscolls Griff an seinem Arm, die Entfernung zwischen den Männern, ihren Winkel zueinander, ihren Schwerpunkt. Er selbst nahm diese Berechnungen nur als Reflexe wahr, wie Blitzeinschläge in seinem Gehirn, bevor er in Aktion trat. Aber er trat nicht in Aktion. Er unterdrückte den Impuls, denn ein noch verlässlicherer Instinkt sagte ihm, dass es noch nicht an der Zeit war loszuschlagen.

O'Kane zeigte mit seinem wulstigen Zeigefinger auf Fegan. »Ich gehe nirgendwo hin, bevor dieser Scheißkerl nicht tot ist.«

»Soll ich ihn erledigen?«, fragte O'Driscoll.

»Nein.« O'Kane schüttelte den Kopf und starrte Fegan feindselig an. »Bringt ihn zu mir.«

»Dafür ist jetzt keine Zeit«, wandte O'Driscoll ein. »Wir müssen ...«

O'Kanes Kopf wurde rot. »Ich sagte, bringt ihn her.«

Die Männer stießen Fegan nach vorne. Er wehrte sich nicht.

»Auf die Knie«, befahl O'Kane.

O'Driscoll legte Fegan eine Hand auf die Schulter und drückte ihn nach unten. Als Fegan nicht mitspielte, trat er ihm in die Kniekehlen. Fegan ging hart zu Boden, seine Kniescheibe krachte auf das Parkett. Als das zweite Knie folgte, raschelte die Plastikfolie.

O'Kane beugte sich in seinem Rollstuhl vor. »Damals in der Scheune in Middletown hättest du mich töten können. Du hattest mich vor deinen Füßen liegen. Ich war so hilflos wie ein Welpe, und außerdem hattest du eine Waffe in der Hand. Warum hast du es nicht getan?«

»Weil ich keinen Grund hatte«, antwortete Fegan. »Ich war gnädig.«

»Gnädig?« O'Kane schüttelte den Kopf. »Du bist immer noch genauso verrückt wie früher, Gerry. Spuken dir immer noch diese Leute im Kopf herum? Und sagen sie dir immer noch, was du tun sollst?«

»Ich habe sie dort in der Farm zurückgelassen«, sagte Fegan. »Als ich McGinty getötet habe.«

»McGinty war ein Schwein.« O'Kane streckte O'Driscoll eine Hand entgegen. O'Driscoll legte eine kleine halbautomatische Waffe hinein. Fegan kam sie vor wie eine Walther PPK. »Es gab nicht viele, die diesen Bastard vermisst haben, als er tot war. Ich jedenfalls ganz bestimmt nicht. Weißt du, die Politiker wollten, dass ich die ganze Sache vergesse. Schön und gut, sie wollten schon auch, dass dieser ganze Schlamassel aus der Welt geschafft wurde. Aber dich zu verfolgen, darin sahen sie keinen Sinn. Sie sagten, ich solle die Geschichte ad acta legen. Aber die kennen dich nicht. Sie wissen nicht, was du mir angetan hast. Sie wissen nicht, dass ich seit diesem Tag keine einzige Nacht mehr geschlafen habe. Ich werde nicht noch einzigen Tag erdulden, an dem du auf der Welt bist.« Schwer atmend zog O'Kane den Schlitten zurück und lud eine Patrone. »Also habe ich ihnen gesagt, hört zu, ich werde mir Gerry Fegan schnappen, und damit hat es sich.«

O'Kane drückte Fegan die Mündung der Walther an die Stirn.

O'Driscoll verlagerte kurz sein Gewicht und lockerte dabei den Druck auf Fegans Schulter.

»Mein Gott, was ist das denn? Riechst du das?«

»Rieche ich was?«, fragte Ronan.

»Rauch«, sagte O'Driscoll. »Da brennt was.«

O'Kane senkte die Pistole. »Ein Feuer?«

Plötzlich drängte sich ein Bild in Fegans Bewusstsein. Der Traum, der ihn erst nur im Schlaf und dann auch in seinen wachen Stunden verfolgt hatte: ein Kind, das von Flammen verschlungen wurde.

Seine Instinkte ordneten sich zu einer perfekten Abfolge von Bewegungsabläufen, einer Abfolge, die sein Kopf längst entworfen hatte, ohne dass er sich dessen bewusst gewesen war. Seine Instinkte sagten ihm, dass der Moment zum Handeln gekommen war.

95

Der Nomade kroch die Treppe hinauf und rang im Rauch nach Luft. Er konnte es kaum fassen, wie schnell das Feuer sich ausgebreitet und innerhalb von Sekunden alles um ihn herum verschlungen hatte. Geduckt und mit einem Taschentuch vor Mund und Nase hatte er sich zur Treppe zurückgekämpft. Die Seite seines Gesichts, wo die erste Explosion der Flammen ihn erwischt hatte, glühte inzwischen ganz von selbst. Er hatte sich schon öfter verbrannt und wusste, dass es diesmal nicht schlimm war, aber er war nur knapp davongekommen.

Der Cop war in den Flammen umgekommen. Als der Nomade den oberen Treppenabsatz erreicht hatte, sah er noch einmal kurz über die Schulter. Dichter schwarzer Rauch, unter dem es orangerot züngelte, rollte die Treppe hinauf. Undenkbar, dass der Cop da noch herausgekommen war. Der Nomade warf sich gegen die Tür und brach nach Luft schnappend zusammen. Ein Hitzesturm fegte über ihn hinweg.

Hustend und würgend kroch er weiter. Seine Augen brannten entsetzlich, und als er ausspuckte, war der Speichel mit lauter schwarzen Fäden durchzogen. Mühsam zog er sich hoch und wankte auf die Tür zu, die zurück in die Eingangshalle führte. Das Husten hatte Seitenstechen ausgelöst, und in seinem Kopf drehte sich alles. Die Luft draußen in der Eingangshalle schmeckte süß und klar. Er schob hinter sich die Tür fest zu und lehnte sich anschließend einen Moment dagegen, um wieder zu Atem zu kommen. Noch einmal kräftig husten, um die Lungen freizubekommen, noch einmal ausspucken, um die letzte Asche im Mund loszuwerden, dann würde er zu O'Kane hinauflaufen und ihn warnen, dass er hier raus musste. Der Nomade drückte sich von der Tür weg und taumelte auf die Treppe zu. Keuchend machte er sich auf den Weg zur Galerie und dem Raum, in dem er O'Kane und den blutenden Fegan zurückgelassen hatte. Als er den oberen Treppenabsatz erreicht hatte, hörte er den ersten Schuss und den ersten panischen Schmerzensschrei.

96

Schwergefallen war es Fegan nie, und er hatte sich auch nie gefragt, warum nicht. Er tat es einfach, und meistens reichte das. Als O'Kane für einen Moment nicht auf ihn achtete und die Walther irgendwo über Fegans Schulter hinweg zielte, handelte Fegan.

Er packte die Fußstützen des Rollstuhls und riss die Arme ruckartig nach oben. Noch während O'Kane nach hinten kippte, gelang es ihm, einen Schuss abzufeuern, aber der traf Ronan in die Brust. O'Driscoll versuchte O'Kanes Fall zu bremsen, verlor dabei aber auf der rutschigen Plastikfolie das Gleichgewicht. Fegan trat ihm die Beine weg.

O'Kane landete hart auf dem Rücken und rollte mitsamt dem Stuhl noch ein Stück weiter, bis der umkippte. Er schrie auf, als sein kaputtes Bein auf den Boden schlug. In seiner eigenen Decke verheddert, lag er da.

Bevor O'Driscoll sich wieder gefangen hatte, war Fegan schon auf den Beinen. O'Kane versuchte, sich über den Boden bis zu der Stelle zu ziehen, wo die Walther inzwischen lag. Fegan lief um ihn herum und hob die Pistole auf. Ein Schuss krachte, er spürte die sengend heiße Kugel an seinem Ohr vorbeisausen. Ohne jede Hast drehte er sich um und zielte auf Ronans Kopf, gerade als der die eigene Waffe wieder in Anschlag bringen wollte. Die Walther bockte in Fegans Hand, und Ronans Kopf schlug ruckartig zurück.

O'Driscoll kroch über den Boden auf die Pistole zu, die immer noch in Ronans toter Hand lag. Fegan jagte ihm zwei Kugeln in den Rücken. O'Driscoll brach über Ronans Beinen zusammen. Fegan nahm Ronan die Waffe aus der Hand und steckte sie sich in den Hosenbund. Dann ging er zurück zu O'Kane.

Bull starrte zu ihm hoch. In einem Mundwinkel hingen Speichelblasen. »Du Mistkerl«, fauchte er.

»Wo sind sie?«, fragte Fegan.

»Leck mich.«

»Wo sind sie?«

»Leck mich. Na los, erschieß mich schon.«

»Nein«, sagte Fegan. »Erst wenn Sie mir gesagt haben, wo sie sind.«

»Leck mich.«

O'Kanes linkes Bein, in dem er vor Monaten eine Kugel abbekommen hatte, lag ausgestreckt und mit steifem Knie auf dem Boden. Fegan setzte einen Fuß kurz über das Gelenk, genau an die Stelle, wo die Kugel eingedrungen war. Dann legte er sein ganzes Gewicht darauf.

O'Kane schrie auf.

»Wo sind die beiden?«

»Du kannst mich mal«, keuchte O'Kane.

Gerade als Fegan ein weiteres Mal mit aller Kraft zutrat, ließ das Geräusch der sich öffnenden Schwingtüren ihn herumfahren. Bevor er sich seiner Bewegung überhaupt bewusst wurde, hatte er schon die Walther hochgerissen und gezielt. Und noch bevor der Nomade überhaupt seine Waffe heben konnte, hatte Fegan schon den Finger am Abzug. Für einen Sekundenbruchteil registrierte er noch die verbrannte Haut und das versengte Haar, dann bellte auch schon die Walther auf. Doch der Schuss ging daneben, und der Nomade duckte sich weg.

Fegan zog sich zur Tür in der jenseitigen Ecke zurück. Der Nomade hatte sich bereits wieder gefasst und zielte. Genau in dem Moment, als er feuerte, umklammerte eine Hand Fegans Fußgelenk, so dass er stolperte. Fegan ließ sich fallen, und die Kugel fegte über ihn hinweg. Er landete auf dem Rücken. O'Kane hielt immer noch sein Fußgelenk umklammert. Fegan trat mit dem Fuß zu und traf Bulls Kinn. O'Kane ließ los.

Zwischen Fegan und der Schwingtür, vor der der Nomade kauerte, lag der Rollstuhl. Während er die Walther weiter auf die Tür gerichtet hielt, kroch Fegan rückwärts in die gegenüberliegende Ecke. Als der Nomade sich kurz aufrichtete, feuerte Fegan. Wieder daneben. Auf mehr als ein paar Meter Entfernung war er noch nie ein guter Schütze gewesen. Der Nomade ging wieder in Deckung.

Fegan schob sich weiter zurück, bis er an der Wand war. Er rollte sich auf die Seite und streckte die Hand nach der Klinke aus. Die Tür schwang auf. Damit der Nomade in Deckung blieb, feuerte Fegan noch einmal auf die andere Tür, doch der Schlitten seiner Pistole blieb stecken. Das Magazin war leer. Fegan ließ die Waffe fallen, rappelte sich hoch, sprang in den Nachbarraum und warf die Tür hinter sich zu. Er fand sich in einer kleinen Küche wieder, mit einem Spülbecken, einem Herd mit großen Wasserkesseln und einem Kühlschrank, der in der Stille vor sich hin summte. Fegan zog Ronans Waffe aus dem Hosenbund, einen Revolver in Chrom-Ausführung. Er richtete ihn auf die Tür, durch die er gekommen war.

Würde der Nomade von dort angreifen oder von hinten kommen? Rechts von Fegan befand sich eine weitere Tür. Fieberhaft versuchte er, sich wieder den Grundriss des Stockwerks zu vergegenwärtigen. Durch diese Tür dort musste man in einen weiteren Raum gelangen, von dem es dann in den Flur ging. Er lief hin und drückte auf die Klinke. Die Tür führte in ein kleines Zimmer mit bequem aussehenden Stühlen und einigen Tischchen, alles in einem Kreis angeordnet. Hölzerne Fensterläden sperrten fast alles Tageslicht aus, der Raum lag im Dunkeln. Genau gegenüber befanden sich wieder zwei Türen. Eine führte in den Flur, die zweite in ein ähnlich großes Nachbarzimmer. Wenn er sich vom Flur fernhalten wollte, hatte er keine andere Wahl, als es dort entlang zu versuchen.

Fegan wollte schon zur Tür, aber irgendetwas zwang ihn innezuhalten. Er erstarrte. Irgendetwas war in der Luft, ganz in der Nähe, eine Art heißer Luftzug fegte durch den Raum, und da war ein schwaches Knistern.

Dann krochen durch den Schlitz der Tür, die zum Flur führte, schwarze Schwaden herein.

»Ellen«, rief Fegan.

97

Der Nomade durchquerte den Raum, bis er den Rollstuhl erreicht hatte. Er richtete ihn auf und betätigte die Bremse, die die Räder blockierte. Dann hockte er sich neben O'Kane hin und griff dem alten Mann unter die Arme. Verflucht, was war der schwer, trotz seiner ganzen Hinfälligkeit. Der Nomade brachte O'Kane zum Rollstuhl, hob ihn an und setzte ihn hinein.

»Los, erledige den Kerl«, keuchte O'Kane außer Atem. Sein Gesicht war schweißüberströmt, ein Spuckefaden hing ihm von der Lippe.

»Erst bringe ich Sie hier raus«, sagte der Nomade. »Im Keller ist Feuer ausgebrochen. Wird nicht lange dauern, bis es sich bis hier oben ausgebreitet hat.«

O'Kane packte den Nomaden am Arm. »Ich gehe nirgendwo hin, bis Fegan nicht tot ist. Und jetzt tu endlich, was ich dir sage. Geh da raus und mach den Scheißkerl fertig.«

Der Nomade riss seinen Arm weg und packte die Griffe des Rollstuhls. Er löste die Bremse und schob ihn in Richtung Tür. O'Kane drehte sich um und verpasste ihm einen harten Faustschlag.

»Verdammt, ich habe dir gesagt, du sollst Fegan erledigen. Also los jetzt, sonst bringe ich dich um.« Tränen schossen O'Kane in die Augen. »Ich kann auf mich selbst aufpassen. Da draußen ist ein Lift. Ich komme schon hier raus, wenn ich muss. Mach gefälligst, wofür du bezahlt wirst.«

Der Nomade ließ den Rollstuhl los und wich einen Schritt zurück. »Na gut, Sie verrückter alter Mistkerl.«

Ein schriller Heulton setzte ein. Die Rauchmelder waren angegangen.

»Das Feuer breitet sich schon aus«, erklärte der Nomade. »Wenn ich es nicht mehr zu Ihnen zurück schaffe, sind Sie auf sich allein gestellt.«

Bull holte einmal tief Luft, so als wolle er sich sammeln. Er wischte sich mit dem Ärmel über Mund und Augen. »Mach dir um mich keine Gedanken«, sagte er. »Kümmer dich nur um Fegan. Wahrscheinlich ist er auf der Suche nach der Frau und dem Kind. Geh zu denen, dann kommt er schon zu dir.«

Der Nomade zog seine Glock und ließ Bull im Aufenthaltsraum zurück. Er machte sich auf den Weg in den ehemaligen Dienstbotentrakt auf der anderen Seite des Gebäudes. Mit den Zähnen zog er das Klebeband ab, mit dem die elastische Binde an seinem Handgelenk befestigt war. Er wickelte den Verband ab und knetete seine Hand, was sofort einen Krampf auslöste. Aber wenn es zum Kampf kam, war der Schmerz immer noch besser als diese Behinderung.

Mit der Glock im Anschlag marschierte er den Flur entlang. Schwarze Rußpartikel schwebten in der verqualmten Luft. Dann verschwanden sie plötzlich für eine oder zwei Sekunden, lange genug, dass der Nomade ein Ziehen in den Lungen spüren konnte. Im nächsten Moment erzitterte der Boden unter seinen Füßen, und er fühlte die Explosion irgendwo unter sich, noch bevor er sie hörte. Die Tür, die er erst vor wenigen Minuten geschlossen hatte, wurde quer durch die ganze Eingangshalle geschleudert. Der Nomade ließ sich auf die Knie fallen und rollte sich von der Hitzewelle weg, die von unten emporschoss und über ihn hinwegfegte.

An den Wänden flackerte ein orangeroter Schein, zwischen

den Geländersprossen wirbelten Rauchschwaden auf ihn zu. Die Hitze brannte in seiner Kehle und in den Augen.

»Heilige Scheiße«, flüsterte der Nomade, rappelte sich hoch und kämpfte sich weiter auf die Tür am Ende des Flures vor. Dahinter befand sich eine schmale Treppe, über die man zu mehreren kleinen Gängen und Kammern kam, die vermutlich einst die Hausmädchen und Diener bewohnt hatten. Vorsichtig näherte er sich und achtete auf jeden Schatten. Er blieb kurz stehen. Im Geiste vergegenwärtigte er sich die Lage der einzelnen Räume hinter der Tür, so wie er sie gesehen hatte, als er die Frau in Orlas Zimmer hochgetragen hatte. Das Mädchen war ihnen an der Hand seiner Mutter gefolgt. An der Außenwand befand sich eine Feuertreppe. Wenn er Fegan erwischte, gut. Falls er anschließend noch zurück zu O'Kane gelangen konnte, schön, dann würde er es versuchen. Wenn beides nicht zu schaffen war, dann zur Hölle mit Bull O'Kane und seinem Geld, dann würde er zusehen, dass er hier herauskam, und sie in den Flammen umkommen lassen wie den Cop im Keller.

Dunkle Rauchschwaden krochen über ihm die Decke entlang, es wurde immer heißer. Der Nomade beeilte sich, zu der Tür in den Bedienstetentrakt zu gelangen. Wie er es einmal im Fernsehen gesehen hatte, prüfte er zunächst, wie heiß die Türklinke war. Sie war kalt. Der Nomade holte einmal tief Luft, atmete hustend aus und warf die Tür auf.

Eine Wand aus Hitze und schwarzem Qualm schlug ihn zu Boden. Blind und halb erstickt landete er auf dem Rücken. Die Glock war ihm entglitten. Er rollte sich auf den Bauch und tastete auf der Suche nach der Waffe den Boden um sich herum ab. Er kniff ein paarmal die Augen zu, bis er wieder etwas erkennen konnte, wenn auch nur verschwommen. Um die Pistole zu finden, reichte es jedoch nicht. Erneut strich er mit den Fingern über den Boden und ertastete etwas Hartes. Hastig streckte er die Hand aus, fand aber nichts. Hatte er die Pistole etwa weggestoßen? Nein, unmöglich, er hatte sie doch kaum berührt.

»Du verdammter Bast...«

Kräftige Hände packten ihn am Kragen, zerrten ihn hoch und rissen ihn herum. Blinzelnd bemühte er sich, etwas zu erkennen, und schließlich sah er die wie in Stein gemeißelten Konturen eines Gesichts. Eines Gesichts, das übersät war mit roten und schwarzen Striemen.

»Wo sind sie?«, fragte Gerry Fegan.

98

Fegan stieß ihn fest gegen die Wand. Ein Bild fiel vom Haken, der Rahmen zersprang auf dem Boden. Der Nomade starrte ihn blinzelnd an, Tränen zogen helle Furchen durch sein verrußtes Gesicht.

»Wo sind sie?«, fragte Fegan noch einmal.

Der Nomade wischte sich mit dem Ärmel über die Augen. Er hustete und spuckte Fegan vor die Füße.

Fegan stieß ihn wieder gegen die Wand. »Wo sind die beiden?«

Der Nomade wedelte lässig in Richtung Tür. »Irgendwo da oben. Eine Etage höher. Aber ich gebe ihnen keine großen Chancen mehr. Die Frau war schon halb tot, als ...«

Ein Schlag ließ den Kopf des Nomaden gegen die Wand krachen. Er taumelte zur Seite, blieb aber auf den Beinen. Mit einer Hand betastete er sein Kinn. »Du lieber Himmel, um uns herum brennt die Hütte ab, und du willst einen Boxkampf? Bull hatte recht, du bist wirklich komplett verrückt.«

Fegan zog dem Nomaden die Glock aus dem Hosenbund. Er zielte auf seine Stirn.

»Mensch, jetzt lauf schon und hol sie da raus, solange noch Zeit ist«, rief der Nomade und hob die Hände. »Eine Treppe hoch, dann bis zum Ende des Flurs, letztes Zimmer auf der linken Seite. Da ist auch gleich eine Feuerleiter. Wenn du sofort losrennst, kriegst du das kleine Mädchen vielleicht noch raus. Herrgott, die ganze Treppe ist schon voller Rauch. Vielleicht schaffst du es gar nicht mehr.«

Im selben Moment, als Fegan einen kurzen Blick über die Schulter riskierte, wusste er schon, dass er einen Fehler gemacht hatte. Schneller, als er es je erlebt hatte, war der Nomade auf ihm, wie eine verhungerte Katze auf ihrer Beute. Er packte Fegans Handgelenk und riss mit Gewalt die Pistole hoch. Der Schwung beförderte sie beide in Richtung der geöffneten Tür, aus der schon der Rauch hereinquoll. Ihre Füße verhakten sich ineinander, und Fegan kippte nach hinten, der hagere Körper des Nomaden landete auf ihm.

Die Glock rutschte über den Teppich davon. Der Nomade versuchte hinterher zu kriechen, aber Fegan packte ihn am Hemdkragen und riss ihn zurück. Ein Knie stieß ihm in den Unterleib, Fegan krümmte sich vor Schmerz, er ließ aber nicht los. Mit aller Kraft warf er sich zur Seite und rollte den Nomaden von sich, dann hechtete er ihm nach und versuchte, rittlings auf ihm zu sitzen zu kommen. Der Nomade wand sich jedoch so sehr, dass er ihn nicht zu fassen bekam. Blitzschnell streckte er die Arme vor und umklammerte mit beiden Händen Fegans Hals. Anstatt den Kopf zurückzureißen, drückte Fegan mit aller Kraft gegen die Arme des Nomaden, bis sie zitternd zurückschnellten. Fegans Oberkörper schlug auf die Brust des Nomaden. Ihre Augen waren nur Zentimeter voneinander entfernt. Fegan spürte heißen Atem auf der Wange, dann gruben sich die Zähne des Nomaden in sein Fleisch.

Fegan fühlte ein Reißen unterhalb des Auges und schrie vor Schmerz auf. Er drückte sich auf die Knie hoch. Seine Lungen füllten sich mit Rauch, die ganze Welt schien zu taumeln und ihn mitzureißen. Er hielt sich an der Wand fest, während der Nomade sich weiter unter ihm wand. Fegan schüttelte ein paarmal heftig den Kopf und versuchte den dichten Rauch zu vertreiben, der sein Bewusstsein umnebelte. Er konzentrierte sich auf das Gesicht des anderen, legte beide Fäuste zusammen und ließ sie auf das Nasenbein des Nomaden krachen. Es brach, heißes Blut lief ihm über die Hände.

Fegan konnte kaum noch etwas sehen, der Rauch brannte ihm in der Kehle. Er warf sich nach vorne, sein Ellbogen schlug neben dem Kopf des Nomaden auf den Boden. Der setzte seine Gegenwehr fort und warf sich hin und her. Fegan langte an seinen Hosenbund und tastete nach dem Revolver. Seine Hand umklammerte den Griff. Die Kühle des Metalls floss durch seinen Arm bis hinauf in den Kopf. Diesen Moment der Klarheit nutzte er und zog die Pistole, sie war sein Kompass durch den Schmerz und den schwarzen Rauch hindurch. Er riss den Revolver hoch und versuchte, auf die Stirn des Nomaden zu zielen, doch da spülte eine neue Ohnmachtswelle über ihn hinweg. Als hätte seine Wirbelsäule sich aufgelöst, schwankte sein Oberkörper nach vorn. Zu spät sah er den Handballen des Nomaden, der sein Kinn traf. Seine Zähne schlugen aufeinander, er biss sich ein Stück Zunge ab.

Alles schien sich um ihn zu drehen. Zuerst entglitten ihm der Boden und das blutverschmierte Gesicht des Nomaden, dann die Tür, die den Rauch aus den Eingeweiden des Hauses hervorquellen ließ, schließlich auch die Decke, die plötzlich an seinen Augen vorbeiraste. Danach war um ihn alles rot, es spritzte von ihm weg, und mit dem letzten Rest seines schwindenden Bewusstseins begriff er, dass es sein eigenes Blut war. Sein Hinterkopf schlug hart auf dem Boden auf.

Schwarze und weiße Punkte tanzten vor seinen Augen, und durch sie hindurch sah er ein blutiges Grinsen, als der Nomade sich erhob.

99

Der Nomade zog seine Beine unter Fegan hervor und beförderte den Verrückten mit einem Fußtritt zur Seite. An die Glock kamen weder er noch der andere heran. Er stemmte sich hoch. Fegan beobachtete ihn aus halb geschlossenen Augen. Der Nomade hustete, dann beugte er sich vor und kotzte das Blut aus, das er geschluckt hatte. Sein Kopf schien zu schweben, als sei er leichter als der Rest des Körpers. Er wusste, dass er nicht mehr viel Zeit hatte, aber er musste die Sache zu Ende bringen. Er musste erleben, wie Fegans Leben erlosch.

Die Decke war inzwischen vollständig unter wirbelnden dunklen Schwaden verschwunden. Ein Luftzug trug schwarze Rußpartikel an seinen Augen vorbei. Der Nomade holte mit dem rechten Bein aus und trat Fegan in den Unterleib. Fegan krümmte sich zusammen und hielt sich den Bauch. Der Nomade stützte sich an der Wand ab und tastete sich daran entlang. Als seine Füße vor Fegans Augen waren, trat er zu. Fegan rollte herum, er spuckte Blut und einen Zahn aus.

Das Herz des Nomaden war erfüllt von einer reinen, köstlichen Wonne, und eine Welle schwindelerregenden Glücks überschwemmte seinen Kopf. Ohne sich darum zu scheren, dass Fegan versuchte, sich an ihn zu klammern und aufzurichten, stieg der Nomade über ihn hinweg und trat ihm noch einmal mit der Ferse ins Gesicht. Er traf das Kinn, und Fegans Körper sackte zurück.

Doch bevor er noch einen zweiten Tritt landen konnte, brach eine Flutwelle der Erschöpfung über ihn herein, die ihn zur Seite taumeln ließ. Verwirrt versuchte er, wieder einen klaren Kopf zu bekommen, aber alles war plötzlich so mühsam, und er war so müde. Wohlige Wärme umgab ihn und zog ihn nach unten, er legte seine Wange auf den Teppich. Für ein paar Sekunden schloss er die Augen, zunächst noch unwillig, aber bald schon hieß er die Dunkelheit willkommen. Was war schlecht daran, wenn er hier einschlief, wenn er einfach die Augen zumachte und sich von dieser Wärme umfangen ließ?

Nein.

So warm wie ein weiches Bett an einem Wintermorgen.

Nein.

Während er dahintrieb, sah er Sofia vor sich, mit ihren runden Hüften, den weichen Oberschenkeln und dem angeschwollenen Bauch mit dem Baby darin, das ihr zu machen er beschlossen hatte.

Nein.

Wie ein Blitz durchfuhr ein Schmerz seinen Kopf, und er riss die Augen auf. Er schrie dagegen an, füllte seine Lungen mit der kostbaren frischen Luft am Boden und hustete. Ein Sprühnebel von Blut bedeckte den Teppich. Als er wieder klar sehen konnte, entdeckte er nur Zentimeter vor seiner Hand die Glock. Mit allerletzter Kraft streckte er sich danach und umklammerte sie.

Mühsam drückte er sich vom Boden ab, bis er endlich mit dem Rücken zur Wand saß. Fegan bewegte sich noch, seine Brust hob und senkte sich, er streckte die Arme aus, als wolle er irgendwelche Phantome packen, die ihn umkreisten. Der Nomade hob die Glock und versuchte durch den Schleier vor seinen Augen die Mündung auf Fegans Kopf zu richten.

Er holte einmal tief Luft und hielt den Atem an, dann stand er mühsam auf. Seine Beine zitterten, aber er konnte sich an der Wand anlehnen, bis die Glock einen Punkt zwischen Fegans Augen gefunden hatte.

Gerade wollte der Nomade den Finger am Abzug krümmen, da rief ihm von weit her eine Stimme etwas zu.

»Was?«

Dieses eine Wort reichte, seine Lungen zu leeren. Jetzt musste er die rauchgeschwängerte Luft einatmen. Sofort wurde ihm schwindelig. Suchend schaute er sich nach dem Eindringling um.

Da hinten, an der Tür, stand die Gestalt eines Mannes, das blonde Haar rußschwarz und angesengt. Die Gestalt zeigte auf ihn. Nein, sie zeigte nicht, sie zielte mit etwas ...

Kurz hintereinander bekam er zwei harte Schläge gegen die Schulter, und im nächsten Moment krachte er auch schon mit dem Rücken auf den Boden. Die Decke sah inzwischen aus wie ein brodelnder schwarzer Fluss. Alles war vollkommen still, bis auf das Pfeifen in seinen Ohren. Er versuchte Luft zu holen, aber seine Lungen gehorchten ihm nicht. Seine Hände wollten sich nicht bewegen und das glühend heiße Gewicht wegnehmen, das auf seiner Brust ruhte.

100

Lennon blieb dicht am Boden und atmete so wenig, wie es nur eben ging. Seine Augen tränten und brannten. Er packte Fegan am Kragen und zog ihn durch den Flur. Schon nach wenigen Schritten musste er anhalten, weil seine Lungen aufschrien.

Fegan rollte sich stöhnend auf die Seite. Lennon kniete sich neben ihm hin.

»Können Sie aufstehen?«, fragte er.

Fegan blinzelte ihn mit schlaff herabhängendem Unterkiefer an.

Lennon schlug ihm auf die blutige Wange. »Kommen Sie schon, Sie müssen gehen. Es ist nicht mehr weit, nur noch durch die Tür da.«

Fegan stierte hinüber zur Tür. Mit verzerrtem Gesicht versuchte er sich zu konzentrieren. Dann endlich schien er zu begreifen, was Lennon von ihm wollte, und sein Blick wurde klarer. Er rappelte sich hoch und kroch auf allen vieren zur Tür, wo der Rauch von den widerstreitenden Luftströmungen hin und her gewirbelt wurde.

Lennon duckte sich mit gesenktem Kopf neben ihn. Er packte Fegan unter der Achsel und zog ihn auf die Füße. Gemeinsam taumelten sie los, doch es war Lennon, der sie beide aufrecht hielt. Wenn er es nur schaffte, Fegan bis zur Feuertreppe zu schleppen. Sie war höchstens noch fünf Meter entfernt. Mehr mit dem

Schwung ihrer Körper als der Kraft ihrer Beine taumelten sie weiter. Lennon zog Fegan mit sich. Schwarz quellender Rauch, von der sengenden Hitze hinaufgeschleudert, hüllte sie ein.

»Los!«, rief Lennon. Der Qualm schnürte ihm fast die Kehle zu. Er stieß Fegan weiter, bis er am Ende des Flures ein Licht sah.

Fegan stolperte und fiel auf die Knie. Lennon legte beide Arme um seinen Oberkörper und wuchtete ihn wieder hoch. Er schob Fegan durch die offene Tür auf die Plattform der Feuertreppe.

Lennon stolperte hinter Fegan her durch die Tür, und beide brachen auf dem Gitterrost zusammen. Fegan rang nach Luft. Aus einer klaffenden Wunde unter seinem linken Auge schoss das Blut, das Fleisch um sie herum war angeschwollen. Auch der Hals war voller Blut, das von seinem beinahe abgetrennten Ohrläppchen tropfte. Lennon zog sich am Geländer hoch und atmete tief durch. Er spuckte aus und kämpfte gegen das Schwindelgefühl an, das von seinem Kopf bis in die Beine sank.

»Wo sind sie?«, fragte Lennon.

Fegan würgte und hustete.

Lennon kauerte sich neben ihm hin. »Was haben die mit ihnen gemacht?«

Fegan drehte ihm den Kopf zu. »Oben«, lallte er mit blutiger Zunge.

Lennon lehnte sich zurück und schaute auf die Plattform über ihnen. »Da oben? In welchem Zimmer?«

Eine neue Hitzewelle schlug aus der offenen Tür. Durch den Rauch hindurch sah Lennon die näherkommenden Flammen.

»Er hat gesagt, am Ende des Flures«, keuchte Fegan. Er hustete erneut und spuckte Blut auf den Gitterrost. »In einem von den alten Dienstbotenzimmern.«

Fegan zog sich am Geländer hoch, bis er auf den Füßen war. Er taumelte auf die Treppe zu und fing an, sie hinaufzusteigen. Lennon folgte ihm, schob sich an ihm vorbei und nahm trotz seiner wackligen Beine zwei Stufen auf einmal. Hinter ihm beschleunigte auch Fegan seinen Schritt. Hart und schwerfällig schepperten seine Füße auf den eisernen Stufen.

Lennon erreichte die oberste Plattform und hastete zur Tür. Wie bei dem Notausgang unter ihnen, war es auch hier eine alte Holztür mit Glasscheiben. Mit dem Griff der Pistole zertrümmerte er eine Scheibe und griff hinein. Während er noch am Türschloss herumtastete, schlug schon die Hitze an seine Hand. Lennon drückte die Tür auf und duckte sich. Eine brüllend heiße, schwarze Wolke quoll nach draußen.

Fegan hatte die Plattform ebenfalls erreicht und taumelte an Lennon vorbei in die Dunkelheit hinein.

Lennon folgte ihm. »Welches Zimmer?«, rief er Fegan zu. Rauch geriet ihm in die Lunge, und er kauerte sich hustend hin, sein ganzer Brustkorb brannte.

»Das hier«, rief Fegan. Er öffnete die erste Tür und warf sich hinein.

Lennon kroch auf die Tür zu. Durch die schwarzen Wirbel hindurch sah er ein paar Meter weiter vorne im Flur einen Mann liegen, möglicherweise eine der Wachen, entweder bewusstlos oder tot. Lennon kroch durch die Tür und fand Fegan, der an die Wand gekauert dasaß, das Gesicht ausdruckslos. Er starrte hinab auf seine schwer atmende Brust. Tränen vermischten sich mit dem Blut auf seinem Gesicht.

Marie McKenna lag ausgestreckt auf einem Bett. Ihr Pullover war rot durchtränkt, die Haut aschfahl. Ellen lag neben Fegan auf dem Boden. Sie hatte die Augen geschlossen und die Lippen leicht geöffnet.

»Mein Gott«, flüsterte Lennon. »Mein Gott, nein.«

Er kroch zu Marie und nahm ihre Hand. Die Kälte fuhr ihm bis ins Herz. Die Haut ihrer Finger war trocken wie Papier. Lennon wurde schlecht. Er schluckte Galle und konnte sich nur mit aller Kraft konzentrieren. Er streckte eine Hand nach Ellen aus und strich ihr mit den Fingern über die Wange.

Noch warm.

Er drückte ihr ein Ohr an die Brust. Alles andere blendete er aus, das knisternde Feuer, das ferne Heulen der Rauchmelder. Er lauschte nur. Und da ... vielleicht ... die schwache Andeutung eines Herzschlags.

Er sah zu Fegan hoch. »Ich glaube ...«

Fegan saß zusammengesackt da.

Lennon beugte sich so weit hinunter, dass seine Wange nur noch einen Zentimeter vor ihrem Mund war. Ein schwacher Lufthauch strich ihm über die Haut, süß und warm.

»Sie lebt«, rief er.

Fegan lächelte. »Nehmen Sie die beiden mit. Machen Sie, dass sie hier rauskommen.«

Lennon ergriff noch ein Mal Maries Hand, drückte ihre kalten Finger und flüsterte: »Es tut mir leid.«

»Gehen Sie«, rief Fegan.

Lennon hob das Kind auf die Arme und stand auf. »Sie können hier noch herauskommen. Es sind nur ein paar Schritte.«

»Es geht nicht«, antwortete Fegan. »Ich bin müde. Ich will schlafen. Das war alles, was ich überhaupt je wollte. Schlafen.«

In einem Arm hielt Lennon Ellen, mit dem anderen packte er Fegan am Kragen. Fegan schlug seine Hand weg.

»Nein.« Er hustete und keuchte. »Mein Gott, jetzt verschwinden Sie endlich. Lassen Sie mich schlafen.«

Lennon nickte und drückte Ellen an sich. Er wandte sich ab und ließ Fegan im Zimmer zurück. Der Rauch im Flur war inzwischen dicht wie eine Wand, nur ein schwaches, nebliges Licht verriet ihm noch, wo der Ausgang war. Er duckte sich so tief wie möglich und rannte darauf zu.

Noch bevor er den Griff um sein Fußgelenk bemerkte, raste schon der Fußboden auf ihn zu. Er federte den Sturz mit den Unterarmen ab, der Schmerz schoss von den Ellbogen aufwärts. Mit Mühe konnte er verhindern, dass er Ellen erdrückte.

Große, harte Pranken griffen nach seinen Beinen. Lennon konnte nicht sagen, ob da jemand zu entkommen versuchte oder ihn zurückhalten wollte. Er trat zu, sein Fuß traf auf etwas Riesiges, Unbewegliches. Dann packten die Hände wieder zu.

Verzweifelt versuchte Lennon sich loszureißen. Er warf einen Blick zurück und sah in Bull O'Kanes rußschwarzes Gesicht, die irren Augen weit aufgerissen, die Zähne gebleckt.

Bull schrie etwas, aber da traf Lennons Fuß auch schon auf sein Kinn.

101

Fegan wusste selbst nicht, was ihn in Bewegung setzte. Was war mit ihm geschehen, dass er auf einmal leben wollte? Vielleicht war es ja die Angst, zu verbrennen, obwohl er eigentlich wusste, dass ihm lange vor den Flammen schon der Rauch den Rest geben würde. Was auch immer es war, plötzlich stand es ihm glasklar vor Augen. Aber etwas hatte es ausgelöst. Eine Frau mit einem Säugling in den Armen, eine Frau mit einem weichen, traurigen Lächeln, die ihm einmal Gnade erwiesen hatte. Im ersten Moment dachte er, sie sei gekommen, um ihn in ihrer Welt willkommen zu heißen, wo immer die auch sein mochte. Aber dann war sie wieder verschwunden, und plötzlich wollte er hier raus, trotz aller Erschöpfung.

Irgendwie trugen ihn seine Beine bis in den Flur. Um Halt zu finden, tastete er sich an den Wänden entlang. Er hielt auf das Licht zu, aber dann stolperte er über etwas Hartes, Kantiges. Bulls umgestürzter Rollstuhl, begriff er, als er sich daraus befreit hatte. Als er weiterkroch, ertastete er zwei Beine. Das eine war steif und unbeweglich, das andere trat um sich.

Fegan erkannte das breite Kreuz, die mächtigen Schultern und die fleischigen Hände, sie umklammerten etwas. Er warf sich auf O'Kanes Rücken, legte seine Arme um den massigen Brustkorb und zog.

Der alte Mann schrie auf, aber Fegan zerrte ihn weiter in die

Schwärze hinein. Der Rauch attackierte seine Augen und seine Kehle, und O'Kane wehrte sich, dennoch zog Fegan ihn weiter. Die Klarheit und Kraft, die in Maries Sterbezimmer über ihn gekommen war, begann zu schwinden. Er zog noch fester, O'Kanes Gewicht zerrte an seinen Armen.

O'Kane stieß die Hände vor und versuchte, an Fegans Augen zu kommen. Fegan schob sich die wulstigen Finger in den Mund und biss zu. O'Kane quiekte wie ein Schwein im Schlachthof, sein Blut vermischte sich im Mund mit Fegans eigenem.

Die Hitze schwoll immer stärker an. Fegan roch verbrannte Haare und spürte, wie die Haut in seinem Nacken Blasen warf. Durch den Rauch hindurch sah er, wie sich von der Treppe her die Flammen hinter ihm auftürmten. Er wuchtete O'Kane näher zu sich und kämpfte gegen die anstürmenden Wellen von Übermüdung und Übelkeit an. Schließlich spürte er unter seinem Fuß die oberste Treppenstufe.

O'Kane schrie auf, als er das Feuer unter sich sah, das schon durch die Rauchwolken stieß und die beiden Männer hell erleuchtete. Verzweifelt versuchte er, das Geländer zu umklammern, aber Fegan zerrte seinen Körper unweigerlich zur Kante. Mit einem letzten Stoß warf er O'Kane den Flammen entgegen, aber im selben Moment klammerten sich Bulls Hände an seine Kleidung. Alles um ihn herum drehte sich, eine Holztreppe raste auf ihn zu, die ihm unweigerlich die Rippen und Schulterblätter brechen würde. Als O'Kanes massiger Körper ihn eigentlich schon durch den Qualm in die Feuersbrunst mitriss, bekam er im allerletzten Moment das Geländer zu fassen. Das Feuer verschlang Bull, und dann war alles, was Fegan noch hörte, sein eigenes Schreien.

Mit letzter Kraft zwang er sich, seine Arme und Beine zu bewegen und sich am Geländer hochzuziehen. Er versuchte zu atmen, aber schon bei der kleinsten Bewegung fuhr ihm ein höllischer Schmerz in die Rippen. Über sich konnte er durch den

Rauch ein Licht erkennen. Er kletterte darauf zu und kämpfte so lange gegen den Schmerz an, bis er ihn nicht mehr spürte. Je weiter er nach oben kam, desto heller wurde das Licht. Wie viele Stufen war er hinuntergefallen? Allzu viele konnten es nicht gewesen sein. Trotzdem schienen sie auf dem Weg nach oben nicht enden zu wollen, schließlich zählte er sie nicht mehr.

Er kletterte weiter, bis er auf einmal nur noch von Licht umgeben war und alles vergaß, was ihm je vertraut gewesen war, alles, bis auf einen goldenen Tag in Belfast, er lag noch gar nicht lange zurück. Damals hatte Ellen McKenna seine Hand gehalten.

Fegan fiel hin, und die harten Treppenstufen drückten sich so sanft an seine Wange und seine Brust, als seien sie Luft. Der Schlaf lud ihn ein wie eine warmherzige Umarmung. Fegan lauschte, und die ganze weite Welt rauschte an seinen Ohren vorbei.

Mit einer ebenso unerklärlichen wie einfachen Gewissheit begriff er, dass sein Herz aufgehört hatte zu schlagen. Das Pfeifen in seinen Ohren wurde stärker. Blitze zuckten vor seinen Augen. In dem schwarzen Fluss, der ihn umtoste, tauchten Gesichter auf, einige freundlich und liebevoll, andere furchtsam und hasserfüllt. Auch seine Mutter war darunter, und Fegan erinnerte sich wieder an die Felsenküste von Portaferry, wo sie ihn an den Händen gehalten und im Kreis herumgewirbelt hatte. Leichter als die Luft waren seine Füße über der Erde geschwebt, er und seine Mutter lachten, dann wurde ihm schwindelig, und er bekam es mit der Angst zu tun, aber das Lachen gewann trotzdem die Oberhand. Seine Mutter und er drehten und drehten sich so lange, dass er dachte, sie würden sich für immer drehen, aber dann kam der Blitz, und es war vorbei.

Mit Sonne und Salz auf der Haut trat Gerry Fegan der Ewigkeit entgegen.

102

Lennon legte Ellen im Gras ab. Ihr blasses Gesicht schaute in den Himmel. Irgendwo in der Ferne heulten Sirenen. Er hielt ihr die Nase zu und legte seinen Mund auf ihren. Ihre Brust hob sich, als er sanft blies, und fiel wieder zusammen, als er den Mund wegnahm. Er beatmete sie noch einmal und versuchte sich dabei verzweifelt an die Gebete zu erinnern, die seine Mutter immer gesprochen hatte. Diesmal hustete Ellen, als er seinen Mund wegnahm. Beim nächsten Mal röchelte sie, drückte kurz den Rücken durch und hustete wieder. Ihre Augenlider flatterten, gingen aber nicht auf. Aber ihre Brust hob und senkte sich von allein.

Er legte sein Ohr an ihr Herz, drückte seine Wange an ihre und ließ ihre Wärme mit seiner verschmelzen. Seine letzte Kraft schwand dahin, und er brach neben ihr auf dem Gras zusammen. Er rollte sich auf den Rücken und nahm ihre Hand. Ihre Finger zuckten zwischen seinen. Aus den obersten Fenstern des Herrenhauses loderte Feuer. Er wusste, dass tief in ihm die Trauer auf ihn wartete, aber vorerst hielt seine Erschöpfung sie noch in Schach. Die Trauer würde warten müssen.

Rauchfahnen kräuselten sich in den blauen Himmel. Krähen flogen durch sie hindurch und krächzten angsterfüllt. Die Sirenen kamen näher, aber ihre Ankunft bekam Lennon nicht mehr mit.

103

Er kroch, die nackte Angst scheuchte ihn weiter. Da vorne war Licht, nur ein paar Meter weit weg. Seine Lungen schrien vor Schmerz. Überall Hitze. Reiner Überlebenswille.

Und Hass.

Er reckte die Arme vor, krallte sich in den Teppichboden, zog.

Hass.

Hass kann einen Mann weit tragen.

Weit über den Schmerz hinaus.

Selbst wenn das Bewusstsein schon erloschen ist, kann der Hass den Körper noch weitertragen.

Bis ans Licht.

Das Licht ist kühl und klar.

Wie ein Teich mit sauberem Wasser, das zur Linderung einlädt.

Nur noch ein halber Schritt.

Zwanzig Zentimeter.

Drei Zentimeter.

Luft. Gütiger Himmel, diese Luft, so kühl, so klar.

Dann der Fall.

O Gott, dieser Schmerz.

Schmerz, Schmerz, geh weg, komm ein andermal wieder.

Der Nomade schrie.

Der Nomade atmete.
Der Nomade lachte.
Der Nomade kroch.

EPILOG

Ellen hatte die Hände im Schoß gefaltet und starrte vor sich hin. Wie klein sie doch aussah auf Lennons großer Ledercouch. Er hatte ein Vermögen dafür ausgegeben. Besser gesagt, er hatte ein Vermögen dafür *geliehen*. Und jetzt wirkte sie einfach nur noch lächerlich, genau wie der ganze andere Müll, den er die ganzen Jahre über angesammelt hatte.

Lennon setzte sich Ellen gegenüber hin. »Gleich kommt Susan«, sagte er.

Ellen antwortete nicht.

»Sie bringt Lucy mit. Lucy magst du doch.«

Ellen schaute auf ihre Hände. Sie machte mit den Fingern irgendwelche Zeichen, so als würde sie in einer Geheimsprache kommunizieren.

»Ich bleibe nicht lange weg«, sagte Lennon. »Nur ein paar Stunden. Und wenn ich dann wiederkomme, können wir einen Film anschauen. Den du so magst, den mit den Fischen.«

Sie faltete wieder die Hände und starrte auf einen Punkt hinter Lennon. Ihre Augen beobachteten etwas, beinahe so, als verfolge sie, wie ein Mensch sich durch das Zimmer bewegte.

Für heute war die letzte nichtöffentliche Sitzung der Sonderermittlungseinheit angesetzt. Dan Hewitt würde in den Zeugenstand treten und Lennons Aussage bestätigen. Lennon hatte auch nicht den Hauch eines Schuldgefühls dabei empfunden, als er ihn erpresste. Niemand brauchte je zu erfahren, dass die Schusswunde in Hewitts Bein nicht zustande gekommen war, weil sich beim Reinigen seiner Dienstwaffe versehentlich ein Schuss gelöst hatte.

Vor ein paar Tagen hatte Uprichard Lennon beiseitegenommen und ihm versichert, die disziplinarischen Maßnahmen würden gelinde ausfallen. Vermutlich werde man ihn um einen Dienstgrad zurückstufen, aber er werde in der alten Gehaltsstufe bleiben. Hauptsache, kein Wirbel, hatte der Chief Inspector gesagt, ohne ihm dabei in die Augen sehen zu können.

Es klingelte, und Lennons Aufmerksamkeit wurde wieder auf die Gegenwart gelenkt. Er ging zur Tür und machte Susan auf, der geschiedenen Frau, die mit ihrer Tochter Lucy über ihm wohnte. Lucy hatte eine ganze Tasche voller Spielsachen dabei. Wie schon bei anderen Gelegenheiten, wenn sie zu Besuch gekommen war, würde sie auch diesmal wieder einige dalassen, obwohl Lennon Ellen jede Menge eigenes Spielzeug geschenkt hatte. Aber offenbar mochte sie lieber Puppen, mit denen schon jemand gespielt hatte, je älter, desto besser, so als stecke noch das Kinderlachen von früher in ihnen.

»Wie geht es der Kleinen?«, fragte Susan.

»Besser«, antwortete Lennon. »Sie ist immer noch still, aber es geht besser. Letzte Nacht hat sie sogar durchgeschlafen.«

Susan lächelte. »Gut«, sagte sie. Lennon führte sie ins Wohnzimmer.

In der Tür blieb er stehen, ebenso wie Susan. Lucy zwängte sich zwischen sie.

Ellen stand in der Mitte des Zimmers, die Arme hochgereckt, als wolle sie nach etwas greifen. Mit leiser, sanfter Stimme sprach sie ins Nichts hinein. Als sie merkte, dass sie nicht allein war, ließ sie die Hände sinken und schwieg.

Lennon ging zu ihr und hockte sich hin. »Mit wem hast du denn gesprochen, Schatz?«

Ellen lächelte einen kurzen Moment schelmisch, dann wurde ihr Gesicht wieder ausdruckslos. »Mit niemandem«, sagte sie.

»Lucy ist da«, sagte Lennon. »Sei doch so nett und sag ihr guten Tag.«

Mit langsamen und bedächtigen Schrittchen ging Ellen zu dem Mädchen hinüber. Als seien es Geschenke, hielt Lucy ihr die offene Tasche hin, damit sie den Inhalt begutachten konnte.

Lennon beugte sich hinab und küsste Ellen auf den Kopf. Er hatte sich schon zwei Schritte entfernt, da kam sie ihm nachgelaufen, umfasste seinen Oberschenkel und legte ihren Kopf an seine Hüfte. Dann ließ sie wieder los und kehrte zu Lucy zurück. Die beiden Mädchen kauerten sich zusammen hin und tuschelten.

Es machte ihn traurig, ohne sie zu sein, aber er musste los und Ellen der Obhut seiner Nachbarin überlassen.

Sie war in Sicherheit.

Das war für ihn inzwischen das Wichtigste auf der Welt, das Einzige, was das Morgen besser machte als das Gestern. Er klammerte sich daran wie im Schlaf an sein Kopfkissen. Als er ging, streifte er mit einer Hand Susans Arm, und ihre Finger legten sich um seine, warm und fest.

Ellen war in Sicherheit.

Lennon betrat den Lift. Es würde ein harter Tag werden, Fragen über Fragen, selbst wenn die unangenehmsten Wahrheiten unausgesprochen bleiben würden. Aber er würde es überstehen, denn eines wusste er.

Sie war sicher.

DANKSAGUNG

Auch diesmal haben zahlreiche Menschen zur Veröffentlichung dieses Buches beigetragen. Einigen von ihnen möchte ich besonders danken.

Nat Sobel, Judith Weber und allen von Sobel Weber Associates dafür, dass sie die beste Agentur sind, die sich ein Autor wünschen kann.

Caspian Dennis und allen anderen von Abner Stein für die viele Arbeit an der Heimatfront.

Geoff Mulligan, Briony Everroad, Alison Hennessey, Kate Bland und allen bei CCV für ihren großen Einsatz und ihre Unterstützung.

Bronwen Hruska, Justin Hargett und Ailen Lujo von Soho Press dafür, dass sie sich so sehr für mich ins Zeug gelegt haben. Und ein Gedenken an Laura Hruska, die wir alle schmerzlich vermissen.

Betsy Dornbusch, die mir weiterhin eine bessere Freundin ist, als ich verdiene. Ebenso Carlin, Alex und Gracie dafür, dass sie mich in ihrem Heim willkommen geheißen haben.

Shona Snowdon, deren Weisheit immer hilfreich ist.

Juliet Grames für ihre ausgezeichneten Ratschläge und dafür, dass sie mir eine andere Seite von New York gezeigt hat, inklusive Karaoke.

David Torrans und alle anderen bei No Alibis, Botanic Avenue, Belfast, denn das ist der beste Buchladen auf der ganzen Welt.

James Ellroy dafür, dass er mir die Vorstellung ausgetrieben hat, man solle seine Helden lieber nicht persönlich kennenlernen, ebenso wie den anderen großartigen Autoren, die ich in den letzten Jahren kennengelernt habe. Es sind viel zu viele, als dass ich alle aufzählen könnte.

Craig Ferguson dafür, dass er mir in den USA solch einen durchschlagenden Erfolg ermöglicht hat. Außerdem kann er enorm gut fluchen.

Hilary Knight für ihre exzellente Pressearbeit.

Gerard Brennen, Declan Burke und all den anderen Bloggern und Online-Rezensenten, die mich von Anfang an ungeheuer unterstützt haben. Auch hier sind es wieder viel zu viele, um alle namentlich zu erwähnen, aber ihr wisst schon, wer gemeint ist.

Ruth Dudley Edwards dafür, dass sie schlichtweg in allem brillant ist.

Jo dafür, dass sie alles besser macht.

Schließlich sei noch erwähnt, dass mir zwei Bücher ganz besonders dabei geholfen haben, dieses Buch zu schreiben, nämlich *Policing the Peace in Northern Ireland: Politics, Crime and Security after the Belfast Agreement* von Jon Moran sowie *More Questions than Answers: Reflections on a Life in the RUC* von Kevin Sheehy.

STUART NEVILLE
Die Schatten von Belfast
Thriller
Aus dem Englischen
von Armin Gontermann
448 Seiten
ISBN 978-3-7466-2857-8

Jeder muss bezahlen – den Preis bestimmen die Toten

Gerry Fegan hat wegen zwölf Morden im Gefängnis gesessen. Als er wieder herauskommt, hat die Welt sich verändert. In Nordirland ist der Frieden verkündet worden. Seine einstigen Weggefährten von der IRA haben sich mit der neuen Zeit arrangiert. Nur Gerry Fegan gelingt das nicht. Die Geister seiner Opfer verfolgen ihn. Sie erteilen ihm Befehle: »»Wenn wir verschwinden sollen, musst du die töten, die dir den Befehl zum Töten gegeben haben.« Sein erstes Opfer ist Michael McKenna, ein alter Freund, der nun Politiker geworden ist. In Belfast bricht Unruhe aus. Wer könnte einen verdienten IRA-Mann getötet haben? Sind gewisse Kräfte dabei, die alten Konflikte wieder aufleben zu lassen? Fegan muss weitermorden – noch elf Geister verfolgen ihn.

»*Wie eine Tragödie über Tod und Rache, geschrieben von Quentin Tarantino und produziert von den Machern der ›Bourne-Verschwörung‹.*«
IRISH TIMES

Mehr Informationen erhalten Sie unter www.aufbau-verlag.de
oder in Ihrer Buchhandlung

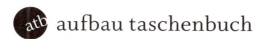